2011 年度国家社会科学基金项目《元曲曲牌传播研究》

（批准号：11CZW037）

2017 年度河北省社会科学重要学术著作出版资助项目

河北省社会科学发展研究课题（课题编号：201707050103）

燕赵古典学术丛书

元曲曲牌研究

◎ 时俊静 著

上海古籍出版社

图书在版编目(CIP)数据

元曲曲牌研究 / 时俊静著. —上海：上海古籍出
版社，2018.8
　（燕赵古典学术丛书）
　ISBN 978-7-5325-8948-7

Ⅰ. ①元… Ⅱ. ①时… Ⅲ. ①元曲—文学研究　Ⅳ.
①I207.24

中国版本图书馆 CIP 数据核字(2018)第 162515 号

燕赵古典学术丛书

元曲曲牌研究

时俊静　著

上海古籍出版社出版发行

（上海瑞金二路 272 号　邮政编码 200020）

（1）网址：www.guji.com.cn

（2）E-mail：guji1@guji.com.cn

（3）易文网网址：www.ewen.co

浙江临安曙光印务有限公司印刷

开本 890×1240　1/32　印张 12.5　插页 2　字数 281,000

2018 年 8 月第 1 版　2018 年 8 月第 1 次印刷

印数：1—3,100

ISBN 978-7-5325-8948-7

I·3308　定价：52.00 元

如有质量问题，请与承印公司联系

序

杨 栋

    这是时俊静博士的学位论文,在她毕业六年后顺利出版问世,相比那些大量同类论文永久封存于档案库中,作为一个初入学术之门的年轻人,已是相当幸运了。忝为时君导师,是此书撰写过程的见证人或督促者,借此祝贺之机,似有义务必须说点什么。

    时君原是我的硕士研究生,留校任教五年后又来攻博。已为人妻、为人母,工作、科研以及家务负担等合力高压之沉重,令人同情。他们在职读博首先是要应对高校学历压力。犹记时君入学之初,我们一起清点她的学术积累与资源,商讨确定学位论文选题的目标任务与基本学理规则。我问:"要真打还是假打?"当时足球界中超职业联赛腐败受贿,国中打假球成风的丑闻被炒得沸沸扬扬。我半开玩笑地借此"今典"发问,时君明白此问的严肃性与严重性,对她今后的生活或者命运将意味着什么。她经认真思量之后回应:"还是要真打。"选择"真打",就等于选择了风险与压力。与"假打"在开始之前就已知结果相反,真正的学术科研本质上是一种勇敢者的智力赌博与探险,永远不可能预知成功或失败的结局。其中除了人力可以努力可以操控的因素,还有天赋、运气等不可左右不能确定的原因。

其实,在文学研究的行规中原本就没有真假之辨,甚至没有是非对错之分,最通行、杀伤力最大的莫过于这类口头禅:"仁者见仁,智者见智","此亦一是非,彼亦一是非","公说公有理,婆说婆有理",别说科学,根本就是个"没准头"。我混迹此行有年,所见所知头面人物不少于古代之"九流十家",发现其中大流可归之为"私人话语派",奉李宗吾《厚黑学》之"学术就是各人说各人,信不信听凭众人"为座右铭,向风云集呼应推举者甚众。这派貌似主张学术自由,其实私贩的是自古算卦测字行业流行的"信则灵,不信则不灵"那一套。再加之近年来自西方接受美学及"一切古代史都是当代史"的历史哲学信条的洋风,影响所及就连历史专业也有不少人跟着口必称克罗齐,以至有"谁再说真实谁就下课"之宣诫。这就不止把价值评判与认知判断混为一谈,而且将哲学与科学等不同学科的"真实"概念搅和成了一盆糨糊。

其他各名门显学还有"功利主义派"、"地方主义派"、"电视娱乐派"、"权力话语派"等等,看似与"私人话语派"旗号不同,主张"有准头",但稍加追究其实仍是各种易容变态的"没准头"论。如"权力话语派"信奉"官大学问大",副官看见正官要"恭维求教",大官见着更大官岂不又没学问了? 毛主席对中国文人心理脾性洞若观火,曾写信告诫留学苏联的二子毛岸英、毛岸青说"只有科学是真学问",不可热衷那类"没准头"的假玩意儿。

我主张文学研究有真假对错之分,与时下诸派习言相左,是认真的,并非一时戏言。首先要挑战并清洗的是包括我自己与生俱来的怀疑主义相对主义的"没准头"论。我们都十分喜欢这个东西,是因为它可以任性,可以抬杠,而所向披靡,畅行无阻,无论多么艰涩的难题多么强硬的论敌,都不用伤脑筋,一下子就消解对方于无形。它其实是一种不攻自破的自杀性悖论,只需"以子之矛攻子之盾"就很容易拆穿这个把戏。事有凑巧,某倡导"学术就是各人说各人"的"私人话语派"博导教授遭遇同行批驳,被斥为"胡言乱语",一字都不能回应。因为你只要反驳,就得先承认自己的学术论是"胡言乱语"。做不屑一顾科固可逃避自打嘴巴之窘,但那岂非已默认了"胡言乱语"之评?这就是"见仁见智"的相对主义陷阱。

学术学问的唯一本质真义究竟有没有,是什么?这是个问题。文学研究要不要,能不能以及如何成为"有准头"的科学研究,更是个难题,必须进行专门的追究与探讨。对于这两个互相关联的问题展开论证,与解决上面怀疑主义相对主义的"没准头"论相比要麻烦复杂得多,非此时此地所宜论辩,只能举其要点。所谓学术学问者,无须远引亚里士多德"为知识求取知识"、真理至上主义的高论,仅以汉语日常用语"学术性"、"学术会议"、"学术水平"等用例直接推求,则可定义为乃用已知求未知,探讨真知真理之纯粹智力活动。故梁启超悬之为"天下之公器",西学家共称之"科学无国界"。现代学术学问之最典范者当以诺贝尔自然科学奖为标杆。对此,地球人还没听谁敢说"见仁见智"的。这一认识可由西方文明史引发而出。随着近代自然科学取得日新月异的成就,人们奉之为各类科学知识的典范,自笛卡儿以降的哲学家无不力主效法自然科学,乃至一说科学就是自然科学。直到现象学大师胡塞尔的业师布伦塔诺在1866年教职资格论文中还说:"真正的哲学方法不外乎就是自然科学的方法。"独有胡氏自布门出来,一反旧调,敢说自然科学因缺乏"明证性"而并不科学,只有他的现象学才可以"作为严格的科学"。总而言之,何谓科学,最终要体现于其方法或原则。我泛读过西方几十本哲学史、科学史与科学哲学著述,最后获得不过三条六字,即"证据、逻辑、证伪"。有此即科学,无此则非科学或伪科学也。非科学与非学术或有价值且可能远高于科学,如宗教与艺术等,伪科学假学问则只有负价值,以其弄虚作假欺蒙坑骗者也。把学术学问理解为生产知识探求真理之事,故此吾常以"问题、创新、论证"六字教诸生,并时有大言时时警谕之,叫作"文学研究必须去文学化",只管真不真,不管用不用。如必欲强说我也亦有派,则愿承之为科学学术主义或真理至上主义之派。

以此学理为据,我最后与时君约定"真打"的具体目标与原则有两条:一、应当选择实证性的科学研究之路,凡美学精神、文化意蕴、价值评判之类的批评路数都应当放弃。时君硕士论文的题目是《明杂剧喜剧论》,写得相当漂亮,在美学评论方面颇有造诣。但这方面的资源及兴趣只好割爱"悬置"。"悬置"这个词借自西方现象学哲学,意为并不否定,只是暂时存而不论。我知道西方更有极端的文学研究只能限制于文本"内部研究"的"回归文学本体"之"本位论",我也明白研究中国古代文学史,不可能缺位对作品文本的价值意义阐释,但在找到并论定科学"有准头"的方法与学理之前,只能"悬置"。二、应当研究解决本学科领域的基本问题、难题乃至超级难题。博士论文完成,依博士学位之原义,作者必须在此学科领域据有一席之地。

基于此种文学研究理念,我们在反复清点各种可以利用的学术资源及知识储备之后,经过不断筛选、论证,最终确定了这个选题。现在回头看,时博士确实具备较高的学术悟性与天赋,再加之刻苦勤奋,相当出色地完成了课题设计的目标任务,最终得到评审与答辩专家的较高评价,并获得了院、校、省三级优秀博士论文的荣誉。更可惊喜的是其中一些学术观点已引起同行专家的讨论争议,这是非常难能可贵的。

顾炎武曾针对当时不学无术的权贵们附庸风雅,动辄网罗一堆帮闲文人编书抄书以沽"立言不朽"之名,大量制造学术垃圾的恶劣文风,提出一条著书立说的简明测量标准,叫作"必古人之所未及就,后世之所不可无",可谓至理名言。时博士之文可以此尺度批评裁量之。

前人研究元曲曲牌者众,最具代表性最有成绩的是历代曲谱著作,但都是编纂总账目的路数。总账目很有用,教我们知道元曲牌子共有几何,各个牌子定式定格,一目了然。但老是算总账,看总账,就容易变成死账呆账,反而失落或遮蔽了众多曲牌当时流动、生化、衍变的鲜活动态历史。我曾遇见一位曲律学专家,竟以曲律定式的"一字不可更动"否认别人提出的曲牌变体实例,我有专文批评之,称之为"宁信度而不信足"的曲律家。我在研究元曲起源以及与宋词、南戏等其他曲种的交流互渗关系时,时时需要了解一个曲牌是哪一位作家何时最早采用,在哪一个时代使用频率最高,何时变冷或灭绝不用等问题。如果是源自词牌,也不满足于仅仅知道出唐宋词,而是进一步需要了解究竟是出自唐五代、北宋、南宋还是金元的具体时间。弄清核准这些数据,犹如攀岩运动者建造的"抓手"与"脚点",就成为发力攀升的凭据。正如此书所发现,进入曲中的词牌,实际上有不少是直源于金词或经金词的变异,这就解释了词曲同名牌调格律往往大异的难题。而这一专而深的具体微观的知识,是那些总账式的曲律学著作所不能提供的,又成为新的研究目标的"抓手"与"脚点"。在这里只有证实与证伪，只有刚性逻辑与铁的事实，不存在"见仁见智"的扯皮与抬杠。

由于曲学研究实践的需要，对于北曲曲牌渊源流变的系统考察，是我多少年就想做的一个题目，也尝试摸索着做了个开头，但进去后才发现越做越难，越做越感觉前面是一个无尽黑洞，以我的本事根本就没法完成，我也终于明白了前代曲律学专家为何只做抽样举例式的曲谱。这里只说一个结论的获得，读者就明白我并非夸张困难。我曾对元曲【山坡羊】一调流变进行梳理，竟然花了四五年的时间。很多南戏专家都说此牌早在宋代就有，而我却要确认其为元曲原生之牌。众所周知"说有容易说无难"的学术警言，那我非要把《全宋词》及全部宋代文献通检一过不可。试想如果把三百多个元曲牌子分别如此清理一遍，用传统的手工方式，那巨大的工作量难以估算，是根本无力完成的。难怪不少导师把"说无"悬为禁区。此书挑战的就是统篇都必须"说无"。说一个牌子哪个作家第一个采用写作，是说此前所无；说一个牌子何时被弃不用，是说此后所无；说一个牌子在何时采用频率最高，是说此前此后并无。试想只把三百个牌子都说一遍，其难度可知。我一向鼓励乃至要求学生与我自己就是要说无，必须敢于挑战并解决本学科的问题、难题乃至超级难题，因为我们是从事学术研究的职业队员，不是业余爱好者。职司所在，不容推托。

运用穷尽式的统计学方法，完成上述数据的采集核查任务，显然只有掌握了现代信息技术的年轻学者才有可能胜任。事实证明，时君做得非常优秀。试看她对元曲曲牌的各种分类数据统计，以及由统计发现的各种规律、现象，或者为人惊奇不已，或为举例抽样的旧方法所不及。这项新技术与所获取的新知识我是最早利用而且受益的。在我研究元曲起源考古工作中，就经常指令时君为我查检统计某些急需的曲牌数据。如，对带过曲出套曲的通说证伪，就是由时君用软件统计法揭破的。新技术的威力，胜于多少主观猜测。准确说是我有多少大胆猜测最终由时君用统计法进行了证实或证伪。这就是所谓"古人之未及就"，其本义应是前人不能就也。

有人可能会说，不就是敲敲键盘嘛，随便找个中学生都会，且可能敲得更快。我现在要说的是，你说对了。什么叫科学方法？这个就是。丹尼尔《科学史》论近代"新科学"的第一代表人物伽利略时，说他用的科学方法是"人人可以复核的事实论据"。伽利略把新发明的望远镜举向天空，把大小两个铁球从比萨斜塔上掷下地面，近代科学就这样诞生了。伽利略的方法每个中学生都可以去"复按"，不相信你就随时可试。这里没有"仁者见仁，智者见智"，一切都"有准头"，不由你信口开河。伽利略的方法迄今仍是科学研究通用的实验方法原则，而且一直还有人继续投铁球的实验。20世纪七十年代美国宇航员登月，据说还在"复按"伽利略的方法，不过是把羽毛与铁球投向月球地面，结果其实在投球之前早就知道了。

我仅举书中一小例，足见科学方法的力量。我在与南戏先熟论的论战中，力主《张协状元》中的【叨叨令】一牌源自北曲，且根据其规律，除"……也么哥，……也么哥"两句，全同于同宫调的【塞鸿秋】，于是推论【叨叨令】如同北曲【一半儿】出自【忆王孙】词牌，当源自【塞鸿秋】。时君用统计法复核验证，发现事实与我的推论正好相反。于是我不得不承认失误，肯定时论正确。【塞鸿秋】应由【叨叨令】衍化而出，这样更符合先俗后雅的演化规则。在学术真理面前，谁也不能任性发挥。

此书并非不存在缺陷与失误，还有提高改进的空间，那就是统计法运用落实得还不够彻底或不够坚决。例如,曲牌的具体采用情况,统计到时代与作家,还不够精细,我们很多时候还需要明确知道都是哪些作品包括杂剧与散套曾用过这个曲牌。这个内容做出来,工作量还是不小的。又如,书中论"出入各宫调"的曲牌,我认为应当以周德清提出此说的限制为据,然时君未加分析就把这个范围扩大了。如"出入"于般涉调与正宫及中吕三调的著名的【耍孩儿】十三煞,我认为其实是般涉调简省,所属曲牌合并入其他宫调的结果,类同于"入派三声"。此说的旁证是双调的【离亭宴带歇指煞】,表明因歇指调省简,所属牌子【煞】并入双调。关于【耍孩儿】十三煞兼入中吕与正宫究竟是我说的"合并"还是时君说的"出入",本来只要针对散套与剧套作品现存中吕与正宫二调,统计比较【耍孩儿】采用时间先后,就可以做出结论,可惜本书囿于"出入"的习见,手执统计的利器而未加运用。还有,对于采用统计法的学理根据也应当进行论证。如统计现存作品推断历史原貌,何以可能。这个问题似不可跳过。

不止对时君,我以真理至上主义教诸生,主张学术面前人人平等,摒弃传统的学统师承论,鼓励质疑与讨论,因此师生间进行争论对抗,成为常态与风气。时君仅是我的学术观点的批判者与"陪练"对手之一。是她们大胆的质疑与证伪,时时消除或纠正着我的偏颇与荒谬,最后结论多经得住同行"人人可以复按",学生们的严格检验功不可没。时君书中除学理规则与我保持大体一致,具体学术观点及旨趣并不雷同,乃至有不少相反者。这是我所鼓励和乐见的。如书中坚守南戏与元曲平行对立的通说,与我坚持元曲包括南戏的观点对立。这些不同与对立,才真正体现着学术的独立与自由品质,而不可与"没准头"比混为一谈。

　　最后说明,此书中有个别内容与我的《元曲起源考古研究》有重复,如论带过曲起源等,那是因为这些章节是师生合作的产物。还有附录里的考古报告,原初制作出自中国海洋大学陈杰教授的劳动,他是我《元曲起源考古研究》课题组的主要成员。在采用时,我又让时君把我的发现和收藏整合进去,其中也有她的劳动。这是需要特别交代的。

　　　　　　　　　2017 年 7 月于河北师大元曲研究所

目　次

绪　论

一、选题缘起及意义

元曲作为曲牌体音乐,曲牌是其创作和传播的最小单位。在元曲音乐失传①、文献记载缺乏的情况下,这些曲牌就像沉积岩,凝结着关于自身"身份"以及元曲音乐起源、变迁的诸多学术信息,值得深入开掘。还原元曲曲牌系统在诸种复杂关系中吐故纳新的动态历史是本书的主要任务,并力求借此推动以下问题的研究:

1. 词曲关系研究

金元时期,曲继词而兴,成为一代文学典范。词与曲不但

① 关于《九宫大成南北词宫谱》等后代乐谱中的元曲音乐在多大程度上保留了"大元"真声,学界有不同观点。事实上,至明代,北曲的昆化已经开始,对此明人多有记载,曲家沈宠绥还曾就此做过专门调查(沈宠绥《度曲须知》"曲运隆衰"条)。《九宫大成》研究专家刘崇德先生在《燕乐新说》中云:"元谱……我们至今未得见其片纸只字。今所称北曲杂剧、南曲传奇之谱,皆为清人所结谱,其谱字、板式已皆昆腔之体,故借昆腔传谱搬演元明曲剧并非难事,而欲证其音乐原貌则渺如蛛丝马迹。"所以本书对这些后代乐谱材料的使用持审慎态度。

有兴盛时段的前后相继，而且也存在同时共生的关系：某些北曲的本生牌调，早在宋代词乐兴盛的背景下就已经开始孕育；在北曲兴起后的一定时间内，词仍然在传唱，词之曲化和曲之词化在元代是同时进行的两个向度的问题。词曲之变伴随着北曲发生发展的大半进程，二者之间的关系非常复杂，有许多问题亟待澄清。

本书除对词曲同名牌调总目进行修正外，还力图勾勒词调入曲的动态历史；将词曲关系的探讨由唐宋下延至金元，从而细化词曲演变的历史链；除追溯曲牌名目的起点外，更关注格律变迁的渐进历程，以确定曲牌在词调中的"近亲"；除关注词调入曲问题外，也关注反向的新兴曲调在词籍中的著录情况，并还原背后的观念流变。

2. 南北曲关系研究

元曲不但在时间维度上与词有着非常复杂的联系，还在空间维度上与南曲相对。此前学界对这一问题的关注重心似乎放在了两极：一是在元曲初起阶段，主要是判别南戏北剧孰早孰晚，其中的核心问题是《张协状元》的成书年代，直到近几年还有学者就此展开论争；二是明代南北曲的盛衰之变。而作为中间环节的元代南北曲关系研究似乎还显不足，有进一步探讨的必要。而在研究思路上，学界对南北曲之间的对峙分野强调有余，而对二者之间的共存互渗关注得不够。其实，北曲对南方音乐的吸收借鉴，早在元朝统一之前就已经开始。全国统一后，南北兼作作家、南北兼唱艺人的出现，南北曲剧目之间的改编，"南北合腔"、"南北合套"新形式的诞生，都是深入交流的表现。在元代，二者的兴衰递变到底是一种如何的情形，从南北曲分立到明清二者交互为用又走过了怎样的历程，这些都是需要探讨的问题。

3. 元曲体式研究

元曲曲牌系统的建设是由剧套、散套、小令共同完成的。各种体式在用调上有怎样的区别,在元曲实际创作、传唱过程中又有怎样的交流转化,这些都需要我们做出回答。学界对元曲产生之初散套与剧套的关系研究得较为充分,对其他问题的研究则还有待加强。

4. 民间曲研究

元曲传播的文化空间可划分为宫廷、文人、民间、宗教四个层次。此前研究关注较多的是文人曲,而对其他三种文化空间与元曲的关系则注意不够,尤其是元代民间俗曲的原生态亟待还原。这些民间俗曲是文人曲创作的深厚土壤和源头活水,文人与民间两个文化圈互渗互动,共同推进了元曲的繁荣。补充这被遮蔽的一环,不仅有助于解决元曲自身的一些问题,还能为明代小曲之源的探讨提供证据。

上述几组关系的研究,是一个系统工程。本书选择了一个微观视角——曲牌,作为关照上述问题的切入点。这种研究视角得益于任半塘先生《敦煌曲初探》之《曲调考证》、《教坊记笺订》之《曲名流变表》的启发:把曲调研究作为联结资料与理论的关键一环。上述几组重要的关系在曲牌中都有所反映;换言之,曲牌也是研究这些关系的极好视角。

二、元曲及版本问题

本书"元曲"概念取学界通说,即元代北曲杂剧与散曲的合称,并不包括南戏在内。在本书中,南戏只作为论述北曲问题的参照材料而非论证的重心。南北合套作为南北曲两栖的特殊品类,本书将予以讨论,但在曲牌计数时,仍然只关注南北合套中的北曲部分。

　　诸宫调作为一种说唱伎艺,与元曲是两种不同的音乐文学品类。正如郑骞先生所说:"《刘知远》、《董西厢》等诸宫调,向被视为北曲,实则为北曲初兴时南北曲与词之混合体,故其体制规格与纯粹之北曲每有不同。"①所以,本书的元曲概念并不包括诸宫调在内,后文的曲牌统计、分析将贯彻这一原则。

　　本书的元曲概念在时间上并非严格地限定在元代,而是上延至金末,以明了元曲的来路;下延至明初,以见元曲的余波。即由金入元、由元入明的跨代作家作品均纳入元曲范围,进入本论题的讨论。

　　学界对由金入元的元好问、杨果等人归入元曲作家似乎没有什么疑义,而对元明之际作家的归属稍有分歧。这种分歧从明初已经开始。如《录鬼簿续编》将谷子敬、兰楚芳、汤式、杨景贤、贾仲明等人与钟嗣成、周德清等同列,且并无特别的区分说明,显然认为他们同属元曲作家。而朱权《太和正音谱》却将他们列为"国朝一十六人",与"元一百八十七人"相对,其作品也被列入"国朝三十三本"中,显然是将他们作为了明曲的开端。时至今日,隋树森《全元散曲》将他们按元曲作家收入,谢伯阳《全明散曲》又按明代曲家处理。

　　文学、艺术的演变与朝代的更迭并非完全同步,尤其是音乐风尚的转移更非一朝一夕之事。元曲曲牌的传唱绝不会因为朝代的变化戛然而止,另起炉灶。青木正儿在《元人杂剧序说》中曾云:

　　　　明初的杂剧,和元代末期的杂剧并没有什么变化,不

---

① 　郑骞《北曲新谱·凡例》,台湾艺文印书馆,1973 年版,第1—2 页。

过是元末杂剧的延长而已。到了永乐宣德年间，周宪王的
杂剧一出，则作风渐变，体例始乱。所以元代的杂剧史，是
一直延长到明初洪武年间，不一定要按王朝的兴替来划
期；不，我以为延长到明代反倒妥当些。[①]

　　对此，笔者深表赞同。所以，本书将元曲的时间下限截止
到永乐元年（1403 年），而将此前的元末明初跨代作家作品包
括在内。当然，本书对这些元明跨代作家入明后作品在曲牌使
用上的新变也将给予充分关注。
　　在这样的时间区间内，现存元曲作品基本上等于臧晋叔
《元曲选》、隋树森《元曲选外编》、隋树森《全元散曲》所收作
品，也即本书要研究的作品范围。对三书之外的辑佚成果，
如赵景深《元人杂剧钩沉》[②]、顾随《元明残剧八种》[③]、郑骞
《元人杂剧的逸文及异文》[④]、黄仁生《新发现杨维桢散曲二十
八首》[⑤]、王钢《〈全元散曲〉续补——附〈元人杂剧钩沉〉补
遗》[⑥]、桂栖鹏《元人词曲辑遗》[⑦]等，本书也将纳入考查范围。
而对三书中时代归属有疑义的作品，本书在使用时将会有所
辨明。
　　需要指出的是，相对于元曲曾经产生的作品而言，这些传
世之作无疑是冰山一角。这使本书所论诸如曲牌使用频率、曲
牌使用先后等问题，均面临"盲人摸象"、"以偏概全"的风险。

① ［日］青木正儿著，隋树森译《元人杂剧概说》，中国戏剧出版社，1957 年版，第
　125 页。
② 赵景深《元人杂剧钩沉》，古典文学出版社，1956 年版。
③ 收入《顾随全集》，河北教育出版社，2000 年版。
④ 收入郑骞《景午丛编》，台湾中华书局，1972 年版。
⑤ 载于《文献》1993 年第 1 期。
⑥ 载于《河北师院学报》1995 年第 3 期。
⑦ 载于《浙江师大学报》1999 年第 5 期。

但任何研究,都只能在现有的文献基础上进行,这也是无可奈何之事。好在本书的研究对象是曲牌,其复用性的特点,使它的存量更大,相应的遗失概率较之具体作品要小得多。所以本书以现存作品为依据,对元曲曲牌活态历史进行还原,是可行、可信的。

在此还需要对本书所依据的元曲版本稍作讨论。元散曲今有四部元人曲选传世,占了现存作品的相当部分,而且散曲不同版本间的差异较小,往往表现在个别词句上,对曲牌研究影响不大。情况比较复杂的是元杂剧。现存元杂剧的元明抄刻版本共九种,郑骞先生在《臧懋循改订元杂剧平议》一文中将其分为四个系统:

一是元刊杂剧三十种。此一版本最能代表元杂剧的原貌,也是本书优先使用的版本。惜乎只有30种,在现存160余种元杂剧中所占比重太小。我们要想对元杂剧有全面把握,还不得不依靠明刊本元杂剧。

二是明赵琦美辑校《脉望馆钞校本古今杂剧》、明黄正位编刻《阳春奏》、明息机子《杂剧选》、明万历坊刻本《古名家杂剧》、明继志斋刊本《元明杂剧》、明顾曲斋刊本《古杂剧》可划为一个系统。此一系统虽然较之元剧原貌因时代变迁难免有所改变,但只是在传播中的自然变化,差距较小。

三是明臧懋循编《元曲选》。

四是明孟称舜编《古今名剧合选》。

后两种版本郑骞先生称之为"明改元剧",编选者以一己观点对原剧进行了许多人为的删改,而以《元曲选》改动最大。据郑骞先生的统计,被臧懋循整支删去的曲子有142支,较之他本增入的曲子有222支,一增一减之间差距还是很大的。当然,第二系统的各本之间也互有异同。郑骞先生另撰有《元杂剧异本比较》系列论文①,将有两种以上版本传世的元杂剧共85种一一进行了版本比对,这一重要成果本书将给予充分关注。

以上各系统之间的差别只是就大势而言。具体到一部作品,到底原貌如何,在细微处当以何版本为准,已经是无法判明的事情。所以郑骞先生特别指出:"我们不要想合校各系统的本子而求返回元人真象,那是不可能的事。"②所以我们在论述具体问题时,仍需要选定一种本子一以贯之,以免造成新的混乱。本书为了读者阅读、查对的方便,在引用曲文时仍然以最为通行的《元曲选》、《元曲选外编》、《全元散曲》为准,但对郑骞先生指出的《元曲选》在曲牌上的增删高度重视,尤其是对涉及论断的关键性作品,要比勘不同版本在曲牌使用上的异同,以最大限度地接近历史真实。

三、元曲曲牌研究史回顾

(一) 元曲曲牌总目统计

最先对元曲曲牌进行系统收集整理的是元代周德清。他在《中原音韵》中开列了"乐府三百三十五章",分属于12宫调之下。这个调名谱囊括了元曲的绝大部分牌调,成为此后曲牌研究的起点。

在元代,对曲牌进行记录的另一人是陶宗仪。他在《辍耕录》卷二七"杂剧曲名"条下,共著录8个宫调的230个曲牌③。

---

① 连载于《国立编译馆馆刊》Ⅱ,2(1973),第1—45页;Ⅱ,3(1973),第91—138页;Ⅲ,2(1974),第1—46页;Ⅴ,1(1976),第1—40页。
② 郑骞《景午丛编》,台湾中华书局,1972年版,第419页。
③ 这一曲名表中并无杂剧所用的越调曲牌,疑为传刻中遗失。

其中绝大多数曲牌与"乐府三百三十五章"重合，但也有一些曲牌存在出入。这些出入，或为实同名异，或是宫调归属不同，还有一些曲牌确为"乐府三百三十五章"所未收，可作为《中原音韵》的补充。如其收录的【蝶恋花】、【酥枣儿】，今有作品传世，可证陶宗仪的记载属实。

除《南村辍耕录》"杂剧曲名"表外，还另有一个题为陶宗仪所作的曲牌名目表——明臧晋叔《元曲选》附录《天台陶九成论曲》。它与《辍耕录》所载出入甚大，共收录 516 个曲牌，是《辍耕录》"杂剧曲名"表曲牌总数的两倍还多。这一曲名表应为臧晋叔的改作，附会为陶宗仪①。本书把它与《辍耕录》"杂剧曲名"表当作两份调名谱看待。这份曲名表贪多求全，疏于考订，是《中原音韵》和《南村辍耕录》所录曲牌的大杂烩，又掺入了一些南曲曲牌，另外把一些出入多宫调曲牌重复计算，所以得出了这样一个庞大的数字，比后来的《北词广正谱》尚多出 69 调。虽然可能是附会之作，且随意驳杂，但这一名目表并非完全向壁虚构，而很可能为臧晋叔的知见录，对于我们研究曲牌同调异名，同名异调，宫调出入等问题都有参考价值。

明代朱权《太和正音谱》，完全照搬了《中原音韵》的曲牌总目，并无增益。清代《北词广正谱》共收曲牌 447 章，补入了一些《中原音韵》失载者，如正宫【汉东山】、双调【月儿弯】等，是我们需要汲取之处。但它意欲返古求全，有些地方与北曲创作实际并不吻合。比如它在《中原音韵》所确立的十二宫调之外，又加上歇指调、宫调、角调、高平调、道宫，回归燕南芝庵十七宫调系统。实际上歇指调、宫调、角调无辖曲，高平调、道宫虽有曲牌，但只见于诸宫调，并未进入元曲曲牌系统。

---

① 参见郑尚宪《臧晋叔改订〈元曲选〉考》，《文献》1989 年第 2 期。

其后的《九宫大成南北词宫谱》可谓曲谱史上的又一里程碑。它是兼蓄南北曲的格律谱，同时也是第一部工尺谱巨制，成为我国古代音乐最完备的总谱。其中共辑北曲曲牌581章，北套188种，南北合套36种。吴梅赞曰："自此书出而词山曲海，汇成大观，以视明代诸家，不啻爝火之与日月矣。"①《九宫大成》除了详列正变外，对曲牌格律尤其是北曲格律的辨识颇见功力。比如，对此前各谱混为一谈的【四边静】与【四换头】的校勘即是一例。但《九宫大成》为敕修官书，从正统观念出发，其正体例曲多采自清代宫廷大戏，而把原本产生在前的民间曲斥为"又一体"，这并不符合曲牌格律发展的历史逻辑，也有违于治谱的初衷。

吴梅《南北词简谱》复归于简约实用，共收北曲曲牌322章，每个曲牌都别正衬，标明用韵和四声。尤其是例曲后的说明性文字，或辨词与曲，南曲与北曲之别；或点明是否入套，以及在套中的位置作用；还涉及句字的增损、板式、务头、唱法等一系列问题，对旧谱的讹误和悬案颇多心得之见。正如卢前先生所说："先生竭毕生之力，梳爬搜剔，独下论断，旧谱凝滞，悉为扫除。"②但此谱以常见实用的标准选择曲牌，并非全谱。

台湾学者郑骞有感于前人北曲谱"或欠详明，或多漏误，或伤芜杂"③，历时二十余载撰成《北曲新谱》。与旧谱或凭耳目之见，或按乐理臆测不同，郑谱采用的是完全归纳法，正如著者所言："乃遍读现存元代及明初北曲，包括小令、散套与杂剧

---

① 吴梅《庄亲王总纂〈九宫大成南北词谱〉叙》，王卫民编《吴梅戏曲论文集》，中国戏剧出版社，1983年版，第474页。
② 卢前《南北词简谱跋》，《南北词简谱》，河北教育出版社，2002年版，第781—782页。
③ 郑骞《北曲新谱》自序。

三者,每取一牌调之全部作品,比较之,归纳之,撰为斯编。"①力求做到无遗漏,不滥收,专列"旧谱所收今删去或改并者"一项,剔除诸宫调和南曲曲牌,合并一曲异名和各宫互见及与词全同者,最终得382调。《北曲新谱》的总结更符合北曲创作的实际,也是本书对曲牌进行格律比勘时重要的依据之一。

《北曲新谱》作为北曲谱的后出转精之作,敏识随处可见,但有时又不免自乱体制。比如,黄钟宫【人月圆】因与词同而被剔除,但同样情况的【秦楼月】、【太常引】却被收入;【百字折桂令】只是将【折桂令】多加衬字而得,所以按变格处理,不作独立牌调看待,甚是;但同样情况的【百字知秋令】却又单列。如此等等,可谓白璧微瑕。另外,因为其收录范围为"北曲",虽主要限于元代,但也有一些明以后牌调收入。

上述文献是我们进行元曲曲牌总目研究的重要参考。王钢先生早在1989年就曾将《中原音韵》、《南村辍耕录》、《太和正音谱》、《元曲选》曲论(即"天台陶九成论曲")、《北词谱》、《北词广正谱》六种前代文献收录的北曲曲牌以表格的形式汇总到一起,进行清理比对,撰成《北曲曲牌表》,共收录15宫调447支曲牌。该表收入袁世硕先生主编的《元曲百科辞典》(附录五)。这是一项非常有意义的工作,较之此前曲牌研究以周德清"乐府三百三十五章"为限是一个极大的推进。但在六种文献中,《北词广正谱》最为晚出,所以该表除少数牌调,如【神仗儿后】、【满堂春】等外,给出的曲牌总目表基本同于《北词广正谱》。限于表格的体例,对其中有疑义的曲牌也未能进行任何辨析,如【金殿喜重重】、【灯月交辉】、【喜梧桐】等是南曲曲

---

① 郑骞《北曲新谱》自序。

牌还是北曲曲牌？【阿忽令】与【阿纳忽】在备注一栏中已经说明《广正谱》认为二者为同一牌调，但在表格中仍然分列，是否妥当？做过同样工作的还有洛地先生未刊稿《金元北曲调牌汇考（上）》。该文将元曲曲牌的材料网罗殆尽，用功繁细。计有："《中原音韵》三百零五（305）目，《南村辍耕录·杂剧曲名》添十九（19）目，《元曲选·天台陶九成论曲》又添四十五（45）目，总数为三百六十九（369）目"。另录煞曲27章，附录《元史》、《明史》、《佛曲》中北曲"录目"。但洛文中仍有些问题待商榷，如杂入的明代以后曲牌、南曲曲牌、曲牌的重收（【醉高歌】与【最高楼】、【清江引】与【江儿水】）等。

　　由此可见，在前代曲谱总目基础上，比照现存作品，排比各家异同，辨析歧义之处，给出一份完整、精确的元曲曲牌总目表是亟待完成的工作。

　　（二）元曲曲牌来源论

　　元曲曲牌的来源是元曲曲牌研究中讨论最集中、最充分的话题。

　　王骥德《曲律·论调名》是考论南北曲曲牌来源的开始。在列举了一系列典型曲牌之后，王骥德说"其名则自宋之诗余，及金之变宋而为曲"①，揭示了词牌与曲牌的紧密关系，给后世学者以启示。他还进一步指出，词曲之变有的是稍易字句，有的则是"止用其名而尽变其调"②。但王氏《论调名》主要笔墨集中于南曲曲牌，对北曲曲牌只是一带而过，语焉不详。

　　王国维《宋元戏曲史》首先以科学实证之法，从曲牌名称入手，考察了元曲曲牌的渊源。他以《中原音韵》所载之"三百

---

① （明）王骥德《曲律》，《中国古典戏曲论著集成》（四），中国戏剧出版社，1959年版，第58页。
② （明）王骥德《曲律》，《中国古典戏曲论著集成》（四），第58页。

三十五章"为研究对象,考列北曲曲牌之出于大曲者 11 章,出于唐宋词者 75 章,出于诸宫调者 28 章。另有 10 章"虽不见于现存宋词中,然可证其为宋代旧曲,或为宋时习用之语,则其有所本,盖无可疑"①。

其后,任中敏《教坊记笺订》后附的《曲名源流表》,又考订出北曲曲牌与唐教坊曲名相同者有 44 种。这直接启发了李昌集《中国古代散曲史》。该书对北曲曲牌之源做了更为细致的统计,分为:与唐宋曲子词、诸宫调曲名相同相关者;与宋杂剧等曲名相同相关者;北曲本生牌调三大类。其中第一类的统计最为详细,将 138 调,分为 7 种情况。在统计的基础上,李先生得出了北曲与宋词"双生于唐曲"的总体结论。

赵义山《王国维元曲考源补正》②一文对王国维统计中的遗漏、衍入,做了大量清理工作,并将这一成果反映在《元散曲通论》一书中。在该书中,赵先生进一步考订出元代北曲曲牌出于唐宋大曲者 14 调;出于唐宋词者 118 调;出于唐宋教坊曲者 9 调;出于诸宫调者 29 调;出自宋元戏艺及金院本者 24 调;有可能出于宋代俗曲者 4 调。

由上可见,学界对来源于旧曲的曲牌的统计分析日益细致、精确,但对元曲本生牌调的研究却推进不大。李昌集《中国古代散曲史》曾将北曲本生曲牌分为胡曲、北地汉族俗曲、军歌、行酒曲、佛曲 5 种,赵义山《元散曲通论》则进一步细分为 9 类。二位先生的研究非常具有启发性,但限于篇幅都还止于简单的分类,其背后蕴藏的学术信息尚待开掘。

---

① 王国维《宋元戏曲史》,上海古籍出版社,1998 年版,第 66—67 页。
② 载于《文学遗产》1999 年第 5 期。

　　（三）元曲曲牌功用论

　　小令、散套、剧套在曲牌使用上大多相通,但也有所不同。曲牌功用论即探讨不同体式在曲牌使用上的分立与交流问题。《北词广正谱》在每一宫调下列出"小令"、"套数分题"两项,开启了曲牌研究的这一话题。郑骞《北曲新谱》对每一曲牌的功用也都有详细注明。而率先对北曲牌调按功用进行分类统计的则是任二北先生。他在《散曲之研究》"用调第五"一节中对散曲各体式的用调情况做了详细统计,得出:小令专用者共50调,小令套曲兼用者共69调,带过曲调式共34调。因为《散曲之研究》为散曲通史论著,所以数据中包含一些明清后起曲牌。孙玄龄《元散曲的音乐》把年代划定在元代,考证出专用于小令者62种(包括39个曲牌和23支带过曲),另有58个小令和套曲合用的曲牌。任、孙二位先生的统计范围都仅限于散曲,李昌集《中国古代散曲史》则对北曲各体式的用调情况进行全面统计。李先生开列了"小令、套数均使用者"、"剧套、散套均使用者"、"剧套专用者"、"散套专用者"、"小令专用者"五类情况,对前人的错漏多有纠正。此外,洛地、羊春秋、汪志勇、赵义山诸位先生也都先后对这一问题做过研考。但以上研究多为静态的分类,对曲牌如何在各体式间传播的实态和途径还未及关注。

　　学者们还对与元曲体式相连的特定曲牌进行了探讨,其中讨论最集中的是带过曲曲牌。关于带过曲成因,先后提出了"临笔续拈说"①、"摘调说"②、"异调衔接遗留说"③等不同观

---

① 任二北《散曲之研究》:"即作者填一调毕,意有未尽,再续拈一他调,而两调之间,音律又适能衔接也。"
② 可参看孙玄龄《元散曲的音乐》、汪志勇《元散曲中的带过曲研究》、赵义山《元散曲通论》、谢伯阳《"带过曲"新论》等论著。
③ 李昌集《中国古代散曲史》认为带过曲是"较早的异调衔接方式在北曲中的遗留"。

点。李昌集《中国古代散曲史》对套数首曲、套数曲组、套数尾声进行了全面论述,尤其是对套数曲组及其联套方式的剖析极富启发性。吴敢《宋元尾声论稿》①对尾声的名目做了全面梳理和分类研究;韩军《尾声论》②把尾声分为单一尾声类、复曲尾声类、无尾声类曲牌者,并对无尾声类曲牌的使用条件和规律进行了论述,颇多新见。

（四）单支曲牌研究

历代曲谱其实都可算作单支曲牌的研究,这也是古代曲牌研究的主要载体。除了上面提到的曲谱外,唐圭璋先生编有《元人小令格律》③,共收北曲小令曲牌 112 章,对每个牌调的正衬、平仄、用韵、末句、对仗等都有精到分析,最为简明实用。徐沁君先生对曲牌研究也用力甚多,造诣精深,著有《元北曲谱简编》④、《北曲曲牌》⑤等。在这些曲牌研究中,徐先生以现存用例纠正曲谱成说,在比较中斟酌各家得失,用发展的眼光看待曲牌流变以纠正前人武断固化处,创见迭出。他的《新校元刊杂剧三十种》、《〈全元散曲〉曲牌订补》⑥等论著都是曲牌研究的重要成果。

近年来,曲牌研究的最新成果还有吕薇芬先生的《北曲文字谱举要》。该书宗旨是"为有志于曲律研究和创作的人提供便利","以李玉《北词广正谱》、周祥钰等《九宫大成南北词宫谱》、吴梅《南北词简谱》、唐圭璋《元人小令格律》、罗忼烈《北小令文字谱》等五部重要曲谱作蓝本,互相比勘,以寻绎每一

---

① 载于《戏曲研究》第 77 辑。
② 载于《中华戏曲》第 25 辑。
③ 唐圭璋《元人小令格律》,上海古籍出版社,1981 年版。
④ 附录于蒋星煜主编《元曲鉴赏辞典》,上海辞书出版社,1990 年版。
⑤ 见齐森华、陈多、叶长海主编《中国曲学大辞典》,浙江教育出版社,1997 年版。
⑥ 载于《河北师范学院学报》1989 年第 1 期。

曲牌的格律,以及其格律在历史演变中的轨迹"①。一书在手,则该曲牌基本格律及前后变化,诸谱间歧异得失尽可一览无余。作者在《序言》中对各曲谱的点评、对词曲之别的论述都值得重视。

在曲牌研究中,当代民族音乐学家的成果也不容忽视。在这方面用力最多的当推冯光钰先生。他的《中国曲牌考》一书对100首曲牌音乐源流进行了考释,其中涉及不少元曲曲牌,如【一枝花】、【朝天子】、【满庭芳】、【风入松】、【山坡羊】、【雁儿落】、【得胜令】、【集贤宾】等。由于乐谱材料的限制,冯先生所论详于清近以来,略于元明,曲牌在元代的流变情况有待补充。除此之外,研究曲牌音乐的重要论文还有武俊达《北曲曲牌【天净沙】和"真元之声"的探索》②、董维松《昆曲曲牌【梁州第七】形态分析》③、《"南北曲腔"中短小曲牌研究系列——正宫【端正好】》④、《"南北曲腔"中短小曲牌研究系列(上、下)》⑤等。

最后需要详细介绍的是台湾学者李国俊的《北曲曲牌研究》⑥,这也是笔者所见唯一一篇专门研究北曲曲牌的博士论文。其研究涉及:北曲曲牌之源流,探求北曲与唐宋大曲、词乐、诸宫调、北方民歌、外族乐曲等关系;北曲曲牌之应用,探讨曲牌单用、入套情形,并由文字增损现象,探讨乐曲节奏、旋律、主腔、调式等变化情形;北曲曲牌文字格律与音乐形式分析,综合文字曲谱与音乐曲谱,分析曲牌之格式,并寻求其主腔、板式与变化规则;北曲曲牌之演化,由明清杂剧、传奇、地方戏曲、说

① 吕薇芬《北曲文字谱举要》序言,社会科学文献出版社,2012 年版。
② 载于《中国音乐学》1996 年第 2 期。
③ 载于《中国音乐》2007 年第 4 期。
④ 载于《中国音乐》2008 年第 3 期。
⑤ 分别载于《中央音乐学报》2009 年第 3 期、第 4 期。
⑥ 台湾中国文化大学中国文学研究所博士论文,1989 年。

唱、小曲中,使用北曲曲牌之情形,及保存北曲音乐状况,探求
北曲音乐之流变。李先生对北曲曲牌的研究是全方位的,是对
已有研究成果的集中总结。在曲牌文字格律与乐谱音乐分析
方面用力尤多,表现出深厚的功力。但遗憾的是,因为该文涉
及的问题非常多,所以难以对单个问题进行深入探讨,对于前
人的观点继承多于超越。

　　学界已有研究成果无疑是本书继续前进的基础,而此前研
究中存在的问题也是我们努力的方向:

　　1. 元曲曲牌总目需要做出新的统计。由以上研究史回顾
可知,周德清的"乐府三百三十五章"只是关于元曲曲牌问题
的一家之言。作为元曲曲牌研究的草创之作,尚有粗疏之处,
存在曲牌失收、误收、重收等现象,有重新检讨的必要;在《中
原音韵》成书后,有少量新曲调的产生,也有补入的必要。

　　2. 本生曲牌研究有待推进。不见于古曲的元曲本生牌调
是元曲音乐成立的基础。但由于元曲早期材料的匮乏,目前的
研究还很薄弱。近年来冀南出土的金元瓷器上的词曲,为研究
元曲早期民间阶段的原始生态提供了数量可观的实物标本,也
使我们推进本生曲牌研究成为可能。

　　3. 整体研究思路亟待更新。此前研究止于对元曲曲牌算
静态"总账",而忽略了曲牌系统吐故纳新的变迁史;将元曲与
其他兄弟样式之间以及元曲内部要素之间的复杂联系理解为
一种单向、线性关系,而与历史的多向、立体实态有悖。

四、研究思路及主要方法

(一) 研究思路

元曲曲牌系统的发展演变史同时也是元曲曲牌的传播史。

"传播"是本书研究路径的关键词,其核心是从关系和过程的角度研究元曲曲牌问题,力图纠正元曲曲牌研究中算静态"总账"的弊病。

笔者认为元曲曲牌系统的生成演变是一个渐进过程,它伴随元曲的整个兴衰史。在不同时期,使用的曲牌系统有所不同,不断有新声的加入,也不断有一些旧牌调被淘汰;同一支曲牌,其传播文化空间、格律、功用等也会随着时间而改变。而"完成时"的静态研究,恰恰遮蔽了这一复杂过程。本书的研究思路要变静态为动态,变"完成时"为"进行时"。还原元曲曲牌变动不拘的活态历史,是本书的首要工作。

其次,元曲曲牌系统的发展演变是在各种复杂关系中进行的。本书力图改变此前研究中的单向度线性思维,重视事物之间的共存互渗与多点对多点的跨界互动。不是仅仅断定谁在前谁在后、谁继承了谁就可完事,实际的情况是双方交流互渗,在不同时段,甚至在不同的曲牌上表现有所不同,必须具体问题具体分析,不可一概而论。

坚持从关系出发研究元曲曲牌,至少包括以下两个层面的含义:

第一,要把元曲放在复杂联系的大背景中进行研究。论文化空间,有宫廷、民间、文人、宗教不同阶层的音乐文化相对独立而又时时对流;论地域空间,各地不同的语言、音乐,会自觉不自觉地让传播中的曲牌发生改变,并催生新的牌调;论文艺体裁,元代乐坛呈现的是词、诸宫调、南曲、北曲等多种音乐样式共生互渗、此消彼长的立体画面。上述种种错综复杂的关系网,是元曲曲牌生成变异的生态环境。元曲曲牌系统是各种复杂关系共同作用的结果,孤立地就曲论曲,就无法揭示曲牌系统变迁的背后动因。

第二,在元曲内部,曲牌在宫调之间,小令与套曲之间,套曲内部,也有相互联系、相互交流的关系。从不同的角度对曲牌进行分类组合,展现它们之间的复杂联系,最大限度地挖掘曲牌中所蕴藏的学术信息,是本书的另一重要工作。

需要补充说明的是,元曲曲牌流脉绵长,为了论题的集中,本书将关注重心放在了元代,而把元曲曲牌与明清散曲、明清传奇及地方戏等关系做简略处理。必要的论述也只是为了阐明其在后代的变异,以作为元代情况的参照。关于元曲曲牌在后代流衍的详细情况,可参看李国俊《北曲曲牌研究》、冯光钰《中国曲牌考》。本书详于元而略于后,也是为了避免与二位先生的研究重复,而集中笔墨论述已有研究中缺位的问题。

(二)主要研究方法

1. 二重证据法

即取地下之实物与纸上之遗文互相释证。文献考据法是本书的首要方法。除现存曲论、曲话外,本书还将努力扩大材料范围,对史籍、笔记、诗歌、散文、戏剧、小说等文献中有关于曲牌的原始记载(尤其是宫词、竹枝词、赠歌姬文字、谈音乐文字等)进行勾稽。另外,重视并积极利用出土文物资料,以有效弥补文献记载中缺失的证据链条。近年来杨栋师持续关注、收集冀南出土的金元瓷器上的词曲,共得散曲作品 29 首,曲牌 19 调;宋金元词 34 首,词牌 27 调。这些新鲜、宝贵的出土文献,为研究元曲在早期民间阶段,与词共生、互生的原始生态及传播演化的具体路径提供了数量可观的实物标本,具有重要的学术价值,将为本书的新论点提供证据支撑。

2. 统计法

本书着力论述的是曲牌系统的历时性变迁和曲牌间的横向联系,并力图对元曲曲牌系统演变的规律进行探讨。要实现这样的目的,面对 300 多章情况千差万别的曲牌,仅靠举例说明,难免有以偏概全之弊。所以对各个曲牌的使用情况进行穷尽性统计、归纳,在此基础上寻绎规律,是行之有效的方法,也是本书突出使用的方法之一。现代计算机检索技术和古籍的数字化使我们有可能比凭借翻检、记忆的前辈学者做出更为细致、准确的统计。当然,我们也要警惕检索的机械行为所带来的信息遗失和讹误。因此,要尽可能多角度地展开检索;核心材料需通读细读,人工检索;对检索后的相关项也要核对原文,以保证结论建立在对资料全面、准确的把握之上。

3. 音乐格律学与民族音乐学

探寻曲牌变异的规律是本书的重要任务。元曲作为曲牌体音乐,音乐与文词具有双向互动、同步变化的关系,曲牌格律即字调线条对音乐线条的忠实反映。这使得通过格律研究元曲曲牌成为可能。尤其是在元曲音乐失传的情况下,音乐格律学的方法显得更为重要。现存作品、历代曲谱是本书进行格律比对的基本依据。当然,元曲曲牌音乐是有定与无定的统一,切不可用唯一的曲牌定格框定千变万化的实际用例;在具体论证时,除格律比对外,应辅以其他文献记载,使立论的基础更为扎实。

本书对民族音乐学的研究成果也会给予充分关注,现存宗教音乐,戏曲、曲艺中的牌调音乐等都可以作为我们以今视昔,逆流而上的重要佐证材料。

第一章
元曲曲牌的新统计

划定研究对象范围是我们探讨问题的前提,元曲到底产生了多少曲牌是本书首先需要回答的问题。

第一节 《中原音韵》"乐府
三百三十五章"辨正

元代周德清是系统收集梳理元曲曲牌的第一人。他在《中原音韵》中开列了"乐府三百三十五章",分属于十二宫调之下。这个调名谱囊括了元曲的绝大部分牌调,成为此后元曲曲牌研究的起点。作为当时人对元曲唱、作实况的总结,《中原音韵》的历史权威性毋庸置疑,但"乐府三百三十五章"毕竟是元曲曲牌研究的草创之作,尚有粗疏之处,有重新检讨的必要。本节即根据元陶宗仪《辍耕录》卷二十七"杂剧曲名"表、明臧晋叔《元曲选》所录"天台陶九成论曲"曲牌表及《太和正音谱》、《北词广正谱》、《南北词简谱》、《北曲新谱》等曲谱,对照现存元曲作品,对《中原音韵》"乐府三百三十五章"进行辨正。

一、"乐府三百三十五章"未收曲牌

有些曲牌是周德清时代已经产生,"乐府三百三十五章"当收而未收者;还有一些可能出现在《中原音韵》成书以后,《中原音韵》未及收入。

1. 正宫【汉东山】

【汉东山】又名【撼动山】。该调《中原音韵》在"末句"下提及(末句须"仄平平"),但周德清却并未将其列入调名谱中。周德清"乐府三百三十五章"并非元代曲牌的全部,于此也可见一斑。此调《北词广正谱》、《九宫大成南北词宫谱》、《北曲新谱》已补入。定格8句8韵,其句格为:5,5,5,5,7,3,3,3。其中第四句必有"也么哥"三字,为此章定格。《全元散曲》收录张可久小令10首。另,郑光祖《钟离春智勇定齐》第二折由茶旦插唱一支【撼动山】,其句格一至四句与张可久小令相同,以下大异,《北词广正谱》将其列为"又一体"。

南曲亦有【汉东山】,沈自晋《南词新谱》收。南、北曲【汉东山】格律略同,很可能是由张小山引南入北。明初唐之淳《扬州竹枝词》云:"往年歌管不曾闲,遮莫商船到北湾。今日樵儿吹野曲,犹传一曲【汉东山】。"①唐之淳(1350—1401),字愚士,山阴(今浙江绍兴)人,建文初年,官翰林侍读。可见在

---

① (明)唐之淳《唐愚士诗》,周是修《刍荛集》(外六种),上海古籍出版社,1991年版,第580页。

明初扬州民间【汉东山】已广为流传,也可作为此调来自南方音乐的佐证。后世京剧、蒲州梆子、巴陵戏等戏曲音乐,湖南、河南民间吹打乐,云南洞经音乐,开封大相国寺佛教音乐等都有这一曲调的保存,使用非常广泛,不过几经变迁已面目全非。

2. 大石调【憨货郎】

元曲中今仅存李文蔚《燕青博鱼》第一折【大石调·六国朝】套中1处用例。《北词广正谱》认为此调为集曲,题为【蒙童儿犯】,并析定小牌为:首两句【货郎儿】,中三句【醉太平】,末两句为【蒙童儿】①。《北词广正谱》所录曲词与《元曲选》本稍有所不同。郑骞《北曲新谱》认为杂剧原文与《广正谱》所言格律并不相符,所以主张仍题【憨货郎】。本书从之,将其补入元曲曲牌系统。

3. 中吕【酥枣儿】

陶宗仪《辍耕录》"杂剧曲名"表著录,入中吕宫。《全元散曲》中仅见关汉卿【中吕·古调石榴花】《闺思》散套1处用例,原文如下:

> 【酥枣儿】一自相逢,将人来萦系。樽前席上,眼约心期。比及道是配合了,受了些闲是闲非。咱各办着个坚心,要拨个终缘之计。②

《北词广正谱》、《九宫大成南北词宫谱》、《北曲新谱》已补入。

---

① （清）李玉《北词广正谱》,王秋桂主编《善本戏曲丛刊》,台湾学生书局,1987年版,第374—375页。
② 隋树森编《全元散曲》,中华书局,1964年版,第174页。

4. 中吕【鲍老三台滚】

《辍耕录》"杂剧曲名"表著录为【鲍老衮】。《北词广正谱》、《九宫大成南北词宫谱》、《北曲新谱》题为【鲍老三台滚（衮）】，例曲均出自关汉卿【中吕·古调石榴花】《闺思》散套，原文如下：

　　【鲍老三台滚】俺也自知，鸾台懒傍尘土迷；俺也自知，金钗环弹云鬓堆；俺也自知，绝鳞翼，断信息，几时回？乍别来肌如削，早是我多病多愁，正值着困人的天气。①

5. 南吕【楚天秋】

《辍耕录》"杂剧曲名"表、《元曲选》所附"天台陶九成论曲"曲名表均收录，入南吕宫，今未见作品流传。《北曲新谱》认为是晚出之曲，故删去。但张可久【越调·寨儿令】《九日登高》小令有"归期何太晚，醉舞老来羞。幽，谁唱【楚天秋】"②之语，任昱【越调·小桃红】《宴席》也说"桃花扇底【楚天秋】，恰恰莺声溜"③，可证《辍耕录》所言非虚，此调元代已有，故补入。

6. 双调【蝶恋花】

《辍耕录》"杂剧曲名"表著录。《全元散曲》共收3支：一为【双调·蝶恋花】"鸥鹭同盟曾自许"套首曲。此套见罗振玉藏明钞本《阳春白雪》后集卷二，题马致远作。《北词广正谱》只收【蝶恋花】一支，题杜仁杰作。虽作者记载有分歧，但为元人作品无疑。另有曾瑞散套【双调·蝶恋花】《闺怨》、周文质

① 隋树森编《全元散曲》，第174页。
② 隋树森编《全元散曲》，第836页。
③ 隋树森编《全元散曲》，第1012页。

散套【双调·蝶恋花】《悟迷》2 处用例。《北词广正谱》、《九宫大成南北词宫谱》、《北曲新谱》均已补入。

7. 双调【月儿弯】

现存元曲中仅见李直夫《虎头牌》第二折【双调·新水令】套 1 例。原文如下：

　　【月儿弯】则俺那生忿忏逆的丑生,有人向中都曾见。伴着火泼男也那泼女,茶房也那酒肆,在那瓦市里穿。几年间再没个信儿传。有句话舌尖上挑着,我去那喉咙里咽。①

该套吸纳了众多女真族音乐,此曲或亦来自女真乐。《北词广正谱》、《九宫大成南北词宫谱》、《北曲新谱》均已补入。

8. 商调【定风波】

仅见庾天锡《思情》散套中,为首曲,原文如下：

　　迤逦秋来到,正露冷风寒,微雨初收,凉风儿透冽襟袖。自别来愁万感,遣离情不堪回首。②

《北词广正谱》、《九宫大成南北词宫谱》、《北曲新谱》均已补入。《北曲新谱》注曰"与词调不同"③,此处又是入套歌唱,显然为曲牌无疑。

9. 商调【凉亭乐】

首见阿里西瑛小令,又见于贾仲明杂剧《金童玉女》第三

---

① （明）臧晋叔《元曲选》,中华书局,1958 年版,第 410 页。
② 隋树森编《全元散曲》,第 227 页。
③ 郑骞《北曲新谱》,第 231 页。

折【商调·集贤宾】套中。《北曲新谱》注明为散套、杂剧用曲，但元曲未见散套用例。

10. 不知宫调【时新乐】

该调今存周文质小令 5 首，《全元散曲》据元人曲选《乐府群玉》收入。试引一首如下：

> 千里独行关大王，私下三关杨六郎。张飞忒煞强，诸葛军师赛张良。暗想，这场，张飞莽撞，大闹卧龙冈，大闹卧龙冈。①

吕薇芬《全元曲典故辞典》云："估计【时新乐】是元代民间小曲，在这一首曲中，所唱都是当时盛行的戏曲、话本故事。"②牌名为"时新乐"，当是街市正流行的小调，最后两句的叠句，也宛然可见市井曲歌唱的口吻。

11. 不知宫调【丰年乐】

隋树森《全元散曲》据《文湖州集词》收入乔吉 1 首，全曲如下：

> 世路艰难鬓毛斑，占奸退闲。白云归山鸟知还，想起来连云栈，不如磻溪岸垂钓竿。③

徐沁君先生在《〈全元散曲〉曲牌订补》中提出此曲应是南吕【四块玉】，并主张断句如下：

---

①　隋树森编《全元散曲》，第 559 页。
②　吕薇芬《全元曲典故辞典》，湖北辞书出版社，2001 年版，第 346 页。
③　隋树森编《全元散曲》，第 634 页。

世路艰难,鬓毛斑,占奸退闲。白云归山鸟知还,想起来连云栈,不如磻溪岸,垂钓竿。①

【四块玉】的定格为七句:3,3,7,7,3,3,3,与这首【丰年乐】并不相合。徐先生推测首句"艰难"中当有一衍字,第三句为减字格,五、六、七句除掉衬字后为"连云栈"、"磻溪岸"、"垂钓竿",这样便合于【四块玉】的格律。但在不长的一首小令中多处不合格律,断定为【四块玉】还是有些牵强。有许多相近曲牌的句格往往仅为一两句甚至是一两字之别。另外,如果曲牌为【四块玉】,那么原文所题"丰年乐"当作何解呢? 对此,徐先生解释为"疑是曲题,而非曲牌",笔者以为欠妥。乔吉原文如上所引,所表达的是避世远害思想,实在看不出与"丰年之乐"有什么关系。在此,"丰年乐"已不再是辞咏本调的文题,而上升为标示音乐的曲牌名。该曲始调或是一支民间庆丰收的曲子,和双调【庆丰年】当属一类,是"乐府三百三十五章"失收的一个曲牌。

12. 不知宫调【三棒鼓声频】

《全元散曲》依《乐府群玉》收录了曹德《题渊明醉归图》1首,原文如下:

先生醉也,童子扶著。有诗便写,无酒重赊。山声野调欲唱些,俗事休说。 问青天借得松间月,陪伴今夜。长安此时春梦热,多少豪杰。明朝镜中头似雪,乌帽难遮。 星般大县儿难弃舍,晚入庐山社。比及眉未攒,腰曾折,迟了也去官陶靖节。①

　　《乐府群玉》原文即如上所引,分别在"问青天"、"星般大"处断开,全篇三段,正与"三棒鼓"的牌名相应。徐沁君先生《〈全元散曲〉曲牌订补》一文考订此调实为双调【十棒鼓带过清江引】,与此分段不同,本书不从。

　　以上共增入"乐府三百三十五章"失收曲牌12章。所补入的曲牌大多数现存用例极少,由此可见,《中原音韵》"乐府三百三十五章"的确涵盖了当时最为流行的曲调,遗漏者多为冷僻之调。在当时信息交流不畅的情况下,能做到这一点已实属不易。

二、"乐府三百三十五章"误收曲牌

(一)剔除词牌3章

　　这一部分辨析的重点是词曲格律全同的小令专用曲牌。因为进入套曲的牌调,由体制即可判定为曲牌无疑;若词曲格律不同,则词曲两属并不混淆;只有词曲格律全同的小令专用曲牌才容易相混。判定的标准是该牌调开始使用的时间、著录情况以及时人的归类、格律特征(用韵、入派三声)等。经过比勘,笔者以为以下3章为词调,应剔除。

　　1. 黄钟【人月圆】

　　《全元散曲》共收元好问以下12位作家32首【人月圆】。而笔者认为【人月圆】为词牌而非曲牌。

　　首先,此调并非始于元好问,而为北宋词人王诜首创,因词

---

① 隋树森编《全元散曲》,第1081页。

中有"华灯盛照,人月圆时",故名。《全宋词》共收王诜、张纲、李持正、赵鼎、杨(扬)无咎、汪元量等《人月圆》共计 13 首。《全金元词》共收《人月圆》5 首,元好问外,尚有吴激、蔡松年、王寂各 1 首。这些词与《全元散曲》所收【人月圆】格律全同。无甚差别的同时代、同牌创作,一部分断为词,一部分却断为曲,令人难以信服。

其次,除张可久、徐再思外,其他 10 位作家共 17 首【人月圆】并不见于当时任何曲选、曲集,而是多入词集,今人唐圭璋编《全金元词》亦将金元时的《人月圆》全部收入。可见在时人以及后代大多数词论家的观念中,【人月圆】为词牌而非曲牌。

第三,【人月圆】不见于散套、剧套、带过曲,为小令专用曲牌。从作者身份来看,也多属词作者。关汉卿、马致远、郑光祖等专以曲名世者未见用此调者。

由此笔者以为,该牌调为词牌而非曲牌。郑骞《北曲新谱》即认为该牌调"与词全同",故列入"旧谱所收今删去或改并者"之列,本书从之。

2. 仙吕【太常引】

此调《太和正音谱》例曲来自《中和乐章》,失载幺篇;《北词广正谱》以刘燕歌"故人别我出阳关"一首为例曲,有幺篇。《青楼集》"刘燕歌"条下亦收此曲:"善歌舞,齐参议还山东,刘赋《太常引》以饯云:'故人别我出阳关,无计锁雕鞍。今古别离难,兀谁画蛾眉远山。一尊别酒,一声杜宇,寂寞又春残。明月小楼间,第一夜相思泪弹。'至今脍炙人口。"①《北词广正谱》仙吕宫目录后所列小令用调,并无【太常引】,将其列入"未详"

---

① (元)夏庭芝《青楼集》,《中国古典戏曲论著集成》(二),中国戏剧出版社,1959 年版,第 20 页。

一类中。《南北词简谱》认为"此即诗余也"①。《太常引》为南宋词中习用之调,《全元散曲》仅据《小山乐府》收入张可久《姑苏台赏雪》一首,与词牌《太常引》格律全同,应为词而非曲。

3. 商调【秦楼月】

《全元散曲》仅收录张可久1首,原文如下:

> 寻芳屦,出门便是西湖路。西湖路,旁花行到,旧题诗处。瑞芝峰下杨梅坞,看松未了催归去。催归去,吴山云暗,又商量雨。②

《全金元词》亦收入此作。另又据天一阁本《张小山乐府》收入《即事》、《为解蕙卿赋》2首。除张可久之外,《全金元词》还收录其他词人所作《秦楼月》30余首,如著名曲家王恽就作有2首《秦楼月》,词前皆有小序,节录于下:

> 今岁八月自哉生明夜,月色如昼,及至良夕,乃多风雨,所谓独向此时偏者,诗人不得无怅然之情也。取太白诗例,赋《秦楼月》一阕,歌以问之。③
>
> 己丑岁春分前一日,栽培众卉罢,晚坐前阁,无以解之。偶得催阁芍药词《秦楼月》一阕,因放声自歌,浮大白者数行,实至元二十六年三月二十日也。④

序中既云"取太白诗例",可见作者本意是作词而非作曲。

---

① 吴梅《南北词简谱》,第85页。
② 隋树森编《全元散曲》,第850页。
③ 唐圭璋编《全金元词》,中华书局,1979年版,第685页。
④ 唐圭璋编《全金元词》,第685页。

从序中我们还可以得知,至少在至元年间,词调《秦楼月》尚且能歌。《全元散曲》所收张可久一首与金元时其他《秦楼月》格律并无二致。吴梅《南北词简谱》云:"此即诗余之《忆秦娥》。"①本书认为《秦楼月》为词牌,应从曲牌中剔除。

(二)剔除琴歌 1 章

即大石调【阳关三叠】。此调《全元散曲》据《太和正音谱》收无名氏 1 首,全曲如下:

渭城朝雨浥轻尘,更洒遍客舍青青,弄柔凝千缕。更洒遍客舍青青,弄柔凝翠色。更洒遍客舍青青,弄柔凝柳色新。　　休烦恼,劝君更尽一杯酒,人生会少,富贵功名有定分。休烦恼,劝君更尽一杯酒。旧游如梦,只恐怕西出阳关,眼前无故人。休烦恼,劝君更尽一杯酒,只恐怕西出阳关,眼前无故人。②

郑骞《北曲新谱》云"与他曲体制不同,故未注句数",又说"此曲韵甚杂"③。与郑骞的狐疑不同,吴梅《南北词简谱》态度很明朗:"旧谱【催拍子】后,尚有【阳关三叠】一曲,即据王维'渭城'一诗,为之增句成者也。余以北词中用者至少,且止宜琴调,不合弦索,因为删去。"④吴先生"止宜琴调,不合弦索"之说至精,本书从之。

另,《全宋词》收录无名氏一首《古阳关》,与上引大同小异,实乃一脉相承。全词如下:

① 吴梅《南北词简谱》,第 232 页。
② 隋树森编《全元散曲》,第 1717 页。
③ 郑骞《北曲新谱》,第 189 页。
④ 吴梅《南北词简谱》,第 52 页。

渭城朝雨,一霎浥轻尘。更洒遍客舍青青。弄柔凝千缕柳色新。更洒偏,客舍青青,千缕柳色新。　　休烦恼。劝君更尽一杯酒,人生会少。自古富贵功名有定分。莫遣容仪瘦损。休烦恼,劝君更尽一杯酒,只恐怕西出阳关,旧游如梦,眼前无故人。只恐怕西出阳关,眼前无故人。①

除此之外,《全宋词》还收有柴望一首《阳关三叠》:

西风吹鬓,残发早星星。叹故国斜阳,断桥流水,荣悴本无凭。但朝朝才雨又晴,人生飘聚等浮萍。谁知桃叶,千古是离情。　　正无奈黯黯离情。渡头烟暝,愁杀渡江人。伤情处,送君且待江头月,人共月千里难并。笳鼓发,戍云平。　　此夜思君,肠断不禁。尽思君送君,立尽江头月。奈此去君出阳关,纵有明月,无酒酌故人。奈此去君出阳关,明朝无故人。②

潘慎、秋枫《中华词律辞典》认为:“此词乃隐括王维‘渭城朝雨’辞意之送行歌,调分三段,正合‘三叠’……第七句‘难并’之‘并’字属八庚韵,与本韵真文本不同部,庚青与真文通叶,词中尚无例则,即现代之十三辙,[in]与[ing]亦不同辙,故于律不叶。然此处如不叶,韵脚未免过于稀疏。今姑注韵,以俟识者。”③此处,《中华词律辞典》与郑骞先生“曲韵甚杂”的疑问正相同。根源或正在于以词、曲格律衡量琴歌《阳关三

---

① 唐圭璋编《全宋词》,中华书局,1992年版,第3841—3842页。
② 唐圭璋编《全宋词》,第3026页。
③ 潘慎、秋枫主编《中华词律辞典》,吉林人民出版社,2005年版,第1832—1833页。

叠》,故扞格不入。

元曹绍《安雅堂酒令》中的令词,提到了得令者需进行的各种文艺表演形式,举凡经史、选诗、北曲、南曲、吴歌、山歌、渔歌等。其中有两则是关于琴调的,一是《嵇康弹琴四十四》:"先说旧时或平生心事,然后歌琴调,饮一杯。"①一是《文君当垆七十一》:"作妇人唤人饮酒状,坐客自愿饮者,得令之人把盏,口作琴调侑觞。"②可见琴歌也是当时市井宴席上流行的文艺形式之一。那么《中原音韵》将琴歌《阳关三叠》按"乐府"收入就不足为奇了。但笔者以为,琴歌在古代音乐形式中自成体系③,不能与元曲曲牌系统相混,故剔除。

(三)剔除诸宫调牌调9章

"乐府三百三十五章"中的黄钟宫【兴隆引】、【倾杯序】、【彩楼春】(又名【抛球乐】),仙吕宫【瑞鹤仙】、【忆帝京】,双调【万花方三台】,越调【踏阵马】、【看花回】,般涉调【瑶台月】,元曲未见用例,而仅见诸宫调使用。出现这种情况有两种可能:一是这些曲牌在当时也入杂剧、散曲,故"乐府三百三十五

---

① (元)曹绍《安雅堂酒令》,《说郛》第8册卷56,中国书店1986年影印涵芬楼本。
② (元)曹绍《安雅堂酒令》。
③ 现存各种琴谱中载有《阳关三叠》的共有三十余种,现存最早的为明弘治四年刊印的《浙音释字琴谱》,而以清末张鹤《琴学入门》所收版本最为流行。其歌词为:"清和节当春。渭城朝雨浥轻尘,客舍青青柳色新,劝君更尽一杯酒,西出阳关无故人。霜夜与霜晨,遄行,遄行,长途越度关津,惆怅役此身。历苦辛,历苦辛,历历苦辛,宜自珍,宜自珍。 渭城朝雨浥轻尘,客舍青青柳色新,劝君更尽一杯酒,西出阳关无故人。依依顾恋不忍离,泪滴沾巾!无复相辅仁,感怀,感怀,思君十二时辰。商参各一垠。谁相因,谁相因,谁可相因?日驰神,日驰神。 渭城朝雨浥轻尘,客舍青青柳色新,劝君更尽一杯酒,西出阳关无故人。芳草遍如茵,旨酒,旨酒,未饮心已先醇。载驰骃,载驰骃,何日言旋轩辚?能酌几多巡,千巡有尽,寸衷难泯。无穷的伤悲,楚天湘水隔远滨。期早托鸿鳞,尺素申,尺素申,尺素频申,如相亲,如相亲。噫!从今一别,两地相思人梦频。闻雁来宾。"虽然时隔几百年,歌词已多变化,但仍能看出它与《太和正音谱》例曲的一脉相承。

章"收入,只是并无作品流传下来;二是当时即仅为诸宫调用
曲,杂剧、散曲不用,但在当时人的观念中,诸宫调与元曲同为
北曲系统,本是一体,故"乐府三百三十五章"收入。笔者以为
后者的可能性更大。因为明初朱权《太和正音谱》在为"乐府
三百三十五章"选配例曲时,这些曲牌就分别以《天宝遗事诸
宫调》《中和乐章》为例,而不用元曲作品。朱权去元代未远,
且以朱权藏书之富和在曲学上用力之深,如非故意,应是元曲
中并无用例。况且,将元曲与诸宫调作一体观,并非周德清独
然。如钟嗣成《录鬼簿》篇首即列《西厢记诸宫调》作者董解
元,并且解释说"以其创始,故列诸首"①,显然是将诸宫调作家
与元曲作家等而视之。《辍耕录》"杂剧曲名"表中也杂有诸宫
调曲牌,如【鹘打兔】等。但我们以为诸宫调与元曲二者性质
有异,应看作两种不同的艺术样式。郑骞《北曲新谱》已将这
些牌调剔除,本书从之。

　　由以上分析可以看出,周德清的"乐府三百三十五章"不
仅包括散曲曲牌,也包括杂剧曲牌(如仙吕宫【端正好】下注明
"楔儿",是杂剧的专用曲牌),甚至诸宫调曲牌、词调、琴曲也
杂入其中。学界曾就《中原音韵》的"乐府"是指杂剧还是散曲
展开争论,其实周德清的乐府观着眼点不在于体制之别,而在
雅俗之辨,所谓"成文章曰乐府"是也。故用今日的杂剧、散曲
二分法无法与他的"乐府"完全对话。这种文体的模糊认识,
不只在周德清,历代曲谱从明《太和正音谱》、清《北词广正谱》
以至近人吴梅《南北词简谱》中,都有不少曲牌是以诸宫调作
品为例曲的。沈璟《增订南九宫曲谱》则有不少牌调以宋词为

---

① (元)钟嗣成《录鬼簿》,《中国古典戏曲论著集成》(二),中国戏剧出版社,
1959年版,第103页。

例曲,可见出这种观念的一脉相承。

三、"乐府三百三十五章"重收曲牌

"乐府三百三十五章"中有些曲牌本为同曲异名,《中原音韵》却误分为两调,应予以合并。

1. 大石调【百字令】与【念奴娇】

今存元曲中无【百字令】用例,《太和正音谱》例曲采自《中和乐章》。【念奴娇】又名【百字令】,在词已然。吴梅《南北词简谱》在【念奴娇】后云:"此即诗余中之【百字令】也。"①郑骞《北曲新谱》已将二者归并,本书从之。

2. 仙吕【柳外楼】与【忆王孙】

词牌《忆王孙》创自宋代李重元②,其词有"萋萋芳草忆王孙,柳外楼高空断魂"之句,【忆王孙】、【柳外楼】之名应是由此而来。【柳外楼】现存元曲无用例,《太和正音谱》例曲采自《中和乐章》。吴梅《南北词简谱》在【太常引】后注曰:"诸谱于此曲下,尚有【柳外楼】一支,实即【忆王孙】,因删之。"③郑骞《北曲新谱》沿其说,云:"《正音》既收【忆王孙】又收【柳外楼】,非是。"④二位先生所言极是,本书从之,将二者合并。

---

① 吴梅《南北词简谱》,第 43 页。
② 李重元,事迹不详,宋徽宗宣和前后(约 1122 年)在世,词作仅有《忆王孙》4 首传世,见黄升《唐宋诸贤绝妙词选》,陈耀文《花草粹编》亦收之。这 4 首词作的著作权历来颇多歧异。《清绮楼词选》署为李重光(煜)作,盖以"重元"与"重光"字形相近致误;《历代诗余》卷二以为李甲(字景元)作,则又误"重元"为"景元";《词谱》误以第一首为秦观词;《类编草堂诗余》又误以第二首为周邦彦词,第四首为欧阳修词;《词林万选》误以第三首为康与之词。当以李重元作为是。参见曾昭岷《菊墨斋词说(二)》一文,载于《咸宁学院学报》1982 年第 2 期。
③ 吴梅《南北词简谱》,第 85 页。
④ 郑骞《北曲新谱》,第 103 页。

3. 双调【金娥神曲】与【神曲缠】

【金娥神曲】今仅见杜仁杰（一说马致远）【双调·蝶恋花】"鸥鹭同盟曾自许"套,此曲《太和正音谱》只录一支,《北词广正谱》多录三支【幺篇】,原文如下:

【金娥神曲】世俗,看取,花样巧番机杼。乾坤腐儒,天地逆旅,自叹难合时务。

【二】仕途,文物,冠盖拥青云得路,恩诏宠金门平步。出入里雕轮绣毂,坐卧处银屏金屋。

【三】是非,荣辱,功名运前生天注。风云会一时相遇,雷霆震一朝天怒。荣华似风中秉烛,品秩似花梢露。

【四】至如,有些官禄,辨甚么贤共愚;更那,有些金玉,识甚么亲共疏;命福,有些乘除,问甚么有共无![1]

【神曲缠】则有曾瑞、周文质【双调·蝶恋花】散套各1例。将【神曲缠】、【金娥神曲】进行格律比对,我们发现二者格律完全相同。此调一般4首连用[2],《太和正音谱》实际是摘取第一首作【金娥神曲】的例曲。对此,吴梅《南北词简谱》已经指出:"此支共有四叠,《正音谱》止取其一,为【金娥神曲】,别收曾瑞卿散套为【神曲缠】,而不知即是一曲也。"[3]《北词广正谱》、《北曲新谱》均已将二者合并为【金娥神曲】。

4. 双调【阿忽令】与【阿纳忽】

【阿忽令】见马致远【双调·夜行船】"一片花飞春意减"

---

① 隋树森编《全元散曲》,第1979—1980页。
② 《全元散曲》所收曾瑞【神曲缠】分为两段,有误,徐沁君先生《〈全元散曲〉曲牌订补》一文已指出:"应从第五行'我总观'起为第二段,原【幺篇】为第三段,第八行'鸾肠断'起为第四段。"
③ 吴梅《南北词简谱》,第173页。

散套,试与同一作者的【双调·新水令】《题西湖》散套中的【阿纳忽】比对如下:

　　【阿忽令】才见了明暗,且做些搊淹,倘忽间被他啜赚,那一场羞惨。①

　　【阿纳忽】山上栽桑麻,湖内寻生涯,枕头上鼓吹鸣蛙,江上听甚琵琶。②

　　除去第二首末句衬字,两首均为四句四韵,为一调无疑。《北词广正谱》、《北曲新谱》已做归并。

　　另,元刊本《拜月亭》、《调风月》第四折末尾各有一首【阿忽令】(【阿古令】),徐沁君《新校元刊杂剧三十种》注曰:

　　按:曲谱,本曲实为【太平令】……意者,本曲盖来自北方少数民族,"阿忽"、"阿古"其音,"太平"其意欤?③

　　徐先生指出此曲为【太平令】之误题,是;但据此断定【阿忽令】即【太平令】则非。【阿忽令】句格如上,【太平令】依《北曲新谱》则为八句八韵,句格为:7,7,7,7,2,2,2,7。二者差异甚大,不大可能为一调。

　　5. 越调【雪中梅】与【雪里梅】

　　【雪中梅】现存元曲未见用例,《太和正音谱》以《中和乐章》为例曲。《南北词简谱》在【雪中梅】后注曰:"此即【雪里

---

① 隋树森编《全元散曲》,第 1977 页。
② 隋树森编《全元散曲》,第 267 页。
③ 徐沁君校点《新校元刊杂剧三十种》中华书局,1980 年版,第 56 页。

梅】……本拟删去,缘吾书次序,一依《正音谱》,遂仍之。"①吴
梅先生《南北词简谱》见识精微,却有时为《正音谱》所囿,依违
于两可之间,甚至"明知故误",不免让人感到遗憾。相比之
下,郑骞先生《北曲新谱》的态度更为明晰、斩然,已将【雪中
梅】、【雪里梅】进行了归并。

以上我们对"乐府三百三十五章"中存在的失收、误收、重
收曲牌进行了辨正,共增补 12 章,删并 18 章,共得元曲曲牌
329 章。此即为本书研讨的对象范围。

第二节　元曲曲牌的历时性统计

上一节我们对《中原音韵》"乐府三百三十五章"进行了辨
正,得出了新的元曲曲牌总目表。但这一曲牌系统并非始终如
此,它的形成有一个渐进的过程,在此后的传播中有增衍,有淘
汰,时刻处于吐故纳新的动态过程。换句话说,这三百多个牌
调并非都是共时性存在。本节力图增加时间维度,以反映元曲
曲牌系统演进的鲜活历史。

一、元曲作家的代群划分

代群分析(Cohort analysis)是西方社会学研究中经常使用
的一种方法,可以用来描述和检验"时代烙印"。本书使用的
代群分析,是以曲家的生活年代、创作年代为依据,将同一年龄
组(即同一世代)、生活和创作又基本同时的作家划分为一个

---

① 吴梅《南北词简谱》,第 218 页。

代群。通过统计在每代作家的创作中,哪些新曲牌被引入,哪些旧曲牌被淘汰,来展现元曲曲牌系统的演进史。

本书借用这一概念而不用传统的分期法,出于以下考量:一是传统元曲分期法的关注重心是作品的量与质,并以衡定元曲盛衰之变为旨归,而这并非本书的关注重心所在;二是依传统分期法划定的各期时限长短不一,差别很大,难以反映元曲曲牌系统发展的阶段性特征。代群划分法只是出于本论题的研究需要,而并非另提元曲分期的新说。

选择这一视角的理论依据是流行音乐随世而变,喜新厌旧的特性。正如王骥德所说:"世之腔调,每三十年一变。"①虽然每位作家在不同阶段所用曲调会有所不同,而不同时代作家对曲调的选择也并非全无交叉,但把同一代作家作品进行统计,还是能大体反映一代人对某些曲调的喜好偏向,代表当时曲调流行的阶段性特征。

根据《录鬼簿》、《录鬼簿续编》、《中原音韵》等文献提供的信息,吸收学界关于元曲作家生平研究的成果,兼顾杂剧、散曲创作实际,我们把元曲家划分为五个代群。

第一代作家群以元好问为代表。这一代作家出生年的下限是1219年。活动的时间是金末元初,大体从金泰和元年(1201)至元世祖中统元年(1260)。主要作家有元好问、商道、孙梁、杨果、杜仁杰、刘秉忠、商挺等人。他们为白朴、关汉卿等人的父师辈,大都是金朝遗民,社会地位较高,只作散曲不作杂剧。此时文人作曲尚处在尝试性阶段,曲牌系统建设刚刚起步。

需要补充的是,学界一般把元曲的上限定为蒙古灭金即

---

① (明)王骥德《曲律》,《中国古典戏曲论著集成》(四),第111页。

1234 年,本书认为所定时间稍晚。实际上元曲个别本生曲牌的产生可以追溯到北宋末年的市井俗曲(后文将详论),比较切近的起始点则是金代。近年在冀南出土的金代器物上的北曲作品,也充分证明了这一点。从北曲兴起到广泛传播并被写到器物上应需要一定的时间,所以北曲的兴起绝不会迟至金亡。但由于材料的缺乏,北曲的起源阶段仍是一个混沌期,第一代曲家活动时间的上限难以坐实。本书参照《西厢记诸宫调》产生的时间,姑且定为金章宗泰和元年(1201),这只是一个推定时间而非确指。

第二代作家群以白朴、关汉卿为代表。活动时间以中统初(1260)关汉卿登上曲坛为开端,截止到元世祖末年(1294),贯穿整个忽必烈时代,共计 34 年,即中统、至元时期。作家的生年区间是 1220—1249 年。主要作家除关汉卿、白朴外,还有徐琰、王和卿、杨显之、胡祇遹、王恽、姚燧、庾天锡、李文蔚、石君宝、郑廷玉、李直夫等。这一期作家中虽也不乏名公如王恽、姚燧等,但更多的是没有名位的才人或名位不高的沦落文士。他们大多散曲、杂剧兼作,创造了元曲的全面繁荣局面。尤其是像关汉卿这样在戏曲界身兼多职、专以曲名世的作家的出现,使元曲迅速兴盛,曲牌空前丰富起来。

第三代作家群以马致远、高文秀为代表。这一代作家的生年区间为 1250—1269 年,活跃的时间从元贞元年(1295)至泰定元年(1324),共计 30 年。代表作家除马致远、高文秀外,还有王实甫、冯子振、曾瑞、张养浩、郑光祖、红字李二、花李郎、费唐臣等。第三代作家与第二代作家在创作时间上有一定的重叠,即在此时期开始的元贞、大德年间,第二代作家中的不少人正老当益壮,而以马致远为代表的第三代作家已崭露头角。风云际会,使元贞、大德年间成为元曲创作的黄金时代。第三代

作家活动时间下限的确定依据是《中原音韵》泰定元年
(1324)序所谓"诸公已矣",标志着一个时代的结束。

　　第四代作家群是周德清、钟嗣成同时代作家。这一代作家
的生年区间为 1270—1299 年,活跃的时间是从 1325 年至
1360 年,即从关、马、郑、白"诸公已矣"到钟嗣成谢世①,共计
36 年。主要作家有:钟嗣成、周德清、张可久、乔吉、杨朝英、睢
景臣、贯云石、徐再思、周文质、任昱、秦简夫等。

　　第五代作家群活动的时间是 1360—1402 年,共计 42 年,是比
钟嗣成晚一辈的曲家,生年大都在 1300 年之后,大致相当于《续录
鬼簿》所载作家。主要是谷子敬、汤式、罗贯中、杨景贤、兰楚芳、贾
仲明、邾经等人。他们中的一些人虽由元入明,但其创作仍是元曲
的余绪。明永乐年间,朱权、朱有燉主盟曲坛,方向明曲过渡,而明
曲真正独具面目则要到了康海、王九思时代。

　　今有作品流传的元曲作家的具体代群归属参见下表:

表 1.1　主要元曲作家代群划分一览表

代群划分	作　家	生　卒　年	备　　注
第 一 代 作家:出生于 1220 年之前,活跃于金末元初。	1. 元好问	1190—1257	白朴之师。
	2. 孙梁	不详	约与元好问同时。
	3. 商道	约生于金章宗明昌 (1190—1195)时	
	4. 杨果	1197—1269	白朴称其为"杨丈"(白朴《木兰花慢·覃怀北赏梅同参政西庵杨丈和奥敦周卿府判韵》)。

---

①　关于钟嗣成的卒年,学界有 1345 年、1350 年、1360 年等不同观点。我们取持论
最晚的 1360 年为此期时间下限。

（续表）

代群划分	作家	生卒年	备注
第一代作家：出生于1220年之前,活跃于金末元初。	5. 杜仁杰	1208 前后—1290	据蔡美彪《杜仁杰生平考略》①。
	6. 商挺	1209—1288	
	7. 严忠济	1210？—1293	
	8. 刘秉忠	1216—1274	
	9. 彭寿之	1217？—1300？	事迹见《秋涧集》。
	10. 王修甫	1219？—1273	事迹见《秋涧集》。
	11. 盍西村	不详	盍西村、盍志学、阆志学生平不详,或为一人。《录鬼簿》将阆志学列于"前辈已死名公有乐府行于世者"之中,名下缀"学士"二字。三人今仅存散曲作品。这与第一代曲家多为名公,只作散曲的特点相符。且三人所用曲牌如【小桃红】、【蟾宫曲】也是第一代曲家常用曲调,散套多短套。综合以上因素,将三人归入第一代作家。
	12. 盍志学	不详	
	13. 阆志学	不详	
第二代作家：生于1220—1249年,活跃于中统、至元间。	1. 关汉卿	约生于金末,卒于大德之后。	
	2. 王和卿	不详	与关汉卿同时。
	3. 杨显之	不详	与关汉卿同时。
	4. 费君祥	不详	与关汉卿同时,费唐臣之父。

---

① 载于《文学遗产》2002 年第 1 期。

（续表）

代群划分	作 家	生 卒 年	备 注
第二代作家：生于1220—1249年，活跃于中统、至元间。	5. 侯克中	生于1220—1225年，卒于1315—1320年。	据冯沅君《记侯正卿》①。与白朴、徐琰、胡祗遹通交。
	6. 徐琰	1220？—1301	与王恽、胡紫山、侯克中唱和。
	7. 荆干臣	1220？—1281	事迹见《秋涧集》。据孙楷第先生考证，至元十八年（1281）为征东都元帅参议。
	8. 王嘉甫	1225？—1302？	事迹见《秋涧集》、《中庵集》、《青崖集》。早年与王恽相交，与魏初同学。
	9. 白朴	1226—？	与胡祗遹、王恽、李文蔚、侯克中、卢挚有交游。
	10. 李文蔚	不详	与白朴同时。
	11. 王恽	1226—1304	据丰家骅《胡祗遹卒年和王恽生年考》②。
	12. 胡祗遹	1227—1295	据丰家骅《胡祗遹卒年和王恽生年考》。
	13. 魏初	1231—1292	曾问学于元好问。
	14. 伯颜	1236—1295	
	15. 刘因	？—1293	
	16. 姚燧	1238—1313	其叔为姚枢。其弟子刘时中有《姚燧年谱》。

① 收入《冯沅君古典文学论文集》，山东人民出版社，1980年版。
② 载于《文学遗产》1995年第2期。

（续表）

代群划分	作家	生卒年	备注
第二代作家：生于1220—1249年，活跃于中统、至元间。	17. 张弘范	1238—1281	
	18. 王挺秀	约元世祖中统前后在世	
	19. 王伯成	不详	贾仲明《吊王伯成》："马致远、忘年友，张仁卿、莫逆交。"孙楷第《元曲家考略》认为是至元间人。
	20. 马彦良	不详	元世祖至元间曾官都事。
	21. 奥敦周卿	？—1297	据宁希元《奥敦周卿家世生平考略》①。元世祖至元间曾为怀孟路判官。
	22. 郑廷玉	不详	王季思主编《全元戏曲》（第四卷）推测"时代跟关汉卿接近"。张大新《"关郑白马"之"郑"考》②认为："其卒年约在大德初或稍前。"
	23. 李直夫	不详	孙楷第《元曲家考略》推考"乃至元延祐间人也"。刘荫柏《李直夫及其戏剧初探》③："在《录鬼簿》中将李直夫列入'前辈已死名公才人，有所编传奇行于世者'栏内，而籍贯的府名又是金末元初之称谓，故知李直夫为元初人。"

---

① 收录于宁希元《金元戏曲小说考论》，香港文星图书有限公司，2008 年版。
② 载于《信阳师院学报》1990 年第 3 期。
③ 载于《民族文学研究》1991 年第 1 期。

（续表）

代群划分	作家	生　卒　年	备　　注
第二代作家：生于1220—1249年，活跃于中统、至元间。	24. 王仲文	不详	《录鬼簿》归入"前辈已死名公才人"。孙楷第《元曲家考略》推测为金代进士，可备一说。
	25. 庾天锡	不详	《录鬼簿》归入"前辈已死名公"之列，《续录鬼簿》、杨维桢《周月湖今乐府序》、《沈氏今乐府序》将他与关汉卿、白朴等并称，故归为一代。
	26. 赵天锡	不详	据孙楷第《元曲家考略》。至元二十四年至元贞元年（1287—1295）间曾任江南行大司农司管勾。至顺元年（1330）始任镇江府判，阶承直郎，三年致仕。
	27. 李寿卿	不详	与纪君祥、郑廷玉同时。
	28. 纪君祥	不详	与李寿卿、郑廷玉同时。
	29. 尚仲贤	不详	《录鬼簿》归入"前辈已死名公才人"。
	30. 戴善夫	不详	贾仲明《吊戴善夫》："江浙提举任皇宣，同里同僚尚仲贤。"
	31. 石君宝	不详	《录鬼簿》归入"前辈已死名公才人"。
	32. 李好古	不详	《录鬼簿》归入"前辈已死名公才人"。

（续表）

代群划分	作家	生卒年	备注
第二代作家：生于1220—1249年，活跃于中统、至元间。	33. 卢挚	约1242—约1314后	据李修生《元代文学家卢疏斋》①、《卢疏斋年谱》②。
	34. 刘敏中	1243—1318	
	35. 鲜于枢	1246—1302	
	36. 陈草庵	1247—1320?	事迹见张养浩《归田类稿》卷九。
第三代作家：出生于1250—1269年，活跃于1295—1324年。	1. 高文秀	不详	天一阁本《录鬼簿》小注云"都下号'小汉卿'"，故知年辈应低于关汉卿。
	2. 张时起	不详	与高文秀同时。
	3. 马致远	1250—1324年前	
	4. 红字李二	不详	刘耍和之婿，与马致远同时。
	5. 花李郎	不详	刘耍和之婿，与马致远同时。
	6. 李时中	不详	与马致远同时。
	7. 费唐臣	不详	费君祥之子。
	8. 王实甫	？—1324前	王季思《西厢记叙说》："王实甫在戏剧方面活动的年代，主要应在元成宗大德年间及其以后，他的时代应和白无咎、冯子振相去不远，而比关汉卿、白仁甫稍迟。"③冯沅君《王实甫生平的探索》④一文认为约生于1255—1260年。

---

① 载于《北京师范大学学报》1982年第6期。
② 附录于《卢疏斋集辑存》，北京师范大学出版社，1984年版。
③ 《王季思学术论著自选集》，北京师范学院出版社，1991年版，第435页。
④ 原载《文学研究》1957年第2期，收录于《冯沅君古典文学论文集》。

（续表）

代群划分	作家	生 卒 年	备 注
第三代作家：出生于1250—1269年，活跃于1295—1324年。	9. 孟汉卿	1250？—1310？	据《中国古代戏曲家评传》李恒义所撰条目。
	10. 不忽木	1255—1300	
	11. 冯子振	1257—1348	
	12. 赵岩	不详	孔齐《至正直记》卷一"赵岩乐府"条载："遭遇鲁王，尝在大长公主宫中，应旨立赋八首七言律诗宫词，公主赏赐甚盛。"驸马鲁王琱阿不剌，鲁国公主桑哥吉剌，大德十一年受封。据此推测，赵岩应活跃于大德、至大年间。
	13. 康进之	不详	《录鬼簿》归入"前辈已死名公才人"。
	14. 李子中	不详	《录鬼簿》归入"前辈已死名公才人"。
	15. 李行甫	不详	《录鬼簿》归入"前辈已死名公才人"。
	16. 狄君厚	不详	贾仲明《吊狄君厚》："元贞大德秀华夷，至大皇庆锦社稷，延祐至治承平世。"
	17. 孔文卿	不详	《录鬼簿》归入"前辈已死名公才人"。
	18. 张寿卿	不详	《录鬼簿》归入"前辈已死名公才人"。

（续表）

代群划分	作家	生 卒 年	备　　注
第三代作家：出生于1250—1269年，活跃于1295—1324年。	19. 彭伯成	不详	《录鬼簿》归入"前辈已死名公才人"。
	20. 宫天挺	1265 前后—1330 后	据宁希元《元曲五家杂考》①。《录鬼簿》："先君与之莫逆交。"
	21. 杨梓	？—1327	至元三十年曾出使爪哇。曾与贯云石切磋曲艺，家童皆善南、北调。
	22. 吴仁卿	不详	活动于大德年间，年辈高于钟嗣成。
	23. 阿里耀卿	不详	阿里西瑛之父。
	24. 吴昌龄	不详	《录鬼簿》归入"前辈已死名公才人"，延祐年间任婺源知州。
	25. 武汉臣	不详	《录鬼簿》归入"前辈已死名公才人"。
	26. 于伯渊	不详	《录鬼簿》归入"前辈已死名公才人"。
	27. 张国宾	不详	贾仲明《吊张国宾》："教坊总管喜时丰，斗米三钱大德中。"
	28. 王廷秀	不详	《录鬼簿》归入"前辈已死名公才人"。

---

① 收入《首届元曲国际研讨会论文集》，河北教育出版社，1994 年版。后又收录于宁希元《金元戏曲小说考论》，香港文星图书有限公司，2008 年版。

（续表）

代群划分	作家	生　卒　年	备　　注
第三代作家：出生于1250—1269年，活跃于1295—1324年。	29. 姚守中	不详	姚燧之侄。
	30. 滕斌	不详	至大年间任翰林学士，与卢挚等人有往来。
	31. 邓玉宾	不详	活动于元世祖至元末到元文宗天历之间。
	32. 王元鼎	不详	至治、泰定年间任翰林学士。
	33. 孙仲章	不详	《录鬼簿》归入"前辈已死名公才人"。
	34. 赵明道	不详	贾仲明《吊赵明道》："元贞年里，生平乐章歌汝曹。"
	35. 岳伯川	不详	贾仲明《吊岳伯川》："名驰燕赵玉京书会。"
	36. 石子章	不详	王国维、孙楷第认为与元好问同时，可备一说。
	37. 刘唐卿	不详	活动于至元末至延祐年间。
	38. 史九敬先	不详	即史天泽之子史樟，另有一史九敬先为书会才人。
	39. 金仁杰	？—1329	胡士莹《话本小说概论》考证其生于1260—1264年之间。
	40. 郑光祖	不详	稍长于钟嗣成，晚于关汉卿、白朴、马致远，卒于1324年之前。
	41. 范康	不详	《录鬼簿》归入"方今已亡名公才人"。

（续表）

代群划分	作家	生卒年	备注
第三代作家：出生于1250—1269年，活跃于1295—1324年。	42. 曾瑞	不详	《录鬼簿》："余尝接音容，获承言话，勉励之语，润益良多。"似为钟嗣成前辈。
	43. 黄公望	1269—1354	
第四代作家：出生于1270—1299年，活跃于1325—1360年。	1. 张养浩	1270—1329	
	2. 薛昂夫	1270？—1350后	据杨廉等《元曲家薛昂夫》①。
	3. 虞集	1272—1348	
	4. 白贲	生年不详，约卒于天历年间（1328—1330）。	至治年间（1321—1323）曾任温州路平阳州教授。
	5. 张雨	1277—1346	
	6. 阿鲁威	不详	与张雨交。
	7. 钟嗣成	1277？—1345后	据王钢《校订录鬼簿三种》②所附《钟嗣成年谱》。
	8. 睢景臣	不详	与钟嗣成交。
	9. 周文质	？—1334	与钟嗣成相交20余年。
	10. 朱凯	不详	与钟嗣成同时，曾作《录鬼簿序》。
	11. 王晔	不详	曾与朱凯共作《双渐小卿问答》。

---

① 新疆人民出版社，1992年版。
② 中州古籍出版社，1991年版。

（续表）

代群划分	作家	生 卒 年	备 注
第四代作家：出生于1270—1299年，活跃于1325—1360年。	12. 王仲元	大德至正间人。	与钟嗣成交厚。
	13. 沈和	不详	与钟嗣成交。
	14. 周德清	约生于南宋末，元顺帝初年(1333)仍在世	
	15. 张可久	1280—1350 后	
	16. 马谦斋	不详	与张可久有交。
	17. 高栻	不详	与张可久同时。
	18. 任昱	不详	与张可久同时。
	19. 张子坚	不详	与张可久同时，张可久有【双调·清江引】《张子坚运判席上二首》。
	20. 刘时中	?—1335(一说1338)	与张可久多唱和。
	21. 曹德	约生于元贞、大德年间。	后至元五年在都下作【清江引】二曲讥讽权贵伯颜擅自专权，与张可久、任昱、薛昂夫有唱和。
	22. 乔吉	1280?—1345	
	23. 贾固	至正间人。	与乔吉有交往。
	24. 吴西逸	不详	与乔吉同时。
	25. 高克礼	不详	元末人，与乔吉交善。
	26. 吴镇	1280—1354	
	27. 贯云石	1286—1324	
	28. 赵雍	1289—1364	

（续表）

代群划分	作　家	生　卒　年	备　　注
第四代作家：出生于1270—1299年，活跃于1325—1360年。	29. 李齐贤	？—1367	
	30. 顾德润	元贞、至正间人	
	31. 阿里西瑛	不详	至治、泰定以后流寓苏州，与乔吉、贯云石有唱和。
	32. 鲜于必仁	不详	鲜于枢之子，与杨梓之子交厚。
	33. 秦简夫	至正间人	
	34. 赵善庆	不详	
	35. 萧德祥	元至顺年间尚在。	
	36. 杨朝英	？—1351 年后	与贯云石交。其《阳春白雪》编于皇庆延祐年间，《太平乐府》成于至正年间，有邓子晋至正十一年（1351）序。
	37. 徐再思	不详	与贯云石交。
	38. 宋褧	不详	泰定年间进士。
	39. 真氏	不详	皇庆、延祐间歌妓。
	40. 蒲道源	不详	
	41. 吕止庵	不详	
	42. 孙叔顺	不详	
	43. 陈子厚	不详	
	44. 景元启	不详	
	45. 吕侍中	不详	
	46. 赵显宏	不详	

（续表）

代群划分	作 家	生 卒 年	备 注
第四代作家：出生于1270—1299年，活跃于1325—1360年。	47. 朱庭玉	不详	
	48. 孙周卿	不详	
	49. 李致远	不详	仇远《和李致远君深秀才》诗似对晚辈口吻。仇远（1247—1326），故李或为钟嗣成一代人。
	50. 杨维桢	1296—1370	
	51. 刘庭信	1300？—1370？	
第五代作家：1300年以后出生，活跃于元末明初。	1. 宋方壶	元末明初人	
	2. 张鸣善	元末明初人	至正丙午（1366）为《青楼集》作序。
	3. 倪瓒	1301—1374	
	4. 夏庭芝	元末明初人	
	5. 陈克明	元末明初人	《太和正音谱》"国朝十六人"之一。
	6. 兰楚芳	元末明初人	《太和正音谱》"国朝十六人"之一。
	7. 杨景贤	1323 前后—1403之后。	据宁希元《元曲五家杂考》。
	8. 汪元亨	元末明初人	
	9. 邾经	元末明初人	
	10. 王玠	？—1392	据宁希元《元曲五家杂考》。

（续表）

代群划分	作　家	生　卒　年	备　注
第五代作家：1300年以后出生，活跃于元末明初。	11. 罗贯中	1330—1400，一说1328—1398	与贾仲明为忘年交。
	12. 李唐宾	元末明初人	《太和正音谱》"国朝十六人"之一。
	13. 高茂卿	元末明初人	
	14. 刘君锡	元末明初人	
	15. 谷子敬	不详	《太和正音谱》"国朝十六人"之一。
	16. 金文质	元末明初人	
	17. 汤式	元末明初人	《太和正音谱》"国朝十六人"之一。
	18. 贾仲明	1343—1422以后	《太和正音谱》"国朝十六人"之一。
	19. 王子一	元末明初人	《太和正音谱》"国朝十六人"之一。
	20. 杨文奎	元末明初人	洪武中仍在世，朱有燉称其为"书会老先生"。

从上表可以看出，第一代、第五代分别属于元曲初起和余波阶段，作家较少，中间三代作家较多。其中，第二、第三代以杂剧作家（包括杂剧、散曲兼作者）占主体，第四代则以散曲作家占主体。以下即依据此表对曲家的代群划分展开统计和研究。

需要指出的是，元代曲家生平悬案甚多，很多作家的生卒年不详，详细的作品系年更属奢望，加之元代国祚短暂，代群之间有很大程度的交叉融合,这些都会影响统计的准确性。虽如此,笔者仍确信,这是一项值得尝试的工作,因为即便在这些粗线条的勾勒中,我们仍然能够发现许多重要而有趣的现象。

二、第一代作家所用曲牌统计

第一代作家作品虽然不多,但作为元曲曲牌建设的起步阶段,许多后代趋向在此期萌芽,影响深远。为了下文分析方便,先不厌其烦地把第一代曲家宫调、曲牌的使用情况,列表于下:

表1.2　第一代作家所用宫调曲牌调查表

宫　调	曲　　　牌	作者(首数)
黄钟(1)	【愿成双】①	元好问(1)
正宫(6)	【月照庭】	商道(1)
	【六幺遍】	商道(1)
	【脱布衫】	盍西村(1)
	【小梁州】	盍西村(1)
	【醉太平】	盍西村(1)
	【啄木儿煞】②	商道(1)

---

① 唐圭璋编《全金元词》收录元好问《愿成双》一首:"绣帘高卷沉烟细,燕堂深玳宴初开。阶下芝兰劝金卮。有多少雍容和气。翠眉借老应难比。效鸳凤镇日于飞。惟愿一千二百岁。永同欢如鱼如水。"周玉魁《金元词调考》(载于《词学》第八辑)认为:"此调实即北曲【愿成双】,'高'、'深'、'效'皆为衬字,'翠眉'句为幺篇换头,依曲律,首句当作'绣帘高卷,沉烟细'。《全金元词》以词收之,当误;《全元散曲》失收,当补。"本书从之。
② 原曲牌名作【尾】,徐沁君《〈全元散曲〉曲牌订补》指出实为【啄木儿煞】之误题。

（续表）

宫　调	曲　　牌	作者（首数）
仙吕（11）	【后庭花（破子）】	元好问（3）
		孙梁（1）
		王修甫（1，作煞）
	【赏花时】	杨果（4）
		阚志学（1）
	【胜葫芦】	杨果（1）
	【翠裙腰】	杨果（1）
	【金盏儿】	杨果（1）
	【绿窗愁】	杨果（1）
	【八声甘州】	彭寿之（1）
		王修甫（1）
	【混江龙】	彭寿之（1）
	【元和令】	彭寿之（1）
	【醉中天】	王修甫（1）（入越调散套）
	【赚尾】	杨果（5①）
		彭寿之（1）
		阚志学（1）
中吕（2）	【喜春来】（即【阳春曲】）	元好问（4）
		商道（1）（入正宫散套）
	【最高楼】（即【醉高歌】）	商道（1）（入正宫散套）

———————

① 其中两支原曲牌名分别作【尾】、【煞尾】，实则与【赚尾】无异。

（续表）

宫　　调	曲　　牌	作者（首数）
南吕（4）	【一枝花】	商道（2）
	【梁州第七】	商道（3）
	【赚煞】①	商道（3）
	【干荷叶】	刘秉忠（8）
双调（26）	【骤雨打新荷】	元好问（1）
	【新水令】	商道（1）
	【乔牌儿】	商道（3）
	【雁儿落】	商道（1）
	【挂玉钩】	商道（1）
	【乱柳叶】	商道（1）
	【太平令】	商道（1）
	【豆叶黄】	商道（1）
	【七兄弟】	商道（1）
	【梅花酒】	商道（1）
	【收江南】	商道（1）
	【夜行船】	商道（1）
	【阿那忽】	商道（1）
	【风入松】	商道（2）
	【揽筝琶】	杜仁杰（1）
		商道（2）

① 郑骞《北曲新谱》在南吕【赚煞】后注"与仙吕不同"，故不与仙吕【赚】合并。

（续表）

宫　调	曲　牌	作者（首数）
双调（26）	【蝶恋花】	杜仁杰（1）
	【金娥神曲】	杜仁杰（1）
	【离亭宴带歇指煞】	杜仁杰（1）
	【离亭燕煞】	商道（2）
	【尾声】	商道（1）
	【鸳鸯煞】①	商道（1）
	【雁儿落过得胜令】	杜仁杰（1）
	【寿阳曲】（即【落梅风】）	严忠济（1）
	【蟾宫曲】（即【折桂令】）	刘秉忠（4）
		盍志学（1）
	【潘妃曲】（即【步步娇】）	商挺（19）
	【快活年】	盍西村（1）
越调（5）	【斗鹌鹑】	王修甫（1）
	【金蕉叶】	王修甫（1）
	【小桃红】	杨果（11）
		盍西村（16）
		王修甫（1）
	【天净沙】	商道（4）
		王修甫（1）
	【眉儿弯煞】	王修甫（1）

---

①　曲牌名原作【尾】，徐沁君《〈全元散曲〉曲牌订补》指出为【鸳鸯煞】之误题。

（续表）

宫　调	曲　　牌	作者(首数)
般涉调(4)	【耍孩儿】	杜仁杰(1)
	【哨遍】	杜仁杰(1)
	【煞】	杜仁杰(8)
	【尾煞】	杜仁杰(2)
商调(1)	【玉抱肚】	商道残曲1支。另杜仁杰【商调·集贤宾】南北合套,著录晚出,殊可疑,不录。

　　第一代曲家共用9宫调,曲牌60章。曲牌在各宫调间的分布如下:双调26章、仙吕11章、正宫6章、越调5章、般涉调4章、南吕4章、中吕2章、黄钟1章、商调1章。其中,仙吕、双调占有绝对优势,而在元曲曲牌总目中,下属牌调最多的前两位也正是双调(104章)和仙吕宫(41章)。下属曲牌较少,使用频率不高的商角调、大石调、小石调在此期则未见用例。宫调的淘汰与合并在金末元初已见端倪。

　　第一期曲家对曲牌的宫调归属与《中原音韵》"乐府三百三十五章"有不完全吻合处。如《中原音韵》归入中吕的【醉高歌】(即【最高楼】)、【喜春来】出现于商道【正宫·月照庭】《问花》散套中;《中原音韵》归入仙吕宫的【醉中天】用于王修甫【越调·斗鹌鹑】"阙盖荷枯"散套。有人用"借宫"来解释这一现象。其实毋宁说,在元曲形成的初期,有些曲牌的宫调原本是不固定的,燕南芝庵《唱论》所谓"一曲入数调者"可为证。近年在冀南出土的金元瓷器上的词曲也有一个重要现象值得关注,即大多数词牌标有宫调,而曲牌则全无宫调①。北曲中众多的新生牌调到底适用何宫调演唱，大概有一个在传播中进行选择的过程。对此，后文还有详论。

第一代曲家所用 60 章曲牌中，小令仅用 12 调（包括带过曲曲牌），其他均只用于套数。可见，在元曲形成之初，套曲就是曲牌建设的主力。这 12 个小令牌调是：【愿成双】、【后庭花】、【骤雨打新荷】、【干荷叶】、【步步娇】、【喜春来】、【天净沙】、【小桃红】、【折桂令】、【落梅风】、【快活年】、【雁儿落过得胜令】。这其中的很多牌调，如【喜春来】、【天净沙】、【小桃红】、【折桂令】、【落梅风】等成为此后小令中的热门曲牌，而【雁儿落过得胜令】也是带过曲中使用频率最高的一种。由此可见第一代作家在曲牌运用上的引领作用，影响极为深远。

本期曲家共作 21 篇散套，其中超过半数为 3—4 支曲组成的短套。与后代曲家相较，可以看出套数由短及长的成长过程。以作家计，商道（9 套）、杨果（5 套）、杜仁杰（3 套）的贡献最大。各位作家的散套创作，往往集中于某一两个宫调，如商道的双调、南吕，杨果的仙吕，杜仁杰的般涉调。与此相应，本期散套也主要集中于这四个宫调中。其中，仙吕 7 套，双调 5 套，南吕 3 套，般涉调 2 套，占了套数的大多数，其余越调 1 套，正宫 1 套，商调 1 套（残）。仙吕宫散套在本期最为活跃，尤其是其中的仙吕【赏花时】套深可注意，共有杨果、阚志学共 5 套，多为一曲带尾形式。而在第一期作家生活时代传唱的《西厢记诸宫调》中，仙吕【赏花时】—【尾】也是使用频率最高的一种联套方式，共用 12 套。在此后的杂剧作品中，仙吕【赏花时】则是楔子中最常用的曲牌。诸宫调—散套—杂剧对【赏

---

① 参见杨栋《冀南出土磁窑器物上的金元词曲》，《文艺研究》2004 年第 1 期。

花时】的运用一脉相承,显而易见。

在套数方面,还应注意的是尾声的日渐丰富,计有【后庭花煞】、【啄木儿煞】、【鸳鸯煞】、【眉儿弯煞】、【离亭宴煞】、【离亭宴带歇指煞】、【赚尾】、【尾】等多种形式。其中【啄木儿煞】、【鸳鸯煞】原作标为【尾】,后为徐沁君先生指出①。而笔者猜测,这在当时也许并非"误标",而是在元曲产生之初,各色尾声从单一的【尾】中不断变化分蘖,有一些实已变,而名尚合一,笼统称为【尾】。在各色尾声中还应注意的是【赚尾】在本期的优势地位,这透露了套数与唱赚的密切关系。

在 60 牌调中,除去 12 种尾声外,剩余的 48 章中,与词同名或相关者 13 章,与诸宫调同名或相关者 18 章(二者之间有交叉),元曲本生曲牌 23 章。既可见出第一代曲家对已有音乐资源的吸收借鉴,也可以看出他们试作新声的热情。在第一代曲家所用元曲本生曲牌中,有两个重要细节需要加以注意:一是带过曲的出现。即杜仁杰的【雁儿落带得胜令】《美色》,这是现存最早的一首带过曲。此曲见于元人曲选《太平乐府》,应该比较可靠。在套数曲组【雁儿落】—【得胜令】用例之前,就有带过曲出现,这可以说是对带过曲来自套数曲组观点的有力反证(具体论述见后文)。二是少数民族曲调【阿那忽】出现于商道【双调·夜行船】散套中。这说明北方少数民族音乐很早就进入了元曲曲牌系统,不待蒙元铁蹄带入,更不会迟至李直夫等女真族作家的创作。元曲是在较长时间内、多民族音乐不断融合的结晶,如何看待少数民族音乐在元曲曲牌系统中的地位,也是后文要详论的问题。

---

① 参见徐沁君《〈全元散曲〉曲牌订补》一文。

三、第二代作家所用曲牌统计

第二代元曲家实际上是杂剧的第一代作家,在他们手中,杂剧、散曲走向全面繁荣。也是在此时期,元曲曲牌空前丰富起来。

表1.3　第二代作家所用宫调曲牌调查表

宫调	本期所用曲牌总数	本期新增曲牌数	仅见本期曲牌①	本期淘汰曲牌②
黄钟	13	13	【侍香金童】、【降黄龙衮】(见关汉卿【黄钟宫·侍香金童】散套③);【文如锦】(见王和卿散套,据《太和正音谱》所引)(3)	【愿成双】(1)
正宫	23	18	【双鸳鸯】(见白朴《梧桐雨》第四折、王恽小令、荆干臣【中吕·醉春风】散套);【芙蓉花】(仅见白朴《梧桐雨》第四折);【菩萨蛮】(仅见侯正卿【正宫·菩萨蛮】《客中寄情》散套)(3)	【六幺遍】(1)
大石	14	14	【茶蘼香】(仅见关汉卿【大石调·青杏子】《离情》套);【蓦山溪】、【女冠子】、【雁过南楼煞】(仅见王和卿【大石调·蓦山溪】《闺情》散套);	

---

① 由于本期新增曲牌数量甚多,为节省篇幅,不再一一罗列,而只列出仅见本期的曲牌26章。
② 淘汰曲牌是指前代已有,本期不用的曲牌。下同。
③ 用例较多的曲牌仅做举例说明,原则上取今见最早者为例。下同。

（续表）

宫调	本期所用曲牌总数	本期新增曲牌数	仅见本期曲牌	本期淘汰曲牌
大石	14	14	【憨货郎】（仅见李文蔚《燕青博鱼》第一折）(5)	
小石	3	3	【恼杀人】、【伊州遍】、【尾声】（仅见白朴【小石调·恼杀人】散套）(3)	
仙吕	33	23	【大安乐】（仅见鲜于枢【仙吕·八声甘州】散套）；【上马娇煞】（仅见白朴【仙吕·点绛唇】"金凤钗分"散套）(2)	【绿窗愁】(1)
中吕	28	26	【鲍老三台滚】、【酥枣儿】（仅见关汉卿【中吕·古调石榴花】《闺思》散套）(2)	
南吕	20	17	【随煞】（仅见王和卿【南吕·一枝花】《为打毬子作》散套）(1)	
双调	62	41	【月儿弯】（仅见李直夫《虎头牌》第二折）(1)	【乱柳叶】、【骤雨打新荷】、【金娥神曲】、【蝶恋花】、【快活年】(5)
越调	22	17	【郓州春】（仅见关汉卿《诈妮子调风月》第三折，原题【梨花儿】）(1)	【眉儿弯】(1)
商调	12	12	【定风波】（仅见庾吉甫【商调·定风波】《思情》散套）(1)	【玉抱肚】(1)

（续表）

宫调	本期所用曲牌总数	本期新增曲牌数	仅见本期曲牌	本期淘汰曲牌
商角	6	6	【盖天旗】（仅见庾吉甫【商角调·黄莺儿】散套）(1)	
般涉	7	3	【麻婆子】、【急曲子】（仅见王伯成【般涉调·哨遍】《项羽自刎》散套）；【墙头花】（见关汉卿【中吕·古调石榴花】《闺思》散套、王伯成【般涉调·哨遍】《项羽自刎》散套）(3)	
合计	243	193	26	10

　　第二代曲家共用 12 宫调,曲牌 243 章,其中新增曲牌193 章。他们是元曲作家中唯一全部用到 12 宫调的一代曲家,商角调、大石调、小石调首见于本时代作家作品,而小石调更是仅见本时代作家使用。第二代曲家是对元曲曲牌系统建设贡献最大的一代曲家,元曲曲牌至此已大备,奠定了北曲音乐的主干,为后代曲家沿用。不见于本期的曲牌大多在存世作品中用例极少,甚至并无用例。当然也有仅见于本期的 26 章,在后世传播中被淘汰。第二代曲家全面继承了第一代曲家曲牌建设的成果,第一代曲家已经使用,本时代曲家未用的牌调仅有 10 章。在元曲发展的上升期,牌调的新生远远大于淘汰的比率。

　　我们一方面感叹本期作家新增加了如此众多的曲调,另一方面又对这种“井喷”现象心存疑惑:纳入统计范围的第二代曲家为 36 位,尚不及第三、第四代为多①。但后面几代作家每代仅新增 20 章左右,与本期新增的 193 章相比,虽有初起、兴盛、发展、衰落的阶段性因素使然,但仍让人感到对比太过悬殊! 这不由得让我们质疑:这些曲调是否真的仅以这一代作家之力完成,还是此前逐渐积累,至此卓然大观?

胡适先生早在 1937 年就提出:"大概元剧起于行院之中……初时都称'院本',后来士人为之,始称'杂剧',以别于行院之本。""若此说大致不错,则最早的杂剧(院本)大概是那些无名氏的作品。关汉卿的许多杂剧之中,也许有许多是改削教坊院本的。"②音乐史学家杨荫浏先生在《中国古代音乐史稿》中也对元杂剧的产生时间提出质疑:"一个具有高水平的艺术,其高峰的出现,会不会如此突然?""这时期存在的作品,其所运用的曲牌,其所采取的结构形式,几乎完全相同,它们之间共同遵守的、统一的'成规',何自而来?"③按照事物从粗鄙、随意到成熟、规范的发展规律,在关汉卿等人规矩俨然的杂剧之前,应该有一个在民间探索的阶段。徐朔方等先生也试图勾稽金代杂剧的遗存④。诸位先生对元杂剧"前史"的推测不无道理。这些早期无名氏的杂剧试作,为关汉卿等人的创作累积了经验,也汇聚了曲牌。这大概就是第二期作家新增曲牌空前丰富的原因所在。

如前所言,此时期是杂剧、散曲全面繁荣的时期。我们关

---

① 参见本书表 1.1《主要元曲作家代群划分一览表》。
② 胡适《再谈关汉卿的年代——与冯沅君女士书》,姜义华主编《胡适学术文集:中国文学史》上册,中华书局,1998 年版,第 587 页。
③ 杨荫浏《中国古代音乐史稿》,人民音乐出版社,1981 年版,第 509 页。
④ 参见徐朔方《金元杂剧的再认识》,《中华文史论丛》第 46 期,上海古籍出版社,1990 年版;《从关汉卿的〈普天乐·崔张十六事〉说起》,《文学遗产》1998 年第 2 期;《评〈录鬼簿〉的得与失》,《文学遗产》2001 年第 1 期。

心的一个问题是：散套、剧套、小令在本期曲牌建设中各占什么地位呢？我们还是先做统计，列表如下：

表 1.4 第二代作家各体式用调情况调查表

宫调	剧套专用	散套专用	小令专用	散套剧套兼用	散套小令兼用	剧套小令兼用	散套剧套小令兼用
黄钟宫	0	5	0	7	0	0	1
正宫	17	2	1	1	0	1	1
大石调	4	6	0	4	0	0	0
小石调	0	3	0	0	0	0	0
仙吕宫	12	4	0	13	0	3	1
中吕宫	15	3	0	3	1	6	0
南吕宫	14	1	0	3	0	1	0
双调	14	3	2	33	1	1	8
越调	11	1	1	7	0	0	2
商调	5	2	0	4	0	1	0
商角调	0	6	0	0	0	0	0
般涉调	0	3	0	4	0	0	0
合计	92	39	5	79	2	13	13

从表中可以看到，剧套专用曲牌最多，其次是"剧套、散套兼用"者，两项共计 171 章，占据了本期所用牌调总数（243 章）的 70%以上。如果加上排在第三位的散套专用曲牌，合计共 210 章，占本期所用牌调总数（243 章）的 85%以上。如果单独统计与剧套相关各项，共得 197 章，占本期所用牌调总数（243 章）的 80%以上。而与小令相关的各项总和仅为 33 章，只占总数的不足 14%，小令专用曲牌更是只有区区 5 调。通过

以上统计,我们可以得出以下结论:在本期曲牌建设中,套数尤其是剧套起着决定性的作用。这不仅因为套数多曲连用,容量大,也因为套数尤其是剧套更具有民间性,众多民间小调、市井俗曲往往是通过杂剧进入元曲曲牌系统的。套数更能代表元曲的本质,而小令只不过是文人取新调作"词"的尝试而已。

在上表中还有一个有意味的现象值得注意:"散套与剧套兼用"与"散套、剧套、小令兼用"两项相加共得92章,与此相对,"散套、小令兼用"者在本期只有1章,甚至不如"剧套与小令"(13章)的相关性更强。由此可以看出,散套与剧套之间的关系更为密切,小令、散套的联系则很疏松。今日所谓"散曲"在曲牌系统上几无独立性可言。关于散套、剧套、小令在用曲上的联动性问题,后文还会有详细讨论。

四、第三代作家所用曲牌统计

首先将第三代曲家使用曲牌情况汇总列表如下:

表1.5　第三代作家所用宫调曲牌调查表

宫调	本期曲牌总数	本期新增曲牌	本期新淘汰曲牌
黄钟	12	【者剌古】(见孟汉卿《魔合罗》第二折)(1)	【侍香金童】、【降黄龙衮】、【女冠子】、【文如锦】(4)
正宫	17		【双鸳鸯】、【货郎儿】、【芙蓉花】、【菩萨蛮】、【月照庭】、【啄木儿(煞)】(6)

（续表）

宫调	本期曲牌总数	本期新增曲牌	本期新淘汰曲牌
大石	15	【怨别离】、【净瓶儿】、【擂鼓体】、【玉翼蝉煞】(见花李郎作《黄粱梦》第三折)；【念奴娇】(见郑光祖《翰林风月》第二折)；【憨郭郎】、【还京乐】(见马致远【大石调·青杏子】《姻缘》散套)(7)	【荼蘼香】、【催拍子】、【蓦山溪】、【女冠子】、【憨货郎】、【雁过南楼煞】(6)
小石	0		【恼杀人】、【伊州遍】、【尾声】(3)
仙吕	28		【大安乐】、【翠裙腰】、【上京马】、【穿窗月】(4)
中吕	28	【四边静】(见张国宾《合汗衫》第三折)；【鬼三台】(仅见孟汉卿《魔合罗》第四折)；【随煞】(仅见马致远《青衫泪》第四折)(3)	【古鲍老】、【鲍老三台滚】、【酥枣儿】(3)
南吕	18	【梧桐树】(见马致远《三醉岳阳楼》第二折)(1)	【鹌鹑儿】、【干荷叶】、【随煞】(3)
双调	56	【汉江秋】(见康进之《负荆请罪》第四折①)；【乱柳叶】(见张寿卿《红梨花》第三折)；【驻马听近】(见郑光祖【双调·驻马听近】《秋闺》散套)；【殿前喜】(见张国宾《合汗衫》第四折)；	【牡丹春】、【大德歌】、【挂玉钩序】、【慢金盏】、【小拜门】、【大拜门】、【也不罗】、【小喜人心】、【得胜乐】、【月儿弯】(10)

———————

① 依《太和正音谱》,《元曲选》本无此曲。

（续表）

宫调	本期曲牌总数	本期新增曲牌	本期新淘汰曲牌
双调	56	【行香子】（见马致远【双调·行香子】"无也闲愁"、曾瑞【双调·行香子】《叹世》散套）(5)	
越调	24	【麻郎儿】（见王实甫《西厢记》第一本第三折）；【送远行】（见郑光祖《月夜闻筝》第二折①）；【梅花引】（见吴仁卿【越调·梅花引】"兰蕊檀心仙袂香"散套）(3)	【郓州春】(1)
商调	10	【水仙子】（仅见《北词广正谱》所收马致远残套中1例）(1)	【定风波】、【上京马】(2)
商角	0		【黄莺儿】、【踏莎行】、【盖天旗】、【垂丝钓】、【应天长】【尾声】(6)
般涉	4		【麻婆子】、【墙头花】、【急曲子】(3)
合计	212	21	51

第三代作家共用 10 宫调,曲牌 212 章,未见小石调、商角调用曲。本时代曲家新增牌调 21 章,主要集中在大石调(7)、

---

① 该剧只存佚曲,见《太和正音谱》。

双调(5)、越调(3)、中吕(3)。其中,马致远、郑光祖、花李郎
等作家都是新曲调的积极使用者。其中值得注意的是郑光祖。
在本期新增牌调中,郑光祖使用过的就有:【驻马听近】、【麻
郎儿】、【送远行】、【擂鼓体】、【念奴娇】5调,其中【驻马听
近】、【送远行】更是仅见郑光祖作。在"元曲四大家"中,目
前郑光祖的研究最为薄弱,一是因为材料的缺乏,二是以今
日戏剧文学观衡量,他似乎无法与其他三家比肩。当时"名
香天下,声震闺阁"的郑光祖,甚至落得模仿蹈袭者的评价。
而上述统计提醒我们,在对元曲作家进行评价时,是否应增
入对新音乐的运用这一指标,因为"曲"毕竟是用来唱的。其
实,元明人对曲家进行评价时,曲调的新鲜就是重要的衡量
指标。比如在《录鬼簿续编》为诸位曲家补写的吊词中,就有
不少地方着力称赞曲家在音乐上的修养和在曲调上的贡
献,如:

　　【双调·凌波仙】《吊陈宁甫》:"《两无功》锦绣风流
传,关目奇、曲调鲜,自按阄、天下皆传。"[1]
　　【双调·凌波仙】《吊侯正卿》:"《燕子楼》、么末全
赢。黄钟令,商调情,千载标名。"[2]
　　【双调·凌波仙】《吊岳伯川》:"玉京燕赵名驰,言词
俊,曲调美,衰草烟迷。"[3]
　　【双调·凌波仙】《吊孟汉卿》:"《魔合罗》一段题张
鼎,运节意脉精,有黄锺商调新声。"[4]

①　(元)钟嗣成著、王钢校订《校订录鬼簿三种》,中州古籍出版社,1991年版,第
　　138页。
②　(元)钟嗣成著、王钢校订《校订录鬼簿三种》,第143页。
③　(元)钟嗣成著、王钢校订《校订录鬼簿三种》,第143页。
④　(元)钟嗣成著、王钢校订《校订录鬼簿三种》,第150页。

而"五四"以来,从西方引入的话剧评价体系向文学性偏重,渐渐忽略了这一维度,这与中国戏曲的"曲"本位特性相悖反,所以无法完满解释诸如郑光祖之类的现象。郑光祖不仅是新音乐的积极推广者,还有如《倩女离魂》那样令人耳目一新的情节排场,这样,被伶伦辈尊称为"郑老先生",就不难理解了。

在本期,曲牌的淘汰率远远大于增长率。本期新淘汰前代已有曲牌51章。所淘汰的一是冷僻宫调,如大石调、小石调、商角调、般涉调所属曲牌。二是生僻的曲调,如第二期作家引入的许多女真族音乐牌调,本期未见用例。本期所用曲牌总数少于第二代作家,曲作向更热门的牌调集中。本期汰落的曲牌中,有半数以上此后也未见传作,如【侍香金童】、【降黄龙衮】、【女冠子】、【文如锦】、【双鸳鸯】、【芙蓉花】等,说明这种淘汰是历史的必然,而非少数作家的好恶所致。当然除了淘汰之外,也有曲牌的隔代复用,共有4个曲牌在第二代曲家中未见用例,而在本期重现,它们是【乱柳叶】(张寿卿《红梨花》第三折),【金娥神曲】、【蝶恋花】(曾瑞【双调·蝶恋花】《闺怨》散套),【眉儿弯】(杨梓《豫让吞炭》第三折)。这一现象在第四、第五代作家中将更加显著。

五、第四代作家所用曲牌统计

我们照例还是先对本时代曲家的用曲情况进行统计,然后再做分析。

表1.6　第四代作家所用宫调曲牌调查表

宫调	本期曲牌数	本期新增曲牌	本期新淘汰曲牌	本期复用曲牌
黄钟	15	【红锦袍】(见徐再思小令);【昼夜乐】(见赵显宏小令);【九条龙】、【六幺令】(见白无咎散套)(4)	【贺圣朝】、【节节高】、【者刺古】(3)	【愿成双】(见顾德润【黄钟·愿成双】散套)(1)
正宫	20	【甘草子】(仅见薛昂夫小令);【错煞】(仅见薛昂夫【正宫·端正好】《闺怨》散套);【汉东山】(见张可久小令)(3)	【穷河西】、【蛮姑儿】(2)	【货郎儿】(见刘庭信【正宫·端正好】《金钱卜》)(1)
大石	6		【六国朝】、【初问口】、【念奴娇】、【喜秋风】、【憨郭郎】、【还京乐】、【玉翼蝉煞】(7)	
小石	0			
仙吕	29	【祆神急】(见白贲小令);【锦橙梅】(见张可久小令)(2)	【八声甘州】、【忆王孙】、【六幺令】、【雁儿】、【玉花秋】、【双雁儿】、【尾】(7)	【绿窗愁】、【翠裙腰】(见朱庭玉【仙吕·翠裙腰】散套);【上京马】(见乔吉《两世姻缘》第二折)(3)

（续表）

宫调	本期曲牌数	本期新增曲牌	本期新淘汰曲牌	本期复用曲牌
中吕	25	【齐天乐】、【红衫儿】(见张可久带过曲)(2)	【红芍药】、【蔓菁菜】、【柳青娘】、【道和】、【鬼三台】、【随煞】(6)	
南吕	15	【玉交枝】(见乔吉小令①)(1)	【梧桐树】、【红芍药】、【菩萨梁州】、【斗虾蟆】(4)	
双调	48	【楚天遥】(见薛昂夫带过曲)；【小阳关】(仅见乔吉【双调·行香子】《题情》散套)；【本调煞】(仅见乔吉【双调·乔牌儿】《别情》散套)；【醉春风】、【间金四块玉】、【高过金盏儿】、【减字木兰花】(仅见贯云石【双调·醉春风】"羞画远山眉"散套)(7)	【五供养】、【月上海棠】、【镇江回】、【汉江秋】、【小将军】、【庆丰年】、【太清歌】、【测砖儿】、【竹枝歌】、【豆叶黄】、【早乡词】、【石竹子】、【山石榴】、【醉娘子】、【相公爱】、【风流体】、【古都白】、【唐兀歹】、【驻马听近】、【新时令】、【皂旗儿】(21)	【金娥神曲(神曲缠)】、【蝶恋花】(见周文质【双调·蝶恋花】《悟迷》散套)；【小拜门】(见白贲【双调·新水令】散套)；【得胜乐】(见乔吉《两世姻缘》第一折)(4)

① 徐沁君《金元散曲曲牌订补》认为是【玉交枝过四块玉】之误题。

（续表）

宫调	本期曲牌数	本期新增曲牌	本期新淘汰曲牌	本期复用曲牌
越调	21	【古竹马】(见陈存甫《误入长安》第三折)；【黄蔷薇】、【庆元贞】(见吴仁卿【越调·斗鹌鹑】"天气融融"散套,顾德润、高克礼带过曲)(3)	【小络丝娘】、【耍三台】、【梅花引】、【青山口】、【雪里梅】(5)	
商调	11	【凉亭乐】(见阿里西瑛小令)(1)	【望远行】、【水仙子】、【高平煞】(3)	【上京马】(见乔吉《两世姻缘》第二折)(1)
商角	5			【黄莺儿】、【踏莎行】、【盖天旗】、【垂丝钓】、【应天长】(均见于睢景臣【商角调·黄莺儿】《寓僧舍》)(5)
般涉	4			
合计	199	23	58	15

　　第四代曲家共用 11 宫调的 199 章曲牌,小石调未见用例。新增曲调 23 章,分布于黄钟宫、正宫、仙吕宫、中吕宫、南吕宫、双调、越调。而大石调、小石调、商调、商角调、般涉调本期并无新曲调增入。本期新淘汰曲牌 58 章,复用曲牌 15 章。宫调的递减和新生曲牌向热门宫调集中的现象更加明显。以单个作家而言,张可久、贯云石、乔吉等引入的新牌调最多,而他们也是本期最著名的曲家,这再次印证了新音乐的运用对奠定曲家地位的重要作用。

　　与第二、第三代作家主要依靠套曲尤其是剧套吸纳新牌调不同,第四代作家新增曲牌不少最先出现在小令创作中。另外一些在前代作家笔下只用于套数的曲牌,也进入了小令用曲的行列,如【塞鸿秋】、【小梁州】(首见张可久小令)、【寨儿令】、【胡十八】(首见张养浩小令),【六幺遍】、【卖花声】(首见乔吉小令)等。

　　第四代作家创作中还有一个值得关注的现象,即带过曲的大量出现。元代共有 29 位有名姓作家和无名氏所作带过曲 26 种 222 首,而本期共有 16 位作家共作 16 种 86 首,元代作带过曲 10 首以上的 6 位作家中,本期占据 3 位,其中张养浩用 5 种曲牌作带过曲 14 首,张可久用 3 种曲牌作 10 首,钟嗣成用 1 种曲牌作 20 首。而顾德润 5 种 8 首带过曲是其现存小令的全部。带过曲为何在此时期集中出现? 带过曲的成因何在? 这是后文要集中探讨的问题。

六、第五代作家所用曲牌统计

　　第五代曲家是元曲创作的余波阶段,在用曲上出现了一些前代没有的新特点。

表 1.7　　第五代作家所用宫调曲牌调查表

宫调	本期曲牌数	本期新增曲牌	本期未用曲牌	本期复用曲牌
黄钟	15	【刮地风犯】(见汤式【黄钟宫·醉花阴】《离思》散套)(1)	【红锦袍】、【昼夜乐】、【侍香金童】、【降黄龙衮】、【女冠子】、【文如锦】、【九条龙】(7)	【愿成双】(见兰楚芳【黄钟宫·愿成双】散套);【节节高】(见宋方壶【黄钟宫·醉花阴】《走苏卿》散套);

（续表）

宫调	本期曲牌数	本期新增曲牌	本期未用曲牌	本期复用曲牌
黄钟	15	同上	同上	【者剌古】(见宋方壶【黄钟宫·醉花阴】《走苏卿》散套)(3)
正宫	19		【塞鸿秋】、【双鸳鸯】、【穷河西】、【芙蓉花】、【菩萨蛮】、【黑漆弩】、【月照庭】、【甘草子】、【错煞】(9)	【货郎儿】(见汤式【正宫·塞鸿秋北】散套);【啄木儿(煞)】(见张鸣善【中吕·粉蝶儿】《思情》散套);【蛮姑儿】(见杨景贤《西游记》第十五出)(3)
大石	5		【初问口】、【怨别离】、【擂鼓体】、【净瓶儿】、【念奴娇】、【青杏子】、【憨郭郎】、【还京乐】、【荼蘼香】、【催拍子】、【蓦山溪】、【憨货郎】、【女冠子】、【玉翼蝉煞】、【雁过南楼煞】(15)	【六国朝】(见杨景贤《西游记》第十二出);【喜秋风】(见杨景贤《西游记》第十一出)(2)
小石	0		【恼杀人】、【伊州遍】、【尾声】(3)	
仙吕	28	【三犯后庭花】(见杨景贤《西游记》第十三出)(1)	【翠裙腰】、【六幺令】、【上京马】、【祆神急】、【大安	【穿窗月】(见杨景贤《西游记》第十三出)(1)

（续表）

宫调	本期曲牌数	本期新增曲牌	本期未用曲牌	本期复用曲牌
仙吕	28	同上	乐】、【绿窗愁】、【雁儿】、【玉花秋】、【上马娇煞】、【尾】(10)	同上
中吕	22	【乔捉蛇】(见杨景贤【中吕·粉蝶儿】散套)(1)	【喜春来】、【红芍药】、【剔银灯】、【蔓菁菜】、【四边静】、【齐天乐】、【红衫儿】、【卖花声】、【鬼三台】、【随煞】(10)	【古鲍老】、【柳青娘】、【道和】(见杨景贤《西游记》第十九出)(3)
南吕	18		【梧桐树】、【鹌鹑儿】、【干荷叶】、【随煞】(4)	【红芍药】、【菩萨梁州】(见罗贯中《龙虎风云会》第二折)；【斗虾蟆】(见杨景贤《西游记》第七出)(3)
双调	67	【河西水仙子】、【华严赞】(见杨文奎小令)；【鱼游春水】、【青天歌】(见贾仲明《金童玉女》第四折插唱)；【枳郎儿】、【河西六娘子】(见柴野愚小令)(6)	【步步娇】、【搅筝琶】、【镇江回】、【汉江秋】、【庆丰年】、【太清歌】、【小阳关】、【挂钩序】、【快活年】、【乱柳叶】、【挂玉钩】、【祅神急】、	【大德歌】(见贾仲明《金童玉女》第一折插唱)；【测砖儿】、【竹枝歌】(见贾仲明《金童玉女》第二折)；【牡丹春】(见贾仲明《金童玉女》第三折)；

（续表）

宫调	本期曲牌数	本期新增曲牌	本期未用曲牌	本期复用曲牌
双调	67	同上	【骤雨打新荷】、【驻马听近】、【神曲缠】、【得胜乐】、【楚天遥】、【新时令】、【醉春风】、【间金四块玉】、【减字木兰花】、【高过金盏儿】、【皂旗儿】、【本调煞】、【蝶恋花】、【月儿弯】(26)	【慢金盏】、【小拜门】、【大拜门】、【也不罗】、【小喜人心】、【早乡词】、【石竹子】、【山石榴】、【醉娘子】(见贾仲明《金童玉女》第四折)；【五供养】(见贾仲明《萧淑兰情寄菩萨蛮》第三折)；【月上海棠】(见李唐斌【双调·风入松】散套)；【豆叶黄】(见杨景贤《西游记》第六出)；【小将军】(见杨景贤《西游记》第十八出)(17)
越调	17		【东原乐】、【送远行】、【绵搭絮】、【古竹马】、【眉儿弯】、【酒旗儿】、【青山口】、【黄蔷薇】、【庆元贞】、【梅花引】、【看花回】、【南乡子】、【糖多令】、【小络丝娘】、【郓州春】(15)	【耍三台】、【雪里梅】(见贾仲明《萧淑兰情寄菩萨蛮》第三折)(2)

（续表）

宫调	本期曲牌数	本期新增曲牌	本期未用曲牌	本期复用曲牌
商调	10	【望远行】（见贾仲明《金童玉女》第三折，汤式、李唐宾小令）；【凉亭乐】【贺圣朝】（见贾仲明《金童玉女》第三折）(3)	【上京马】、【挂金索】、【双雁儿】、【玉抱肚】、【桃花娘】、【水仙子】、【高平煞】(7)	
商角	0		【黄莺儿】、【踏莎行】、【盖天旗】、【垂丝钓】、【应天长】、【尾声】(6)	
般涉	4		【麻婆子】、【墙头花】、【急曲子】(3)	
合计	205	12	115	34

　　第五代作家共用 10 宫调 205 章，其中新增曲牌 12 章，主要集中于双调、商调，并且主要出现于杨景贤《西游记》和贾仲明《金童玉女》两剧中，其次是杨文奎、汤式的散曲作品。可见，在此期，采用新声越发成为少数曲家的事情。

　　除新增曲牌外，本期还有一种现象值得关注，即曲牌运用中的求古求奇倾向。许多在元代初期使用，而在三、四期未见用例的牌调在本期重被使用，共涉及 34 个曲牌。如【绿窗愁】在元曲中仅见第一代曲家杨果和本期作家朱庭玉有作；【穿窗月】除第二代曲家作品外，仅见杨景贤《西游记》用例；【牡丹春】除第二期侯正卿作品外，仅见于贾仲明《金童玉女》剧；【大德歌】除关汉卿作品外，仅见于贾仲明《金童玉女》剧。前文提到的较少为人所用的女真族音乐牌调如【唐兀歹】、【忽都白】等也出现在贾仲明《金童玉女》杂剧中。

　　与此相对,本期对前代曲牌的淘汰也是超前的,如前表所列,共有115章。作品向热门曲牌集中,作家的同调创作动辄几十首。不但曲牌集中,就连曲牌的联套方式也是固定的。以汤式为例,所作有双调【湘妃引】(即【水仙子】)28首、双调【折桂令】(即【蟾宫曲】)20首、双调【沉醉东风】20首,以南吕【一枝花】—【梁州】—【尾声】套式作有散套43套。

　　上述两种相反相成的现象,可谓在元曲的余波阶段,曲家的两种不同选择:一部分作家试图借激活前人的冷僻曲调,来求取音乐的“创新”;而大多数曲家只在前代淘洗过的经典曲牌中选调作曲,缺乏试作新声的热情。二者的路径一求奇,一求熟,看似相反,其实本质相同,即创制新调能力的丧失。在本期虽也有少数作家试图引入新牌调,但这些新牌调并未流行开来,也并未改变元曲曲牌系统日益封闭凝固的趋势。其实,这种传承大于开拓的局面从第三、第四代作家已经开始,只是在本期表现得最为突出而已。这是元曲曲牌系统发展成熟的标志,也是元曲曲牌系统走向封闭,元曲音乐失去活性的表征。作为舞台艺术,不再具有吸纳新声的能力,在流行乐坛中逐渐边缘化,是元曲走向衰落的重要原因。

　　本期值得注意还有集曲的日益增多,如汤式【黄钟·醉花阴】《离思》散套中的【刮地风犯】,杨景贤《西游记》第十三出的【三犯后庭花】等,这与南曲的影响有关。与此相应,在本期,南北合套作品也不断增加,如贾仲明《桃柳升仙梦》就是较早的四折均为南北合套形式的作品。以上这些都表明,北曲南曲化的程度正在加深。随着南北曲曲牌的交互为用,以及唱腔的南曲化,元人封闭的北曲曲牌系统在明代逐渐走向解体、式微,至明代后期,原汁原味的北曲已成广陵散,绝大多数作品成为曲家自娱的案头之作,不复有奏之场上以娱人的音乐活性。

以上我们对五代元曲作家的用曲情况做了一番梳理。许多问题都是点到为止,在以下章节中将会一一展开论述。需要补充说明的是,元曲曲牌中还有 30 余章仅见于无名氏用调,无法归期,故未纳入上述统计数据中。关于无名氏曲牌,本书第四章还要论及,此处暂搁置。

通过以上统计我们可以看到,除第一代曲家外,各代曲家用曲总数在 200 调上下。曲牌系统的恒定与新变相统一,而以前者占据主导;前期以开拓建设为主,后期以传承淘汰为主。在曲牌的历代更迭中,不变的是各宫调套曲的主干曲牌。它们维持了元曲音乐的恒定性,使编演人员和观众有章可循,降低了创作、欣赏的难度。而每代新增入的曲调,又使元曲具备吸纳新声的弹性,从而葆有生机和活力。

除了曲牌系统中牌调的增衍汰减外,还有每个曲牌的格律变异、在不同体式间的传播等问题,在以后的章节中也会有展开论述。

第二章
元曲曲牌与词牌的互传

　　金元时期,曲继词而兴,成为一代文学典范。词与曲之间的复杂关系扯不断,理还乱。明清以来,词衰曲盛、曲由词生的观点非常流行,任二北《散曲之研究》即开宗明义曰:"曲始自元季,而源于宋词。"①新时期以来,越来越多的学者质疑、反思这一思维定势,提出了"唐曲暗流说"、"市井俗曲说"等诸多新论。本章即从牌调入手,对词曲关系进行深入探讨。

第一节　元曲曲牌与文人词同源异流

　　词曲同名牌调的统计始自王国维《宋元戏曲史》。元曲曲牌出于唐宋词者 75 章的结论,成为探讨词曲关系的基石而被后来

---

① 　任二北《散曲之研究》。连载于《东方杂志》第二十三卷第七号、第二十四卷第五号、第二十四卷第六号。

者辗转相引。赵义山《王国维元曲考源补正》①一文对王国维统计中的遗漏、衍入，做了大量清理工作，得出了元曲曲牌出于唐宋词者118章的新数目，是词曲同名牌调研究的新进展。

一、词曲同名牌调的新统计

前辈们的已有成果无疑是我们进一步研究的基础。但仅仅有一个词曲同名牌调的"总账单"是远远不够的。我们不能止于词、曲两个文类的静态比较，还应力求还原词曲之变的动态过程。要想达成这样的目的，需要我们首先在研究思路上做以下调整：

第一，将曲牌源流的探讨顺序变为由今及古。

前辈学者在对元曲曲牌来源进行研究时，自觉不自觉地按照从古至今、先雅后俗的序列进行归属，比如与唐宋大曲、唐宋词同名的曲牌则认为来自大曲；唐曲、宋词均有的牌调则认为来自唐曲。这种思路虽然具有追根溯源的学术品格，但却与元曲作为流行歌曲求新求变的本性相悖。作为流行歌曲，元曲在吸收已有音乐资源时，不可能舍近求远，越过金代而上取北宋，越过两宋而上取唐代。所以本书以下的统计要扭转这种偏向，变"从古至今"为"由今及古"。除追溯曲牌名目的起点外，更关注曲牌格律的变迁，以确定曲牌的"近亲"。

第二，将探讨的时段由唐宋下延至金元。

诸家讨论词曲之变时，其比对范围往往限于唐宋。这源于一种潜在的思维定势：词曲之变属于发生学的问题，理应发生在元曲诞生之初。而唐宋词与元曲时间相继，才会有源流关系。其实元曲曲牌系统的生成是一个渐进过程，甚至在元曲业

---

① 载于《文学遗产》1999年第5期。

已兴盛之时,词曲之间的牌调交流仍在进行,所以词曲关系的研究时段应下延至金元,这样词曲之变的历史链条才是完整的。本书在以下统计中对词调的使用时段进行了更细致、更具体的划分,共分为:唐五代词、北宋词、南宋词、金词、元词五个历史阶段,力图还原一个完整的词曲演变历史链,而不仅仅是大而化之的判定文体间的孰先孰后。

第三,重新摆正南宋词与金元词、金元曲之间的共时交叉关系。

从时间和空间上看,北宋词与元曲前后相继是没有疑义的。而南宋的情况则复杂得多。虽然大家很清楚在历史时序上,南宋与金、元有一定时期的对峙,但在论述词曲关系时,又往往将两宋词视为一个整体,忽略南宋词与金元词、金元曲的共时性存在。其实,南宋后期词人并不比元好问们的元曲创作时间更早,那么产生在这个时期的牌调是先入词还是先入曲就不能一概而论了,必须具体牌调具体分析。

为了醒目,我们采用列表的形式,来展现词曲牌调的相关性,以方便下文展开论述。

表2.1中共有曲牌116章与词牌99章同名[①],这与前辈们的统计结果略有不同。导致差异的主要原因有三:一是曲牌系统本身的增删,如【念奴娇】与【百字令】已合并,不再算作两调,可参见本书第一章的相关辨析。二是补入了金元词与元曲的同名牌调。对此后文将有专节讨论。三是对前人统计中的误解、疏漏有所纠正。如曲牌【醉太平】即【太平年】,应作一调,有学者却将二者分列。

---

① 词牌、曲牌数目不对等的原因在于,有一些词牌衍生出两个或多个曲牌,如《鹊踏枝》衍生出仙吕【鹊踏枝】和双调【蝶恋花】,另有一些同名音律不同的曲牌,也都分开计数。以下同。

表2.1 词曲同名牌调调查表

说明:

(1)本表的统计范围是《全唐五代词》《全宋词》《全金元词》。用"√"表示此时代有此调的用例。为了下文统计和论述之便,本表依词调的产生时段排序。

(2)本表"格律比对"一栏,分为同、略同、略异、大异四种。格律相同者标注为"同"。格律相同者为"同";主体相同,局部差异者为"略异";主体不同,局部相近者为"略同";几无关系者为"大异"。比较的对象包括该词调在各时期的诸变体,以和曲牌最相近者为准,并在"备注"一栏中注明与哪一体相同或相近,不注者为词牌各体变体不大。"大异"者则是指曲牌与词牌各体均无相同之处。前辈学者的相关研究往往是把曲牌与词之通用体式比较,对词式本身的变化注意不够,所以本书的比较结论与之有所不同。

曲牌	唐五代词	北宋词	南宋词	金词	元词	词牌、曲牌格律比对	备注
喜迁莺	√	√	√	√	√	大异	
贺圣朝(黄钟)	√	√	√	√	√	大异	
贺圣朝(中吕)	√	√	√	√	√	大异	
贺圣朝(商调)	√	√	√	√	√	大异	
女冠子(黄钟)	√	√	√	√	√	略异	
女冠子(大石)	√	√	√	√	√	大异	

（续表）

曲牌	唐五代词	北宋词	南宋词	金词	元词	词牌、曲牌格律比对	备注
菩萨蛮	✓	✓	✓	✓	✓	同	
归塞北	✓	✓	✓	✓	✓	同	《中原音韵》原注:"即【望江南】。"
点绛唇	✓	✓	✓	✓	✓	略异	
鹊踏枝	✓	✓	✓	✓	✓	略异	词牌又名《蝶恋花》、《凤栖梧》等。
感皇恩	✓	✓	✓	✓	✓	大异	唐教坊曲有《感皇恩》，敦煌写卷存4首，宋词有平、仄韵二体。
天仙令	✓	✓	✓	✓	✓	大异	词牌名《天仙子》。
减字木兰花	✓	✓	✓	✓	✓	大异	唐五代词有《木兰花》，冯延巳作有《偷声木兰花》，宋代《减字木兰花》词作甚多。
蝶恋花	✓	✓	✓	✓	✓	同	曲牌【鹊踏枝】入仙吕宫，【蝶恋花】入双调，并非一调，故分列。
调笑令	✓	✓	✓	✓	✓	同	曲牌与宋《调笑令》转踏一体同，而与唐五代之《调笑令》差异较大。

（续表）

曲牌	唐五代词	北宋词	南宋词	金词	元词	词牌、曲牌格律比对	备注
南乡子	√	√	√	√	√	同	
定风波	√	√	√	√	√	大异	
还京乐	√	√	√	√		大异	唐有《还京乐》、《夜半乐》,原题《还京洛》。宋词今存周邦彦、方千里、吴文英、杨泽民、陈允平、张炎各1首,与敦煌曲子词格律不同。
乌夜啼	√	√	√	√	√	大异	
捣练子	√	√	√	√		略同	宋词《捣练子》与《胡捣练》不同。而《中原音韵》[捣练]原注:"即《胡捣练》。"[捣练子]仅见无名氏《罗李郎》第四折1例。
圣远行	√	√	√	√		大异	
后庭花	√	√	√			大异	
应天长	√	√	√			大异	

（续表）

曲牌	唐五代词	北宋词	南宋词	金词	元词	词牌、曲牌格律比对	备注
集贤宾	∨	∨		∨		略异	唐教坊曲有《会嘉宾》，五代毛文锡有《接贤宾》，宋词中仅见柳永《接贤宾》，为毛文锡体再加一叠，并有个别字句的变异，衍为117字体。金词王喆体205字体《集贤宾》，与此截然不同。从格律看，元曲当是从毛文锡、柳永体式中变化而来，而与王喆体差距较大。
水仙子（双调）	∨		∨			略异	此调又名《湘妃怨》。唐教坊曲有《水仙子》,唐五代有琴曲歌辞《湘妃怨》,但唐五代词无传作。据元代通俗类书《翰墨大全》收入2首,是否宋人作品殊可疑,姑且不计入。《全宋词》收入2首
水仙子（黄钟）	∨		∨			大异	
水仙子（商调）	∨		∨			大异	
柳青娘	∨					大异	见于《教坊记》"曲名"表,唐五代仅存敦煌写卷《云谣集杂曲子》中2首,宋词无传作,至《刘知远诸宫调》金院本,才重见[柳青娘]名目。

（续表）

曲　牌	唐五代词	北宋词	南宋词	金词	元词	词牌、曲牌格律比对	备　注
以上唐五代始作词调22章，与曲牌28章同名。							
侍香金童		∨	∨	∨	∨	同	据胡仔《苕溪渔隐丛话》后集卷三十九引《上库录》记载，此调政和元年（1111），街市盛行。今存贺铸、蔡伸、赵长卿各1首，无名氏2首。
念奴娇		∨	∨	∨	∨	同	
蓦山溪		∨	∨	∨	∨	略异（减去数句）	首见于欧阳修作。
八声甘州		∨	∨	∨	∨	大异	唐代曲子词有《甘州子》、《甘州遍》、《甘州曲》，词牌《八声甘州》自北宋始，首见柳永作。
粉蝶儿		∨	∨	∨	∨	略异	宋词首见毛滂（1064—宣和末）作，余皆南宋词人作。

（续表）

曲牌	唐五代词	北宋词	南宋词	金词	元词	词牌、曲牌格律比对	备注
卖花声		∨	∨	∨	∨	大异	词调中已有《卖花声》之名。有二体，分别为《浪淘沙》、《谢池春》别名。但与曲牌【卖花声】差距甚大。
醉高歌		∨	∨	∨	∨	大异	曲牌【醉高歌】又名【最高楼】。词牌作《最高楼》，首见毛滂作。
满庭芳		∨	∨	∨	∨	略异	
齐天乐		∨	∨	∨	∨	大异	首见周邦彦作，因词中有"绿芜凋尽台城路"句，故又名《台城路》。
一枝花		∨	∨	∨	∨	略同	词牌原名《促拍满路花》，《一枝花》名目首见于南宋辛弃疾，很可能由他自北地带入南宋。
四块玉		∨	∨	∨	∨	大异	词牌即《桂华明》，据《墨斋漫录》载应为关注首作于宣和年间，又名《四犯令》、《四和香》。金代侯善渊改称《四块玉》。

（续表）

曲牌	唐五代词	北宋词	南宋词	金词	元词	词牌、曲牌格律比对	备注
贺新郎		√	√	√	√	大异	
行香子		√	√	√	√	同	
风入松		√	√	√	√	同	《风入松》为唐代琴曲，皎然有《风入松歌》，但与宋词不同。宋词除晏几道外，均为南宋人作。
月上海棠		√	√	√	√	同	始于徽宗朝，金盛于宋。曲牌格律同于金代段成己68字体。
青玉案		√	√	√	√	略异	词中南宋盛于北宋。曲与词句法全同，平仄小异，并有"也么哥"一句作格。
梅花引		√	√	√	√	同	南宋盛于北宋。曲牌与万俟咏词下片同。
踏莎行		√	√	√	√	大异	
醉花阴		√	√	√	√	略异	首见北宋舒亶作。

（续表）

曲牌	唐五代词	北宋词	南宋词	金词	元词	词牌、曲牌格律比对	备注
金盏儿		√	√	√		略同	词牌作《金盏子》，首见北宋晁端礼作。曲牌【金盏儿】与金词近似。
慢金盏		√	√	√		大异	词牌名《金盏子》，首见北宋晁端礼作。
高过金盏儿		√	√	√		略同	词牌名《金盏子》，首见北宋晁端礼作。
六幺令（黄钟）		√	√	√		大异	唐宋大曲中有《绿腰》，或作《六幺》，元曲另有《六幺遍》、《六幺序》，当同源于《六幺》大曲。宋词《六幺令》首见柳永作。
六幺令（仙吕）		√	√	√		大异	唐宋大曲中有《绿腰》，或作《六幺》，元曲另有《六幺遍》、《六幺序》，当同源于《六幺》大曲。宋词首见柳永作。
忆王孙		√	√	√		同	创自李重元，在词中南宋盛于北宋。
一半儿		√	√	√		略异	曲牌【一半儿】因末句嵌入"一半儿……一半儿"而得名，其他格律同【忆王孙】。

（续表）

曲牌	唐五代词	北宋词	南宋词	金词	元词	词牌、曲牌格律比对	备注
豆叶黄		✓	✓	✓		略异	宋词《忆王孙》又名《豆叶黄》。曲牌【豆叶黄】与金代曲牌一体最为接近。
甘草子		✓	✓	✓		大异	宋词中今仅存柳永、杨无咎用例。
玉交枝		✓	✓	✓		大异	词调即《琴调相思引》，房舜卿词名《玉交枝》。
夜行船		✓	✓	✓		略异	又名《夜厌厌》，首见张先作，入小石调。
淘淘金		✓	✓	✓		大异	首见李遵勖作（据《能改斋漫录》卷十七）。
金蕉叶		✓	✓	✓		大异	首见柳永作。
折桂令		✓	✓		✓	大异	曲牌【折桂令】又名【步蟾宫】。词调《步蟾宫》首见黄庭坚作。
鱼游春水		✓	✓		✓	大异	宋吴曾《能改斋漫录》："政和中，一贵人自越州回，得词于古碑后阴，无名无谱，不知何人作也。录以进御，命大晟府填腔；因词中语，赐名《鱼游春水》。"

(续表)

曲牌	唐五代词	北宋词	南宋词	金词	元词	词牌、曲牌格律比对	备注
哨遍		√	√		√	略同	宋代首见苏轼作。元代朱晞颜有作,同宋词格律,而未受元曲影响。
也不罗		√	√		√	略同	曲牌【也不罗】又名【野落索】。宋词有《一落索》,又名《洛阳春》《玉连环》,首见欧阳修作。
昼夜乐		√		√	√	大异	北宋仅存柳永、黄庭坚、无名氏所作4首,南宋未见,金代王喆,元代梁黄所作与宋词大同小异。
醉太平		√	√		√	略异	北宋仅见米芾1首,著录于明汪砢玉《珊瑚网·名画题跋》中,云为米芾自书,但未见真迹,且原词无牌调,颇有可疑处。南宋首见辛弃疾作。刘过词又名《四字令》。
红衲袄		√	√			略同	唐教坊曲名《红罗袄》,唐五代词无传作。宋词中今存周邦彦,陈允平各1首。

（续表）

曲牌	唐五代词	北宋词	南宋词	金词	元词	词牌、曲牌格律比对	备注
端正好（正宫）		∨	∨			略异	此调见杜安世《于中好》。杜安世、扬无咎作《于中好》，扬作牌名为《直斋书录解题》列于张先后，陈振孙《直斋书录解题》列于张先后，欧阳修前。
端正好（仙吕）		∨	∨			略异	此调见杜安世《于中好》。杜安世、扬无咎作《于中好》，扬作牌名为《直斋书录解题》列于张先后，陈振孙《直斋书录解题》列于张先后，欧阳修前。
喜春来		∨	∨			大异	《中原音韵》原注："即［阳春曲］。"宋词《阳春曲》今存扬无咎、史达祖各1首。
驻马听		∨	∨			略异	宋词中仅见柳永、沈瀛，无名氏各1首。曲牌与沈瀛体（即《全宋词》题为《醉乡曲》者）相似。
醉春风（中吕）		∨	∨			同	宋词仅见贺铸、朱敦儒、陈德武、无名氏共5首。朱友仁《醉春风》实为《醉花阴》别名。
醉春风（双调）		∨	∨			同	宋词仅见贺铸、朱敦儒、陈德武、无名氏共5首。朱友仁《醉春风》实为《醉花阴》别名。

（续表）

曲牌	唐五代词	北宋词	南宋词	金词	元词	词牌、曲牌格律比对	备注
小桃红		√	√			大异	宋词有《连理枝》，晏殊首作，刘过词改称《小桃红》。
古竹马（越调）		√	√			大异	宋代柳永，叶梦得、曹勋有《竹马儿》。
古竹马（中吕）		√	√			大异	宋代柳永，叶梦得、曹勋有《竹马儿》。
垂丝钓		√	√			略同	首见周邦彦作。
啄木儿（煞）		√		√		大异	宋词今仅见《啄木儿》残句"洗出养花天气"。金代王喆有6首《啄木儿》。
红芍药（中吕）		√		√		略同	宋词中仅见王观1首。
红芍药（南吕）		√		√		大异	宋词中仅见王观1首。
剔银灯		√		√		大异	宋词只见北宋有作，南宋无，金词有王喆作。
逍遥乐		√			√	大异	宋代仅见黄庭坚有作，元有无名氏作。二者格律不同，与曲牌均大异。

（续表）

曲牌	唐五代词	北宋词	南宋词	金词	元词	词牌、曲牌格律比对	备注
耆梅风		∨				大异	《全宋词》收无名氏《落梅风》1首，另有王诜《落梅花》，无名氏《落梅慢》等。
三番玉楼人		∨				大异	宋词中无名氏有《玉楼人》。
黑漆弩		∨					北宋有田不伐作（依卢挚【黑漆弩】小令序），今不存，无从比较。
滚绣球		∨				大异	宋词仅见赵长卿1首，名《辊绣球》。赵长卿，北宋末南宋初人。
小梁州		∨				大异	唐末大曲有《梁州》，宋词名《梁州令》，柳永、欧阳修、晏几道、晁端礼，晏朴之有作。元曲有正宫【小梁州】，南吕【梁州第七】。
离亭宴（煞）		∨				大异	宋词首见张先作。元曲另有【离亭宴带歇指煞】。
快活年		∨				大异	仅见万俟咏，无名氏《快活年近拍》。

以上北宋始作词调52章，与61章曲牌同名。

（续表）

曲牌	唐五代词	北宋词	南宋词	金词	元词	词牌、曲牌格律比对	备注
雁儿（即单雁儿）			∨	∨	∨	略异	扬无咎有《双雁儿》，似为《孤雁儿》（即《御街行》）上片末句六字句摧破为 3/3，下片同。金王喆有《双雁儿》，马钰词又名《雁灵妙方》、《化生儿》。
双雁子			∨	∨	∨	略异	扬无咎有《双雁儿》，似为《孤雁儿》（即《御街行》）上片末句六字句摧破为 3/3，下片同。金王喆有《双雁儿》，马钰词又名《雁灵妙方》、《化生儿》。
天下乐			∨			大异	唐教坊曲有《天下乐》，唐五代词无流传，南宋仅见扬无咎作。《高丽史·乐志》载无名氏《天下乐令》，即《减字木兰花》45 字体，与《天下乐》格律不同。另，《瑞鹧鸪》又名《天下乐》，与曲牌亦无涉。
迎仙客			∨	∨		同	唐教坊曲有《迎仙客》。唐五代词无传作，宋词仅见史浩《洞天》3 首。金词见王喆作。

（续表）

曲牌	唐五代词	北宋词	南宋词	金词	元词	词牌、曲牌格律比对	备注
朝天子			√			大异	《全宋词》仅见扬无咎、刘克庄各1首。冀南出土金元瓷器上有一首《朝天子》,与扬无咎《中原音韵》《谒金门》原体大同小异,参见本书附录。但仅见汤式作曲用此名。注"又名〔谒金门〕",《谒金门》自唐五代以来作者基众,但与《朝天子》格律并不同,当作两调看待。
新水令			√			大异	宋朱翌《猗觉寮杂记》云:"宣和末,京师盛歌《新水》,皆北符之谶。"吴文英《新雁过妆楼》小序:"中秋后一夕,李方庵月庭延客,命小妓歌《新水令》。"依《岁时广记》收无名氏《新水令》1首,该词歌咏《乐章分镜》故事,似为说唱文学片段,姑且列入。
春归怨			√			大异	仅见周端臣1首。周端臣,约卒于淳祐、宝祐间,《武林旧事》载其为御前应制。
太清歌			√			略异	史浩有《太清舞》,序中又名《太平歌》。另有无名氏《太清歌词》残句,似为《太清舞》末两句。

（续表）

曲牌	唐五代词	北宋词	南宋词	金词	元词	词牌、曲牌格律比对	备注
骤雨打新荷			√			略同	【骤雨打新荷】又名[小圣乐]，当与词调《小圣乐》有关。词调《大圣乐》今首见陆游作。
乔木查			√				唐曲有《木笪》，唐五代词无传作，宋《乐府混成集》有《娇木笪》（据王骥德《曲律》载）。词无完整传世作品，无从比较。
急曲子			√				宋《乐府混成集》有《急曲子》（据王骥德《曲律》载）。词无传世作品，无从比较。
青杏子			√	√	√	同	词调即《摊破南乡子》，又名《似娘儿》，见赵长卿作《青杏儿》，见赵秉文等作。
糖多令			√	√	√	同	首见辛弃疾作。
玉抱肚			√		√	大异	宋代仅见扬无咎作品和无名氏残句。元无名氏有作，但格律大不同。

以上南宋始用词调13章，与14章曲牌同名。除《糖多令》等少数词牌外，大多在南宋词中存世之作极少，而《迎仙客》、《春归怨》、《新水令》等都仅有1首。

（续表）

曲牌	唐五代词	北宋词	南宋词	金词	元词	词牌、曲牌格律比对	备注
荼䕷香				∨	∨	略同	金代王喆、元无名氏各1首。
耍三台				∨	∨	略异	首见金代长筌子（一说元冯尊师作）《玩瑶台》，原注："本名《耍三台》。"
白鹤子				∨		略异	金代马钰有作，原名《白观音》，原注："本名《白鹤子》。"
胜葫芦				∨		略异	仅见金代王喆词1首。
斗鹌鹑（中吕）				∨		同	王喆词牌名为《转调斗鹌鹑》。
斗鹌鹑（越调）				∨		略异	王喆词牌名为《转调斗鹌鹑》。
太平令				∨		大异	金词见侯善渊作。但与曲牌差距甚大，当另有来源。
川拨棹				∨		略异	唐宋词中仅有《拨棹子》《川拨棹》自金词始，曲牌即其上片稍有变。

（续表）

曲牌	唐五代词	北宋词	南宋词	金词	元词	词牌、曲牌格律比对	备注
黄莺儿				√		略异	宋词中柳永、王诜、晁朴之、陈允平、无名氏各有1首《黄莺儿》,但与曲牌格律相差较远。金词中又有《黄莺儿令》,又名《水云游》《黄婴儿》,应为曲牌来源。
憨郭郎				√		略异	柳永《郭郎儿近拍》、王喆《憨郭郎儿慢》均与曲牌大异。元曲与王喆《憨郭郎》同。
以上金代新出现词曲同名牌调10章。							
六国朝					√	大异	元代杨弘道有《六国朝》,耶律铸有《六国朝令》,均与曲牌大不同。
梧桐树					√	大异	
步步娇					√	大异	
以上元代新出现词曲同名牌调3章。							
合计	28	85	88	74	53		左列数字分别表示元曲与唐五代词、北宋词、南宋词、金词、元词同名牌调数。

二、词曲同名牌调的根柢在市井俗曲

对于词曲牌调的传播交流,我们关注的是以下问题:一是入曲词牌本身的规定性,即什么样的词牌入曲,什么样的词牌不能入曲,词曲流行牌调是否具有一致性;二是词牌率先入曲之剧套、散套还是小令,即考察曲之不同体式对词牌的吸纳程度;三是词曲同名牌调在传播中的变异情况及相关因素。

1. 热门词牌大多不入曲

在词曲之变中,有一个重要现象是文人词中的热门牌调往往不入曲。根据学者们的统计,《全唐五代词》、《全宋词》中使用频率最高的前十位词牌依次是:《浣溪沙》、《水调歌头》、《鹧鸪天》、《菩萨蛮》、《念奴娇》、《满江红》、《临江仙》、《蝶恋花》、《西江月》、《减字木兰花》①。其中只有《菩萨蛮》、《念奴娇》、《蝶恋花》、《减字木兰花》4 调入元曲,其他 6 调均未进入元曲曲牌系统②。即便是入曲的 4 个牌调,在元曲中现存用例也不多。其中【念奴娇】仅存郑光祖《翰林风月》第二折 1 处用例,【菩萨蛮】仅存侯正卿【正宫·菩萨蛮】《客中寄情》散套 1 处用例,【减字木兰花】仅存贯云石【双调·醉春风】"羞画远山眉"散套 1 处用例。【蝶恋花】在《全元散曲》中共有 3 处用例,分别见于杜仁杰(一说马致远)【双调·蝶恋花】"鸥鹭同盟

---

① 参见白静、刘尊明《唐宋词调之冠——〈浣溪沙〉初探》一文的统计,载于《湖北大学学报》2004 年第 2 期。

② 元刊本石君宝《诸宫调风月紫云庭》杂剧结末有一首《鹧鸪天》,用于散场。杨立斋【般涉调·哨遍】散套前也有一首《鹧鸪天》,郑骞《北曲新谱》云:"此曲与正套不谐同韵,盖念而不唱,与套中之曲不同。"所以我们认为《鹧鸪天》并未进入元曲曲牌系统。

曾自许"散套①、曾瑞【双调·蝶恋花】《闺怨》散套、周文质【双调·蝶恋花】《悟迷》散套。

同样,芝庵《唱论》记载的当时流行的十首大乐中,《望海潮》、《摸鱼子》、《鹧鸪天》、《雨霖铃》、《生查子》、《春草碧》、《石州慢》均未进入元曲曲牌系统,只有《念奴娇》、《蝶恋花》、《天仙子》入曲,其中【念奴娇】、【蝶恋花】的使用情况如上,【天仙子】(【天仙令】)虽然用例稍多,但与词调格律大异,已名同实异。

与此相反,一些唐宋文人词中的冷僻牌调,甚至仅有一人一作,在曲中却成为流行曲牌。如《滚绣球》(词中作《辊绣球》),宋词仅见赵长卿 1 首,在元曲中为正宫散套、剧套首曲,现存 100 余例;《后庭花》北宋词仅见张先作,南宋词仅见许棐作,而元曲现存近 180 余例;《天下乐》北宋词无作品流传,南宋仅见扬无咎作,元曲现存作品有 170 余例;《新水令》,《全宋词》依《岁时广记》仅收无名氏 1 首,现存元曲作品中则有 180 余例。以上这些牌调,词曲格律均大不相同。对此我们的推想是:这些宋词作品大概是文人取当时民间曲调偶尔试作一两首,但并无后继者,故未成为词坛主流牌调;而民间曲潜流仍旧向前演变,至元代进入杂剧、散曲,蔚为大观,但与宋代文人试作之时相比早已面目全非。

另外,我们还可以看到,许多牌调在文人词创作中并非代代相传,而是时断时续,如《柳青娘》,首见于《教坊记》"曲名"表,今仅存敦煌写卷《云谣集杂曲子》中 2 首,宋词无传作,至《刘知远诸宫调》、金院本,才重见【柳青娘】名目。而《逍遥乐》北宋词仅见黄庭坚有作,南宋词、金词无传作。但在陶宗

---

① 　此套见罗振玉藏明钞本《阳春白雪》后集卷二,署马致远作。《北词广正谱》只收【蝶恋花】一支,署杜仁杰作。虽作者记载有分歧,但一致认为是元人作品。

仪《辍耕录》所录金院本名目中我们却可以看到《病郑逍遥乐》、《四皓逍遥乐》、《四酸逍遥乐》，以上均属"和曲院本"，显然《逍遥乐》即为所"和"之曲。除此之外，在"诸杂院爨"类中还有《逍遥乐打马铺》。至元曲，【逍遥乐】成为商调套曲的常用曲调，紧接首曲【集贤宾】后，构成极为稳定的曲组。这一现象也说明，许多牌调并非靠文人词延续不坠，而后进入元曲的。

文人词中的热门牌调大多不入曲，冷僻词牌却又成为热门曲牌，两相比较，我们的结论是：许多词牌入曲，并非途经文人词实现的，而是另有路径，这个路径在民间俗曲及民间诸伎艺形式。

2. 词曲同名牌调多率先入套数而非小令

依体制而言，元曲的小令与词极为接近，词调与曲牌在二者之间的交流转化应该更为顺畅。但统计的结果却与我们的猜测相反：词曲牌调的交流并非只在甚至主要不在词与元曲小令这两个性质更为接近的文体之间进行，套数才是吸收词调入曲的主力。为了醒目，我们将词曲同名牌调在元曲中较早使用的体式进行统计，列表如下：

表2.2 词曲同名牌调首见体式调查表

说明：

（1）因为此处着重探讨的是词曲之间的历时性承继关系，而元词与元曲是共时性关系，所以与元词同名者4章未计入；

（2）元曲中名同音律不同的曲牌不再重复计数，而取最早入曲者；

（3）为了后文统计方便，依体式排序。同时代作家诸体兼作，难分先后的则作并列处理。

词曲同名牌调	元曲首见作者	首见体式
后庭花	元好问	小令
喜春来	元好问	小令

（续表）

词曲同名牌调	元曲首见作者	首见体式
骤雨打新荷	元好问	小令
小桃红	杨果	小令
折桂令	刘秉忠	小令
快活年	盍西村	小令
黑漆弩	王恽	小令
甘草子	薛昂夫	小令
昼夜乐	赵显宏	小令
红衲袄	徐再思	小令
齐天乐	张可久	小令（带过曲）
玉交枝	乔吉	小令（带过曲）
青玉案	无名氏	小令
三番玉楼人	无名氏	小令
玉抱肚	无名氏	小令
白鹤子	白朴（剧套）关汉卿（小令）	剧套、小令
一半儿	关汉卿（剧套、小令）	剧套、小令
满庭芳	关汉卿（剧套）姚燧（小令）	剧套、小令
四块玉	关汉卿（剧套、小令）	剧套、小令
春归怨	贾仲明（剧套）无名氏（小令）	剧套、小令
鱼游春水	贾仲明（剧套）无名氏（小令）	剧套、小令
望远行	贾仲明（剧套）汤式（小令）	剧套、小令
醉高歌	侯正卿（散套）关汉卿（剧套）姚燧（小令）	剧套、散套、小令

（续表）

词曲同名牌调	元曲首见作者	首见体式
驻马听	关汉卿（剧套、散套）、白朴（小令）	剧套、散套、小令
小梁州	盍西村	散套
新水令	商道	散套
夜行船	商道	散套
风入松	商道	散套
豆叶黄	商道	散套
离亭宴	商道	散套
胜葫芦	杨果	散套
蝶恋花	杜仁杰	散套
哨遍	杜仁杰	散套
斗鹌鹑	王修甫	散套
减字木兰花	贯云石	散套
六幺令	吕侍中	散套
天仙令	朱庭玉	散套
南乡子	无名氏	散套
捣练子	无名氏	剧套
古竹马	无名氏	剧套
金蕉叶	王修甫	散套
侍香金童	关汉卿	散套
菩萨蛮	侯正卿	散套
女冠子	王和卿	散套

（续表）

词曲同名牌调	元曲首见作者	首见体式
青杏子	关汉卿	散套
蓦山溪	王和卿	散套
归塞北	白朴	散套
荼蘼香	关汉卿	散套
卖花声	关汉卿	散套
定风波	庾吉甫	散套
挂金索	侯正卿	散套
黄莺儿	庾吉甫	散套
垂丝钓	庾吉甫	散套
踏莎行	庾吉甫	散套
应天长	庾吉甫	散套
急曲子	王伯成	散套
端正好	关汉卿	剧套
滚绣球	关汉卿	剧套
醉太平	关汉卿	剧套
啄木儿(煞)	关汉卿	剧套
忆王孙	白朴	剧套
鹊踏枝	关汉卿	剧套
双雁子	关汉卿	剧套
迎仙客	关汉卿	剧套
粉蝶儿	关汉卿	剧套
朝天子	关汉卿	剧套

（续表）

词曲同名牌调	元曲首见作者	首见体式
红芍药	关汉卿	剧套
剔银灯	关汉卿	剧套
斗鹌鹑	关汉卿	剧套
感皇恩	关汉卿	剧套
乌夜啼	关汉卿	剧套
贺新郎	关汉卿	剧套
醉春风	关汉卿	剧套
川拨棹	关汉卿	剧套
太清歌	白朴	剧套
集贤宾	关汉卿	剧套
逍遥乐	关汉卿	剧套
天下乐	关汉卿	剧套
耍三台	关汉卿	剧套
还京乐	马致远	散套
憨郭郎	马致远	散套
行香子	马致远	散套
梅花引	吴仁卿	散套
贺圣朝	王实甫	剧套
念奴娇	郑光祖	剧套
月上海棠	王实甫	剧套
醉花阴	侯正卿（散套）关汉卿（剧套）	散套、剧套
喜迁莺	侯正卿（散套）关汉卿（剧套）	散套、剧套

（续表）

词曲同名牌调	元曲首见作者	首见体式
水仙子	侯正卿（散套）关汉卿（剧套）	散套、剧套
八声甘州	王修甫（散套）白朴（剧套）	散套、剧套
金盏子	侯正卿（散套）关汉卿（剧套）	散套、剧套
点绛唇	白朴（散套）关汉卿（剧套）	散套、剧套
一枝花	关汉卿（散套、剧套）	散套、剧套
乔木查	白朴（散套）李文蔚（剧套）	剧套、散套
也不罗	关汉卿（散套）李直夫（剧套）	散套、剧套
滴滴金	关汉卿（散套、剧套）	剧套、散套
落梅风	关汉卿（散套、剧套）	剧套、散套
调笑令	关汉卿（散套、剧套）	剧套、散套

　　上表中纳入统计的共有98章。确认先进入小令者15章，小令与剧套、散套同期进入，难分先后者9章，那么，与小令相关者共计24章，而其他74章都是由剧套或散套率先使用。由此可见，所谓词曲之变主要不是在体式更为接近的词与元曲小令之间进行的，套数才是吸纳词曲同名牌调的主力。套俗令雅，套数较之小令更具民间性，这与前文所说词调经由民间一脉入曲正可以互相印证。

　　3.词曲同名牌调格律变异大于承续

　　依据词曲同名牌调在格律上的差距大小，我们可以划分出四种类型：词曲格律全同（即表2.1中的"同"）、词曲格律大同小异（即表2.1中的"略异"）、词曲格律大异小同（即表2.1中的"略同"）、词曲格律大不相同（即表2.1中的"大异"）四种类型。宋词无全篇传世无从比较者不计入数内。

1. 词曲格律全同(18 章)

黄钟宫:【侍香金童】

正　宫:【菩萨蛮】

仙吕宫:【忆王孙】、【迎仙客】

中吕宫:【斗鹌鹑】、【醉春风】

大石调:【青杏子】、【念奴娇】、【归塞北】

越　调:【调笑令】、【梅花引】、【南乡子】、【糖多令】

双　调:【醉春风】、【行香子】、【蝶恋花】、【风入松】、【月上海棠】

2. 词曲格律大同小异(27 章)

黄钟宫:【醉花阴】、【女冠子】

正　宫:【端正好】、【醉太平】、【白鹤子】

仙吕宫:【端正好】、【点绛唇】、【雁儿】、【一半儿】、【胜葫芦】、【鹊踏枝】

中吕宫:【粉蝶儿】、【满庭芳】

大石调:【蓦山溪】、【憨郭郎】

越　调:【耍三台】、【斗鹌鹑】

商　调:【集贤宾】、【双雁子】

商角调:【黄莺儿】

双　调:【夜行船】、【驻马听】、【青玉案】、【太清歌】、【水仙子】、【豆叶黄】、【川拨棹】

3. 词曲格律大异小同(11 章)

黄钟宫:【红衲袄】

仙吕宫:【金盏儿】

中吕宫:【红芍药】

南吕宫:【一枝花】

大石调:【荼蘼香】

商角调：【垂丝钓】

般涉调：【哨遍】

双　调：【也不罗】、【捣练子】、【骤雨打新荷】、【高过金盏儿】

4. 词曲格律大不相同(58 章)

黄钟宫：【喜迁莺】、【贺圣朝】、【六幺令】、【昼夜乐】、【水仙子】

正　宫：【滚绣球】、【小梁州】、【甘草子】、【啄木儿】

仙吕宫：【八声甘州】、【天下乐】、【后庭花】、【六幺令】、【金盏儿】

中吕宫：【卖花声】、【喜春来】、【贺圣朝】、【古竹马】、【醉高歌】、【剔银灯】、【朝天子】、【齐天乐】

南吕宫：【贺新郎】、【乌夜啼】、【玉交枝】、【四块玉】、【红芍药】、【梧桐树】、【感皇恩】

大石调：【六国朝】、【女冠子】、【还京乐】

越　调：【小桃红】、【金蕉叶】、【古竹马】

商　调：【逍遥乐】、【贺圣朝】、【水仙子】、【定风波】、【望远行】、【玉抱肚】

商角调：【踏莎行】、【应天长】

双　调：【新水令】、【折桂令】、【天仙令】、【减字木兰花】、【滴滴金】、【鱼游春水】、【春归怨】、【步步娇】、【落梅风】、【柳青娘】、【三番玉楼人】、【快活年】、【慢金盏】、【太平令】、【离亭宴(煞)】

在以上统计中，词曲格律全同者仅有 18 章，而词曲大不相同者却有 58 章，占了词曲同名牌调的一半。由词牌到曲牌，格律变异大于承续。

还有一个值得关注的现象是，这些词曲名实皆同的牌调在

元曲中大多使用频率不高。在 18 章中,除【醉春风】、【斗鹌
鹑】等少数牌调外,多数曲牌现存作品不足 10 首。其中【菩萨
蛮】、【念奴娇】、【南乡子】、【侍香金童】等仅存 1 例。

在这之中,还有两组特殊曲牌具有标本的意义。一组是仙
吕【鹊踏枝】和双调【蝶恋花】,二者均来自词牌《鹊踏枝》(又
名《蝶恋花》)。其中双调【蝶恋花】与文人词单片句格全同,
为:7,4,5,7,7。而仙吕【鹊踏枝】的格律则有所变异,句格为
3,3,4,4,7,7,但仍能寻出变化的轨迹。

词牌《蝶恋花》: 7, 4,5,7,7。

曲牌【鹊踏枝】:3, 3,4,4,7,7。

【鹊踏枝】与【蝶恋花】的差异或许由于传入曲中的路径不
同而致。任半塘《唐声诗》云:"《教坊记》载曲名,作《鹊踏
枝》……入宋,易称《凤栖梧》、《蝶恋花》等近十种,以《蝶恋
花》名最盛行,若《鹊踏枝》之原调、原称、本义等均非一般词人
所习矣。"[1]由此可知,《鹊踏枝》乃为原调,入宋后文人词改称
为《蝶恋花》。而《鹊踏枝》在民间一脉或仍有流衍,后来二者
均流入元曲。《蝶恋花》词曲名实全同,《鹊踏枝》词曲格律则
有变异。【蝶恋花】如前所说,在现存元曲中只见 3 处用例,均
为双调套数首曲。而变异较多的【鹊踏枝】却成了仙吕宫剧
套、散套中的常用曲牌,共有 100 多处用例。

同样情况的还有仙吕【忆王孙】与【一半儿】,它们与词调
【忆王孙】紧密相关。其中,曲牌【忆王孙】与词调句法全同,所
异者仅在于词每句都用平声韵,曲末句以上声韵者居多。而
【一半儿】与【忆王孙】的不同之处在于末句嵌入两个"一半
儿",是为定格,并因此得名。虽然改动不多,但重复句式和儿

① 任半塘《唐声诗》(下),上海古籍出版社,2006 年版,第 373 页。

化韵在词中少见，而曲中俯拾皆是，是曲体的特征性语汇之一，想必音乐也会有相应的变化。所以，【一半儿】要比【忆王孙】更有曲味。在实际应用中，【忆王孙】只用于杂剧①，今仅存4例，分别为白朴、郑廷玉、马致远作品，均属前期作家，后期渐为【一半儿】取代，广泛用于杂剧、小令中。

　　由上可见，那些曲化程度不高，较多保留了词之体性的牌调，并未占据元曲曲牌系统的核心地位，或者说并没有完全融入元曲的大潮中。

　　同时，我们还可注意到，那些词曲格律相同的同名牌调绝大多数见于北宋末年以后。在词曲格律相同的18章同名牌调中，【迎仙客】、【斗鹌鹑】是金元时期诞生的新牌调（详见下节），其他可考知年代的还有：

　　《侍香金童》。胡仔《苕溪渔隐丛话》后集卷三十九引《上庠录》云：

　　　　政和元年，尚书蔡嶷为知贡举，尤严挟书。是时有街市词曰《侍香金童》，方盛行，举人因其词，加改十五字，作《怀挟词》云："喜叶叶地，手把怀儿摸，甚恰恨出题厮撞着。内臣过得不住脚，忙里只是看得斑驳。骇这一身冷汗，都如云雾薄。比似年时头势恶。待检又还猛想度，只恐根底有人寻着。"②

　　这一段记载明确交代了《侍香金童》"方盛行"的时间是政

---

① 《北曲新谱》标明【忆王孙】可用于小令、散套、杂剧。在元曲中，散套用例笔者未见。小令仅见赵善庆《寻梅》、《述忆》两首，分别以"一半衔春一半开"、"一半苍苍一半白"结句，实为【一半儿】误题。
② （宋）胡仔纂集、廖德明校点《苕溪渔隐丛话》后集，人民文学出版社，1962年版，第328页。

和元年(1111),且当时为"街市词",即处于民间小曲阶段,而未上升为文人律词。《全宋词》中除这1首外,尚有贺铸、蔡伸、赵长卿、无名氏各1首,从格调看都是更为雅化之作,显然创作于此首之后。三位有名姓的作家中蔡伸(1088—1156),政和五年(1115)进士。赵长卿的生活年代大约在北宋末南宋初。贺铸(1052—1125)虽出生于北宋中期,但他是一个高寿的作家,直至宣和七年才谢世,《侍香金童》流行年代距离他去世还有十四五年的时间,不排除为其晚年之作的可能。

《月上海棠》现存赵佶(1082—1135)、曹勋(1098—1174)、陆游(1125—1210)、姜夔(1154—1221)、张侃(约公元1206年前后在世)、陈允平(约生于1215—1220年之间)及无名氏之作。其中有名姓作家均为北宋末年及以后人。徽宗赵佶一首应该最早,赵彦卫《云麓漫钞》卷四记载:"徽庙既内禅,寻幸淮浙,尝作小词,名《月上海棠》。末句云:'孟婆且与我做些方便。'"①由"徽宗既内禅"一句可知,此词作于1125年徽宗禅位之后。虽然仅存残句,但我们还是能够感受到那种浓郁的民间俚俗情调,徽宗仿作时该调当处在刚从民间曲引入文人创作的阶段。

另外,《忆王孙》创自李重元;《糖多令》首见辛弃疾作;《青杏子》即《摊破南乡子》,首见南宋程垓作,又名《似娘儿》,金代改称《青杏儿》,见赵秉文等作;《风入松》除晏几道外,均为南宋人作;《青玉案》、《梅花引》同样也是南宋盛于北宋。

以上提到的词牌共计10调,均盛于北宋末年、南宋以至金代。其意味在于:元曲与唐宋文人词为民间歌辞在不同文化空间发展的两脉。文人词将某时段的市井俗曲格律凝定下来,

---

① (宋)赵彦卫《云麓漫钞》,古典文学出版社,1957年版,第50页。

而民间曲潜流仍旧向前演化，至元代重被文人关注，即为元曲。元曲与宋词的同名牌调反映的乃是民间曲在不同时段的样态，大多名虽同，但已远非旧物，格律大异。越是与元曲曲牌时间接近的新兴词牌，与元曲曲牌的相似度越大。而这种相似的根柢在于二者共同的渊薮——民间俗曲。

综上，宋词中的热门牌调往往不入曲，一些冷僻牌调在曲中却极为常用；词曲同名牌调在现存作品中大多较早见于剧套、散套，较少见于性质更为接近的小令；词曲同名牌调格律相同者寥寥，变异者众，格律有变异者使用广泛，格律相同者用例很少。如果将上述现象统而观之，可知文人词并非元曲曲牌的源头所在，元曲曲牌与词牌的共同渊薮是民间俗曲，二者为同源异流的关系。文人词沿着雅化、诗化、律化的方向发展，应歌性逐渐变弱，自身的牌调系统日益封闭，逐渐失去了吸收新声的能力。而市井俗曲系统则变动不居，兼容并蓄，在不断吸收新曲调（包括里巷俗乐和胡乐），并探讨新的表现形式（联套），发展出新的功能（叙事），最终与停滞在原地的词断裂，成为一种全新的音乐文学品类——元曲。把几经变化进入元曲曲牌系统的牌调，同凝固静止于某个经典化时刻的文人同名词调相比，有点"刻舟求剑"的意味。故元曲与宋词同名牌调，格律完全相同者极少，而大不相同者占主流就在情理之中了。

三、嘌 唱 的 启 示

李昌集先生在《词之起源：一个千年学案的当代反思》一文中提到："……只有在传唱中，音乐和歌辞才成为一体化的有意义存在。因此，只有从人们的歌唱实践、传唱活动和传唱方式中才能把握词体的生成机制。"①其实不只词之起源如此，在词曲之变中，演唱环节也是我们理应注意而此前恰恰忽略的一个环节。本书对于嘌唱的关注②，就是力图从演唱环节切入，探寻这些同名牌调是如何在文人词与民间曲两脉分道扬镳的。

嘌唱是宋代的一种演唱伎艺，屡见于宋人的文献记载，其中以孟元老《东京梦华录》最早。

> 崇、观以来，在京瓦肆伎艺……小唱李师师、徐婆惜、封宜奴、孙三四，诚其角者。嘌唱弟子张七七、王京奴、左小四、安娘、毛团等……孔三传、耍秀才诸宫调……文八娘叫果子。其余不可胜数，不以风雨寒暑，诸棚看人，日日如是。③

在这段记载中，孟元老勾勒出了崇宁（1102—1106）、大观（1107—1110）以来京师市井文艺的立体画面，开列了各种文艺的艺人名单，嘌唱也位列其中。除了《东京梦华录》的记载外，嘌唱艺人还可见于《西湖老人繁胜录》、《梦粱录》、《武林旧事》等书。

> 宋西湖老人《西湖老人繁胜录》"瓦市"条："卖嘌唱：樊华。"④

---

① 载《文学评论》2006 年第 3 期。
② 关于嘌唱的重要论文有：于天池《宋元说唱伎艺脞说》，载于《北京师范大学学报》1998 年第 2 期；赵义山《"嘌唱"考论》，载于《文学遗产》2004 年第 4 期。
③ （宋）孟元老等《东京梦华录（外四种）》，古典文学出版社，1956 年版，第 29—30 页。
④ （宋）孟元老等《东京梦华录（外四种）》，第 124 页。

　　宋吴自牧《梦粱录》卷二十:"若唱嘌耍令,今者如路岐人王双莲、吕大夫唱得音律端正耳。"①

　　宋周密《武林旧事》卷六"诸色伎艺人"条:"丁未年拨入勾栏弟子,嘌唱赚色:施二娘、时春春、时佳佳、何总怜、童二、严偏头、向大鼻、葛四、徐胜胜、耿四、牛安安、余元元、钱寅奴、朱伴伴(大虎头)。"②

　　宋周密《癸辛杂识·别集下》"银花"条:"何氏女……善小唱嘌唱,凡唱得五百余曲,又善双韵,弹得五六十套。"③

　　以上诸书共记载二十余位嘌唱艺人,而这只是当时人所共知的佼佼者,名不见经传的嘌唱艺人当更不在少数,由此可见自北宋末一直到南宋,嘌唱的蓬勃发展和广受欢迎。

　　关于嘌唱的演唱特点,程大昌《演繁露》有如下记载:

　　凡今世歌曲,比古郑卫,又为淫靡,近又即旧声而加泛滟者,名曰嘌唱。"嘌"之读如"瓢"。《玉篇》"嘌"字读如"瓢",引《诗》曰"匪车嘌兮",言"嘌嘌,无节度也"。④

　　程大昌从"嘌"之本意入手,解释嘌唱的音乐风格为"无节度"。因为无节度,为雅正唱法所拘囿不住,别出心裁,"即旧声而加泛滟"。这种急管繁声,纵恣多变,不守规矩的俗唱,与极为讲究,却嫌板实单调的小唱正好相反。正因为二者是完全

---

① (宋)孟元老等《东京梦华录(外四种)》,第310页。
② (宋)孟元老等《东京梦华录(外四种)》,第457页。
③ (宋)周密《癸辛杂识》,中华书局,1988年版,第272页。
④ (宋)程大昌《演繁露》,中华书局,1991年版,第96页。

不同的两种词唱,所以在宋人的文献中往往将嘌唱、小唱并举。如耐得翁《都城纪胜》"瓦舍众伎"条:

> 唱叫小唱,谓执板唱慢曲、曲破,大率重起轻杀,故曰浅斟低唱,与四十大曲舞旋为一体,今瓦市中绝无。[①]
>
> 嘌唱,谓上鼓面唱令曲小词,驱驾虚声,纵弄宫调,与叫果子、唱耍曲儿为一体。本只街市,今宅院往往有之。

一为街市流行,一为瓦市中绝无,一雅一俗。小唱为词乐的高雅唱法,严守古谱,严守字词声律,正如宋张炎《词源》卷下"音谱"所云:"唯慢曲、引、近则不同,名曰小唱。须得声字清圆,以哑篳篥合之,其音甚正,箫则弗及也。慢曲不过百余字,中间抑扬高下,丁抗掣捉,有大顿、小顿、大住、小住、打捻等字。真所谓上如抗、下如坠、曲如折、止如槁木;倨中矩、句中钩,累累乎端如贯珠之语,斯为难矣!"[②]小唱虽代表了当时词乐演唱技艺的最高水准,但也失之封闭、凝固甚至最终走向僵死。嘌唱则为词乐的俗唱,可以在旧声的基础上"加泛滟",演员可以随意发挥,繁音促节,变化多端,表现了民间音乐变动不居的特性。因其开放性故具创生性,所以在当时广受欢迎。演唱技法的分歧,也导致了创作队伍的逐渐分化。

沈义父《乐府指迷》:"古曲谱多有异同,至一腔有两三字多少者,或句法长短不等者。盖被教师改换,亦有嘌

---

① (宋)孟元老等《东京梦华录(外四种)》,第96页。
② (宋)张炎《词源》,中华书局,1991年版,第40页。

唱一家,多添了字。吾辈只当以古雅为主,如有嘌唱之腔不必作。且必以清真及诸家目前好腔为先可也。"①

"前辈好词甚多,往往不协律腔,所以无人唱。如秦楼楚馆所歌之词,多是教坊乐工及闹井做赚人所作,只缘音律不差,故多唱之。求其下语用字,全不可读。甚至咏月却说雨,咏春却说秋……如此甚多,乃大病也。"②

沈义父所言嘌唱"多填了字"在燕南芝庵《唱论》可以得到印证:

《唱论》"凡添字节病"条:"则他,兀那,是他家,俺子道,我不见,兀的,不呢。一条了;唇撒了;一片了;团圞了;破孩了;茄子了。"③

芝庵在此列举了歌者经常在演唱中擅自添入的字词。大概正因为嘌唱加了"则他"、"兀那"一类市井语和"一条了;唇撒了;一片了;团圞了;破孩了;茄子了"一类张打油语,才为坚持雅正立场的沈义父不能容忍,斥为鄙俗。由沈义父"吾辈只当以古雅为主,如有嘌唱之腔不必作。且必以清真及诸家目前好腔为先可也"的呼吁反推,可以想见在当时迎合嘌唱俗腔撰写俗词的兴盛。宋代词坛实际存在两极:一方面是词在文人手中越趋越雅,另一方面是民间市场为俗腔俗词占领,愈演愈烈。日本学者村上哲见在《宋词研究》中有如

---

① (宋)张炎、沈义父著,夏承焘注、蔡嵩云笺释《词源注　乐府指迷笺释》,人民文学出版社,1963年版,第80页。
② (宋)张炎、沈义父著,夏承焘注、蔡嵩云笺释《词源注　乐府指迷笺释》,第69页。
③ (元)燕南芝庵《唱论》,《中国古典戏曲论著集成》(一),第162页。

下的论述：

> 如果或多或少加以想象，则可以说这一时期在词的创作和歌咏的场合上，并存着本质不同的两种情况，简单地划分，就是并存着可以称为文人社会和市民社会这两种社会；在前一社会中，几乎只是墨守着旧有的曲调，而在后者，则时尚的变化在时刻进行着。[①]

在雅俗分野上最典型的是柳永词。夏敬观《手评乐章集》云："耆卿词，当分雅、俚二类。雅词用六朝小品文赋作法，层层铺叙，情景兼融，一笔到底，始终不懈。俚词袭五代淫哇之风气，开金、元曲子之先声。"[②]这里判然有别的雅、俚二类正是村上先生所言两种文化空间不同审美趣味的表现。柳永的俚词因其"词语尘下"而招来文人的非议，但在民间却一直广受欢迎。南宋徐度《却扫编》就有这样一则有趣的记载：

> 柳永耆卿以歌词显名于仁宗朝，官为屯田员外郎，故世号"柳屯田"。其词虽极工致，然多杂以鄙语，故流俗人尤喜道之。其后欧、苏诸公继出，文格一变，至为歌词，体制高雅，柳氏之作殆不复称于文士之口，然流俗好之自若也。刘季高侍郎宣和间尝饭于相国寺之智海院，因谈歌词，力诋柳氏，旁若无人者。有老宦者闻之，默然而起，徐取纸笔跪于季高之前，请曰："子以柳词为不佳者，盍自为

---

① ［日］村上哲见著、杨铁婴等译《宋词研究》，上海古籍出版社 2012 年版，第 170 页。
② 转引自龙榆生编选《唐宋名家词选》，古典文学出版社 1956 年版，第 89 页。

一篇示我乎?"刘默然无以应。①

雅俗兼作的词家并非只有柳永,再如:

秦观《满园花》:一向沉吟久,泪珠盈襟袖。我当初不合苦撋就,惯纵得软顽,见底心先有。行待痴心守,甚捻著脉子,倒把人来僝僽。　近日来非常罗皂丑,佛也须眉皱,怎掩得众人口?待收了孛罗,罢了从来斗。从今后休道共我,梦见也不能得勾。②

刘过《竹香子》:一琐窗儿明快,料想那人不在。熏笼脱下旧衣裳,件件香难赛。　匆匆去得忒煞,这镜儿也不曾盖。千朝百日不曾来,没这些儿个采。③

品读这些俗词我们不禁感叹:它们距离元曲又有多远呢?

这些俗词作为词曲之变中的重要现象,早就引起了学界注意④。但大家的关注重心多在文学层面,诸如题材内容、表达方式、语言特色、审美风貌等等,在探究俗词兴盛的原因时也多着眼于历史、文化层面的解释,而对演唱实态和音乐变化则注意不够。本书认为正是嘌唱俗唱催生了俗词的兴盛。嘌唱与俗词兴盛时间的同步也证明了这一点。宋代词坛的雅俗分流

---

① (宋)徐度《却扫编》,中华书局 1985 年版,第 172—173 页。
② 唐圭璋编《全宋词》,第 459 页。
③ 唐圭璋编《全宋词》,第 2156 页。
④ 参见李昌集《北宋文人俗词论》,《文学遗产》1987 年第 3 期;张惠民《论词曲递兴及其雅俗风流》,《汕头大学学报》1988 年第 4 期;赵义山《论宋金俗词及其对元散曲的影响》,《西华师范大学学报》1993 年第 5 期;诸葛忆兵《徽宗词坛研究》之《北宋俗词创作的高峰期》,北京出版社 2001 年版;何春环《唐宋俗词研究》,北京师范大学博士论文,2006 年;曲向红《两宋俗词研究》,山东师范大学博士论文,2007 年。

与小唱、嘌唱的对立互为表里。

　　嘌唱实质是一种旧调新唱。这种"旧瓶装新酒"的渐变方式是音乐发展中的一种共通现象,如在明清小曲的相关文献中经常出现的"侉调【山坡羊】"、"数落【山坡羊】"等,也是在原有【山坡羊】曲调基础上,变异唱法,最终衍生出新的牌调形态①。直至今日仍然有"老歌新唱"现象,有些曲子的歌词甚至是音乐主旋律都还保留着,但演唱的技法、伴奏的乐器、音乐的风格都已发生变化,被纳入新的音乐体系,远非旧物。由今视昔,可能更容易理解嘌唱在词曲之变中的地位和作用。对于嘌唱的探讨也启示我们,应关注歌者及其演唱技法在音乐文学变迁中的作用,文学形式往往只不过是歌唱程式和表演程式的遗迹而已。

第二节　元曲曲牌与金代道士词

　　诸家在讨论词曲关系时往往限于唐宋词,而实际上,金代词牌与元曲曲牌之间因时间和地域上的接近而存在更大的相关性,值得重新审视②。

　　金代词坛呈现二水分流的格局,我们可以将其可分为传统文人词和道士词。传统文人词阵营,除元好问等少数作家间或

---

① 参见杨栋《【山坡羊】曲调源流述考》,《文学遗产》2010 年第 2 期。
② 论及金元词用调的重要论文有:赵山林《从词到曲——论金词的过渡型特征及道教词人的贡献》,载于《山东师大学报》1992 年第 3 期;周玉魁《金元词调考》,载于《词学》第八辑;王昊《"词曲递变"初探——兼析"唐曲暗线说"和"唐宋词乐主体说"》,载于《吉林大学学报》2009 年第 3 期;田玉琪《论金词的用调》,载于《江苏大学学报》2009 年第 6 期。诸位先生的研究成果是本书立论的重要参考。

吸收新声外,在词调发展上几无贡献。他们往往选取传统词牌,音律也多因循宋词,按律填词。金代道士词,以王喆及其弟子为代表,他们的作品几乎占了金词的半壁江山。他们把词作为普及全真教教义的工具,为了民众喜闻乐见,往往选取当下有活性、尚流行的词调,时调新声主要是通过他们进入金词的。因而在牌调的研究方面,金代道士词较之传统士大夫词具有更高的文献价值。

我们可以把金代道士词与元曲同名的牌调分为两种情况,一是金代首次出现的词牌;二是前代词中虽有相同或相近牌名,而格律与金词大不相同者。我们先看第一类。

一、金代道士词新增词曲同名牌调

1.《酴醾香》
金词中仅见王喆一首。

> 自在随缘,信脚而无思没算。召清飚,邀皓月,同为侣伴。步长路,成欢乐,唇歌舌弹。忽经过洞府嘉山,堪一玩。正逢著祥瑞频赞。　　异果名花,滋味美馨香撒散。对良辰,虽好景,难为惹绊。任水云,前程至,天涯海畔。便遭遇清净神舟,超彼岸。这回做真害风汉。①

关于此词的断句,唐圭璋《全金元词》与潘慎《中华词律辞典》有所不同,参照元无名氏《酴醾香》,当以《全金元词》为是。此调上下片句格相同,单片句格可标示为:4,3/4。3,3,4。

―――――――
① 唐圭璋编《全金元词》,第216页。

3,3,4。3/4,3。3/4。

曲牌【荼蘼香】仅见于关汉卿【大石调·青杏子】《离情》散套,有幺篇:

> 【荼蘼香】记得初相守,偶尔间因循成就,美满效绸缪。花朝月夜同宴赏,佳节须酬,到今一旦休。常言道好事天悭,美姻缘他娘间阻,生拆散鸾交凤友。
>
> 【幺】坐想行思,伤怀感旧,各辜负了星前月下深深咒。愿不损,愁不煞,神天还祐。他有日不测相逢,话别离情取一场消瘦。①

其句格为:5,3/4。5。7,4。5。3/4,3/4,3/4。幺篇与始调有较大差距,其句格为:4,4。7。3,3,4。3/4,3/4。曲牌句格虽然较之词调颇多参差,但还是能看出 3,4,或 3,3,4 及其变体交替变化的腔格所在。

2.《胜葫芦》

金词中仅见王喆一首,原题《圣葫芦》:

> 这一葫芦儿有神灵,会会做惺惺。占得逍遥真自在,头边口里,常是诵仙经。把善因缘,却腹中盛。净净转清清。玉杖挑将何处去,紧随师父,云水是前程。②

该词辞咏本调,或许即为王喆的创调始辞也未可知。如果然如此,牌名当以“圣葫芦”为本意,在传播中讹误为“胜葫

---

① 隋树森编《全元散曲》,第 176 页。
② 唐圭璋编《全金元词》,第 189 页。

芦",陶宗仪《辍耕录》"杂剧曲名"即著录为【圣葫芦】,与金词一致。

曲牌【胜葫芦】在现存用例中较早见于第一代曲家商道【仙吕·赏花时】"秋水溅溅古岸苍"散套,为套数专用曲牌,并无小令用例。曲牌句格为7,5,7,4,4,5。这与金词基本相同,而仅在第四句后再增一"4"字句而已。但曲第三句入韵,韵脚较词加密。

3.《转调斗鹌鹑》

《全金元词》收王嚞《斗鹌鹑》一首:

> 一个灵明,作仙子材。响彻瑶宫,蕊金自开。为咄玲珑出蓬莱,降下来。谪在凡间,托生俗胎。　只恐身便,酒色气财,混一回风流,此心便灰。复悟前真免轮回。没甚灾。看看却得,重上玉台。[①]

此调上片句格为:4,4,4,4,7,3,4,4,下片除第三句为五字句外,其他句法同上片。

元曲有中吕【斗鹌鹑】与越调【斗鹌鹑】两调,列于《中原音韵》"名同音律不同者一十六章"之中。王嚞词与元曲【斗鹌鹑】的句格比对如下:

金词:　　　　　4,4,4,4,7,3,4,4。

中吕【斗鹌鹑】:4,4,4,4,7,3,4,4。[②]

越调【斗鹌鹑】:4,4,4,4,4,4,3,3,4,4。

由上可见,元曲中吕【斗鹌鹑】与王嚞《转调斗鹌鹑》词单

---

① 唐圭璋编《全金元词》,第220—221页。下片断句稍有不同。
② 依吴梅《南北词简谱》,郑骞《北曲新谱》的厘定第六句与此有异,全篇句格为:4,4,4,4,7,3/3,4,4。以现存用例看,当以《南北词简谱》为是。

片句格完全相同,而越调【斗鹌鹑】虽有小别,但细审,不过是增加了一"3"字句,另外将第五句的"7"字句摊破为"4,4"句式。词曲之间在句法上的渊源关系显而易见。越调【斗鹌鹑】现存最早用例是王修甫(约生于金末,卒于元世祖至元十年)【越调·斗鹌鹑】"阙盖荷枯"散套,中吕【斗鹌鹑】现存用例首见于关汉卿杂剧,年代均晚于王喆词。

4.《迎仙客》

《全宋词》收南宋史浩词1首,题为《洞天》。史浩,南宋名臣。生于崇宁五年(1106),绍熙五年(1194)卒。淳熙十年(1184)史浩致仕后,宋孝宗在竹洲建了一座"真隐馆"作为史浩府第,垒石为山,引泉为池,又御书"四明洞天"四字相赠。史浩在府第时有吟咏,本词就是其中之一。除此之外,尚有《喜迁莺·四明洞天》、《南浦·洞天》、《水龙吟·洞天》等多首。由此推知,此词当写于1184年史浩致仕后,大致相当于金大定、明昌间。

金代王喆也作有《迎仙客》多首,其中一组词前有小序,云:"或曰:既是修行,因何齿落发白。答云:我今年五旬五,尚辛苦为收获耳。"①该组第一首为:

> 五旬五,过半百。诸公把我频搜索。眼如遮,耳如闻,口中齿豁,颏上髭须白。　　外容苍,内容黑,金花地上真粟麦。杆儿钞,穗儿摘。三车搬过,便是迎仙客。②

王喆,生于政和二年(1112),由上引词序及词中所云"五

---

① 唐圭璋编《全金元词》,第175页。
② 唐圭璋编《全金元词》,第175页。

句五"可推知该词作于1166年,即金大定六年,早于史浩所作十几年,也是今见最早的《迎仙客》词。该词可作为金地新词调南传入宋的例证之一。由该词最后一句"便是迎仙客"来看,也不排除此首即为始辞的可能。此调《刘知远诸宫调》未见,而见于《董西厢》,这也正与词调的流行时间相吻合。曲之【迎仙客】的句法、格律与词相同,现存元曲首见于关汉卿杂剧用例,远晚于王喆词。

5.《白鹤子》

金词中仅见马钰《赠吴知纲》2首,原名《白观音》,自注曰:"本名《白鹤子》",现引录一首于下:

> 谑号不勤勤,名为养拙人。穿衣慵举臂,吃饭懒抬唇。面垢但寻水,头蓬倦裹巾。尘劳不复梦,悟彻个中真。[①]

此调为五言律体,其格律为:仄仄仄平平(或仄仄平平仄),平平仄仄平。十平平仄仄,十仄仄平平。仄仄平平仄,平平仄仄平。十平十仄仄,仄仄仄平平("十"表示可平可仄,下同)。曲牌【白鹤子】只取其一半,句格为:5,5(韵)。5,5(韵)。但格律稍有异,为:十平平仄仄,十仄仄平平(前两句或为:平平仄仄平,仄仄平平仄)。十仄仄平平,十仄平平去。元曲中【白鹤子】较早见于白朴《梧桐雨》杂剧、关汉卿小令,时间远晚于马钰词。

6.《耍三台》

金代长筌子《洞渊集》收录1首《玩瑶台》,词牌下原注:

---

① 唐圭璋编《全金元词》,第372页。

"本名《耍三台》。"①《鸣鹤余音》又题为冯尊师作,未知孰是。《全金元词》两属,原文如下:

> 直指玄元路。叹苦海迷人不悟。在目前平平稳稳,又无些险难相阻。把万缘一齐放下,他自然有圣贤提举。似断云野鹤飞腾,向物外青霄信步。　庆会神仙语。渴时饮蟠桃酥醾。出入在星楼月殿,笑人间死生今古。跨彩凤祥鸾玩太虚,归来卧碧霞深处。这逍遥活计谁传,分付与蓬莱伴侣。②

曲牌【耍三台】与此句法略异:金词首句为"5"字句,在元曲中摊破为3/3句式,其他句法同。在用韵上,曲牌与词牌单片相同,均为8句5韵。只是曲牌平仄通押,第四句、第六句须用平声韵,这与上引金词通篇用仄韵不同。曲牌【耍三台】在现存用例中较早见于关汉卿《尉迟恭单鞭夺槊》杂剧,为剧套专用。

长筌子,生平不详,其诗序中有"至大辛卯(1231)"语,可知为金人,其写作《耍三台》的时间当与关汉卿同时或稍早。冯尊师,生平不详,虞集曾和其《苏武慢》二十首,词序中有"冯尊师天外有闻,能乘风为我一来听耶"句,可知当时冯尊师已谢世。从序文字里行间的恭敬口吻看,当为虞集的前辈。虞集生于1272,卒于1348年。那么冯尊师当为元代前期人,其写作《耍三台》的时间当与关汉卿同时或稍后。因为金词作者有歧说,无法断定词曲孰先孰后。

---

① 唐圭璋编《全金元词》,第587页。
② 唐圭璋编《全金元词》,第507页。

二、已有词牌在金代道士词中的变异

除以上金代道士词新增 6 调外,还有 6 调虽然前代已有相同(或相近)牌调出现,但元曲格律与之相比有一定差异,而金词才是曲牌的真正"近亲"。

1.《豆叶黄》

宋词《忆王孙》,又名《豆叶黄》,其句格为 7,7,7,3,7。而曲牌【豆叶黄】的句格为:4,4,4,4,7,4,4,4。这与《忆王孙》有一定差异,但仍能寻绎出变化的规律:

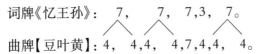

词牌《忆王孙》: 7, 7, 7,3, 7。
曲牌【豆叶黄】: 4, 4,4, 4,7,4,4, 4。

在词曲《豆叶黄》的变异中集中使用的是摊破手法。而这种变异早在金代王喆词中就已经出现。

> 奉报英贤,早些出路。卜灵景清凉,恬淡好住。开阐长生那门户。便下手修持,真功真行,真性昭著。 姹女骑龙,婴儿跨虎。把珠玉琼瑶,颠倒换取。正是逍遥自在处。结一粒明珠,金丹金镜,金耀攒聚。①

如将第三句的"卜"字、第六句"便"字作衬字看,词、曲句格全合,只不过一为双片,一为单片而已。而元曲【豆叶黄】在现存用例中较早见于商道【双调·新水令】"彩云声断紫鸾箫"散套,商道约生于金章宗明昌(1190—1195)时,与王喆词流行的时间正好衔接。

---

① 唐圭璋编《全金元词》,第 188—189 页。断句微有不同。

2.《川拨棹》

唐《教坊记》曲名表录有《拨棹子》。宋吕益柔辑唐释德诚（号船子和尚）《拨棹歌》39 首，或以为《拨棹歌》即《拨棹子》①。除此之外，唐五代词人仅见尹鹗作有 2 首《拨棹子》，宋词中则仅见黄庭坚、无名氏各 1 首。以上《拨棹子》传作格律各有差异，词谱一般以尹鹗词为正体，双片 61 字。上片 5 句 5 仄韵，下片 4 句 4 仄韵。自王国维以来，学界在探讨曲牌【川拨棹】之源时，大都追溯至此。因二者格律相去甚远，所以往往被归入"名同而实不同"的牌调中。而被前辈们忽略的是，除《拨棹子》外，金代道士词中另有《川拨棹》，王喆有作。试举一首如下：

> 酆都路，定置个凌迟所。便安排了，铁床镬汤，刀山剑树。造恶人有缘觑，造恶人有缘觑。　　鬼使勾名持黑簿，没推辞与他去。早掉下这尸骸，不藉妻儿与女。地狱中长受苦，地狱中长受苦。②

此调的句格为：3,3/3。4,4,4。6,6。与《拨棹子》相比，已有很大变异，但与曲牌【川拨棹】却极为相似。据郑骞《北曲新谱》厘定，【川拨棹】的句格为：3,5。4,4。7,5，此为正格，还可以在第四句后增句，多少不拘，以增一到两句者为多。金元词曲在句法上大同小异，变异之处也是有迹可循的。

金词：3,3/3。4,4,4。　　　6,6。

元曲：3,5。　　4,4,（4⋯⋯）　7,5。

---

① 参见施蛰存《船子和尚〈拨棹歌〉》一文，载于《词学》第 2 辑。
② 唐圭璋编《全金元词》，第 170 页。

曲之第二句是将词两个三字句合并为一个五字句,末尾两个六字句变为一个七字句一个五字句。曲牌【川拨棹】即王喆《川拨棹》词上片稍有变异而得,金词才是曲牌【川拨棹】真正的来源。

3.《金盏儿》

宋词中已有《金盏子》一调,北宋晁端礼与南宋史达祖、吴文英、蒋捷等人均有作。可分平韵、仄韵两体,平韵者见于《高丽史·乐志》所载,仄韵者《词谱》以史达祖、吴文英词为正体。姑引吴文英一首如下:

> 赏月梧园,恨广寒宫树,晓风摇落。莓砌扫珠尘,空肠断熏炉烬销残蓺。殿秋尚有余花,锁烟窗云幄。新雁又无端送人江上,短亭初泊。　　篱角,梦依约。人一笑惺忪翠袖薄。悠然醉魂唤醒,幽丛畔凄香雾雨漠漠。晚吹乍颤秋声,早屏空金雀。明朝想,犹有数点蜂黄,伴我斟酌。[①]

元曲【金盏儿】现存用例最早见于杨果【仙吕·翠裙腰】散套,与宋词《金盏子》格律差别较大。

> 【金盏儿】减容姿,瘦腰肢,绣床尘满慵针指。眉懒画,粉羞施,憔悴死。无尽闲愁将甚比?恰如梅子雨丝丝。[②]

《全金元词》中所收道士王吉昌、刘志渊《金盏儿》,与宋词

---

① 唐圭璋编《全宋词》,第2909—2910页。
② 隋树森编《全元散曲》,第11页。

诸体均不同,试引王吉昌一首如下:

> 锁猿心,虑沉沉,冥冥杳杳玄机运。南天火,北渊金。
> 开汞鼎,虎龙吟。滋九气,剥群阴。　　酒勤斟,韵风琴,
> 断送木童洪醉饮。六腑畅,五神欣。济圣域,脱凡襟。清
> 净体,鬼神钦。①

元曲曲牌中有【金盏儿】、【高过金盏儿】、【低过金盏儿】
等。依郑骞《北曲新谱》,元曲【金盏儿】句格为:3,3,7,7,5,
5,5,5。【高过金盏儿】的句格为:3,3,7,7,3,3,3,7,7。【低过
金盏儿】的句格为:3,3,7,7,5,5,3,4,4。这些牌调之间句格
韵律各有参差,但开篇三句均为"3,3,7",或为这一曲牌系列
的标志性腔格所在。而上引金词起首三句恰恰也是"3,3,7"
所以,与宋词相比,金词应该和曲牌【金盏儿】有更直接的渊源
关系。

4.《黄莺儿》

《黄莺儿》之调名始见于北宋,今存柳永、晁补之、王诜、陈
允平、无名氏各 1 首。该调为 96 字体,其中柳永之作最早,且
辞咏本调,不排除为创始之词。

> 柳永《黄莺儿》:园林晴昼春谁主?暖律潜催,幽谷暄
> 和,黄鹂翩翩,乍迁芳树。观露湿缕金衣,叶映如簧语。晓
> 来枝上绵蛮,似把芳心深意低诉。　　无据。乍出暖烟
> 来,又趁游蜂去。恣狂踪迹,两两相呼,终朝雾吟风舞。当

---

① 唐圭璋编《全金元词》,第 566 页。

上苑柳秾时，别馆花深处。此际海燕偏饶，都把韶光与。①

清代《钦定词谱》即以此首为《黄莺儿》正体。该调金代王喆也有作，格律与柳词大同小异。

元曲【黄莺儿】只用于散套，今存 4 例，与柳永词的格律相差甚远。兹引庾吉甫一首于下：

无语，无语，闷人怕到，江天日暮。大都来一种相思，柔肠万缕。②

值得注意的是，在金词中另有《黄莺儿令》，又名《黄婴儿》、《水云游》，王喆、马钰、谭处端、丘处机、侯善渊等有作。此调与宋词《黄莺儿》格律迥然不同，而与元曲句格全同。试引谭处端一首如下：

活鬼，活鬼，日日市廛，争名竞利。为恋他好女娇儿，把根源轻弃。　　早早不肯寻出离，大限来何计。想你也没分升天，却有缘入地。③

很显然，曲牌【黄莺儿】即金词《黄莺儿令》的上片。开篇二字句相叠，以笔者臆断，或原为模拟黄莺叫声，后遂成为该调的标志性音腔。

5.《憨郭郎》

【憨郭郎】在曲中用例极少，今存用例中首见于马致远【大

① 唐圭璋编《全宋词》，第 13 页。
② 隋树森编《全元散曲》，第 226 页。
③ 唐圭璋编《全金元词》，第 413 页。

石调·青杏子】《姻缘》散套,另见朱庭玉【大石调·青杏子】《思忆》、《归隐》散套中各1例。依《北曲新谱》,曲牌【憨郭郎】的句格为: 5,5,5,3。

北宋词有柳永《郭郎儿近拍》,金代王喆有《郭郎儿慢》,但与曲牌格律均大异。如柳永《郭郎儿近拍》:

> 帝里,闲居小曲深坊,庭院沉沉朱户闭。新霁,畏景天气。薰风帘幕无人,永昼厌厌如度岁。　　愁悴。枕簟微凉,睡久辗转慵起。砚席尘生,新诗小阁,等闲都尽废。这些儿寂寞情怀,何事新来常恁地?[1]

王喆另有《憨郭郎》3首,试引1首如下:

> 深憎憎愈甚,深爱爱尤多。两般都在意,看如何。他欢如自喜,他病似身痾,心中成一体,各消磨。[2]

元曲与王喆此词句法全同[3],不同之处仅在于曲牌首句需入韵,韵脚加密,这也是曲体的特征之一。可见金词《憨郭郎》与曲牌有更直接的血缘关系,而《郭郎儿近拍》、《郭郎儿慢》与曲牌【憨郭郎】似乎并无直接关系。

6.《月上海棠》

该调首见宋徽宗作,当是北宋末产生的新词调,南宋陆游、陈允平、姜夔等人有作。《词谱》以无名氏"昨夜南枝"一首为

---

[1]　唐圭璋编《全宋词》,第47页。
[2]　唐圭璋编《全金元词》,第189页。
[3]　王喆另一首《憨郭郎》"牛子却如浇墨"句法与此稍有不同,但只不过是将上下片首句加　村宁夏为八字句,上片第二句摊破为3/3句式。

正体,双调,上下片各6句5仄韵。曲牌【月上海棠】与之有别,而与金代段成己68字体全同。较之"昨夜南枝"一首,上下片第二句俱减一字,作七字句,第二句各添一字,作五字句,第四句各减一字,作六字句。

上文对《豆叶黄》、《川拨棹》、《金盏儿》、《黄莺儿》、《憨郭郎》、《月上海棠》等牌调的讨论,至少可以给我们两方面的启示:

一是在确定词曲同名牌调的渊源关系时应名实兼顾。笔者在梳理词牌异名时发现,有些牌调的命名带有很大的偶然性、随意性。如词调《玉交枝》又名《忆秦娥》,但与寻常《忆秦娥》格律全不同;《朝天子》中有一体又名《思越人》,《鹧鸪天》亦名《思越人》,二者实不相干。要想在这些名同实不同的词牌中找到曲牌的真正源头,除了重视调名本身提供的线索外,更应该重视实际句法、格律、用韵的比对,这样才能避免曲牌的真正来源被"冒名顶替"。

二是要将探寻曲牌在词调中的远源与"近亲"相结合。王骥德《曲律》云:"世之腔调,每三十年一变。"[①]从唐教坊曲到金元曲已经走过了五百余年的历程,这些同名牌调音乐格律不知凡几变矣,早已名同实异。在探讨词曲关系时,如果过远向前追溯,有时难免会使牌调研究成为名字游戏。如曲牌【粉蝶儿】的源头,任半塘先生《教坊记笺订·曲名流变表》追溯至唐教坊曲中的《胡蝶子》,向后则是唐五代、北宋词中的《玉蝴蝶》。而实际上毛滂《粉蝶儿》才是曲牌【粉蝶儿】的真正来源。《玉蝴蝶》至金元时仍有人作,实则与《粉蝶儿》二水分流,了无干涉。所以与其追溯至唐《胡蝶子》,不如就把毛滂《粉蝶儿》

---

① (明)王骥德《曲律》,《中国古典戏曲论著集成》(四),中国戏剧出版社,1959年版,第117页。

作为我们探讨的起点,可能这样的讨论更为切实些。本书对金代道士词的重视也正是出于这样的考虑。

三、金代道士词——折射民间俗曲的面影

　　以上我们对12个金词与元曲同名牌调进行了详细探讨。从现存作品的时间上看,道士词的使用时间大多早于曲牌,似乎可以作为我们判断曲牌来自词牌的证据。学者们也大多持这样的观点。但笔者以为问题并非如此简单。这里有两个问题值得注意:一是这些出自道士之手的作品有其特殊性。宗教徒为了神化教主,不乏附会之说,如唐五代词中就有不少传为吕洞宾的作品,显为后人伪托。这些出自王喆、马钰等人之手的道士词,很可能也存在这样的情况,所以我们对这些作品的著作权、产生时间需持审慎态度。二是发生在前的未必即是因和源,也有可能二者存在另一个共源。由上所论可见,确有少量词牌可能为王喆等人新创,但绝大部分道士词应是取调民间曲,这从词牌名所带有的明显世俗气息即可推知。宗教徒们的关注重心在传道,而非创制推广新声,他们只是将当时民众喜闻乐见的乐调拿来为我所用,与时俱进,在后代的宝卷中我们可以看到明清俗曲的插入[1],就是同样的道理。如果将金词作为元曲之源,无疑是认错了路头。金代道士词背后的民间歌唱才是元曲曲牌的渊薮。

　　我们在探讨元曲曲牌之源时,民间歌曲的传统必须予以充分重视。虽然今天流传下来的宋词大多出自文人之手,但宋代以来关于民间歌曲的记载也并不鲜见。

---

① 　参见车锡伦《明清民间教派宝卷中的小曲》,载于《汉学研究》第20卷第1期。

　　《宋史》卷一四一《乐志》:"又民间作新声者甚众,而教坊不用也。"①

　　宋吴处厚《青箱杂记》卷五:"又今世乐艺,亦有两般格调:若教坊格调,则婉媚风流;外道格调,则粗野嘲哳。至于村歌社舞,则又甚焉。"②

　　宋曾敏行《独醒杂志》卷五:"先君尝言,宣和间客京师,时街巷鄙人多歌蕃曲,名曰《异国朝》、《四国朝》、《六国朝》、《蛮牌序》、《蓬蓬花》等,其言至俚,一时士大夫亦皆歌之。"③

　　金刘祁《归潜志》卷十三:"故尝与亡友王飞伯言:'唐以前诗在诗,至宋则多在长短句,今之诗在俗间俚曲也,如所谓《源土令》之类。'"④

　　由此可见,无论是南方还是北方,与文人、宫廷教坊相对峙的民间唱曲的传统一脉相承,从未断绝。只是这种"粗野嘲哳"的鄙俚风格入不得文人"法眼",而被文献书写所忽视,少有作品被记载下来。正是因为材料的缺乏,造成了元曲形成过程的蒙昧不清,给人"突然"兴起的错觉。

　　而金代道士词,正可弥补曲之起源阶段的资料空白。除上述十几调外,金代道士词中还有《茶瓶儿》、《金鸡叫》、《俊蛾儿》、《拾菜娘》、《蜀葵花》、《瓦盆歌》等不见于元曲所用的新牌调。这些道士词像一面镜子,透过它的投射,我们可以看到在民间歌唱中,新牌调源源不断产生,原有牌调在演唱中又不

----

①　(元)脱脱等《宋史》,中华书局,1977年版,第3356页。
②　(宋)吴处厚撰、李裕民点校《青箱杂记》,中华书局,1985年版,第46页。
③　(宋)曾敏行《独醒杂志》,上海古籍出版社,1986年版,第45页。
④　(金)刘祁撰、崔文印点校《归潜志》,中华书局,1983年版,第145页。

断变异的真实情况。这些在民间流传的牌调,作为有待文人加工的"素材",有流入词、成为曲两种可能,它们是道士词和元曲同名牌调的共同源头。同一曲调的唐宋词、金代道士词、元曲可谓民间歌曲在流变中不同时段的"取样"。时空距离越大,变异就越大;时空越接近,相似度越高。将元曲曲牌与唐宋词牌比较,格律相同者极少,大多名同实异,而与金词则有更大的相似性也就在意料之中了。

第三节　元曲曲牌与元词

　　以上我们对唐宋词、金词与元曲同名曲牌的探讨,主要关注的是曲牌对词牌的吸收问题。那么,在元曲成为强势音乐样式之后,是否有元曲新兴曲调进入了词的世界,造成对词调系统的冲击呢? 这是本节着力要回答的问题。

一、元词与元曲同名牌调

　　我们照例还是先对元代词曲同名牌调进行统计(以《全金元词》中所收元词为范围),结果如下:

　　黄钟宫:【喜迁莺】、【昼夜乐】、【女冠子】、【贺圣朝】、【侍香金童】

　　正　宫:【菩萨蛮】、【醉太平】

　　大石调:【青杏子】、【归塞北】、【念奴娇】、【六国朝】、【蓦山溪】、【茶蘼香】、【女冠子】

　　仙吕宫:【点绛唇】、【八声甘州】、【鹊踏枝】、【雁儿】

　　中吕宫:【粉蝶儿】、【满庭芳】、【醉高歌】、【齐天乐】、【卖

花声】、【贺圣朝】

南吕宫：【一枝花】、【四块玉】、【贺新郎】、【感皇恩】、【乌夜啼】、【梧桐树】

双　调：【行香子】、【蝶恋花】、【风入松】、【青玉案】、【天仙子】、【减字木兰花】、【鱼游春水】、【也不罗】、【月上海棠】、【步蟾宫】、【步步娇】

越　调：【南乡子】、【梅花引】、【调笑令】、【耍三台】

商　调：【定风波】、【糖多令】、【逍遥乐】、【玉抱肚】、【双雁子】、【贺圣朝】

商角调：【踏莎行】

般涉调：【哨遍】

以上曲牌共计53章，与48词调同名。词曲同名的牌调数与北宋词(85)、南宋词(88)、金词(74)相比，不增反减。其意味在于：在元曲兴盛的背景下，元曲本生曲牌并未大批进入词调系统。元词使用的多为传统词牌，新增的词曲同名牌调只有《梧桐树》、《六国朝》、《步步娇》3章。而且元人使用的绝大多数词牌仍严守词之格律，并未受到曲牌的影响。

值得注意的是，元词中还出现了一些不见于元曲的新牌调，如《穆护砂》、《陌上花》、《青梅引》、《辊金丸》等。虽然为数不多，但表明元词仍有自己独立的曲调来源，元代新音乐并非曲乐的一统天下。

《穆护砂》又名《穆护歌》、《穆护煞》、《木斛沙》，来源甚早。据任半塘《唐声诗》考证，为"唐教坊曲，玄宗开元以前人作"，"原为祆教《穆护》曲之煞尾，故名"①。但原本五言四句二平韵的唐声诗，至元代宋裛已衍为169字的双调慢词，与唐

---

① 任半塘《唐声诗》(下)，上海古籍出版社，2006年6月版，第118页。

声诗已有极大差距,不妨当作新调看待。

《陌上花》之名首见于苏轼《陌上花》诗。苏轼在诗序中说:

> 游九仙山,闻里中儿歌《陌上花》。父老云:吴越王妃每岁必归临安,王以书遗妃曰:"陌上花开,可缓缓归矣。"吴人用其语为歌,含思宛转,听之凄然,而其词鄙野,为易之云。①

苏轼原诗共计3首,试引一首如下:

> 陌上花开蝴蝶飞,江山犹是昔人非。遗民几度垂垂老,游女长歌缓缓归。②

由苏轼改作可想见,宋代传唱的《陌上花》恐为民间小调一类,与《竹枝歌》近似。而元代张翥词则衍为98字双调词,上下片各八句四仄韵,可作新声看待。

《青梅引》、《辊金丸》均只见于《鸣鹤余音》中,当为元代道士引民间曲调入词。

从这些词调可知,元代的新兴音乐并非都流入了元曲中,元词仍有吸纳新声的能力。但另一方面,我们从表2.1"词曲同名牌调调查表"中也看到,自南宋开始,各代新增词曲同名牌调呈逐渐下降趋势,分别是:北宋52章,南宋13章,金代10章,元代3章。词乐牌调更新的减速是它退出流行乐坛的

---

① (宋)苏轼《陌上花三首并引》,《苏东坡全集》,中国书店,1986年版,第88页。
② (宋)苏轼《陌上花三首并引》,《苏东坡全集》,第88页。

表征,同时也是根本原因所在。元曲作为新兴流行音乐形式,逐渐显示出其在吸收新声方面的优势地位,词乐与曲乐分道扬镳之势日益明显。

二、词籍"混收"元曲现象

由以上统计,我们可以看到元词与元曲在牌调运用上的独立性。但事情似乎并非如此简单。因为今人编纂的《全金元词》已经是用现代词学观念筛选过的,并不能等同于古人的观念。唐圭璋先生在《全金元词·凡例》中曾明确说明自己的改动:

> 金元人词集中,往往羼入曲调,如王恽《秋涧乐府》中,竟有三十九首曲调。其他作家亦多类此。是编于词集中之曲调如【天净沙】、【凭栏人】、【小桃红】、【干荷叶】、【水仙子】、【折桂令】等皆不辑录。至如《太常引》、《人月圆》等调,词曲全同,无法区分,则仍于词集中保留。①

实际上,在元人那里,词牌与曲牌的界限并非如此清晰,词集中混收曲牌的现象并不鲜见。

在元人作家中,词曲兼作的王恽因为有元刊《秋涧先生大全文集》传世,可作为我们解析的样本。据序言可知,该集为王恽之子编纂,今存元至治刊本之明修补本。该文集第七十四至七十七卷专收乐府,其中大部分为词,但也有部分曲杂入,包括:1首【黑漆弩】《游金山寺并序》、13首【小桃红】(题名为

---

① 唐圭璋《全金元词·凡例》。

【绛桃春】、【平湖乐】，实即【小桃红】）、15 首【双鸳鸯】（题为
【乐府合欢曲】，实即【双鸳鸯】）、1 首【后庭花破子】。这些曲
牌与词牌统领在"乐府"之下，被等同视之。清末朱祖谋《彊村
丛书》辑录《秋涧乐府》四卷，也收入了这些曲调。

　　在元代词人别集中混入曲调并非只有《秋涧乐府》，他如
元好问《遗山乐府》中收入的《后庭花破子》，又被《全元散曲》
收录，是词是曲，至今仍有争论。白朴《天籁集》混入【小桃红】
1 首；张弘范《淮阳乐府》中混入【喜春来】1 首、【殿前欢】1 首、
【天净沙】1 首；赵孟𫖯《松雪词》中混入【后庭花】1 首；张雨
《贞居词》混入【殿前欢】1 首、【喜春来】1 首、【梧叶儿】2 首
等等。

　　将词曲混为一集的还有《鸣鹤余音》。该书为元代道士彭
致中"采集古今仙真歌辞并而刻之"，包括诗、词、歌、赋。其中
【金字经】、【雁儿落得胜令】、【甜水令】、【折桂令】等曲调与词
调无分别地混排在一起。包括那首为大家熟知的元代名曲
【黑漆弩】"侬家鹦鹉洲边住"，署名丘长春，也被收入。

　　词籍中收录曲作在明清得到延续。杨慎于嘉靖间所编词
集《词林万选》收入元人王恽【平湖乐】四首，又于所编《百琲明
珠》里收录元人刘秉忠【干荷叶】7 首、倪瓒【水仙子】1 首、贝琼
【天净沙】13 首。陈耀文编《花草粹编》也收入了张雨【梧叶
儿】、【喜春来】，王恽【平湖乐】和张可久【小桃红】等元曲。清
初朱彝尊所编《词综》选录了王恽、赵孟𫖯、邵亨贞等人的北曲
16 首，其中刘秉忠【干荷叶】"色苍苍"、马致远【天净沙】《秋
思》为元曲中的名作，竟也赫然在目。汪森的《词综补遗》又收
入了冯子振【鹦鹉曲】（即【黑漆弩】）、乔吉和孟昉【天净沙】、
倪瓒【凭栏人】等。直至今人所编《全明词》，混入词集的曲作
一仍其旧，如倪瓒【凭阑人】1 首、【殿前欢】1 首、【水仙子】2

首、【折桂令】2 首、【水仙子】1 首、【小桃红】3 首照收不误。①

除词集外，词谱也受到了杨慎的影响。赖以邠《填词图谱》混入了姚燧【醉高歌】、杨慎与徐渭【天净沙】。而《钦定词谱》收入的曲牌就更多，据谢桃坊先生的考订，共有【庆宣和】、【凭栏人】、【梧叶儿】、【寿阳曲】、【天净沙】、【喜春来】、【金字经】、【平湖乐】、【殿前欢】、【水仙子】、【醉高歌】、【折桂令】、【鹦鹉曲】等 17 个曲牌（包括南曲曲牌）②。受其影响，徐本立《词律拾遗》和杜文澜《词律补遗》均混入了曲调。

以上不避繁琐，开列出混收元曲的词籍，意在说明这种绵延不绝的现象，显然已非个人"失误"所能解释。在《词综·发凡》中编者"明知故犯"的态度颇耐人寻味。

> 元人小曲，如《干荷叶》、《天净沙》、《凭栏人》、《平湖乐》（一名《小桃红》）等调，平上去三声并用，往往编入词集。……是集间有采录，盖仿杨氏《词林万选》之例，览者幸勿以词曲混一为讪。③

明知为"元人小曲"，收入难免"词曲混一"之嫌，却依旧收入，却是为何？

三、"乐府"——词曲一体观

其实，在这些"混收"背后，是一种清晰的词曲一体观，即词曲同属于可歌的"乐府"。而这种词曲一体观，与当时词、曲

---

① 参见王兆鹏、吴丽娜《〈全明词〉的缺失订补》，《中国文化研究》2005 年第 1 期。
② 参见谢桃坊《〈词谱〉误收之元曲考辨》，《东南大学学报》2009 年第 4 期。
③ （清）朱彝尊、汪森编《词综》，上海古籍出版社，1978 年版。

共生的实际情况紧密相关。

在元曲兴起后，词仍然可歌，在很长一段时间里，二者在歌坛是共生共存的。芝庵《唱论》中提到的大乐十首为词，"唱曲有地所"条目下所言"东平唱《花木兰慢》，大名唱《摸鱼子》，南京唱《生查子》，彰德唱《木斛沙》，陕西唱《阳关三叠》、《黑漆弩》"①，绝大多数也是词调。在元代词人的小序中，提到将词作付之歌唱的记载也并不鲜见。词曲并行，在夏庭芝《青楼集》所记载歌坛实态中可以得到鲜活的印证，不少歌者是词曲兼唱的。如：

　　"张怡云"条：……张便取酒，先寿史，且歌"云间贵公子，玉骨秀横秋"《水调歌》一阕……又尝佐贵人樽俎，姚阎二公在焉。姚偶言"暮秋时"三字，阎曰："怡云续而歌之。"张应声作【小妇孩儿】，且歌且续曰："暮秋时，菊残犹有傲霜枝，西风了却黄花事。"②

《水调歌头》并未进入元曲曲牌系统，这里的《水调歌》当为词牌《水调歌头》的省称，其开头两句格律正合。而【小妇孩儿】则为曲牌【凤将雏】的俗称。可见在张怡云口中，词与曲是可以根据场合需要自由演唱的。另如：

　　"小娥秀"条：善小唱，能慢词。③
　　"王玉梅"条：善唱慢调，杂剧亦精致。④

---

①　（元）燕南芝庵《唱论》，《中国古典戏曲论著集成》（一），第161页。
②　（元）夏庭芝《青楼集》，《中国古典戏曲论著集成》（二），第18页。
③　（元）夏庭芝《青楼集》，《中国古典戏曲论著集成》（二），第21页。
④　（元）夏庭芝《青楼集》，《中国古典戏曲论著集成》（二），第29页。

"李芝仪"条：维扬名妓也，工小唱，犹善慢词。①

这里将"小唱"与"慢词"对称。据赵义山先生考证，元代的"小唱"相当于宋代的"嘌唱"，所唱应为元代清唱的歌曲，即元散曲，而唱慢词才是指唱词②。

不但在实际创演上词曲难以完全划清界限，而且在理论认知上，元人也力图将曲纳入"词统"。如贯云石《阳春白雪序》云：

> 盖士尝云：东坡之后，便到稼轩。兹评甚矣！然而北来徐子芳滑雅，杨西庵平熟，已有知者。近代疏斋媚妩，如仙女寻春，自然笑傲。冯海粟豪辣灏烂，不断古今，心事又与疏翁不可同舌共谈。关汉卿、庾吉甫造语妖娇，摘如少美临杯，使人不忍对殢……澹斋杨朝英选词百家，谓《阳春白雪》，徵仆为之一引。③

"东坡之后，便到稼轩"的说法来自元好问。他在《自题乐府引》中说"乐府以来，东坡为第一，以后便到辛稼轩"。这里贯云石是将徐子芳、卢疏斋、冯海粟、关汉卿、庾吉甫等元曲名家，接续在东坡、稼轩等词家的序列后来品评的，仍然是很显明的词曲一体观。元人对新兴的"曲"的称谓多为"大元乐府"、"今乐府"、"北乐府"等。这种命名方式，都是在前代"词"、"乐府"等属概念之下，强调它们的时代性而已。

词曲共生使词曲之间有时确实难以完全剥离，存在着一种

---

① （元）夏庭芝《青楼集》，《中国古典戏曲论著集成》（二），第35页。
② 参见赵义山《宋元"小唱"名实辨》，《文艺研究》2008年第1期。
③ （元）贯云石《阳春白雪序》，《历代散曲汇纂》第1页。

混融状态。具体到牌调,我们可以【黑漆弩】为例。该调为元曲小令专用曲牌,在元代,王恽、卢挚、白无咎、冯海粟、张可久等人都有作。周德清《中原音韵》"乐府三百三十五章"将【黑漆弩】收入正宫,元人曲选《太平乐府》、《阳春白雪》也收入了若干首【黑漆弩】。以此为据,将其归入曲牌似乎无可厚非。但如果回到当时的语境中,就会发现问题并非这么简单。卢挚【黑漆弩】小序云:

> 晚泊采石,醉歌田不伐《黑漆弩》,因次其韵,寄蒋长卿佥司、刘芜湖巨川。①

此处明言,卢挚所模仿的范本为宋代词人田不伐的《黑漆弩》,甚至连韵脚字都一模一样,为"住"、"父"、"雨"、"去"、"处"(所谓"次韵")。根据韵脚判断,在《全元散曲》中,次韵田不伐词的还有刘敏中、冯海粟、张可久等人所作的多首《黑漆弩》,包括白贲那首有名的"侬家鹦鹉洲边住",占了现存元代【黑漆弩】曲作的绝大多数。

田不伐为宋代大晟词人,其作品在金元时期仍有影响。金元词人依田不伐词律作歌辞,【黑漆弩】并非孤例。另如:

> 元好问《品令》:"清明夜,梦酒间唱田不伐'映竹园啼鸟'乐府,因记之。"②
> 白朴《水龙吟》"彩云箫史台空"小注:"幺前三字用仄者,见田不伐《浒呕集》,《水龙吟》二首皆如此。田妙于

---

① 　隋树森编《全元散曲》,第104页。
② 　唐圭璋编《全金元词》,第99页。

音,盖仄无疑,或用平字,恐不堪协。云和署乐工宋奴伯妇王氏,以洞箫合曲,宛然有承平之意,乞词于予,故作以赠。"①

据徐凌云先生《天籁集编年校注》考订,该词的写作时间在至元十六年到十七年间,此时田不伐所作《水龙吟》还传唱在云和署乐工口中,并成为元代词人的范本。

如此看来,今日我们归入曲作的这些【黑漆弩】作品,当时人则认为自己所作与田不伐词并无本质区别。着眼于此,将其归入词牌也未尝不可。像这种两难、两可的牌调还有【人月圆】、【秦楼月】、【糖多令】等,可参看本书第一章的相关辨析。

四、由"曲"到"词"

任半塘先生在多年前曾撰有《关于唐曲子问题商榷》一文,提出唐代无"词",而只有"曲子","赵宋词业的词,实'源于唐曲子'","曲子在暗中领导着词"②。其《敦煌歌辞总编》之"凡例"云:"此编坚决肃清'宋帽唐头'之'唐词'意识,而尊重历史,用'唐曲子'及'唐大曲'两种名义代之。"③主张严明"词"、"曲"界限,坚决反对以后来的文人"词"观念覆盖民间"曲"。

对"词"的外延界定不同,对词曲关系的理解相应也就不同。且看李昌集先生在《中国古代散曲史》中的表述:

---

① 唐圭璋编《全金元词》,第 629 页。
② 任半塘《关于唐曲子问题商榷》,《文学遗产》1980 年第 2 期。
③ 任半塘编著《敦煌歌辞总编·凡例》,上海古籍出版社,2006 年版。

> ……到宋代,更多的民歌俗曲转入文人圈,终于导致宋文人词的兴盛。但宋文人词同时也定型化,它对北曲的形成无实质性影响。在这个意义上,绝不能笼统简单地说北曲乃"词之变"……如果将宋杂剧、队舞之曲、诸宫调、唱赚、金院本之曲,均视作"词"(其概念的本质内涵是由文辞负载着的曲),如果将"词"从传统单一的文人词概念中解脱出来,将"词"视作当时各种乐曲以及与之相连的歌词的总称(这应该是正确的,符合历史面貌的观念),则"曲者,词之变也",才是一个正确的命题。①

这里,李先生陈述了宽严两种不同"词"之概念,进而得出对词曲关系的两种不同理解。笔者赞同李先生的第一重判断:宋文人词对北曲的形成无实质性影响,正如前文所论。而对李先生把词的外延无限扩大,将原本性质不同的文人词、民间曲都装到广义的"词"的"篮子"里,持保留意见。因为这并无益于词曲关系更细致的分析。

对"词"、"曲"的定位,解玉峰先生提出了与学界主流观点不同的另外一种思路。

> 从文体的规范性和稳定性来看,各种以长短句为主要形式标志的韵文,便可区分为两类:格律化的长短句——"词"以及未实现格律化的长短句——我们命名为"曲"(其中部分实现律化者洛地先生称为"律曲")。这种界定与目前学术界的不同主要在于:"词"的外延大大缩小,"曲"的外延大大增加,完全抛弃区分"词"、"曲"时代性

---

① 李昌集《中国古代散曲史》,华东师范大学出版社,1991 年版,第 34 页。

标准。从现存文献看,把文体规范、稳定的长短句界定为
"词"、文体不规范者界定为"曲",也是基本合于历史实际
的:古代文献中称为"曲"或"曲子"者,往往是民间流行
的、文体自由随意的,与"歌唱"的关系也很紧密;凡文献
中称为"词"或"乐府"者,大多是上层文人的、文体规范
的,一般也是经得起案头推敲的文字。[①]

在这一概念体系中,解先生对词曲关系的描述是:"故千
余年词曲的演进历史,可以描述为无定的不规范的'曲'不断
自民间生成,又不断为文人规范化或格律化、不断被提升为
'词'的过程。"

而事实上这一进程元代仍然在进行。元曲的雅化、词化在
进入文人之手时即已开始。元燕南芝庵《唱论》云:"成文章曰
'乐府',有尾声名'套数',时行小令唤'叶儿'。套数当有乐
府气味,乐府不可似套数。街市小令,唱尖歌情意。"[②]这样的
划分无疑存在标准不一的问题:乐府、小令之别在雅俗,套数
的定义又着眼于体制。但乐府与非乐府(包括套数和叶儿)的
雅俗之别无疑是第一层面的,将流行于街市的俗"曲",与经过
文人陶冶(所谓"成文章")的"乐府"划开了界限。其后,周德
清《中原音韵》援引道:"前辈云:'街市小令唱尖新茜意'、'成
文章曰乐府'是也。乐府小令两途,乐府语可入小令,小令语
不可入乐府。"[③]"定格四十首"可谓"乐府"的范本,在点评中,
周德清对"成文章"的要求做了具体论述,即"格调高,音律好,

---

① 解玉峰《"曲"变为"词"——长短句韵文之演进》,《文艺理论研究》2014年
　　第2期。
② (元)燕南芝庵《唱论》,《中国古典戏曲论著集成》(一),第160页。
③ (元)周德清《中原音韵》,《中国古典戏曲论著集成》(一),第232—233页。

衬字无,平仄稳"。"衬字无"则篇有定字,"平仄稳"则字有定声,无定之"曲"遂成规范之"词"。对于流行曲选中不合规范的作品,周德清及其同道进行了尖锐的批评:

　　……每病今之乐府有遵音调作者,有增衬字作者;有《阳春白雪集》【得胜令】……"绣"唱为"羞",与"怨"字同押者;有同集【殿前欢】"白云窝"二段,俱八句,"白"字不能歌者;有板行逢双不对,衬字尤多,文律俱谬,而指时贤作者;有韵脚用平上去,不一一,云"也唱得"者;有句中用入声,不能歌者;有歌其字,音非其字者:令人无所守。①

　　这里,周德清等人的严要求与《阳春白雪》的编者杨朝英的"也唱得"观点之间形成了鲜明的对比:一是站在"曲"的立场,强调"文"、"乐"之间的张力,允许一定范围内的随意性;一是站在"乐府"的立场,强调规范性,将曲牌的格律进行固化。周德清的观点为明人所接受,并不断被强化。《中原音韵》尚有"句字不拘可以增损者一十四章",至朱权《太和正音谱》,"乐府三百三十五章"均变为篇有定句,句有定字,字有定声。在创作上,有宋词矗立在前方作为导引,曲之雅化、词化从元初的元好问到后期的乔张加速进行。至明代,南散曲因为与词的天然联系更是"变本加厉",致使任二北先生怒斥其"臣妾宋词,宋词不屑"。

　　前文所言词籍混收曲牌的现象,其实是与曲之雅化、词化现象互为表里的。这种"混收"是有选择的,并非所有的曲作、曲牌都能有幸进入词籍。混入词选的主要是那些类词化曲作,

---

① 〔元〕周德清《中原音韵》,《中国古典戏曲论著集成》(一)第175页。

进入词谱的一般为字数、句数恒定,较少用衬字,律化程度较高的小令专用曲牌。概言之,曲之雅化者才可入词籍。这种雅化包括精神趣味的文人化和形式的律化。这只不过是宋代文人将民间之曲雅化为"词"进程的延续。只是在词、曲各为一代之文学的观念中,似乎已经不能再容忍律化的"曲牌"再次进入词牌的世界。早在清代,万树已经率先对这种混沌状态进行了有力反拨,将元曲曲牌划出词谱。他在《词律·发凡》中说:

> 词上承于诗,下沿为曲,虽源流相绍,而界域判然……若夫曲调更不可援以入词。本谱因词而设,不敢旁及也……若元人之【后庭花】、【干荷叶】、【小桃红】、【天净沙】、【醉高歌】等俱为曲调,与词声响不侔,倘欲采取,则元人小令最多,收之无尽矣;况北曲自有谱在,岂可阑入词谱以相混乎? 若《词综》所云仿升庵《万选》例故采之,盖选句不妨广撷,订谱则未便旁罗耳。①

万树认为"选句不妨广撷",但在订谱时必须严格划定词牌与曲牌界限,二者"界域判然"、"声响不侔",将前人杂入的曲调尽皆删除。这种维护文体纯粹性的态度无疑是科学的。

---

① （清）万树《词律·发凡》,中华书局,1957 年版,第 32—33 页。

第三章
元曲曲牌的横向传播

一地风土孕育一地之音乐,燕南芝庵《唱论》"凡唱曲有地所"云:"东平唱【木兰花慢】,大名唱【摸鱼子】,南京唱【生查子】,彰德唱【木斛沙】,陕西唱【阳关三叠】、【黑漆弩】。"[1]王骥德《曲律》也说:"乐之筐格在曲,而色泽在唱。古四方之音不同,而为声亦异,于是有秦声,有赵曲,有燕歌,有吴歈,有越唱,有楚调,有蜀音,有蔡讴。"[2]本章即探讨元曲曲牌系统的横向传播与地缘结构,尤其是南北曲音乐的交流问题。为了避免在时间上无限追溯,过于枝蔓,我们把研究的范围主要划定在元曲本生曲牌,来自古曲的曲牌不再做过多探讨。

---

① (元)燕南芝庵《唱论》,《中国古典戏曲论著集成》(一),第161页。
② (明)王骥德《曲律》,《中国古典戏曲论著集成》(四),第114—115页。

第一节　元曲中的北地番曲曲牌

元曲与胡乐的关系是曲学研究中由来已久的话题，自明代就有人论及，以徐渭、王世贞为代表：

> 徐渭《南词叙录》："今之北曲，盖辽、金北鄙杀伐之音，壮伟狠戾，武夫马上之歌，流入中原，遂为民间之日用。宋词既不可被弦管，南人亦遂尚此，上下风靡，浅俗可嗤。"①
>
> 王世贞《曲藻》："自金、元入主中国，所用胡乐，嘈杂凄紧，缓急之间，词不能按，乃更为新声以媚之。"②

胡乐"壮伟狠戾"、"嘈杂凄紧"的特点及其对元曲的影响也成为此后论者关注的焦点。与这种着眼于审美的宏观论述不同，本节力图从曲牌这一微观视角，探讨胡乐对元曲的具体影响。对此，前辈学者虽有涉及，但多为举例性质，且断而不论，一带而过。如王国维《宋元戏曲史》："此外如北曲黄钟宫之【者剌古】，双调之【阿纳忽】、【古都白】、【唐兀歹】、【阿忽令】，越调之【拙鲁速】，商调之【浪来里】，皆非中原之语，亦当为女真或蒙古之曲也。"③本书则要在此基础之上，对元曲中的番曲曲牌进行系统梳理。

---

① （明）徐渭《南词叙录》，《中国古典戏曲论著集成》（三），第240—241页。
② （明）王世贞《曲藻》序，《中国古典戏曲论著集成》（四），第25页。
③ 王国维《宋元戏曲史》，第131—132页。

一、来自渤海乐曲牌

这里指的是双调【播海令】。"播海"也作"渤海"、"波海",为同音异写。依牌名推知,此调应该是来自渤海国音乐。渤海国,是唐代以粟末靺鞨族为主体建立的地方民族政权,主要统治东北地区,于 926 年为辽所灭。亡国后的渤海人,或大批外逃或被辽国强迁,大部分融入女真族中。渤海音乐也以渤海乐人为载体,融入了女真族音乐中。《金史》卷三十九就说:"隶教坊者,则有铙歌鼓吹,天子行幸卤簿导引之乐也。有散乐。有渤海乐。"①

后来渤海乐又以女真族音乐为中介,在南北宋之际传入中原,成为市井耍曲曲牌之一。洪迈《容斋随笔·四笔》卷十五有载:"近世风俗相尚,不以公私宴集,皆为耍曲耍舞,如【勃海乐】之类,殆犹此也。"②因为极为流行,还引起了官方注意,孝宗朝就曾发出禁令。《宋史·孝宗本纪》载:"三月……辛卯,禁习渤海乐。"③后来流入动鼓板,"琴单拨十四弦,吹赚动鼓板,【渤海乐】一拍子,至于十拍子,又有拍番鼓子、敲水盏锣板、和鼓儿,皆是也。"④董解元《西厢记诸宫调》中也有【渤海令】的用例,【播海令】很有可能就是以诸宫调为中介流入北曲的。

---

① (元)脱脱等《金史》,中华书局,1975 年版,第 881 页。
② (宋)洪迈《容斋随笔》,上海古籍出版社,1978 年版,第 793 页。
③ (元)脱脱等《宋史》,中华书局,1977 年版,第 683 页。
④ (宋)孟元老等《东京梦华录(外四种)》,古典文学出版社,1956 年版 第 96 页。

二、来自辽乐曲牌

这里指大石调【六国朝】。曾敏行《独醒杂志》卷五载："先君尝言,宣和间客京师,时街巷鄙人多歌蕃曲,名曰《异国朝》、《四国朝》、《六国朝》、《蛮牌序》、《蓬蓬花》等,其言至俚,一时士大夫亦皆歌之。"①其中提到的【四国朝】、【蛮牌序】后流入南曲,【六国朝】则成为北曲曲牌。另据南宋江万里《宣政杂录·词谶》载："宣和初,收复燕山,以归朝辽民来居京师,其俗有《臻蓬蓬》歌,每扣鼓,和'臻蓬蓬'之音为节而舞,人无不喜闻其声而效之者。其歌曰:'臻蓬蓬,外头花花里头空,但看明年正二月,满城不见主人公。'本辽谶,故京师不禁。然次年徽宗南幸,次年二圣北狩。"②《臻蓬蓬》与《蓬蓬花》名称极为相似,从流行的时间和曲子风格的描述上看,很可能是同一支曲子,均为辽国民间小调。既然曾敏行将【六国朝】与【蓬蓬花】相提并论,因此我们推断,它应该也是来自辽国音乐。

三、来自河西乐曲牌

蒙古人称西夏为河西,"河西"犹曰黄河之西也,后又名之为"唐兀"。《新元史》卷二九《氏族表》下:"唐兀氏,故西夏

---

① （宋）曾敏行《独醒杂志》,上海古籍出版社,1986年版,第45页。
② 此据清杨复吉《辽史拾遗补》卷三《本纪第三十·天祚皇帝四》引。"辽民"、"辽谶",现通行的《宣政杂录》版本均作"金民"、"虏谶"或"北谶",误。杨万里《宋辽金俗文学交流若干事实的文学史意义》一文(载于《殷都学刊》2005年第4期)有详细辨析。宋宣和四年(1122年),金兵攻占辽燕京析津府(今北京市)。宣和五年,归宋,改为燕山府。所以,引文中提到的来归者应为辽民而非金民。而且此时金朝国势蒸蒸日上,不可能有这样的亡国之谶流传。所以【臻蓬蓬】为辽曲而非女真曲。

国。太祖平其地,称其部众曰唐兀氏。"①在元曲中,与河西、西夏相关的曲牌有:

1.【穷河西】

此牌为剧套专用曲牌,只见元代前期曲家用,首见于关汉卿《谢天香》第三折【正宫·端正好】套。现存 4 例,两处入正宫套曲,一处入中吕宫套曲,一处入商调套曲。《中原音韵》将其归入正宫,《辍耕录》卷二十七"杂剧曲名"表则归入中吕宫。在套中的位置也比较自由,可前可后,为曲组之外的单曲。

2.【河西后庭花】

此牌周德清《中原音韵》"乐府三百三十五章"未收,《北词广正谱》、《九宫大成南北词宫谱》收入,郑骞《北曲新谱》认为其与【后庭花】句格全同,未单列。但既然牌名中特地加入"河西"二字,想必音乐或唱法上应该和普通【后庭花】有所不同。此章出入仙吕宫、商调,在商调者往往有幺篇。

3.【河西水仙子】

现存元曲中仅见杨文奎一首,《太和正音谱》即以此为例曲,《北词广正谱》、《北曲新谱》因之。以格律论,即为【水仙子】之前半。

4.【河西六娘子】

现存元曲中仅见柴野愚小令一首,但在明代则成为热门曲牌,应为元代后期产生的牌调。宋词中有《七娘子》,二者或有一定关系。

5.【唐兀歹】

"唐兀"也称"倘兀",其原意是"夏"。②此调实为河西乐,

---

① 柯劭忞《新元史》,中国书店,1988 年版,卷二九《氏族表下》。
② 参见王福利《陶宗仪〈南村辍耕录〉所收元达达曲名考》,《语言科学》2003 年第 2 期。

后融入女真音乐,故经常被误认为是女真本曲。《辍耕录》所录达达曲中另有《也葛偐兀》的名目,"'也葛'即蒙古语'大'之意,'偐兀'则指的是西夏,合起来便是'大西夏'"①。二曲之间应有密切联系。

　　除此之外,可能与河西乐有关的曲牌还有【金盏儿】。元顾瑛《张仲举待制以京口海上口号见寄,瑛以吴下时事答之》其一云:"莫辨黄钟瓦缶声,且携斗酒听春莺。河西【金盏】新翻谱,汉语夷音唱满城。"②"夷音",道出了【金盏儿】一调在河西传播中的新变。既云"吴下时事",当是河西《金盏》已经传入吴中。元曲中有【金盏儿】、【高过金盏儿】、【慢金盏】三调,不知其中是否会有河西的变种。

　　河西乐进入元曲曲牌系统并非偶然。河西地区与中原的音乐文化交流由来已久,主要是中原音乐对河西乐的影响。早在唐僖宗时就曾赐党项族首领拓跋思恭鼓吹全部。西夏建国后,宫廷里有汉乐人院的专门机构。西夏汉字本《杂字》"音乐部"中已出现"杂剧"、"影戏"、"傀儡"、"曲破"、"散唱"等名目③,可见西夏与中原伎艺的发展进程几乎是同步的。而在黑水城发现的《刘知远诸宫调》金刻本,在新疆且末县塔提让乡发现的元至元年间手书《董西厢》诸宫调残叶④,都可见出金元时期河西地区与中原音乐文化的交流。

　　除了中原音乐向河西地区的渗透外,还有河西音乐向中原

①　参见乌兰杰《元代达达乐曲考》,《音乐研究》1997年第1期。
②　(元)顾瑛《张仲举待制以京口海上口号见寄,瑛以吴下时事答之》,《元诗选》(初集),中华书局,1987年版,第2334页。
③　参见孙兴群《西夏汉文本〈杂字〉"音乐部"之剖析》,《音乐研究》1991年第4期。
④　何德修《沙海遗书——论新发现的〈董西厢〉残叶》,马大正、杨镰主编《西域考察与研究续编》,新疆人民出版社,1998年版,第230—235页。

地区的回流。自 1209 年始，成吉思汗曾先后四次亲征西夏，他采纳西夏人高智耀的建议，征用了西夏国音乐。至元十七年，忽必烈又专门设置了河西乐的管理机关——昭和署，后改名天乐署，属仪凤司。《元史·百官志》记载："天乐署，初名昭和署，秩从六品。管领河西乐人。至元十七年始置。大德十一年，升正六品。至大四年，改为天乐署。皇庆元年，升从五品。署令二员，署丞二员，管勾二员，协音一员，协律一员，书史二人，书吏四人，教师二人，提控四人。"①无论是官员的品级还是人员编制，天乐署都略高于其他同类机关，从一个侧面也反映了河西乐在元代的备受尊崇。以上与"河西"相关的曲牌，有些或为西夏旧乐传入中土，有些也不排除为昭和署河西乐人改编中原音乐而成。

　　河西乐与中原音乐交流不仅限于宫廷上层，而且在市井、青楼中，也活跃着河西艺人。《青楼集》"赵真真"条："冯蛮子之妻也。善杂剧，有绕梁之声。其女西夏秀，嫁江润甫，亦得名淮浙间。"②"蛮子"为北方人对南方人的蔑称。从其女"西夏秀"的艺名看，这很可能是一家曾北上活跃在河西地区的艺人。元甘立《西湖竹枝词》云："河西女儿带罟罝，当时生长在西湖。手弹琵琶作胡语，记得其中吴大姑。"③这是河西艺人南下杭州的记载。"吴大姑"今日已不知其确切含义，很可能是河西的地方小曲，随着河西艺人传入中原，后来则湮没无闻。由此可见，当时流入中原的河西乐可能远不止上述曲牌。无名氏【般涉调·耍孩儿】《拘刷行院》散套【三煞】曲有"【江儿里水】唱得生，【小姑儿】听记得熟"一句，《小姑儿》与这里的《吴

①　（明）宋濂等《元史》，中华书局，1976 年版，第 2139 页。
②　（元）夏庭芝《青楼集》，《中国古典戏曲论著集成》（二），第 31 页。
③　雷梦水等编《中华竹枝词》，北京古籍出版社，1997 年版，第 1670 页。

大姑》恐有一定联系,或同为少数民族曲调的音译。元曲中有
【蛮姑儿】一牌,不知与这两个牌调是否有关。

四、来自女真乐曲牌

在元曲曲牌系统中的少数民族音乐,来自女真族音乐的曲
牌最多,它们是:

1.【者剌古】

又作【者剌骨】,陶宗仪《辍耕录》著录为【雕剌鸪】,即女
真族《鹧鸪》曲。或认为《辍耕录》记载的达达曲【者归】即【者
剌古】①。此调为女真族音乐,用笛子伴奏歌唱。据《大金国
志》卷三十九《初兴风土》记载:"其乐唯鼓笛,其歌惟《鹧鸪》
曲,第高下长短如鹧鸪声而已。"②《三朝北盟汇编》也有类似的
说法。这支曲子也是较早传入中原的北地番曲之一,宋孝宗朝
已极为流行。《宋会要·刑法二》记载:"(隆兴元年)七月二十
五日,中书门下省言:'窃见近来临安府士庶,服饰乱常,声音
乱雅,如插棹篦、吹《鹧鸪》、拨胡琴、作胡舞之类。乞降指挥,
严行禁止。"③在这里,《鹧鸪》,作为胡乐的代表性曲目被提及,
可见其影响之大。

2.【阿纳忽】

【阿纳忽】又作【阿那忽】、【阿忽令】、【阿古令】。明周宪
王朱有燉《元宫词》第八十九首云:"二弦声里实清商,只许知
音仔细详。【阿忽令】教诸伎唱,北来腔调莫相忘"④,可证此调

---

① 参见王学奇《宋金元明清曲辞通释》,语文出版社,2002 年版,第 1388 页。
② (元)宇文懋昭撰、崔文印校证《大金国志校证》,中华书局,1986 年版,第
　　551 页。
③ (清)徐松《宋会要辑稿》,中华书局,1957 年版,第 6573 页。
④ 傅乐淑笺注《元宫词百章笺注》,书目文献出版社,1995 年版,第 99 页。

来自北方。该调在第一代元曲家商道【双调·夜行船】"风里杨花水上萍"散套中已出现,是进入元曲曲牌系统很早的一首女真乐曲。这说明北方少数民族音乐不待蒙元铁蹄带入,更不会迟至李直夫等女真族作家的创作。元曲是在较长时间内多民族音乐不断融合的结晶。

3.【胡十八】

【胡十八】元曲共存 16 用例,是用例较多的番曲曲牌。据《辍耕录》卷二十二《数谶》载:"至元甲子,阿合马拜中书平章,领制国用使司。时乐府中盛唱【胡十八】小令。知谶纬者,谓其当擅重权十八年,人未之信,果于至元壬午伏诛。"①谶语虽然无稽,却在无意中记载了【胡十八】流行的确切时间为至元初(按:至元甲子即 1264 年,为至元元年),弥足珍贵,可为一些使用【胡十八】的作品断代提供佐证。

4.【也不罗】

【也不罗】在元曲中仅存 3 例,分别见于关汉卿【双调·新水令】"玉骢丝鞚金鞍鞁"散套,李直夫《虎头牌》第二折【双调·五供养】套、贾仲明《金童玉女》第四折【双调·新水令】套。《中原音韵》在【也不罗】下有小注"即【野落索】"②,但现存元曲中并未见【野落索】用例。而在宋词中有《一落索》,又名《洛阳春》、《玉连环》。"一落索"亦作"一络索",为宋代语汇,一连串之意。《朱子语类》云:"无道理底,也见他是那里背驰,那里欠阙,那一边道理是如何,一见便一落索都见了。"③"玉连环"、"一落索"词意正相通。而【野落索】很可能是词调《一落索》在北地的改称,音近而讹,又进一步演变为【也不

---

① (元)陶宗仪《辍耕录》,中华书局,1959 年版,第 272 页。
② (元)周德清《中原音韵》,《中国古典戏剧论著集成》(一),第 228 页。
③ (宋)黎靖德《朱子语类》,中华书局,1986 年版,第 550 页。

罗】。此调可作为中原词牌传入北地,有所变异后又回流中原,进入元曲曲牌系统的例证。这种循环的而非单向度的交流值得我们注意。

5.【忽都白】

也作【古都白】。《九宫大成南北词宫谱》云:"忽都白,系外域地名,取以为曲名。"①不知何据,可备一说。元曲中共存4例,较早见于关汉卿【双调·新水令】"玉骢丝鞚金鞍鞊"散套。

6.【大拜门】、【小拜门】

二者均较早见于关汉卿【双调·新水令】"玉骢丝鞚金鞍鞊"散套。古时婚后新人到女方家登门拜望谓之"拜门"。宋孟元老《东京梦华录》"娶妇"条云:"婿往参妇家,谓之'拜门'。"②宋吴自牧《梦粱录》卷二十"婚嫁"条也有类似的记载。此风俗汉族、女真族均有,而略有不同。女真族"拜门"是指男女自行婚配,生子后再拜望女家,执子婿之礼。从这两个曲牌多与【阿纳忽】【醉娘子】等来自胡乐曲牌联套推测,应该来自女真族的拜门喜筵音乐。女真作家李直夫创作的女真题材杂剧《虎头牌》第二折【大拜门】曲词云:"我也曾吹弹那管弦,快活了万千,可便是大拜门撒敦家的筵宴。"③由此可知,女真族拜门宴席是非常隆重热闹的,还有吹弹歌舞助兴。

7.【大喜人心】【小喜人心】

【大喜人心】今仅见无名氏【殿前喜过播海令大喜人心】带过曲。【小喜人心】也可省称为【喜人心】,与【大喜人心】格律

---

① （清）周祥钰《新定九宫大成南北词宫谱》,王秋桂主编《善本戏曲丛刊》,台湾学生书局,1987年版,第5618页。
② （宋）孟元老等《东京梦华录(外四种)》,第31页。
③ （明）臧晋叔《元曲选》,第409页。

大不相同,今存 3 例,分别见于关汉卿【双调·新水令】"玉骢丝鞚金鞍鞴"散套、李直夫《虎头牌》第二折【双调·五供养】套、贾仲明《金童玉女》第四折【双调·新水令】套。这三套都大量运用了少数民族音乐。

8.【风流体】

元曲中共存 4 例,较早见于关汉卿【双调·新水令】"玉骢丝鞚金鞍鞴"散套。《中原音韵》云:"且如女真【风流体】等乐章,皆以女真音声歌之,虽字有舛讹,不伤于音律者,不为害也。"①这里明言【风流体】为女真族曲调,并强调了这些少数民族牌调在演唱时与普通曲牌不同,要用"女真音声"演唱,大概类似今日的粤语歌曲。

9.【醉娘子】

又名【醉也摩挲】②、【真个醉】③。马致远【醉娘子】曲云:"真个醉也么沙,真个醉也么沙。笑指南峰,却道西楼,真个醉也么沙。"④其中的"真个醉也么沙"三句应是此调的定腔所在,乃是模拟女真音声,【醉也摩挲】、【真个醉】大概即得名于此。关汉卿【双调·新水令】"玉骢丝鞚金鞍鞴"散套中的【醉也摩挲】也保存着类似的定腔:

> 【醉也摩挲】真个索去也么天,真个索去也么天。再要团圆,动是经年,思量杀俺也么天!⑤

"真个索去也么天"与"真个醉也么沙"的差异当是所选择

---

① (元)周德清《中原音韵》,《中国古典戏剧论著集成》(一),第 231 页。
② 见周德清《中原音韵》小注,《中国古典戏剧论著集成》(一),第 228 页。
③ 王仲元【中吕·粉蝶儿】《集曲名题秋怨》中著录为【真个醉】。
④ 隋树森编《全元散曲》,第 266 页。
⑤ 隋树森编《全元散曲》,第 182 页。

的拟音字不同而已。这也印证了《中原音韵》"且如女真【风流体】等乐章,皆以女真音声歌之,虽字有舛讹,不伤于音律者,不为害也"的记载。这种模拟少数民族语音演唱的异域歌曲,无疑让听惯"天下通语"的中原观众耳目一新,用在女真题材作品(如李直夫《虎头牌》、王实甫《丽春堂》等)中,还能增加一种民族风情。但同时,语言的隔阂也使这些曲调难作、难唱,故难以广泛传播,只存在于少数作家作品中。在元曲中,这些曲调往往自成体系,难以与其他曲牌衔接使用,这也是我们推测组套使用的【醉娘子】、【忽都白】、【大拜门】、【小拜门】、【大喜人心】、【小喜人心】等都是来自女真族音乐的依据之一。

如开篇所引,王国维提到越调【拙鲁速】,商调【浪里来】也"皆非中原之语,亦当为女真或蒙古之曲也"。但苦于找不到其他任何佐证材料,无从对其地域、族属进行考证,所以此处暂搁置。

以上我们对来自少数民族音乐的元曲曲牌做了一番考辨,我们可以得出以下结论:

第一,少数民族曲调融入中原音乐,是在相当长的时间内逐渐完成的,从北宋末年甚至是更早的时候就已经开始,并非迟至元朝一统天下。辽灭渤海国,金灭辽,蒙古灭西夏,蒙古灭金,每一次政权的合并往往同时又是各民族音乐集中融汇的关节点。那种认为蒙古族入主中原之时,才带来了少数民族音乐的看法,是把问题简单化了。与这一问题相联系,进入元曲的少数民族音乐也并非仅仅限于蒙古族音乐,而是包括西夏、契丹、女真等各族的音乐在内。乌兰杰在对《辍耕录》中记载的达达曲名进行细致辨析后,也得出了这样的结论:"《南村辍耕录》中记录下来的'达达乐曲',其实并非都是蒙古乐曲,而是包括着蒙古人所统治地区各个民族的乐舞。陶宗仪将它们统统算做蒙古乐曲,看来是不确切的。"①不但如此,前文论述的众多少数民族曲牌并无一种来自蒙古音乐。夏庭芝在《青楼集》"陈婆惜"条中说:"善弹唱,声遏行云……在弦索中,能弹唱鞑靼曲者,南北十人而已。"②(说集本《青楼集》"十人"作"一人",从行文的口气来看,当以说集本为是。)从中也可见出,蒙古族音乐在中原的流传并不广泛。

第二,目前可考的、来自少数民族音乐的元曲曲牌不过二十来个,在整个曲牌系统中只占很少的部分。而且这些曲牌往往只出现于少数作家的少数作品中,除【阿纳忽】、【胡十八】等流传较广外,一般存世作品都不超过十首,多为三、五首,并非热门曲牌。所以,单从曲牌数量和作品数量上说,北方少数民族音乐对元曲曲牌系统的影响是极其有限的。我们不应把北方少数民族音乐的影响过分夸大,而忽略中原音乐在元曲音乐中的主体地位。

第三,但同时我们也应注意到,在显而易见的曲牌输入之外,少数民族音乐对元曲的隐性影响。正如音乐学者蔡际洲先生所言:"蕃曲的传播和影响,主要表现为某种音调的融汇与渗透,而非完整、现成的曲调运用。"③这种隐性影响在两个路向上发生,一是少数民族音乐对中原音乐原有牌调的改造。即中原音乐在少数民族地区传播,在传播中发生变异,再回传至中原的情况。如【河西后庭花】、【河西水仙子】、【河西六娘子】、【也不罗】。它们不是纯粹的少数民族音乐,而是中原与边地音乐的交流后的化合体,再度回传时,与中原腹地的【后

---

① 参见乌兰杰《元代达达乐曲考》,《音乐研究》1997年第1期。
② (元)夏庭芝《青楼集》,《中国古典戏曲论著集成》(二),第33页。
③ 蔡际洲《"辽金北鄙"遗音与南北音乐之渊源——兼论"蕃曲"在戏曲声腔史中的地位》,《黄钟》1993年第1期。

庭花】、【水仙子】、【一落索】等已经有相当差距。第二个路向则是中原音乐对少数民族音乐的同化、吸收。本节开篇所引徐渭的那段话中,有一个非常具有启示意义的细节,往往被人忽略掉了,即"遂为民间之日用"。徐渭已经注意到了胡乐进入元曲曲牌系统必须经历的中间环节——汉地民间传播。而"民间之日用"的阶段,也正是中原音乐同化、改造少数民族音乐的过程。在这一过程中,有些少数民族曲调被改头换面,名称也被改换为汉名,最后淹没在中原音乐体系中,无法指明。如宋曹勋《饮马歌》自注云:"此腔自虏中传至边,饮牛马即横笛吹之,不鼓不拍,声甚凄断。"①如果不是曹勋在序中明言此曲"自虏中传至边",后又传入中原,我们就难以断定《饮马歌》的少数民族音乐血统。而大多数改为汉名的少数民族牌调,并没有留下任何记载。前文提到的北宋末年极为兴盛的【蓬蓬歌】,金刘祁《归潜志》所记载的北地俗间俚曲【源土令】②等,均不见于后来的南北曲。是突然灭绝,还是在汉化过程中已改头换面,我们不得而知。但依情理推测,后者的可能性更大。因为如此盛行的牌调没有突然灭绝的理由。只是由于文献的缺乏,我们只得限于猜测罢了。

　　当然,我们的猜测是有一定根据的。胡乐在北宋末至南宋流入中原,遭到禁绝的情况,前文已经提及。而在淮河以北沦入异族之手的汉地,胡化就更为严重,常令出使北庭的士人扼腕叹息。南宋范成大《揽辔录》就说:"民亦久习胡俗,态度嗜好与之俱化,最甚者衣装之类,其制尽为胡矣。自过淮已北皆

---

① 唐圭璋编《全宋词》,第 1230 页。
② (金)刘祁《归潜志》卷十三:故尝与亡友王飞伯言:"唐以前诗在诗,至宋则多在长短句,今之诗在俗间俚曲也,如所谓【源土令】之类。"

然,而京师尤甚。"①"衣装"如此,音乐也不例外,故范氏有"虏乐悉变中华"②的慨叹。"北曲兴起于河北、山西,并以元大都为流行中心绝不是一个偶然现象。"③这些北曲的初兴地都是较早沦入异族统治,较早、较彻底胡化的地区,这也从一个侧面证明了胡乐对元曲形成的重要作用。

总之,无论是少数民族音乐以边缘活性改造原有中原音乐牌调,还是中原音乐将少数民族音乐改而化之汇入自己的音乐系统,这种隐性的影响无疑是更为广泛的,远远大于少数音译牌调的影响。胡乐是打破中原词乐审美定势的重要外力,从唐宋词燕乐系统向元明清南北曲系统转化的过程中,它起到了重要作用。有了这些嘈杂凄紧的异族音乐的加入,曲乐与词乐界限更为明晰,并作为北曲的遗传基因,成为与南曲分野的徽标。

第二节　来自其他地域的元曲曲牌

北曲虽然起自北方,但并不限于北方音乐,而是由四方之音汇聚而成。本节关注的就是那些来自其他地域的元曲本生曲牌。

一、来自南方音乐的元曲曲牌:
【采茶歌】【汉江秋】等

南北曲之间的关系是曲学研究中的重要命题。早在元代,

---

① （宋）范成大《揽辔录》,中华书局,1985 年版,第 2 页。
② （宋）范成大著、富寿荪点校《范石湖集》,上海古籍出版社,2006 年版,第154 页。
③ 蔡际洲《南北曲形成的文化生活》,《中国音乐学》1993 年第 1 期。

燕南芝庵《唱论》就已经论及，"南人不曲，北人不歌"的论断为治曲者所熟知。

　　　凡歌之所忌：子弟不唱作家歌，浪子不唱及时曲；男不唱艳词，女不唱雄曲；南人不曲，北人不歌。①

　　对于"南人不曲，北人不歌"一句的解释，学界有不同看法，而以周贻白先生"南人不北曲，北人不南歌"一说最为人认同。

　　　"南人不曲"，当即"南人不唱北曲"之意……其所谓"北人不歌"，当为"北人不唱南歌"之意……故《唱论》此说，应作"南人不北曲，北人不南歌"，才和上文"男不唱艳词，女不唱雄曲"，成为相对的说法。②

　　这一解释不但合乎上下文的语境，也有其他文献可印证。朱权《太和正音谱》有云："凡唱曲之门户……北音为曲，南音为歌"③，可谓《唱论》此句的注脚。类似的说法还见于同时期朱有燉的《白鹤子·咏秋景引》："南人唱南曲，北人唱北曲。"明卓人月《盛明杂剧二集序》也说"先民有言曰：南音为歌，北音为曲，南人不曲，北人不歌"，可见朱权的说法并非孤例。

　　受芝庵这一论断的影响，早期南北曲的对立悬绝遂成为治曲者的思维定势。学界对南北曲交流的论述多以《错立身》、《小孙屠》为起点，认为在此之前，南北曲泾渭分明，了无干涉。

① （元）燕南芝庵《唱论》，《中国古典戏曲论著集成》（一），第161页。
② 周贻白《戏曲演唱论著辑释》，中国戏剧出版社，1962年版，第61页。
③ （明）朱权《太和正音谱》，《中国古典戏曲论著集成》（三），第51页。

而实际上，即使是在创生阶段，南曲并非纯然为宋词而益以南方村坊小曲，而有北地音乐的渗入①；北曲也并非即"北地之曲"，而有南方音乐的成分，如【采茶歌】【汉江秋】等。

《采茶歌》据牌名我们推测应该来自南方音乐。茶叶性喜温湿，惧冷寒，所以中国产茶区的北界是以秦岭——淮河为限的。北方虽然也曾有过人工引种，但多因茶味不佳而放弃。②"劳者歌其事"，由此我们推断【采茶歌】应该诞生于南方茶区③。如北宋熊蕃曾任建安茶官，其所作《御苑采茶歌十首并序》其二有云："采茶东方尚未明，玉芽同护见心诚，时歌一曲青山里，便是春风陌上声。"④南宋末诗人汪元量《湖州歌九十八首》第四十八首："北客醉中齐拍手，隔船又唱采茶歌。"⑤元曲作家张可久在南方的永康也曾听到过田野间的采茶歌：

> 张可久【中吕·喜春来】《永康驿中》荷盘敲雨珠千颗，山背披云玉一蓑，半篇诗景费吟哦。芳草坡，松外《采茶歌》。⑥

永康，南宋属浙东路，元至元十三年改属婺州路，今属浙江

---

① 参见杨栋《〈张协状元〉编剧时代新证》，《文艺研究》2010年第8期。
② 参见周靖民《中国古代北方的茶叶产区》，《中国茶叶》1989年第3期。
③ 后代流传的不少十二月采茶歌仍然多以"×月采茶×××"起句，未脱农事歌的范围，这应该是采茶歌的本源，后用来歌咏他事当是采茶歌功能的扩充。洛地先生《跳竹马，唱采茶》一文（载《浙江艺术职业学院学报》2008年第6期）提出："'采茶（采茶歌、采茶戏）'，并不是采茶劳动时的歌、戏，其原先乃'茶事'、'茶市'时节所有游乐戏要活动的总称；其后成为地方民间戏艺活动的泛称"，可备一说。但即便作此种解释，采茶歌也只能产生在南方茶区。
④ （宋）熊蕃《宣和北苑贡茶录》，中华书局，1991年版，第50页。
⑤ （宋）汪元量著、胡才甫校注《汪元量集校注》，浙江古籍出版社，1999年版，第69页。
⑥ 隋树森编《全元散曲》第825页。

金华市。张可久在此地山野之中听到的当是民间原生态的
《采茶歌》,也即元曲【采茶歌】的渊源所在。

　　至明清,有关于南方《采茶歌》的记载更是连绵不绝。明
王骥德《曲律·论曲源》:"至北之滥流而为【粉红莲】、【银纽
丝】、【打枣竿】;南之滥流而为吴之《山歌》、越之《采茶》诸小
曲,不audio郑声,然各有其致。"①在这里,《采茶歌》作为南方音乐
的代表而被提及。明袁中道在《寿大姊五十序》中说:"曾与中
郎及余至厅堂后,听一瞽者唱《四时采茶歌》,皆小说碎事,可
数百句。姊入耳即记其全,予等各半。"②此处袁宏道主要想说
明大姐的博闻强识,却无意中记载下了采茶歌在湖北公安一带
的盛行——这种用来演说"小说碎事"的《四时采茶歌》,已"可
数百句",说明已经发展到了相当水平,并深受当地人们喜爱。
清吴震方《岭南杂记》也记述了潮州灯节时演唱采茶歌的情
况:"潮州灯节有鱼龙之戏。又每夕,各坊市扮唱秧歌,与京师
无异,而采茶歌尤妙丽。饰姣童为采茶女,每队十二人或八人。
手挈花篮,迭进而歌,俯仰抑扬,备极妖妍。"③清李调元《粤东
笔记》也有类似的记载。直至今日,"采茶歌"的主要传播地仍
然是在我国东南、中南、西南地区④。

　　【采茶歌】来自南方音乐,从它的异称中也可以得知。《中
原音韵》在【采茶歌】下注曰:"即【楚江秋】。"⑤楚江即长江,而
长江流域正是重要产茶区。【楚江秋】在明代成为流行于南方
的小曲曲牌,明代曲选《风月锦囊》、《大明天下春》等都有

①　(明)王骥德《曲律》,《中国古典戏曲论著集成》(四),第56页。
②　(明)袁中道《珂雪斋集》,上海古籍出版社,1989年版,第431页。
③　(清)吴震方《岭南杂记》,中华书局,1985年版,第21—22页。
④　参见冯光钰《采茶戏音乐的生发、传播与变异》,《天津音乐学院学报》2002年第4期。
⑤　(元)周德清《中原音韵》,《中国古典戏剧论著集成》(一),第227页。

收录。

与【楚江秋】类似的还有双调【汉江秋】(亦名【荆襄怨】)。汉水(也称汉江)在元代发源于陕西行省兴元路沔州以西(今宁强县),自西北向东南流经河南行省的襄阳路(治所在今湖北襄樊市),而达湖广行省的汉阳府(治所在今湖北武汉市)入长江。既名【汉江秋】应是汉水流域、荆襄之地产生的曲调。

以上两调在现存南戏中并无用例,显然并非在南戏北剧交流中传入,而是以民间只曲的方式进入北曲曲牌系统。

二、来自蜀地音乐的元曲曲牌:
【川拨棹】【清江引】等

【川拨棹】牌名中的"川"字本来可以有两种解释:一是河川之"川",一是四川之"川"。但如果将其与"川杂剧"、【川鲍老】、【川豆叶】等名目相联系,显然当以后者为是。唐五代词、宋词中有《拨棹子》一调,今存唐释德诚39首,尹鹗2首,宋黄庭坚、无名氏各1首。值得注意的是,以上有名姓作家均与蜀地有关:释德诚,蜀东武信(今四川遂宁)人;尹鹗,锦城(今四川成都)人;黄庭坚,绍圣初贬涪州(今重庆市涪陵区)别驾,黔州(今重庆市彭水县)安置,故晚号"涪翁"。由此我们推测,《拨棹子》原本为蜀地歌曲,从唐至宋不断演化(德诚、尹鹗、黄庭坚所作格律各不相同);金代已经流行中原,为道士词采用,为标示其来源地,故名【川拨棹】;到元代,进入元曲曲牌系统。

【清江引】应该也和川地有关,我们可以从《辍耕录》的记载中得知:

《辍耕录》卷八"岷江绿"条:"太师伯颜擅权之日,刘

王彻彻都、高昌王贴木儿不花,皆以无罪杀。山东宪吏曹明善,时在都下,作【岷江绿】二曲以风之,大书揭于五门之上……此曲又名【清江引】,俗曰【江儿水】。"①

岷江是长江的重要支流,因发源于岷山而得名,至宜宾汇入长江,全流域均在四川境内。【清江引】既名【岷江绿】,当与蜀地音乐有关。

与蜀地音乐相关的还有双调【竹枝歌】、【石竹子】两曲。《竹枝歌》本为巴渝民歌,后经刘禹锡引入七言绝句,历代文人所作绵延不绝。元曲中有【石竹子】,其定格为四句:7,7,7,7。《九宫大成南北词宫谱》引《曲谱大成》云:"按【石竹子】,即唐时《竹枝歌》耳。"②而在《云谣集》杂曲子中有两首《竹枝子》则为双片杂言,当为民间一脉的变体,句格为:7,5,7,7,7。7,5,6,7,7。元曲中也另有【竹枝歌】一调,杂言七句,句格为:7,7,7,5,5,2,5。二者之间是否存在承继关系,不得而知。

顺便提一下,不但北曲中有蜀地音乐汇入,南曲曲牌中也有【川拨棹】、【江儿水】、【川鲍老】、【川豆叶】等。在戏曲音乐中蜀地音乐是不容忽视的一支力量。早在南宋大觉禅师《马大师与西堂百丈南泉玩月》诗中就有"川杂剧"的名目出现,"这是较早将戏剧名与地区名结合组成新词的文字资料,反映着当时四川路的杂剧已有着不同于'永嘉杂剧'或元大都杂剧的独特风貌,为后世地方戏剧种形成的嚆矢。"③宋代蜀地杂剧演出的情形也屡见记载。明代陈铎有【中吕·朝天子】《川戏》

---

① （元）陶宗仪《南村辍耕录》,第103页。
② （清）周祥钰《新定九宫大成南北词宫谱》,王秋桂主编《善本戏曲丛刊》,第5591页。
③ 齐森华、陈多、叶长海主编《中国曲学大辞典》,浙江教育出版社,1997年版,第40页。

小令、【北般涉调·耍孩儿】《嘲川戏》散套,这些散曲透露出的重要信息是:至迟在明成化、弘治年间,川戏已有相当发展,并有戏班子走出蜀地到金陵演出;透过陈铎对川戏粗鄙、古怪、不入流的极尽嘲弄可知,川杂剧与当时南戏、北剧的演出传统均有不同,"是个不南不北乔杂剧"。但令笔者感到奇怪的是,此前、此后都有悠久戏曲传统的蜀地,在元曲时代却很少见于记载,在名姓可考的元曲作家中,川籍作家也极少。就笔者所见,今有作品流传的四川籍作家似乎只有杨朝英(青城人)一人。但即便是杨朝英,其籍贯也还存在山东青城、四川青城的争论。为何会出现这样的现象呢? 明代王世贞对杨升庵的一段评价或许能给我们以启示:

> 杨状元慎才情盖世,所著有《洞天玄记》、《陶情乐府》、《续陶情乐府》,流脍人口,而颇不为当家所许。盖杨本蜀人,故多川调,不甚谐南北本腔也。①

大致相同的表达还出现在徐士俊《盛明杂剧·武陵春》的眉批中,可见这并非是王世贞的一己偏见。以此类推,元代川地曲家大概由于同样的原因未能进入各曲选家、曲论家的"法眼",而湮没无闻。但我们有理由猜测:在元代,东南沿海和黄河流域这两大传统的戏曲中心地区之外,在四川地区或许还存在着另一个我们至今还不甚了解的戏曲繁盛的中心②。流入南北曲的【川拨棹】、【川鲍老】、【川豆叶】、【清江引】等牌调也证明了这一点。

---

① (明)王世贞《曲藻》,《中国古典戏曲论著集成》(四),第35页。
② 参见张杰《南宋大艳禅师的"秦剧诗"》,《戏曲研究》第8辑。

三、来自山东音乐的元曲曲牌：
【庆东原】【郓州春】等

双调【庆东原】兴起于元初，较早见关汉卿、白朴等有作，杂剧、小令、散套均有用例。其中乔吉【双调·庆东原】《青田九楼山舟中作》在《文湖州集词》中曲牌原作【郓城春】，由此可知【庆东原】又名【郓城春】。

东原，古地名，来自《尚书·禹贡》"东原底平"一句。胡适先生《读曲小记》（四）对此曾有考证：

> 东原是何处？王恽《员先生传》，引他的诗，有：《燕集东平湖亭》，"北海樽前人似玉，东原城下水如天。满眼荷花三百顷，采莲人语隔秋烟。"似东原即东平也。[1]
>
> 元遗山词有《南乡子》，"饮东原王君璋郎中家"，王君璋是王玉汝，郓人。是东原为郓州。[2]

可见，郓州、东平，都可以称为东原。由【庆东原】又称【郓城春】可知，牌名中的"东原"当指郓州。由此可断，此调应来自山东地方音乐。

《中原音韵》"乐府三百三十五章"越调下另有【郓州春】。《太和正音谱》以《天宝遗事诸宫调》中的"这游蜂"一支为例曲，《北词广正谱》除此之外，又收第二格"我软地上吃乔"一曲，见于关汉卿《诈妮子调风月》第三折。元刊本《诈妮子调风

---

① 《胡适全集》第 12 卷，安徽教育出版社，2003 年版，第 319 页。
② 《胡适全集》，第 320 页。

月》与《北词广正谱》所引曲文稍有差别,但曲牌却作【梨花儿】。可知【郓州春】又名【梨花儿】。梨树种植在中国分布较广,但以北方为主,尤以河北、山东、辽宁三省为集中产区。明黄儒卿编纂《时调青昆》之《两京十三省土产歌》有"梨花枣子出山东"句。可作为我们理解【郓州春】又名【梨花儿】的参照。

与【庆东原】同样来自山东音乐的还有越调【东原乐】。该调为剧套专用曲牌,首见于关汉卿《诈妮子调风月》第三折【越调·斗鹌鹑】套。应与【庆东原】大致同时进入元曲曲牌系统。

山东作为元代宫廷礼乐的诞生地,在元代音乐发展中的地位极为重要。《元史·礼乐志二》有如下的记载:

> 太宗十年十一月,宣圣五十一代孙衍圣公元措来朝,言于帝曰:"今礼乐散失,燕京、南京等处,亡金太常故臣及礼册、乐器多存者,乞降旨收录。"于是降旨,令各处管民官,如有亡金知礼乐旧人,可并其家属徙赴东平,令元措领之,于本路税课所给其食。十一年,元措奉旨至燕京,得金掌乐许政、掌礼王节及乐工翟刚等九十二人。十二年夏四月,始命制登歌乐,肄习于曲阜宣圣庙。①

> (宪宗)三年,时世祖居潜邸,命勾当东平府公事宋周臣兼领大乐礼官、乐工人等,常令肄习,仍令万户严忠济依已降旨存恤……冬十有一月,敕乐工老不堪任事者,以子孙代之,不足者,以他户补之。②

> (至元三年)十有二月,籍近畿儒户三百八十四人为乐工。先是,召用东平乐工凡四百一十二人。中书以东平

---

① (明)宋濂等《元史》,第 1691 页。
② (明)宋濂等《元史》,第 1692 页。

地远,惟留其户九十有二,馀尽遣还,复入民籍。①

　　(至元)十三年,以近畿乐户多逃亡,仅得四十有二,
复征用东平乐工。②

　　由以上记载可知,元初,山东东平曾经集聚了前朝众多音
乐人才,负责创制元朝宫廷雅乐,训练乐工。影响之下,山东一
带具有浓郁的音乐文化氛围是可以想见的。尤其是那些被救
放的"老不堪任事"的乐工以及后来因地远被遣还,"复入民
籍"的东平乐工,无疑会成为山东民间音乐的重要传播者。燕
南芝庵《唱论》"唱曲有地所"条中说:"东平唱《木兰花慢》"③,
也能见出山东悠久的音乐传统。如此,山东东平作为元曲在北
方的四大重镇之一就是意料之中的了。元代山东籍曲家我们
可开列出一份长长的名单,仅早期作家就有:商道、商挺,曹州
济阴人;杜仁杰,济南长清人;严忠济、徐琰、王修甫,东平人等。
另外与山东有过密切关系的还有:元好问,曾入东平严实幕;
王恽,中统元年姚枢宣抚东平,辟王恽为详议官;王嘉甫,曾出
为山东经略司详议官;胡祗遹,至元十九年任济宁路总管,后升
任山东东西道提刑按察使。这些或生长于斯,或活动于此的乐
工、曲家吸纳当地音乐曲调入元曲是顺理成章的事,元曲中来
自山东音乐的这些曲牌就是证明。

四、余　　论

　　以上我们对一些元曲曲牌的地域来源进行了考索。由于

---

① （明）宋濂等《元史》,第1695—1696页。
② （明）宋濂等《元史》,第1696页。
③ （元）燕南芝庵《唱论》,《中国古典戏曲论著集成》(一),第161页。

材料匮乏,我们难以进行完全归纳,而只能举例说明。虽然涉及的曲牌非常有限,但将其汇总起来我们就会发现:元曲起自北方,但并非"北方音乐"所能涵盖,而是在汇集东南西北各地音乐后才蔚为大观的。

在研究元曲曲牌的地缘结构时,笔者一直有一个疑问,即散居各地的曲家在选择曲调时,是否还带有地域性倾向?为此,笔者曾将元代曲家按其出生地、主要活动地进行分类,统计他们在曲调运用上的偏好。但最终发现这种尝试是徒劳的。这些来自四面八方的音乐在元曲中已然汇集成了一个整体,上升为共域性曲调,为各地曲家采用,作家用曲已不存在地域之别。

那么接下来的疑问是:这些共域性曲调在各地演唱时,是否会发生新的变异和分化?四方之音不同,北曲会不会如南曲那样有各地声腔的区别呢?

遗憾的是,我们几乎找不到元人关于北曲唱腔的任何记载。首先涉及北曲唱腔之别的是明代曲论家。据沈德符《顾曲杂言》"北词传授"条载:

> 自吴人重南曲,皆祖昆山魏良辅,而北词几废,今惟金陵尚存此调。然北派亦不同,有金陵,有汴梁,有云中;而吴中以北曲擅场者,仅见张野塘一人——故寿州产也——亦与金陵小有异同处。①

此处记载北曲有金陵、汴梁、云中三派,而张野塘的寿州唱腔与金陵派又稍有不同。

---

① (明)沈德符《顾曲杂言》,《中国古典戏曲论著集成》(四),第212页。

魏良辅《南词引正》："北曲与南曲大相悬绝，无南腔南字者佳；要顿挫，有数等。五方言语不一，有中州调、冀州调。有磨调、弦索调，乃东坡所仿，偏于楚腔。唱北曲宗中州调者佳。伎人将南曲配弦索，直为方底圆盖也。关汉卿云：以小冀州调按拍传弦，最妙。"①

这里提到了中州调、冀州调、磨调、弦索调、楚腔等名目，因原文文理不顺，或有讹夺，所以学界对这段文字的理解颇多歧义。周贻白《曲律注释》序言认为：

所谓"五方言语不一，有'中州调'、'冀州调'"，或指语调有所不同，故唱来各具韵律；而"有磨调、弦索调，乃东坡所仿"，则非地域上语音的分别，而是指唱法和伴奏上自具一格。②

俞为民《曲体研究》进一步引申为"'磨调'就是乐府北曲的唱法，而'弦索调'就是俚歌北曲的唱法"③，可备一说。

胡忌《昆曲渊源》一文对北曲唱腔流派问题有更细致的探讨，得出的结论是：

魏良辅之前不久，中州调是为正宗；顿仁所学唱的可能为冀州调，多为金元杂剧遗音，但"怀之五十年"终于"无人问及"；魏良辅之后，"偏于楚腔"的弦索调逐渐占优

① 钱南扬《魏良辅南词引正校注》，《汉上宦文存·梁祝戏剧辑存》，中华书局，2009年版，第89页。
② 周贻白《戏曲演唱论著辑释》，第75页。
③ 俞为民《曲体研究》，中华书局，2005年版，第99页。

势地位,它溶合了南曲的唱法,虽然一时被斥为"方底圆盖",但却在日后的昆山腔中被保存了下来。①

即中州调、冀州调、小冀州调为北方唱腔,磨调、弦索调是北曲南传后产生的新派,偏于楚腔,在一定程度上南曲化了。如果前引魏良辅所记关汉卿云云属实,那么,中州调、冀州调、小冀州调之分就可向上推衍到元代。但因为此处的记载仅为孤证,且为曲师乐工道听途说、口耳相传之语,所以我们还是暂且谨慎存疑为妙。

第三节　南北曲曲牌的交流化合
——以《永乐大典戏文三种》为中心

在考察元曲曲牌的地域性时,南北曲的交流是不容忽略的。研究分析二者的同名曲牌是我们探讨元代南北曲音乐交流的重要视角。需要格外注意的曲作有两部分:一是散曲中的南北合套,一是南戏。

隋树森先生《全元散曲》中共辑录南北合套 15 套,不少学者在讨论元代南北合套时就是以此为范围的。但实际上这些南北合套大都著录晚出,并无一例见于元代文献,且各书在作者、年代问题上分歧甚大,前辈学者已有质疑②。许建中先生撰有《〈全元散曲〉辑录的南套、南北合套考辨》一文,通过对

---

① 胡忌《菊花新曲破》,中华书局,2008 年版,第 61 页。
② 参见隋树森《关于元人散曲作者主名的一些问题》,载于《文学遗产增刊》9 辑;赵景深《元代南戏剧目和佚曲的新发现》,《戏曲笔谈》,上海古籍出版社,1980 年版。

《全元散曲》所辑南散套、南北合套中的南曲曲牌与《永乐大典
戏文三种》、《九宫正始》所存的元代南曲相比较，根据曲牌在
历史演变中同阶段相应的原则，对《全元散曲》收录的南套和
南北合套进行了详细考辨，得出的结论是：目前可判定为元代
南北合套的仅有4套，分别为贯云石无题南北合套，沈和《潇湘
八景》南北合套，方伯成《忆别》南北合套，无名氏《情》南北合
套。许先生判定确属元代南北合套的作品中，除无名氏一套时
代无从判定外，其他三套均出于元代后期南方作家之手，可见
钟嗣成"以南北调合腔，自和甫始"①的记载并不能轻易推翻。

　　而在南戏中，南北曲的交流现象出现较早，应在沈和之前，
形式也更为多样，所以我们把探究的重心放在南戏与北曲的比
较上。现存南戏作品中，《永乐大典戏文三种》（《张协状元》、
《错立身》、《小孙屠》），因为刊刻年代最早，最近于元代南戏原
貌，可作为我们剖析的样本。

　　据笔者统计，《张协状元》与元北曲同名曲牌共41章，《错
立身》与元北曲同名曲牌共16章，《小孙屠》与元北曲同名曲
牌共30章。除去重出曲牌，三剧与北曲同名曲牌共计70章。
这些共有曲牌可分为两大类：一类是共源于词、诸宫调、唱赚
等古曲的曲牌，这占了绝大多数。二是上述古曲未见，而只见
于南北曲的曲牌，我们称之为南北曲本生曲牌。后者是我们考
察的重点。

　　在这些同名本生曲牌中，北曲对南曲的影响远大于南曲对
北曲的影响。这其中又存在两种不同的情况，一种为"模唱北
曲"，即南戏直接将北曲曲牌"原样"移植过来，多在曲牌前标

---

① 　洛地先生认为南北合套与南北合腔密切相关而所指不同。南北合套指文体，为
作家之事；南北合腔指唱法，为歌者之事。参见《戏曲与浙江》中的相关论述。

明"北曲"字样;另外一种情况为"南化北曲",指南曲"在保留北曲某些特征元素的同时,同化其音乐及格律,使之南曲化"。① 以下我们分别论述之。

一、南戏中的"模唱北曲"

"模唱北曲"出现于《错立身》、《小孙屠》中,《张协状元》中不存在这样的情况。这是南北曲曲牌交流最显性的表现形式,这些"移植"过来的北曲曲牌集中出现在《错立身》、《小孙屠》的7套曲子中,它们的存在状态可分为以下几种形式:

1. 北曲独立成套

《小孙屠》第7出由【北曲一枝花】、【梁州第七】、【黄钟尾】三曲组成一个短小的北套,叶"真文"韵,且一韵到底。

2. 北套中插入南曲

以北套为主体,在其中插入少量南曲曲牌。

《错立身》第12出:(生唱)【越调·斗鹌鹑】—【紫花儿序】—(旦唱)【四国朝】—(生唱、旦唱、净唱、生旦轮唱)【驻云飞】(4支)—(生唱)【金蕉叶】—【鬼三台】—【调笑令】—【圣药王】—【麻郎儿】(2支)—【天净沙】—【尾声】

钱南扬《永乐大典戏文三种校注》云:"本出除插入的【四国朝】一支、【驻云飞】四支、一短套南曲外,为一整套北曲。"②

3. 南北曲相间

《错立身》第5出:(生上唱)【醉落魄】—(旦唱)【赏花时】—【排歌】—【那吒令】—【排歌】—【鹊踏枝】—(生唱)【乐

---

① 杨栋《〈张协状元〉编剧时代新证》,《文艺研究》2010年第8期。"模唱北曲"、"南化北曲"的概念取自先生该文,读者诸君可参看。

② 钱南扬《永乐大典戏文三种校注》,中华书局,1979年版,第215页。

安神】—【六幺序】—【尾声】—（外唱）【琐南枝】（4 支）

《小孙屠》第 9 出：（旦唱）【梁州令】—【梧桐树】—【同前】—【北曲新水令】—【南曲风入松】—【北曲折桂令】—【南曲风入松】—【北曲水仙子】—【南曲犯衮】—【北曲雁儿落】—【南曲风入松】—【北曲得胜令】—【南曲风入松】—【石榴花】—（净唱）【同前】—（生唱）【驻马听】—（末唱）【同前】—（旦唱）【同前】—（生、旦、末轮唱）【同前】

《小孙屠》第 14 出：（末唱）【北曲端正好】—【南曲锦缠道】—【北曲脱布衫】—【南曲刷子序】—【琐南枝】—【同前换头】

《小孙屠》第 18 出：（梅作鬼上唱）【山坡羊】—【后庭花】—【水红花】—【折桂令】

钱南扬《永乐大典戏文三种校注》云："这里【后庭花】【折桂令】都是北曲，与【山坡羊】【水红花】成为一套小型的南北合套。"①

《小孙屠》第 19 出：【北新水令】—【锁南枝】—【北甜水令】—【香柳娘】—【花儿】

在《小孙屠》、《错立身》中还见不到一套从头到尾南北相间的南北合套，一般在南北曲间用之外还有几支其他南曲曲牌穿插。在演唱角色的分配上也还没有出现后世生唱北曲、旦唱南曲，生旦轮唱的严格形式。可见此时戏曲家、艺人们对灵活运用南北曲音乐个性以为人物塑造服务的认识仍未明晰自觉，钱南扬先生称之为"南北合套的雏形"②是恰切的。

这 7 套中共使用北曲曲牌 24 章，分别是：【赏花时】、【那

---

① 钱南扬《永乐大典戏文三种校注》，第 316 页。
② 钱南扬《永乐大典戏文三种校注》，第 234 页。

吒令】、【鹊踏枝】、【六幺序】、【后庭花】、【斗鹌鹑】、【紫花儿
序】、【金蕉叶】、【鬼三台】、【调笑令】、【圣药王】、【麻郎儿】、
【天净沙】、【北曲一枝花】、【梁州第七】、【黄钟尾】、【北曲新水
令】、【北曲折桂令】、【北曲水仙子】、【北曲雁儿落】、【北曲得
胜令】、【北曲端正好】、【北曲脱布衫】、【北甜水令】。这部分
曲牌的出现，说明了南北曲交流的深入以及在交流中北曲的强
势地位。

　　有一个重要的疑问是：元代这些南北曲兼用的剧套是如
何来演唱的呢？上引《错立身》第5出、《小孙屠》第9出的南
北合套，出现了"支思"、"齐微"韵通押，又杂入"鱼模"韵字的
现象，而"支思"、"齐微"、"鱼模"通叶是吴、赣、闽方言共有的
特点①，证明其必是以南腔唱北曲。正如洛地先生所说："事实
上，北曲之植根于浙江、江南，是以用南腔唱北曲为基础
的。"②在解释"腔"之含义时，洛地先生说："如人人皆知的元有
'南北合腔'，当然不是指所有的南曲、北曲合用一个旋律，而
是合用一种语音。"③洛地先生在此只突出了"南北合腔"的一
个方面。我们推想，所谓"南北合腔"除了语音之外，还应有伴
奏乐器、演唱技法、演唱风格等方面的南化。有一条大家熟悉
的材料可以作为我们逆向反推的参照。

　　　　《南词叙录》："（明太祖）由是日令优人进演（《琵琶
　　　记》）。寻患其不可入弦索，命教坊奉銮史忠计之。色长
　　　刘杲者，遂撰腔以献，南曲北调可于筝琶被之；然终柔缓散

① 参见杜爱英《北宋江西诗人用韵研究》，南京大学1998年博士论文；施发笔《民间南戏〈宦门子弟错立身〉用韵考》，《贵州师范大学学报》2003年第1期。
② 洛地《戏曲与浙江》，第156页。
③ 洛地《戏曲与浙江》，第139页。

戾,不若北之铿锵入耳也。"①

　　这是"南曲北调"的一个典型例证。北化的南曲《琵琶记》既有唱腔的调整("撰腔以献"),也有伴奏乐器("筝琶被之")和总体审美风貌("柔缓散戾")的变迁。我们可以想见,北曲南唱,应该也会发生类似系列变化。只不过方向相反,是将"铿锵入耳"的北曲变成"柔缓散戾"的南曲罢了。

　　元代后期北方音乐的南传及南音化我们从下面这则记载中也可以透视而得。

　　　　孔齐《至正直记》卷一"文山审音"条:国初,宋丞相文文山被执,至燕京,闻军中歌【阿剌来】者,惊而问曰:"此何声也?"众曰:"起于朔方,乃我朝之歌也。"文山曰:"此正黄钟之音也,南人不复兴矣。"盖音雄伟壮丽,浑然若出于瓮。至正以后,此音凄然,出于唇舌之末,宛如悲泣之音。又尚南曲【斋郎】、【大元强】之类,皆宋衰之音也。②

　　这里的【阿剌来】又称【阿剌刺】。元张昱《塞上谣》中也提到了这支曲子:"胡姬二八貌如花,留宿不问东西家。醉来拍手趁人舞,口中合唱【阿剌刺】。"③这首在元初起于朔方的【阿剌刺】原本"雄伟壮丽",可作军中歌;但在至正以后,却变得"出于唇舌之末,宛如悲泣之音"。这里虽不免有"声与政通"思维模式下的夸张,但前后的变化应该还是比较明显的。

① （明）徐渭《南词叙录》,《中国古典戏曲论著集成》(三),第240页。
② （元）孔齐《至正直记》,中华书局,1991年版,第3—4页。
③ （清）顾嗣立《元诗选》(初集),第2071页。

这种变化我们认为很可能就是该调南音化所致。后文言"又尚南曲【斋郎】、【大元强】之类",也支持了我们的猜想。【斋郎】,南曲有【大斋郎】,二者应有关。明永乐佛曲中也有【斋郎儿】。【大元强】则不见于他书记载,应是在传播中流失的南曲曲调。

许多文学史、曲史著作论及元代后期文采派占据了曲坛主导地位,常把这种变化归结为元曲在文人手中雅化的结果。其实这只是问题的一个方面,或者说是表象。作为音乐文学,文学风格的变化往往从属于音乐风格的变化。很难想象"浑然若出于瓮"的北地之音会与大量的清丽柔婉之词配伍。北曲曲牌音乐的南化应该是元曲在后期走向雅丽更为根本的原因。音乐南化在先,文词走向雅丽在后。

这些进入南戏,"南唱"的北曲曲牌,虽然基本保持着北曲的句法格律,但真正的"原样"移植其实是不太可能的。为了使南北音乐更好地融合,对北曲曲牌进行改造是不可避免的。许建中先生《〈错立身〉、〈小孙屠〉所用曲牌的曲律学考察》①一文经过比勘发现,其中【六幺序】、【天净沙】、【水仙子】、【折桂令】、【鬼三台】、【后庭花】、【麻郎儿】、【梁州第七】、【得胜令】、【黄钟尾】、【雁儿落】等11个曲牌的句法和格律较之北曲定格均有不同程度的变化。如【折桂令】在北曲中"或十句,或十一句,或十二句,或十三句,或多至十七句,句法皆大同小异。首句必六字,以下四字句,或四句,或五句,再用六字二句,以下直至末句,俱四字语也"。② 但从未有《小孙屠》中的这种句格:

① 载于《文学遗产》2007年第6期。
② 吴梅《南北词简谱》,第140页。

　　【折桂令】休想我死心塌地，有一朝天地轮回，我那从前已往冤仇记。你好忘恩义，李琼梅，到阴司，万剐凌持。①

当是音乐南化引起的格律变异。

二、南戏中的"南化北曲"

　　上述"模唱北曲"学界早有注意，而"南化北曲"现象则是杨栋师在《〈张协状元〉编剧时代新证》一文中提出来的。该文认为"从'南人不曲，北人不歌'到北曲南唱，其间还应有一个'北曲南化'的阶段，即在保留北曲某些特征元素的同时，同化其音乐及格律，使之南曲化"，并对《张协状元》中的南化北曲【叨叨令】、【斗黑麻】、【红绣鞋】、【山坡羊】4调进行了深入探讨，读者诸君可参看，不再赘述。此处需要补充的是《永乐大典戏文三种》中还有以下牌调应也为"南化北曲"。

　　1.【步步娇】

　　见于《张协状元》第31出。北曲【步步娇】又名【潘妃曲】，今存作品中首见第一代曲家商挺作。《北曲新谱》云："南曲亦有此章，大同小异。其主要异点即为第四句北曲七字，南曲变为两个四字句。"②实际上在《张协状元》中，第四句仍为一个七字句，变化起自《琵琶记》。吴梅《南北词简谱》在南曲【步步娇】后说："'绿映河桥'二句，实止七字，自《琵琶》云'试问他家住在何处'，于是皆作四字句二。"③所以吴梅先生断云："此

---

①　钱南扬《永乐大典戏文三种校注》，第315—316页。
②　郑骞《北曲新谱》，第298页。
③　吴梅《南北词简谱》，第602页。

实与南曲无异……是即从北词出也。"①洵为的论!

2.【八声甘州】

见于《小孙屠》第 9 出。【八声甘州】为宋词中的常用牌调,南北曲【八声甘州】的关系似乎可以归结为共源。但值得注意的是,南曲【八声甘州】与词牌句法格律差距甚大,故吴梅《南北词简谱》云:"此调与词绝不相类。"②而南曲【八声甘州】与北曲却极近似。吴梅先生在北曲【八声甘州】后有注:"此与南曲句读同,惟末句有异。"③郑骞《北曲新谱》也说:"南仙吕亦有此章,极相类似。"④

由上可见,南北曲【八声甘州】有渊源关系是毋庸置疑的。那么到底是由南而北,还是由北而南呢? 郑骞先生云:"北曲用此章者远少于【点绛唇】,想因腔板太近南曲之故。作此章者均不多加衬字,亦是南曲规律。"⑤显然倾向于北曲来自南曲,而笔者以为证据不足。

在元曲现存用例中,【八声甘州】只作套数首曲,无一例外。郑先生所说"不多加衬字"未必是受南曲影响,而应是套数首曲的共有特征。李昌集《中国古代散曲史》云:"首曲在套数中是最稳定的只曲,与首曲之后的诸'带过'曲相比,套之首曲通常没有'增衬'。"⑥如郑骞先生同时提到的【点绛唇】,在现存用例中也多不加衬字。所以,仅依据衬字的有无并无法判定此调为由南而北。

北曲【八声甘州】今共存 12 例,主要流行于元代前期,在

---

① 吴梅《南北词简谱》,第 129 页。
② 吴梅《南北词简谱》,第 353 页。
③ 吴梅《南北词简谱》,第 78 页。
④ 郑骞《北曲新谱》,第 77 页。
⑤ 郑骞《北曲新谱》,第 77 页。
⑥ 李昌集《中国古代散曲史》,第 173 页。

金末元初的王修甫散套中已见用例。而南北曲交流走向深入的后期曲家的作品中反而一例未见。与此相应,南曲【八声甘州】在《张协状元》中未见用例,最早见于《错立身》,后见于《荆钗记》、《白兔记》。两相对照,笔者以为【八声甘州】应是北曲使用在前,后流入南曲,而在北曲中却日渐消歇。

3.【上小楼】

南戏中仅见于《小孙屠》第 11 出一处用例,原文如下:

> 【上小楼】公吏人排列两边,不由我心惊胆战。怎推这铁锁沉枷,麻捶撒子? 受尽熬煎。假若使,心似铁,这官法如炉烧炼。休悲我枉屈后,死而无怨。①

此调南曲诸谱不收,而只收【下小楼】。沈璟《增订南九宫曲谱》【下小楼】小注云:“或作【上小楼】,乃北曲名也,南曲无之。”②吴梅《南北词简谱》【下小楼】的例曲为:

> 叹嗟,花残月缺,挨连宵风雨节。姻缘分定受磨折。几度,思量欲见,争奈路远途赊。③

吴梅先生在注解中说:“此曲二字句须留意。‘几度’句,《古西厢》云:‘试把。瑶琴一操。’《邯郸》云:‘酸溜溜的。文官班里。’皆可参证。”④而上引《小孙屠》中的【上小楼】恰恰不具备这一标志性句格,显然并非南曲【下小楼】的误题。

---

① 钱南扬《永乐大典戏文三种校注》,第 300 页。
② （明）沈璟《增订南九宫曲谱》,王秋桂《善本戏曲丛刊》本,第 458 页。
③ 吴梅《南北词简谱》,第 273 页。
④ 吴梅《南北词简谱》,第 274 页。

钱南扬《永乐大典戏文三种》在该曲小注中有案语:"后世曲谱南曲虽无【上小楼】,今此调与北曲全异,应是南曲。"①那么这只曲子果真"与北曲全异"吗? 根据郑骞《北曲新谱》的厘定,北曲【上小楼】的句格为:4,4,4,4,4,3,3,4,7(3/4)。《北曲新谱》以《西厢记》中一支为例曲。我们可以将南北曲放到一起比对:

北曲:小生特来见访,大师何须谦让。这钱也难买柴薪,不够斋粮,且备茶汤。你若有主张,对艳妆,将言词说上,我将你众和尚,死生难忘。

南曲:公吏人排列两边,不由我心惊胆战。怎推这铁锁沉枷,麻捶撒子? 受尽熬煎。假若使,心似铁,这官法如炉烧炼。休悲我枉屈后,死而无怨。

如果将南曲中的"公吏人"、"不由我"、"怎推这"、"这官法"、"休悲我"作衬字看,则与北曲句法、格律极为接近,只第一、第六两句平仄稍有不合。可见这支【上小楼】来自北曲无疑。

4.【梧叶儿】

《小孙屠》第 10 出连用 3 例。北曲【梧叶儿】共七句,句格为:3,3,5,3,3,3,7。《小孙屠》中的 3 例与北曲只是稍有差异,不同之处主要集中在第四、第五两句。而这两句在北曲中也较为灵活。北曲中有前六句或第四、五、六句作五字句者,如徐再思《春思》三首。

对于二者之间极大的相似性,许建中先生《〈错立身〉、〈小

---

① 钱南扬《永乐大典戏文三种校注》,第 302 页。

孙屠〉所用曲牌的曲律学考察》一文解释说："最大的可能性是同源：唐曲【梧叶儿】演变为'超区域性'的民间曲调，然后分途进入戏文和北曲。另一种可能性是平行影响：我们在《小孙屠》以及《错立身》中见到的多为北曲对戏文的影响，【梧叶儿】当然也不能完全排除这种可能性；如果是这样，则戏文【梧叶儿】当承于北曲而有所改造。"①比较而言，笔者更赞同许先生的后一种解释。因为唐曲【梧叶儿】在几百年的时间里，在不同地域的自由发展中还能保持一致性，从而成为"超区域性"曲调的可能性极小。北曲【梧叶儿】较早用例为关汉卿作，广泛用于剧套、散套、小令。与此相对，南曲最早见于《小孙屠》，远在关汉卿后，且使用概率也不及北曲。因此我们认为此调由北而南的可能性大。

"模唱北曲"、"南化北曲"是南戏吸收北曲曲牌的两种形式。某些牌调，我们在南戏中可以见到这两种方式的并存，表现出不同时段对北曲借鉴的形式变迁。如【叨叨令】，在《张协状元》中有失掉了北曲"……也么哥……也么哥"标志性句格的"南化北曲"，而在《琵琶记》中则有"模唱"【北叨叨令】。

《张协状元》第3出：

【叨叨令】贫则虽贫，每恁地娇，这两眉儿扫。有时暗忆妾爹娘，珠泪堕润湿芳容，甚人知道？妾又无人要。兼自执卓做人，除非是苦怀抱。妾又无倚靠。付分缘与人缉麻，夜间独自，宿在古庙。

【同前】几番焦躁，命直不好，埋冤知是几宵。受千般愁闷，万种寂寥，虚度奴年少。每甘分粗衣布裙，寻思另般

---

① 载于《文学遗产》2007年第6期。

格调。若要奴家好,遇得一个意中人,共作结发,夫妻谐老。①

《琵琶记》第 9 出:

> 【北叨叨令】闹炒炒街市上游人乱,乖头口抵死要回身转。战兢兢只怕缰绳断,怯书生早已神魂散。险跌折了腿也么哥,险椿破了头也么哥,我好似小秦王三跳涧。②

《琵琶记》中这支【北叨叨令】为丑角所唱,大概可以起到调剂气氛的作用。而《张协状元》中的南化北曲【叨叨令】在南曲中仅见于此,后代除《九宫正始》斤斤返古,特收该曲之外,其他南曲谱并未见【叨叨令】的名目。这也是我们断定《张协状元》中的【叨叨令】为南化北曲的重要依据。

三、元曲曲牌系统中的"北化南曲"

在元代南北曲的交流中,双方的力量与地位是不对等的。因为北曲较早有文人学士参与其中,较早成熟定型,加上政治的原因,在与南戏的交流中具有极大的优势。无论是虞集所言"自是北乐府出,一洗东南习俗之陋"③,还是《南词叙录》所说"元初,北方杂剧流入南徼,一时靡然向风,宋词遂绝,而南戏亦衰"④,从中我们都可以看到在南北曲交流中的"一边倒"态

---

① 钱南扬《永乐大典戏文三种校注》,第 24 页。
② (元)高明著、钱南扬校注《元本琵琶记校注》,中华书局,2009 年版,第 60 页。
③ (元)虞集《中原音韵序》,《中国古典戏剧论著集成》(一),第 173 页。
④ (明)徐渭《南词叙录》,《中国古典戏曲论著集成》(二),第 239 页。

势,即北曲影响南戏大,南曲影响北曲小。但在元代中后期,随着南北音乐交流日益深化,南曲地位逐渐提高,情况有所变化。尤其是一些南方作家因为对本土音乐比较熟悉,开始将一些南曲曲牌引入北曲。

1.【红衲袄】

《中原音韵》著录为【红锦袍】,下有小注:"即【红衲袄】。"《南北词简谱》在北曲【红锦袍】后云:"与南词略同。"①宋词中虽然也有《红罗袄》,但存世作品极少,仅有周邦彦、陈允平各一首,而且与南北曲的格律差异均甚大,所以南北曲格律近似并非因为共源,而很可能是南北曲互传的结果。

南曲【红衲袄】首见于《张协状元》第 50 出,是南戏中使用较为广泛的一个曲牌。《小孙屠》第 17 出,《荆钗记》第 4 出、第 46 出,《幽闺记》第 5 出、第 32 出,《白兔记》第 23 出,《琵琶记》第 29 出均有用例,而北曲仅有徐再思小令 4 首、无名氏小令 1 首传世。两组作品均以"那老子……"起句,或为一人手笔,至少为一时之作。徐再思,嘉兴(今属浙江)人。《录鬼簿》将他列为"方今才人相知者"一类,并说他"与小山同时"。可见北曲【红锦袍】的使用晚于南曲,且由南方曲家率先试作。

从牌名看,在北曲实际用例中仅见【红锦袍】名,而无【红衲袄】,【红衲袄】仅见于南戏。【红锦袍】当为【红衲袄】文人雅化之名,后起之名,很可能为南曲传入北曲后的改称。

所以从牌名、格律、使用时间、使用频率等几个方面综合考量,【红锦袍】很可能是南曲【红衲袄】传入北曲变异而成。沈璟《增订南九宫曲谱》在【红衲袄】后有注:"或作北曲,尤

---

① 吴梅《南北词简谱》,第 9 页。

谬"①,正可印证我们的推测。

2.【秋江送】

南曲曲牌有【秋江送别】,最早见于《张协状元》第 41 出。后因《错立身》将该调用于咏唱书信内容,而改称【一封书】,后代沿用,【秋江送别】一名反而罕见。南戏《白兔记》、《荆钗记》、《琵琶记》均有【一封书】用例(后两者仍是用于叙述书信内容),至明代广泛用于传奇、散曲、小曲中,并衍生出多种集曲、带过曲曲牌。

北曲曲牌有【秋江送】,《中原音韵》"乐府三百三十五章"著录,今仅存无名氏小令 1 首。另外,《北曲拾遗》收录 2 首【北双调·秋江送客】,《全明散曲》据以收入,格律与【秋江送】全同。由此可知,【秋江送】乃【秋江送客】的省称。而《秋江送客》与南曲《秋江送别》牌名意思相通。仅据牌名推测,南北曲之间应该有某种渊源关系。从南曲【秋江送别】(【一封书】)元明一脉相承且使用频率高,而北曲用例极少判断,由南入北的可能性大,应是个别曲家的偶然试作。

3.【玉交枝】

《错立身》第 6 出叠用两曲,组为专场。该调与北曲南吕【玉交枝】极为接近。北曲定格为:4,6。7,6。7,7。6,6。南曲的定格为:4,7。7,6。7,7。7,7。二者只有第二、第七、第八三句各有一字之差。词牌中有《相思引》、《忆秦娥》,别名也为《玉交枝》,但与南北曲格律大不同,诸宫调未见此调,二者之间这种极大的相似性只能解释为南北曲互传的结果。现存元曲【玉交枝】仅见乔吉【玉交枝带过四块玉】4 首,无名氏 1 首,杨景贤《西游记》杂剧中 1 例,显然是元代后起的牌调。

---

① (明)沈璟《增订南九宫曲谱》,第 373 页。

而最早使用该曲牌的乔吉又主要活动于杭州,笔者以为该调由南曲传入北曲的可能性较大。

4.【驻马听近】

南曲【驻马听】有两式:《张协状元》、《小孙屠》中的用例均为第一式,而《荆钗记》、《杀狗记》中的【驻马听】为第二式。两者区别在于末句一为七字句,一摊破为两个四字句。

北曲【驻马听近】,与南曲【驻马听】第二式之间存在明显的对应关系。

北曲【驻马听近】:　　4,7。4,　7。　7,7。3,3,3。

南曲【驻马听】第二式:4,7。4,4,　4。7,7。4,4,4。

需要补充的是,词牌中也有【驻马听】一调,但与南北曲格律差异较大,排除了南北曲的相似因为共源的可能,而为南北曲互传所致。【驻马听近】在北曲中用例极少,仅见郑光祖一人一作,而郑光祖长期流寓南方,此调由郑氏引南入北的可能性大。

以上我们对少数南戏北剧中的同名曲牌进行了有限讨论。由于材料的匮乏,涉及的曲调有限,许多结论还只是推测而难以确证。至于其在南北曲之间具体的传播细节,更是无从得知。这一研究的初衷和意义在于,提示我们充分关注南戏北剧在曲调上的交流与互渗。

四、余　　论

需要指出的是,南北曲在曲牌上的这种互渗交流在明清也一直在延续。《南词叙录》云“顺帝朝忽又亲南而疏北”,随着南曲的兴盛和北上,南曲曲牌的北化问题日益突出。如沈璟

《增订南九宫曲谱》所载：

> 【红衲袄】：或作北曲,尤谬。①
>
> 【点绛唇】：今人凡唱此调及【粉蝶儿】俱作北腔,竟不知有南【点绛唇】及南【粉蝶儿】也,可笑哉!②

南北曲曲牌交互转化的复杂情况最具典型性的是【江儿水】。北【江儿水】习称【清江引】,"乐府三百三十五章"入双调。据陶宗仪《南村辍耕录》"岷江绿"条载：

> 太师伯颜擅权之日,剡王彻彻都、高昌王贴本儿不花,皆以无罪杀。山东宪吏曹明善,时在都下,作【岷江绿】二曲以风之,大书揭于五门之上……此曲又名《清江引》,俗曰《江儿水》。

由此可知【清江引】,又有【江儿水】之别名。元刊本《诈妮子调风月》第二折【中吕·粉蝶儿】套即题为【江儿水】。元无名氏【般涉调·耍孩儿】《拘刷行院》散套中有"【江儿里水】唱得生,【小姑儿】听记得熟"之句,【江儿里水】应即【江儿水】,"里"字无实意,类似于【山坡里羊】之于【山坡羊】。可知民间又有【江儿里水】这一更为俚俗化的称谓。

南曲也有【江儿水】。在早期南戏中已经有广泛应用,如《张协状元》第 5 出,《荆钗记》第 25 出、第 32 出、第 35 出,《白兔记》第 22 出、第 32 出,《琵琶记》第 5 出、第 33 出等均有用

---

① （明）沈璟《增订南九宫曲谱》,第 373 页。
② （明）沈璟《增订南九宫曲谱》,第 452 页。

例。蒋孝《旧编南九宫谱》中已收入，以《王祥》中一支为例曲。南曲【江儿水】共八句，句格为：5，3，7，7，7，6，4，6。北曲【清江引】共五句，句格为：7，5，5，5，7。二者之间的差别还是显而易见的。

原本南北分流的【江儿水】在明清又产生了诸多纠葛。在传奇中，北【清江引】又常常唱作南曲，并因此被收入南曲格律谱《南词定律》。据台湾学者林佳仪的研究，进入南曲的【清江引】在格律句法上并无多大变化，在曲腔上也只是将七声音阶易为五声音阶。多用在套首或套末，作为引子或尾声使用①。

事情还不止如此。南曲【江儿水】衍生出的集曲【二犯江儿水】原本属于南曲，但在明代又被北唱，甚至被当作北曲曲牌使用。这一现象在沈璟的时代应该就已经存在，他在《增订南九宫曲谱》中曾经郑重地做过纠正：

> 此曲本系南调……今《银瓶记》亦作南曲唱，可证也。不知始自何人，将《宝剑记》诸曲唱作北腔，此后《红拂》、《浣纱》而下，皆被人作北腔唱矣。然作者元未尝以北调题之也……今人强以北曲唱之，益不知北曲止有【清江引】，别名【江儿水】，与此音调绝不相同。②

同时代的曲论家对这一问题也多有记载，可互相参证。

> 王骥德《曲律·论调名第三》："又世多以南之【点绛唇】、【粉蝶儿】、【二犯江儿水】作北调唱者，词隐辨之甚

---

① 参看台湾学者林佳仪《南北曲交化下曲牌变迁之考察》一文（载《戏曲学报》2008 年第 4 期）。本节关于【江儿水】的论述多得益于该文，特此注明。

② （明）沈璟《增订南九宫曲谱》，第647—648 页。

详,见谱中。"①

　　吕天成《曲品》："《银瓶记》：事以俚琐,而吴下盛演之。内【二犯江儿水】作南词,最是,可以正今曲之误也。"②

　　上引沈璟所举的【二犯江儿水】例证尚为作者本作南词,被后人唱作北曲者。影响之下,此后竟有些曲家在创作之初,即标明【二犯江儿水】为北曲。杂剧如徐渭《女状元》第二出③、南山逸史《半臂寒》第一出,传奇如汤显祖《牡丹亭》第 15 出、《邯郸记》第 16 出等均有【北二犯江儿水】用例,将【二犯江儿水】直接当作北曲来使用。有意味的是,《女状元》第二出【北二犯江儿水】连用三支【前腔】,自成一套,却分明又是南曲的联套方式。南曲曲牌唱作北调,复用南曲联套方式,当真是"南北不分"了。

　　与【江儿水】情况类似的还有【对玉环】。吴梅《南北词简谱》在南双调后附录"北曲借作南词用者二支"即指【清江引】、【对玉环】。著者注云："此二支本是北曲,后人去一凡二声,当作南词唱,于是相沿成习。"④二者组成的集曲【玉环清江引】也被《南词定律》收入。至清代,原本为南曲曲牌的【浪淘沙】,在《九宫大成南北词宫谱》中又出现在了北双角调中。编者在小注中说："本南词,唱作北腔已久,故收入。"可见,南北曲曲牌的交流转化至清代还一直在进行。

---

① （明）王骥德《曲律》,《中国古典戏曲论著集成》（四）,第 61 页。
② （明）吕天成《曲品》,《中国古典戏曲论著集成》（六）,中国戏剧出版社,1959 年版,第 227 页。
③ 被省称为【北江儿水】,徐沁君先生指出实为【二犯江儿水】,参见徐沁君《徐渭〈四声猿〉的整理问题》,《扬州师院学报》1989 年第 3 期。
④ 吴梅《南北词简谱》,第 657 页。

　　还有一个现象值得我们关注,那就是有些南曲曲牌"混"入了北曲牌名表和北曲谱中。如元末陶宗仪《辍耕录》卷二十七"杂剧曲名表"中就有【林里鸡近】(《张协状元》中有【林里鸡】)、【金殿乐三台】(南曲有【金殿喜重重】)两调。而在《元曲选》卷首的"天台陶九成论曲"中出现的南曲曲牌就更多,如【锦庭芳】、【番马舞秋风】、【怕春归】、【春归犯】、【八宝妆】、【水红花】、【喜梧桐】、【灯月交辉】等。这些曲牌《北词广正谱》仍然收入,至郑骞《北曲新谱》才被一一剔除。

　　此前我们对这些混入北曲谱的南曲曲牌不以为意,往往以《中原音韵》和现存用例为证,把它们当作一种"错误"予以"纠正"。但我们需要追问的是:这些南曲曲牌何以进入北曲曲牌系统?为何是这些曲牌而非其他曲牌进入北曲谱?为何这种"错误"被一再延续?有没有一种可能:这些南曲曾经在传播中被唱作北音,故而才被当作北曲曲牌收入曲谱?如果放到一个更长的时限中,南北曲曲牌是否如理论家们总结的那样畛域分明呢[①]?

---

①　解玉峰先生《"曲牌"本不分"南"、"北"》(《南京大学学报》2012年第6期)一文提出:"作为文体单位的'曲牌',与诗、词一样,当其作为歌辞时,既可用南音歌唱,也可用北音歌唱。"读者诸君可参看。

第四章
元曲曲牌在文化空间的传播

　　文化空间,是艺术传播研究中的重要视点。王小盾先生曾在《中国韵文的传播方式及其体制变迁》一文中说:"……场所和风俗活动是文学传播的重要因素;贵族酺宴和文人游冶、民间戏场和市井集会,曾经造就彼此有别的两个文学世界。"①元曲是宫廷艺人、市井艺人、书会才人、名公文士、僧道乐人等共同创造的,民间、文人、宫廷、宗教等不同的文化圈及其音乐创作主体对元曲曲牌系统的建设做出了各自不同的贡献。

第一节　元曲曲牌与宫廷音乐的互传

　　宫廷音乐包括仪式雅乐与宴飨俗乐。仪式雅乐自成体系,并不在本节的讨论范围之内,我们关注的是后者。宫廷宴飨俗

---

① 　王小盾《中国韵文的传播方式及其体制变迁》,《中国社会科学》1996 年第 1 期。

乐往往与时俱变,与市井音乐并非完全隔绝,而是存在着交流互渗。在元代,我们既可以看到少数宫廷音乐进入了元曲曲牌系统,也可以看到宫廷音乐对市井俗曲的接受。而教坊乐人则是沟通宫廷音乐与市井俗乐的重要桥梁。

一、来自宫廷庆典音乐的元曲曲牌

宫廷音乐是元曲曲牌的来源之一,例证就是那些以年号命名的曲牌,如【庆宣和】、【大德歌】、【大德乐】、【庆元贞】。它们最初应是朝廷改元的庆典音乐。

1. 双调【庆宣和】

“宣和”是宋徽宗的最后一个年号。由调名看此调应为宋徽宗宣和改元时由教坊创制的。该调不见于南宋词和南戏,说明在南方并不流行,而靠北方一脉传承下来。这不仅有《董解元西厢记》中的用例为证,还可以得到出土文献的支持。

首都博物馆藏一方金代三彩束腰枕,上书散曲小令 4 首,其中 3 首为【庆宣和】(见图一):

> 人生百岁七十多,受用了由它。捻指数,光阴急如梭,每日个快活。词寄【庆宣和】
>
> 寒山拾得那两个,风风磨磨,拍着手,当街上笑哈哈,倒大来快活。词寄【庆宣和】
>
> 荣华富贵我不知,来□(生)□(休)提。每日醉醒□(来)□(再)沈□(睡),只不谈岁非。词寄【庆宣和】①

---

① 王兴《磁州窑诗词》,天津古籍出版社,2004 年版,第 81 页。此首文字漫漶,打框围处都是无法辨识的文字,括号中的字乃据文意补出。

图一　首都博物馆藏金代三彩划花亚腰形枕①
年代：金代　　产地：磁州窑系河南窑　　收藏：首都博物馆

　　洛阳博物馆也藏有一方与此形制相同的金代三彩束腰枕，上书小令 4 首，其中【庆宣和】2 首，文字全同于上引第一、二首。又，日本松冈美术馆也藏有一方金代三彩束腰枕，上书小令 4 首，其中【庆宣和】1 首，文字同于上引第二首。在若干个不同器物上都书写【庆宣和】，可见此调在当时北方广受欢迎。

　　当然上引这些歌辞作品并非【庆宣和】的始调之词，内容也与庆贺改元无关。但在明代永乐十八年所定的宫廷宴飨乐舞中，我们再一次看到了这支【庆宣和】：

---

① 图片来源于王兴《磁州窑诗词》，第 81 页。

《天命有德舞曲》其一【庆宣和】：雨顺风调万物熙，一统华夷。四野嘉禾感和气，一千百穗，一千百穗。①

这支来自朝廷庆典音乐的曲牌又步入宫廷，完成了意味深长的回归。

2. 双调【大德歌】【大德乐】

双调【大德歌】今仅存关汉卿小令 10 首，贾仲明《金童玉女》第一折插唱曲 1 首。关汉卿下面这首小令透露了此调流行的时间：

吹一个，弹一个，唱新行【大德歌】。快活休张罗，想人生能几何？十分淡薄随缘过，得磨陀处且磨陀。②

"唱新行大德歌"句明确交代，该曲是关汉卿时代刚刚诞生的流行歌曲，而非前代旧曲。此一牌调因为与关汉卿卒年的判定有密切关系，所以曾经引起学界的讨论。一种观点认为"大德"是元成宗年号（1297—1307），以胡适先生为代表。"关汉卿有《大德歌》十首，此调以元成宗的'大德'年号为名。"③冯沅君先生则表示反对，认为"大德"是和尚的尊称，与年号无关。赵万里先生赞同冯说，并作了进一步引申，认为【大德歌】应是佛曲。

《阳春白雪》前集收着关汉卿小令《大德歌》十段，有

① （清）张廷玉等《明史》，中华书局，1974 年版，第 1571 页。
② 隋树森编《全元散曲》，第 168 页。
③ 胡适《读曲小记·关汉卿不是金遗民》，李汉秋、袁有芬编《关汉卿研究资料》，上海古籍出版社，1988 年版，第 368 页。

人认为"大德"二字应是元成宗年号,怕是错误的推测。《大德歌》或许是个佛曲,后来拉入北曲,也是很可能的。①

对冯、赵二位先生的推测我们有一连串的疑问:和尚称"大德",唐、宋早已有之,胡适先生曾举出白居易《抚州景云寺故律大德上弘和尚塔碑》、许尧佐《庐山东林寺律大德熙怡大师碑》为证。那么,为何在此后几百年的时间里没有产生与此相关的任何曲调?【大德歌】为何单单在关汉卿的年代流行,而此时年号中恰有"大德"? 为何在关汉卿之后,【大德歌】作者也寥寥无几呢?

所以,笔者还是赞同胡适先生的意见:"《大德歌》与《大德乐》之因年代得名,毫无可疑。《庆元贞》也是因为元贞年号来的。《庆宣和》也是因北宋年号来的,都无可疑。"②

【大德歌】为大德改元而作的庆典音乐,还有一条辅证材料,即琐非复初《中原音韵序》的记载:

> 余勋业相门,貂蝉满座,列伶女之国色,歌名公之俊词,备尝见闻矣。如大德天寿贺词【普天乐】云:"凤凰朝,麒麟见。明君天下,大德元年。万乘尊,诸王宴,四海安然。朝金殿,五云楼瑞霭祥烟。群臣顿首,山呼万岁,洪福齐天。"音亮语熟,浑厚官样,黄钟、大吕之音也,迹之江南,无一二焉。③

---

① 赵万里《一点补正》,李汉秋、袁有芬编《关汉卿研究资料》,第 365 页。
② 胡适《再谈关汉卿的年代——与冯沅君女士书》,姜义华主编《胡适学术文集:中国文学史》上册,第 585 页。
③ (元)琐非复初《中原音韵序》,《中国古典戏曲论著集成》(一) 第 178 页。

从琐非复初的记载中我们得知,这首《大德天寿贺词》乃名公所作,由名伶演唱于上层社会宴席之上。从作品内容和琐非复初描述的音乐风格来看,很可能也是宫廷乐人和御用文人创制的歌舞升平之作,而"浑厚宫样"句也证明了这一点。值得注意的是,该曲中也提到"大德元年",看来大德改元之时创制的官方庆典之曲,可能并不止【大德歌】一支。这些曲调深受时人推崇,曾流行一时。

除曲牌名外,元人在作品中嵌入年号,以为祝颂之曲的例证就更多。如马致远残套【中吕·粉蝶儿】首二句"至治华夷,正堂堂大元朝世","至治",元英宗年号;贯云石【双调·新水令】《皇都元日》套,有"大元至大古今无"句,"至大",元武宗年号;无名氏【双调·新水令】《大明开放九重天》套有"庆吾皇泰定年"句,"泰定",泰定帝年号。我们一般认为元曲多为牢骚者之歌,其实歌功颂德的篇什也并非鲜例。

由此我们认为【大德歌】为庆贺大德改元,由教坊乐工创制的新调,颁行全国,后为关汉卿等作家依乐填入其他曲词,进入元曲曲牌系统,为宫廷音乐与民间流行歌曲、文人创作互动的一个例证。

与此情况相同的还有曲牌【大德乐】,应该也是一支在大德年间流行的曲目,今仅存无名氏双调【一锭银过大德乐】带过曲中用例。从现存用例看,【大德歌】、【大德乐】格律差异甚大,似乎并无渊源关系,只是都产生在大德年间,因以得名。

3. 越调【庆元贞】

从牌名看,应是庆贺元成宗改元元贞时(1295年)所作。元曲今存8例:吴仁卿【越调·斗鹌鹑】散套1例,顾德润、高克礼各有【越调·黄蔷薇带过庆元贞】带过曲2首、无名氏《玎玎珰珰盆儿鬼》第三折【越调·斗鹌鹑】套2例,无名氏《谢金

吾诈拆清风府》第三折【越调·斗鹌鹑】套 1 例。现存用例中最早的应是吴仁卿【越调·斗鹌鹑】散套,原文如下:

> 天气融融,和风习习。花发南枝,冰消岸北。庆贺新春,满斟玉液。朝禁阙,施拜礼。舞蹈扬尘,山呼万岁。
>
> 【紫花儿序】托赖着一人有庆,五谷丰登,四海无敌。寒来暑往,兔走乌飞。节令相催,答贺新正圣节日。愿我皇又添一岁,丰稔年华,太平时世。
>
> 【小桃红】官清法正古今稀,百姓安无差役。户口增添盗贼息,路不拾遗。托赖着万万岁当今帝。狼烟不起,干戈永退,齐贺凯歌回。
>
> 【庆元贞】先收了大理,后取了高丽。都收了偏邦小国,一统了江山社稷。
>
> 【幺】太平无事罢征旗,祝延圣寿做筵席,百官文武两班齐。欢喜无尽期,都吃得醉如泥。
>
> 【秃厮儿】光禄寺琼浆玉液,尚食局御膳堂食,朝臣一发呼万岁。祝圣寿,庆官里,进金杯。
>
> 【圣药王】大殿里,设宴会,教坊司承应在丹墀。有舞的,有唱的,有凤箫象板共龙笛,奏一派乐声齐。
>
> 【尾】愿吾皇永坐在皇宫内,愿吾皇永掌着江山社稷。愿吾皇永穿着飞凤赭黄袍,愿吾皇永坐着万万载盘龙兀金椅。[1]

吴仁卿名弘道,号克斋,著有《中州启劄》四卷,今存,前有

---

[1] 隋树森编《全元散曲》,第 736·737 页。

大德五年许善胜序。由此可知，吴仁卿活跃于元贞、大德年间。① 这套散曲见于《阳春白雪》后集卷四，其中"【庆元贞】、【幺篇】两支曲牌误题。《北词广正谱》越调套数分题，引吴仁卿此套套式，二曲题为【黄蔷薇】、【庆元贞】，应据改定"②。

　　这套散曲是对皇家的新春献礼之曲，极尽歌功颂德之能事，或即为宫廷筵宴上由教坊歌唱的曲子，这应该是【庆元贞】一调的本初用法。曲中所言"都收了偏邦小国，一统了江山社稷"，"太平无事罢征旗"云云，也和元贞时期的国运气象相符。至元代后期顾德润、高克礼的带过曲，该调已演变为一般曲调，汇入了元曲曲牌系统之中。

　　以上我们分析了几个来自朝廷改元庆典乐的曲牌。当然并不是说所有牌名与年号相关的曲牌都可以这样作解，也有特例存在，如【元和令】。"元和"曾经为东汉章帝、唐代宪宗年号，当然这支元代曲子与遥远的汉唐不会有什么关系。冯沅君先生认为此曲来自郑元和故事，可备一说。李亚仙、郑元和故事是元曲中经常歌咏的题材之一，如：

　　　　刘时中【南吕·四块玉】《咏郑元和》风雪狂，衣衫破，冻损多情郑元和，哩哩哇哇哇哩罗学打《莲花落》。不甫能逢着亚仙，肯分的撞着李婆，怎奈何?③

　　　　钟嗣成【正宫·醉太平】俺是悲田院下司，俺是刘九儿宗枝，郑元和俺当日拜为师，传流下《莲花落》稿子。捱竹杖绕遍莺花市，提灰笔写遍鸳鸯字，打爻槌唱会《鹧鸪》

---

① 参见孙楷第《元曲家考略》，上海古籍出版社，1981年版，第145页"吴仁卿"条。
② 徐沁君《〈全元散曲〉曲牌订补》，《河北师范学院学报》1989年第1期。
③ 隋树森编《全元散曲》，第653页。

词,穷不了俺风流敬思。①

郑元和因贪恋李亚仙,将金钱挥霍一空,流落街头唱挽歌是郑元和故事中的著名情节,上引两首散曲中都提到学打《莲花落》,那么【元和令】会不会是与《莲花落》相类似的曲调呢?苦于没有材料的支撑,这只是我们的一种猜想罢了。

二、宫廷宴飨俗乐中的元曲曲牌

宫廷音乐与元曲的交流是双向的:一方面,一些宫廷音乐汇入了元曲曲牌系统;另一方面,宫廷宴飨音乐中也使用了不少民间俗乐的曲调。对此《元史·礼乐志》有详细记载:

> 乐音王队:元旦用之……次妇女三人,歌【新水令】、【沽美酒】、【太平令】之曲终,念口号毕,舞唱相和,以次而出。②
>
> 寿星队:天寿节用之……次七队……与前大乐合奏【山荆子带祆神急】之曲……次妇女三人,歌【新水令】、【沽美酒】、【太平令】之曲终,念口号毕,舞唱相和,以次而出。③
>
> 礼乐队:朝会用之……次七队……与前大乐合奏【新水令】、【水仙子】之曲。次八队……歌【新水令】之曲,与乐声相和,进至御前,分为四行,北向立,鞠躬拜,兴,舞蹈,叩头,山呼,就拜,再拜,毕,复趋声歌【水仙子】之曲一阕,

---

① 隋树森编《全元散曲》,第 1351 页。
② (明) 宋濂等《元史》,第 1773—1774 页。
② (明) 宋濂等《元史》,第 1774—1775 页。

再歌【青山口】之曲,与后队相和……次妇女三人,歌【新水令】、【沽美酒】、【太平令】之曲终,念口号毕,舞唱相和,以次而出。①

　　说法队:……次七队……与前大乐合奏【金字西番经】之曲……次妇女三人,歌【新水令】、【沽美酒】、【太平令】之曲终,念口号毕,舞唱相和,以次而出。②

这里提到的【新水令】、【沽美酒】、【太平令】、【祆神急】、【水仙子】、【青山口】、【金字西番经】(即【金字经】)都是元曲曲牌。除【祆神急】、【青山口】在现存元曲中用例较少外,其他都是元曲中的热门曲牌。值得注意的是四队演出结束时都要演唱【沽美酒】、【太平令】,而这两调在元杂剧也经常用来收束全剧,而不再使用专门的尾声曲牌。今存杂剧中就有关汉卿《哭存孝》、《陈母教子》、《五侯宴》,高文秀《襄阳会》,武汉臣《生金阁》,刘唐卿《降桑葚》,郑光祖《翰林风月》,秦简夫《赵礼让肥》等十几处用例。从这一共同用法中也可以看出元曲与宫廷音乐的相互影响。而《中原音韵》在【沽美酒】后注曰:"即【琼林宴】。"③琼林宴,即朝廷为新科进士举行的宴会。这一异称也证明了【沽美酒】与宫廷音乐的密切联系。

　　顺便提一下,在明代宫廷音乐中,元曲曲牌有更为广泛的应用。其宴飨乐使用了【渤海令】、【碧玉箫】、【朝天子】、【殿前欢】、【蝶恋花】、【豆叶黄】、【得胜令】、【凤鸾吟】、【滚绣球】、【刮地风】、【清江引】等几十个元曲曲牌,可谓元曲曲牌进入宫廷音乐的延续。

---

① 　(明)宋濂等《元史》,第1775—1776页。
② 　(明)宋濂等《元史》,第1776—1777页。
③ 　(元)周德清《中原音韵》,《中国古典戏曲论著集成》(一),第227页。

三、教坊艺人——沟通宫廷音乐与
市井俗乐的中介

元代宫廷音乐是由御用文人和教坊乐人共同完成的。撰写朝会所需的雅乐、宴乐歌辞是翰林院文人的职责之一。他们与乐工的合作方式是：乐工先制乐成谱，文人按乐谱填词，不合音律处恐怕还要经过乐人的再度加工。

> 虞集《中原音韵序》："每朝会大合乐，乐署必以其谱来翰苑请乐章，唯吴兴赵公承旨时，以属官所撰不协，自撰以进，并言其故，为延祐天子嘉赏焉。及余备员，亦稍为隐括，终为乐工所哂，不能如吴兴时也。"①
> 《元史·礼乐志》：（至元三年）秋七月，新乐服成，乐工至自东平，敕翰林院定撰八室乐章，大乐署编运舞节，俾肄习之。②
> 《元史·礼乐志》：成宗大德九年，新建郊坛既成，命大乐署编运曲谱舞节，翰林撰乐章。十一月二十八日，祀圜丘用之。③

由此可见，宫廷在节令庆典时谱写乐章是惯例。翰林院文人只负责文辞部分，在宫廷音乐的建设和传播中起主导作用的还是教坊艺人。除中央设教坊司外，元代还有地方音乐管理机关。在元代史籍中就有"行教坊"的名目。《元史》卷一六《世

---

① （元）虞集《中原音韵序》，《中国古典戏曲论著集成》（一），第 174 页。
② （明）宋濂等《元史》，第 1695 页。
③ （明）宋濂等《元史》，第 1697 页。

祖本纪》载："（至元二十七年九月）丁卯,命江淮行省钩考行教坊司所总江南乐工租赋。"①行教坊司的职责是"总江南乐工"。江淮行省设有行教坊司,想必其他行省也应该有同样的职官设置。行教坊司之下还有更基层的音乐管理人员,如屡见于元曲中的乐探,就是各地乐妓的直接管理者。

关汉卿《谢天香》第一折:（净扮张千上,云）小人张千,在这开封府做着个乐探执事。我管的是那僧尼道俗乐人,迎新送旧,都是小人该管。②

戴善夫《风光好》第一折:（外扮韩熙载引乐探上）……乐探,你与我唤将上厅行首秦弱兰来者。（乐探云）理会的。（做唤科）秦弱兰安在? 太守老爷呼唤哩。（正旦扮秦弱兰上,云）妾身秦弱兰是也。门首有人相唤,我试看咱。（做见科,云）哥哥,唤我怎的?（乐探云）太守老爷唤官身哩。③

杨景贤《马丹阳度脱刘行首》第二折:（外扮乐探上,云）自家乐探是也。奉官人台旨,今日是重阳节令,官府在衙中饮酒,着我唤刘行首。④

无名氏【般涉调·耍孩儿】《拘刷行院》【十三煞】穿长街蓦短衢,上歌台入酒楼。忙呼乐探差祗候:众人暇日邀官舍,与你几贯青蚨唤粉头。休辞生受,请个有声名旦色,迭标垛娇羞。⑤

---

① （明）宋濂等《元史》,第 340 页。
② （明）臧晋叔《元曲选》,第 141 页。
③ （明）臧晋叔《元曲选》,第 526 页。
④ （明）臧晋叔《元曲选》,第 1324 页。
⑤ 隋树森编《全元散曲》,第 1821 页。

乐探熟悉所辖乐妓情况,根据官府需要和上司指令,招唤乐人支应官差,名曰"唤官身"。这些基层音乐管理机构及下属妓乐人,不但要满足当地官府的用乐需求,同时也是中央音乐政策的执行机关。那些庆典歌曲,朝廷推崇的教化剧之所以能够上传下达,很快流行全国,正是依靠从上到下的各级教坊机关实现的。

朱有燉《元宫词》第八首:《尸谏灵公》演传奇,一朝传到九重知。奉宣赍与中书省,诸路都教唱此词。①

第二十二首:初调音律是关卿,《伊尹扶汤》杂剧呈。传入禁垣宫里悦,一时咸听唱新声。②

向朝廷呈送优秀剧目,传播朝廷指定的教化剧正是地方音乐机关的职责。除此之外,还要负责向中央教坊输送优秀艺人。元人杨允孚《滦京杂咏》:

别却郎君可奈何,教坊有令趣兴和。当时不信邮亭怨,始觉邮亭怨转多。(原注:兴和署乃教坊司属,掌天下优人。)③

诗中的抒情主人公就是一位被选入宫廷教坊、与爱人面临离别的女艺人。另见《青楼集》"王金带"条:

姓张氏,行第六。色艺无双。邓州王同知娶之,生子

---

① 傅乐淑笺注《元宫词百章笺注》,第11页。
② 傅乐淑笺注《元宫词百章笺注》,第29页。
③ (清)顾嗣立《元诗选》(初集),第1967页。

矣。有谮之于伯颜太师，欲取入教坊承应，王因一尼为地，求间于太师之夫人，乃免。①

乐伎王金带虽已嫁人生子，而且为官员妻妾，但仍然无法逃脱教坊承应。朱有燉《元宫词》第七十六首也说：

> 江南名妓号穿针，贡入天家抵万金。莫向人前唱南曲，内中都是北方音。②

此是南方歌妓进入教坊的例证。另外史书中也不乏选调大批地方艺人入教坊的记载。如至元二十二年"徙江南乐工八百家于京师"。③ 对于一些特殊地区的音乐艺人朝廷还设置了专门的管理机构。

> 常和署，……管领回回乐人。④
> 天乐署，……管领河西乐人。⑤

中央教坊正是由这些来自各地的优秀艺人组成。他们是宫廷音乐的主要创造者，正是通过他们，地方市井俗乐步入了宫廷。另一方面，一些被遣返民间的教坊乐人又成为宫廷音乐在民间的重要传播者。如《元史》中就有如下记载：

> （宪宗三年）冬十有一月，敕乐工老不堪任事者，以子

---

① （元）夏庭芝《青楼集》，《中国古典戏曲论著集成》（二），第24页。
② 傅乐淑笺注《元宫词百首笺注》，第85页。
③ （明）宋濂等《元史》，第272页。
④ （明）宋濂等《元史》，第2139页。
⑤ （明）宋濂等《元史》，第2139页。

孙代之,不足者,以他户补之。①

　　(至元三年)十有二月,籍近畿儒户三百八十四人为乐工。先是,召用东平乐工凡四百一十二人。中书以东平地远,惟留其户九十有二,馀尽遣还,复入民籍。②

　　一些教坊乐人还直接参与了元曲的创作。钟嗣成《录鬼簿》记载的杂剧作家中就有:

　　　　赵文殷。(彰德人。教坊色长。)③
　　　　张国宝④。(大都人。即喜时营教坊勾管。)⑤
　　　　红字李二。(京兆人。教坊刘耍和婿。)⑥
　　　　李郎⑦。(刘耍和婿。)⑧

　　这些兼做杂剧的教坊艺人无疑会对宫廷音乐与元曲之间的曲牌传播产生更直接的影响。前引宫廷音乐中使用的【青山口】一调在现存元曲中的首作者正是张国宾,见于其《合汗衫》第二折。而大石调曲牌【怨别离】、【擂鼓体】、【净瓶儿】、【憨郭郎】、【还京乐】、【玉翼蝉煞】都较早见于花李郎所作《黄粱梦》第三折⑨。在元曲曲牌系统的建设中,这些教坊艺人做

① (明)宋濂等《元史》,第1692页。
② (明)宋濂等《元史》,第1695—1696页。
③ (元)钟嗣成《录鬼簿》,《中国古典戏曲论著集成》(二),第113页。
④ 说集本《录鬼簿》作张国宾。
⑤ (元)钟嗣成《录鬼簿》,《中国古典戏曲论著集成》(二),第113页。
⑥ (元)钟嗣成《录鬼簿》,《中国古典戏曲论著集成》(二),第113页。
⑦ 天一阁本《录鬼簿》、《元曲选》、《太和正音谱》均作花李郎。
⑧ (元)钟嗣成《录鬼簿》,《中国古典戏曲论著集成》(二),第114页。
⑨ 按:该剧由多位作家合作完成,据《录鬼簿》记载:第一折马致远,第二折李时中,第三折花李郎学士,第四折红字李二。

出了重要贡献。

　　近年来,一些学者致力于中国古代音乐的组织传播和制度传播研究,项阳先生在《山西乐户研究》一书的《前言》中写道:

　　　　当我们换一个视角,以制度和乐人为主线,则感觉到中国的传统音乐无论在宫廷还是地方官府、军旅,寺庙还是民间,其实是一脉相承的……在中央政权的腹心地带,以及影响所及的区域范围,每一种制度均是上情下达,上行下效。自上而下或称自下而上地形成一个网络并具有体系化的特征。[①]

在该书另一处,项阳先生又论道:

　　　　居住于各州县的乐人们,遴选到宫廷轮值轮训,然后回到地方,这样循环往复,必然对各地音乐的发展起到至关重要的作用,同时,也保持了宫廷与地方音乐文化发展的同一性。[②]

　　此处项阳先生强调的是宫廷音乐对地方音乐的统领作用。其实,可以想见,还会有反向的影响,即地方音乐对宫廷音乐的丰富。另外,聚集京师的各地优秀乐人之间的交流学习,也会促进音乐跨地域的横向传播。换句话说,轮值轮训制度提供了一个“场”,在这里,来自上下、四方的音乐文化实现了大交流。元代教坊制度为市井俗乐与宫廷音乐的曲调交流提供了重要

---

① 项阳《山西乐户研究》,文物出版社,2001年版,前言第1页。
② 项阳《山西乐户研究》,第205页。

通道。词乐与曲乐之间、不同地域音乐之间、宫廷与地方甚至
是宗教音乐之间、散曲与杂剧之间在牌调上的种种复杂联系，
正是因为不同音乐样式的创编、演出人员在时间上的延续和在
空间上的交流所致。尤其是乐人们籍内传承，子孙相继的方
式，更是音乐文化延续性的重要保证。正因为有了人员的交
叉，才有了这些音乐样式在曲调上的双向对流。这种对流有艺
人、戏班"冲州撞府"的自然传播，也有乐籍制度下的组织传
播。元曲曲牌系统正是在这种复杂联系中，由多路向、多层次
的音乐资源叠加、累积而成的，并无时无刻不处于吐故纳新的
动态过程中。

第二节　元曲曲牌的民间源流

在元曲曲牌的多元成分中，最为重要的还是来自民间俗曲
的曲牌。民间音乐是元曲的音乐之根。这里的民间音乐是一
个宽泛的概念，它包含了除宫廷音乐、文人音乐之外的一切生
存于民间的音乐形态。本章即还原元曲曲牌民间一脉的宋金
渊源、元代实况和在明代的流衍。

一、溯源：来自宋代市井俗曲的元曲曲牌

对于宋代市井俗曲的流行情况，前辈学者已多有论述①。
本节则从曲牌的角度做一梳理，重点探讨产生于宋代市井俗曲

---

① 可参见李啸仓《宋元伎艺杂考》、叶德均《宋元明讲唱文学》、于天池《宋金说唱
　伎艺》等。

而未进入词乐,直接流入元曲的曲牌。

（一）来自叫声:【叫声】【卖花声】【魔合罗】【梅花酒】【货郎儿】

1.【叫声】

宋代市井俗曲中有"叫果子",又名"吟叫",始于宋仁宗末年。

> 宋高承《事物纪原》卷九"吟叫"条:"嘉祐末,仁宗上仙……然四海方遏密,故市井初有叫果子之戏。其本盖自至和、嘉祐之间,叫'紫苏丸'洎乐工杜人经'十叫子'始也。京师凡卖一物,必有声韵,其吟哦俱不同。故市人采其声调,间以词章,以为戏乐也。今盛行于世,又谓之吟叫也。"①
>
> 宋吴自牧《梦粱录》卷二十"妓乐"条:"今街市与宅院,往往效京师叫声,以市井诸色歌叫卖物之声,采合宫商成其词也。"②

由上可知,叫声为乐工对市井叫卖声进行艺术加工而得。北宋后期至南宋,叫声日益盛行,并且逐渐专业化。一是有了专门的演唱艺人,如《东京梦华录》卷五"京瓦伎艺"条记载的文八娘,《武林旧事》卷六"诸色伎艺人"记载的姜阿得、钟胜、吴百四、潘善寿、苏阿黑、余庆等六人。甚至还有了专门的行会组织。《武林旧事》卷三"社会"条"律花社"下注曰"吟叫",应是叫声的行会组织。二是有了乐器伴奏,还可与嘌唱等演唱伎

---

① （宋）高承撰,(明)李果订,金圆、许沛藻点校《事物纪原》,中华书局,1989年版,第496页。

② （宋）孟元老等《东京梦华录(外四种)》,第310页。

艺结合演唱。

> 耐得翁《都城纪胜》:"叫声自京师起撰,因市井诸色歌吟卖物之声,采合宫调而成也。若加以嘌唱为引子,次以四句就入者,谓之下影带。无影带者,名散叫。若不上鼓面,只敲盏者,谓之打拍。"①

在元曲中有【叫声】一牌,为剧套专用,元代前期流行曲调,较早见于白朴《梧桐雨》第二折【中吕·粉蝶儿】套,后期作家只见秦简夫《东堂老》一例。此调全篇只三句,句格为:5,7,7,仍带有民间伎艺声调简单,结构不追求完整的质朴特色,或为吟叫艺人们的创造,或教坊模拟他们的腔调创制。

2.【卖花声】

宋代吟叫的内容五花八门,其中很有名的一类是卖花声。

> 《东京梦华录》卷七"驾回仪卫"条:"是月(三月)季春,万花烂漫,牡丹芍药、棣棠木香,种种上市,卖花者以马头竹篮铺排,歌叫之声,清奇可听,晴帘静院,晓幕高楼,宿酒未醒,好梦初觉,闻之莫不新愁易感,幽恨悬生,最一时之佳况。"②

《梦粱录》卷二"暮春"条也有类似的记载。因为卖花声"清奇可听",颇能感发人心,故宋人多有歌咏。如:

---

① (宋)孟元老等《东京梦华录(外四种)》,第96—97页。
② (宋)孟元老等《东京梦华录(外四种)》,第46页。

才听朝马动，一巷卖花声。（刘辰翁《临江仙·晓晴》）

午梦醒来，小窗人静，春在卖花声里。（王嵎《祝英台近》）

谁家子女群喧笑，竟学卖花吟叫声。（戴东老《春日田园杂兴》）

最可注意的戴东老诗。此处明言卖花声为"吟叫"之一种，而且因为流行，为"子女"学唱戏谑。

词调中已有《卖花声》之名，有二体，分别为词调《浪淘沙令》、《谢池春》别名，但其格律与北曲【卖花声】均大异。可知元曲【卖花声】与文人词无涉，而是民间卖花小调的流衍。

3.【魔合罗】

七月七日弄魔合罗，此俗唐代已有。薛能《吴姬》诗云："芙蓉殿上中元日，水拍银盘弄化生。"化生，魔合罗之异名。魔合罗原本是带有某种宗教意味的供品，后逐渐世俗化，演变为一种儿童玩具，至宋代街市上已有货卖者。

《东京梦华录》卷八"七夕"条："七月七夕，潘楼街东宋门外瓦子、州西梁门外瓦子、北门外、南朱雀门外街及马行街内，皆卖磨喝乐，乃小塑土偶耳。悉以雕木彩装栏座，或用红纱碧笼，或饰以金珠牙翠，有一对直数千者……又小儿须买新荷叶执之，盖效颦磨喝乐。"①（按："磨喝乐"即"魔合罗"，乃同音异写。）

---

① （宋）孟元老等《东京梦华录（外四种）》，第48—49页。

　　元孟汉卿杂剧《魔合罗》第一折,写老汉高山"每年家赶这七月七日入城来卖一担魔合罗"①,并称"这个鼓儿是我衣饭碗儿,着了雨皮松了也,我摇一摇,还响呢"。② 说明魔合罗多是以沿街叫卖的方式兜售,摇鼓招徕顾客,或伴有吆喝声。元曲般涉调有【耍孩儿】,《中原音韵》原注"即【魔合罗】"③,应与这种沿街叫卖魔合罗的腔调有关。

　　4.【梅花酒】

　　《武林旧事》卷六"凉水"条中有梅花酒,是暑天的一种饮品。《都城纪胜》"茶坊"条:"冬天兼卖擂茶,或卖盐豉汤,暑天兼卖梅花酒。绍兴间,用鼓乐吹《梅花酒》曲,用旋杓如酒肆间,正是论角,如京师量卖。"④卖梅花酒者用鼓乐吹《梅花酒》曲,是招揽生意的一种方法,元曲曲牌【梅花酒】很可能就由宋代的这首《梅花酒》变化而来。元曲曲牌【梅花酒】首见于第一代曲家商道散套中,在元曲中广泛用于剧套、散套。此调变化多端,几无按定格创作者,仍然保留着民间曲变动不居的特色。《中原音韵》将其收入"句字不拘可以增损者一十四章"中。

　　5.【货郎儿】(【转调货郎儿】【九转货郎儿】)

　　宋元以来,来往于城乡,贩卖日用杂物和儿童玩具的挑担小贩,称为货郎儿。他们沿途敲锣摇鼓,唱叫物品名称以招徕顾客,其所唱的腔调日渐丰富,并不断被加工定型,后演变成一种专门的说唱伎艺。元曲曲牌【货郎儿】等应是由此而来。【货郎儿】与货郎儿的密切关联我们可以从《水浒传》第七十四

① (明)臧晋叔《元曲选》,第1371页。
② (明)臧晋叔《元曲选》,第1371页。
③ (元)周德清《中原音韵》,《中国古典戏曲论著集成》(一),第230页。
④ (宋)孟元老等《东京梦华录(外四种)》,第94页。

回的一个片段中见得：

> 众人看燕青时，打扮得村村朴朴，将一身花绣，把裀袄包得不见。扮做山东货郎，腰里插着一把串鼓儿，挑一条高肩杂货担子，诸人看了都笑。宋江道："你既然装做货郎担儿，你且唱个山东货郎转调歌与我众人听。"燕青一手捻串鼓，一手打板，唱出货郎太平歌，与山东人不差分毫来去。①

此处，燕青扮货郎儿，就要会唱货郎歌，才能让人信以为真。元曲曲牌【货郎儿】或即来自货郎儿招揽买卖的标志性曲调。

元曲曲牌【货郎儿】较早见于杨显之《潇湘夜雨》。后由单曲【货郎儿】又发展出【转调货郎儿】，甚至出现了联套的【九转货郎儿】（见于《风雨像生货郎旦》），并最晚于元武宗至大之前发展成一种独立的说唱伎艺②。

（二）来自傀儡戏：【鲍老儿】【古鲍老】【憨郭郎】【快活三】【笑和尚】

傀儡戏中的"郭郎"最早见于唐代。段安节《乐府杂录·傀儡子》载："其引歌舞有郭郎者，发正秃，善优笑，闾里呼为'郭郎'，凡戏场必在俳儿之首也。"③后代歌咏傀儡戏者多有提及。如刘克庄《念奴娇·三和》："戏衫抛了，下棚去谁笑郭郎长

---

① 施耐庵、罗贯中著《水浒传》，人民文学出版社，1990年版，第560页。
② 《元典章》"杂禁"条："至大十二年□月□日中书兵刑部省承奉中书省判送刑房呈，今体知得……在都唱琵琶词、货郎儿人等，聚集人众，充塞街市，男女相混，不唯引惹斗讼，又恐别生事端。蒙都堂议得，拟合禁断。"此时的唱货郎儿已经引起官方的注意和禁绝，应该已经发展成熟，并在民间有相当影响，其出现应远在此之前。元杂剧《风雨像生货郎旦》对唱货郎艺人的情况有所反映。
③ （唐）段安节《乐府杂录》，《中国古典戏曲论著集成》（一），第62页。

袖。"①吴潜《秋夜雨·依韵戏赋傀儡》:"腰棚傀儡曾悬索,粗瞒凭一层幕。施呈精妙处,解幻出蛟龙头角。谁知鲍老从旁笑,更郭郎摇手消薄。"②这里又将郭郎与鲍老相提并论。《后山诗话》载杨大年《傀儡诗》云:"鲍老当筵笑郭郎,笑他舞袖太郎当。若教鲍老当筵舞,转更郎当舞袖长。"③总之,郭郎、鲍老都是傀儡戏中的滑稽角色和常见人物。

　　宋词中有《郭郎儿近拍》,仅见柳永1首,大概是柳永这位市井作家采撷傀儡戏曲调而成。但词牌【郭郎儿近拍】与元曲曲牌【憨郭郎】格律大异。元曲并非承柳词而来,而是来自金代王喆的《憨郭郎》,这当是傀儡戏曲调演进后的另一版本。【鲍老儿】的情况应该也是如此。元曲中除【鲍老儿】外,另有【古鲍老】,正是傀儡戏曲调新旧更替的见证,新腔旧调杂陈于元曲故得两调。

　　《武林旧事》卷二《舞队》"大小全棚傀儡"条另有"快活三郎"、"快活三娘"的名目。元曲曲牌【快活三】可能与傀儡戏中的这些人物有关。

　　《武林旧事》卷二《舞队》"大小全棚傀儡"条中还有"耍和尚"的名目,又见于《西湖老人繁胜录》"清乐社"条。后世又加入了妓女红莲或柳翠演变成为滑稽舞,亦称大头舞、跳罗汉、罗汉舞。明代《古今小说》、《西湖游览志》和《帝京景物略》等书中都有跳大头和尚的记载,一直延续到今天。元曲曲牌【笑和尚】应该与这种民间戏艺有关。

　　(三)【拨不断】(即【续断弦】)

　　《武林旧事》卷六"诸色伎艺人"条专列"唱《拨不断》:张

---

① 唐圭璋编《全宋词》,第2604页。
② 唐圭璋编《全宋词》,第2768页。
③ (明) 何文焕《历代诗话》,中华书局,1981年版,第304—305页。

胡子、黄三"。①但到底是怎样的一种伎艺,已不得而知。

（四）来自迓鼓戏:【村里迓鼓】

刘克庄《灯夕二首》说迓鼓戏"似从傀儡家口出,又说熙河帅教成"②,可见早在宋代,迓鼓戏的来源就已存在歧说:一是从傀儡戏分化而来,二是王子醇所创。对于后者,《续墨客挥犀》卷七"教军士为讶鼓"条有载:

> 王子醇初平熙河,边陲宁静,讲武之暇,因教军为讶鼓戏,数年间遂盛行于世。其举动舞按之节与优人之词,皆子醇所制也。或云:"子醇尝与西人对阵,兵未交,子醇命军士百余人,装为讶鼓队,绕出军前,敌见皆愕眙。进兵奋击,大破之。"③

《东京梦华录》卷八"六月六日崔府君生日二十四日神保观神生日"条,百戏名目中就有"砑鼓"。宋官本杂剧段数有《迓鼓儿熙州》、《迓鼓孤》,金院本有《河转迓鼓》。元曲曲牌【村里迓鼓】当与这种民间伎艺相关。

以上可考见于宋代市井俗曲或与之相关的元曲曲牌共计14章。北曲演化为自成体系的新声,是在金元之际,但在质变之前,有一个量变的积累过程,个别曲牌远在宋代词乐盛行的背景下已经在市井俗曲中开始孕育。这些民间曲调有些被当时的词人采用,成为词曲同名牌调;有些未能进入词人视野,至元曲才被世人瞩目,是为元曲本生牌调,这14章曲牌即是。

---

①　（宋）孟元老等《东京梦华录(外四种)》,第460页。
②　刘克庄《后村先生大全集》卷二六,《四部丛刊初编》本,上海书店,1989年版。
③　（宋）彭乘《续墨客挥犀》,江苏古籍出版社,1988年版,第110—111页。

二、金 元 叶 儿

元代首先以"叶儿"论曲的是芝庵《唱论》：

> 成文章曰乐府,有尾声名套数,时行小令唤叶儿;套数
> 当有乐府气味,乐府不可似套数;街市小令唱尖歌倩意。①

在这里,芝庵把"叶儿"作为一个单独类别与乐府、套数并列。论体制,叶儿为单令只曲,不同于多曲连接、有尾声之套数;论风味,其特征是"唱尖歌倩意",无法与"成文章"的乐府相提并论。它主要流行于街市,与文人文化圈划开界限。其后,周德清《中原音韵》在论"拘肆语"时说:"前辈云:'街市小令唱尖新茜意'、'成文章曰乐府'是也。乐府小令两途,乐府语可入小令,小令语不可入乐府。"②这里用"小令",置换了芝庵"叶儿"。王骥德《曲律》解释说:"渠所谓小令,盖市井所唱小曲也。"③

《唱论》对元曲的三分法,无疑存在划分标准不一的问题:乐府、小令之别在雅俗,套数的定义又着眼于体制。但我们从这种混沌和纠缠中正可透视出元代曲坛的立体交叉实况。它提示我们在文人创作外,尚有民间俗曲一脉应该引起注意。自杨氏二选将小令和套数相对,小令的指义也发生了改变,逐渐演变为单纯着眼于体制的单令只曲。今日所言散曲分为套数、小令,就是在这样的意义上使用小令概念的。如《中国曲学大辞典》"小令"条"散曲的主要体式之一,又称'叶儿'……一般

---

① （元）燕南芝庵《唱论》,《中国古典戏曲论著集成》(一),第 160 页。
② （元）周德清《中原音韵》,《中国古典戏曲论著集成》(一),第 232—233 页。
③ （明）王骥德《曲律》,《中国古典戏曲论著集成》(四),第 133 页。

说来,小令是单支曲子,相当于一首单调的令词,因此它是散曲中最小的独立单位"①,与芝庵"叶儿"的原意已经不同。这样的二分法,虽然明晰简洁,但却遮蔽了元曲在民间的传播以及它与上层文化圈的对立问题。在这种思路下,元代叶儿的情况少有论及,亟待还原。

但要还原确证元代叶儿的存在并非易事。因为今天流传下来的绝大多数元曲作品是文人创作,那些原汁原味的民间叶儿或已在自生自灭中不见了踪迹,或已在文人手中被雅化难见真面目。虽如此,我们还是能竭力觅得一二。

首先,典籍中一些不见于元代文人创作的曲牌,提示了民间叶儿的存在。这些民间曲调的记载可追溯到金元之际。

1.《江水曲》

　　《金史·赤盏合喜传》:"右丞世鲁命作《江水曲》,使城上之人静夜唱之,盖河朔先有此曲以寄讴吟之思,其谬计如此。"②

此事发生在金哀宗开兴元年(1232)蒙古兵攻打汴京时。由此可知此调流行于金元之际,这则记载明确说【江水曲】来自河朔,与元曲中来自蜀地的【江儿水】当不是同一调,是金元之际民间流传而未入文人创作的曲调之一。

2.《源土令》

　　金刘祁《归潜志》卷十三:"故尝与亡友王飞伯言:'唐

①　齐森华、陈多、叶长海主编《中国曲学大辞典》,第13页。
②　(元)脱脱等《金史》,中华书局,1975年版,第2496页。

以前诗在诗,至宋则多在长短句,今之诗在俗间俚曲也,如所谓《源土令》之类。'"①

《源土令》,不见于他书记载,不知其来源。既然出自金人记载,当是北地小调;既名之曰"令",应是形制短小的篇什。

3.《阿剌来》

　　孔齐《至正直记》卷一"文山审音"条:"国初,宋丞相文文山被执,至燕京,闻军中歌《阿剌来》者,惊而问曰:'此何声也?'众曰:'起于朔方,乃我朝之歌也。'……至正以后,此音凄然,出于唇舌之末,宛如悲泣之音。"②

《阿剌来》又称《阿剌剌》。张昱《塞上谣》中也提到了这支曲子:"胡姬二八貌如花,留宿不问东西家。醉来拍手趁人舞,口中合唱《阿剌剌》。"③这首曲子起于朔方,至正以后仍在传唱,但并未流入文人之手。

4.《吴大姑》

元甘立《西湖竹枝词》云:"河西女儿带罟罛,当时生长在西湖。手弹琵琶作胡语,记得其中《吴大姑》。"④《吴大姑》今日已不知确切含义,很可能是河西的地方小曲,随着河西艺人传入中原,但并未进入文人创作中。

5.《小姑儿》

见于无名氏般涉调【耍孩儿】《拘刷行院》散套【三煞】曲:

---

① (金)刘祁《归潜志》,第145页。
② (元)孔齐《至正直记》,第3—4页。
③ (清)顾嗣立《元诗选》(初集),第2071页。
④ 雷梦水等编《中华竹枝词》,第1670页。

【江儿里水】唱得生,【小姑儿】听记得熟。入席来把不到三巡酒,索怯薛侧脚安排趓,要赏钱连声不住口。没一盏茶时候,道有教坊散乐,拘刷烟月班头。①

【江儿里水】即【江儿水】,双调【清江引】的俗称。《小姑儿》却不见于今存元曲,关于它的记载也仅见于此。既然与【江儿水】等相提并论(同套【八煞】还提到了【青哥儿】、【白鹤子】),应该同是当时的流行曲调,只不过只在行院中流行,并未进入文人创作罢了。笔者猜测,《吴大姑》、《小姑儿》恐有一定联系,或同为少数民族曲调的音译。元曲中有【蛮姑儿】一牌,不知与此是否有关。

6.《花桑树》

关汉卿《刘夫人庆赏五侯宴》第三折:

(净赵脖揪上,云)……我父亲是赵太公,祖传七辈,都是庄家出身……秋收已罢,赛社迎神……唱会【花桑树】,吃的醉醺醺。舞会村田乐,困来坐草墩……②

王大学士【仙吕·点绛唇】"丰稔年华"散套:

【上马娇】一个村,一个又沙,一个丑嘴脸特胡沙。一个将《花桑树》纽捏搬调话,一个打和的差,一个不刺着簸箕拨琵琶。③

---

①　隋树森编《全元散曲》,第1822页。
②　隋树森《元曲选外编》,第117页。
③　隋树森编《全元散曲》,第1961页。

【花桑树】不见元代文人曲使用。上引关汉卿剧中的道白,出自庄家之口,【花桑树】应是农村赛社迎神之曲,所以与"村田乐"相提并论。王大学士"丰稔年华"散套写的是一群农村儿童耍乐的场景。从"一个打和的差"句,可知这支曲子是有和声的,这也正是民间曲的特色之一。明永乐十五年颁行的《诸佛世尊如来菩萨尊者名称歌曲》之《作正观之曲》使用了这一牌调,并且仍然保留着和声的形式。除此之外,出现在永乐佛曲中的【哈哈孩】、【蛾郎儿】、【锦鸡啼】等,从牌名看,很有可能也是采入佛曲的民间曲调。

还有一些民间曲作,使用的虽然是文人习用的牌调,但格律、用法与之有所不同,显示了民间叶儿求新求变的个性。

1.【赏花时】

洛阳博物馆藏当地出土三彩束腰枕一方,上书小令四首,其中一首为【赏花时】:

> 一曲廷(筵)前奏玉箫,五色祥云朱顶鹤,长生不老永逍遥。词寄【赏花时】①

【赏花时】最早见于诸宫调,由诸宫调直接传入元曲。此调使用频率极高,在散曲中主要作仙吕宫散套首曲,在杂剧中主要用于楔子,但从来不用于小令。元曲与诸宫调中的【赏花时】皆为五句,句格为:7,7,5,4,5。而上引瓷枕小令仅三句,均为七字句,与元曲曲牌定格大不同。据此推断,枕曲早于元曲,或为金代前期之物,还保留着市井民间小令的原始形态。

---

① 参见黄明兰《一对金代北曲三彩枕》,载《中原文物》1987年第1期。

2.【豆叶黄】

张国宾《薛仁贵荣归故里》第三折：

（丑扮禾旦上，唱）【豆叶黄】那里，那里。酸枣儿林子儿西里。俺娘着你早来也早来家，恐怕狼虫咬你。摘枣儿，摘枣儿，摘您娘那脑儿。你道不曾摘枣儿，口里胡儿那里来？张罗，张罗，见一个狼窝，跳过墙啰，唬您娘呵。①

无名氏《刘玄德醉走黄鹤楼》第二折：

（净扮姑儿上）（唱）【豆叶黄】那里，那里。酸枣的林儿西里。您娘教你早来家，早来家，恐怕那狼虫咬你。来摘枣儿，摘枣儿，你道不曾摘枣儿，口里核儿那里来？张罗，张罗，见个狼呵，跳过墙呵，唬杀你娘呵。②

两剧中插唱的【豆叶黄】词句大同小异，而与元曲曲牌【豆叶黄】句格差别较大，应是民间一脉的变种，或者即是元曲曲牌在民间的母体。以理推测，可能很多元曲本生曲牌都存在民间叶儿的俚俗阶段，只是并非每一个曲牌都留下了早期的痕迹。更多的曲牌经过市井艺人、文人的不断加工，而与母体渐行渐远。

3.【骂玉郎】

【骂玉郎】虽为元曲常用曲牌，但现存作品只用于套数和带过曲，一般与【感皇恩】、【采茶歌】连用，并不见小令用法。而叶子奇《草木子》却有如下的记载：

---

① （明）臧晋叔《元曲选》，第325页。
② 隋树森《元曲选外编》，第840页。

元将亡，都下有【骂玉郎】曲，极其淫泆之状，盖桑间濮上之风，居变风之极也。①

从中我们可以知道，至少在元末，在民间，【骂玉郎】已作为单曲流传。但遗憾的是，今天并无当时作品遗留下来。而《秋水庵花影集》收有施绍莘弦索词【北南吕·骂玉郎】三首，或许对我们有所启发，姑且录第一首如下：

手抱琵琶弹怨词，把俺哀肠事诉与谁？天生我你配雄雌，有何疑？俺与你明白夫妻，怕旁人怎的？怕旁人怎的？怎不日夜相随，倒抛人路歧？倒抛人路歧？我你岂莺莺君瑞，可只是哥哥妹妹。虽不曾合卺牵丝，虽不曾合卺牵丝，却也曾焚香设誓，天地皆知。俺闻之，那王魁负了心期，终有日捉将去海神相对。②

该曲虽然晚出，但正可与《草木子》的记载遥相呼应。《草木子》所言多为"桑间濮上之风"，"极其淫泆之状"，于此可见一斑。从牌名推测，此种风貌当是【骂玉郎】在民间的原初格调。"玉郎"在词曲中多为对情人的爱称，【骂玉郎】本初当为女子的嗔怨之词，即陈眉公评施绍莘前曲所言"小窗儿女语，恩怨相尔汝"。从上引这首弦索词中，我们大略可以推知【骂玉郎】在民间叶儿阶段的样貌。

在我们勾稽元代叶儿时，还有一部分曲作不容忽视，那就是仅见于无名氏作品的曲牌。据笔者统计，在现存元曲中，共

---

① 《明代笔记小说大观》（一），上海古籍出版社，2005 年版，第 72 页。
② 谢伯阳编《全明散曲》，齐鲁书社，1994 年版，第 3816 页。

有【初生月儿】、【四季花】、【三番玉楼人】、【新时令】、【山丹花】、【十棒鼓】、【皂旗儿】等三十多个曲牌仅存无名氏作品。虽然不排除其中杂有作者姓名佚失的文人之作，但如果与作品的质朴风格综合考量，还是能够判定一些曲牌为未流入文人创作的民间叶儿。如：

> 无名氏【双调·山丹花】昨朝满树花正开，胡蝶来，胡蝶来。今朝花落委苍苔，不见胡蝶来，胡蝶来。①

【山丹花】元曲中仅存此首。该曲还明显保留着谣歌的风味，确是地道的民间之曲，"为北曲中吉光片羽的历代相传的古老民歌的遗留，其根源或在辽金之前"②。其他如【初生月儿】，今存四首，开篇均为"初生月儿"，还保留着辞咏本调的特征。

这种民间俚曲我们在出土文献中也能见到。邯郸市博物馆藏有一方元代白地黑花长方形枕，河北磁县东艾口村出土，上书俚曲一首，曲文如下：

> 渔得鱼，渔兴阑，得鱼满笼收轮竿；樵得樵，樵心喜，得樵盈担斤斧已。樵夫渔父两悠悠，相见溪边山岸头。绿杨影里说闲话，闲话相投不知罢。渔忘渔，樵忘樵，绿杨影里空惆怅。画工画得渔樵似，难画渔樵腹中事。话终所以是如何，请君识（试）问苏东坡。③

---

① 隋树森编《全元散曲》，第1768页。
② 李昌集《中国古代散曲史》，第23页。
③ 马小青《一方磁州窑白地黑花民谣枕》，《文物春秋》2000年第1期。

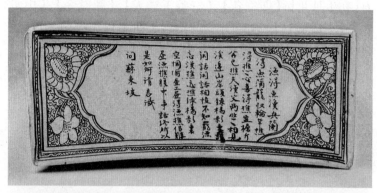

图二、图三　元白地黑花书民谣长方形枕①

年代：元代　　产地：河北峰峰彭城窑　　收藏：邯郸市博物馆

　　此曲无曲牌，无题目。或是曲牌佚失，或者本就为无牌子的当地民间俚曲。元曲前期作家胡祗遹有【双调·沉醉东风】小令，与此枕上俚曲格调相类，二者似有渊源：

　　　　渔得鱼心满愿足。樵得樵眼笑眉舒，一个罢了钓竿，

①　图片及以上信息来源于王兴《磁州窑诗词》，第108页。

一个收了斤斧。林泉下偶然相遇,是两个不识字渔樵士大夫。他两个笑加加的谈今论古。

胡祗遹,磁州武安(今河北省武安县)人。这首【沉醉东风】有可能是他吸收家乡民间俚歌以入曲,锻炼成篇。

以上我们努力勾勒了元代民间叶儿的面影。由于材料的缺乏,涉及的曲调极为有限。但已经足以证明:在文人创作之外,还有更为庞大的民间曲唱存在。它是元曲新牌调的渊薮,是文人曲创作的源头活水。

三、流衍:元曲与明代小曲曲牌

谈到明代小曲,沈德符的这段记载经常被人引录:

元人小令行于燕赵后,浸淫日盛。自宣、正至化、治后,中原又行【锁南枝】、【傍妆台】、【山坡羊】之属……自兹以后,又有【耍孩儿】、【驻云飞】、【醉太平】诸曲,然不如三曲之盛。嘉、隆间乃兴【闹五更】、【寄生草】、【罗江怨】、【哭皇天】、【干荷叶】、【粉红莲】、【桐城歌】、【银绞丝】之属。自两淮以至江南,渐与词曲相远,不过写淫媟情态,略具抑扬而已。比年以来,又有【打枣竿】、【挂枝儿】二曲,其腔调约略相似,则不问南、北,不问男、女,不问老、幼、良、贱,人人习之,亦人人喜听之,以至刊布成帙,举世传诵,沁人心腑——其谱不知从何而来——真可骇叹!又【山坡羊】者,李、何二公所喜,今南、北词俱有此名。但北方惟盛爱【数落山坡羊】。其曲自宣、大、辽东三镇传来。今京师妓女,惯以此充弦索北调。其语秽亵鄙贱,并桑、濮之音亦离去已远。①

　　这段记载中提到的【山坡羊】、【耍孩儿】、【醉太平】、【寄生草】、【哭皇天】、【干荷叶】等,同时也是元曲曲牌。见于他书记载的与元曲同名的明代小曲牌调还有【楚江秋】(即【采茶歌】)、【清江引】、【黄莺儿】、【豆叶黄】、【竹枝歌】等。由明人记载中流露的惊叹口吻可知,这些曲牌并非承文人一脉渐变而来,而是由民间暗河潜流而至。曲牌在民间传唱,无时不在变化,一旦在明代流出地表,进入文人视野,已与文人一脉的格律、格调有天壤之别,难怪沈德符感叹"其谱不知从何而来,真可骇叹"!

　　在这些小曲牌调中,【干荷叶】非常值得关注。杨慎《词品》"干荷叶"条曾提出【干荷叶】为刘秉忠自度曲,李昌集《中国古代散曲史》对此提出质疑,认为"干荷叶,水上浮"与"根摧折,柄歆斜"两首"'始辞'性质极明,有可能就是当时流传的民谣俚歌,至多为刘秉忠所录而已"。② 笔者赞同李先生的意见。那么,曲牌【干荷叶】应是起自民间的小调,后流入文人创作。该调在元杂剧中有三处用例,分别见于郑廷玉《包待制智勘后庭花》、王伯成《太白贬夜郎》、无名氏《罗李郎大闹相国寺》,小令中则仅见刘秉忠8首,并非元曲中的热门曲牌,而且有名姓作家均为元代前期作家,元代后期作品中并无【干荷叶】任何用例。

　　而至明代【干荷叶】在小曲浪潮中再一次引人瞩目,但与刘秉忠所作已大不相同。试引丁采一首"拟小曲"【干荷叶】:

---

① （明）沈德符《顾曲杂言》,《中国古典戏曲论著集成》(四),第213页。
② 李昌集《中国古代散曲史》,第491页。

　　你如今见在高枝上，又会飞又会走又好声响。引得人不免抬头望。退了这层皮，忘了旧腌臜。你那里生来那里长？①

　　在明代，类似刘秉忠文人一脉的【干荷叶】仍然有人作，如常伦【干荷叶】：

　　谢安高卧东山上，逐朝家歌舞醉颠狂。起来不负苍生望，拒强秦，留得芳名世世讲。②

　　其格律的整饬，家国情怀的抒发，都带有浓厚的文人气息，与上引拟丁采小曲【干荷叶】完全不同。同样为【干荷叶】，变化多端的小曲曲调与文人谨遵格律的北曲创作并行不悖，显示了元曲曲牌在民间、文人两脉的不同发展路径。

　　因为记载的阙如，元曲曲牌与明代小曲曲牌如何分道扬镳，我们已不得而知。笔者猜测当是与民间俗唱有关，一如本书第二章所论"嘌唱"之于词曲之变。在《青楼集》所记载的角妓唱曲之外，元代还有民间曲唱的存在。前文提到的无名氏【般涉调·耍孩儿】《拘刷行院》散套描述的就是听劣妓唱曲的经历，所谓"【青哥儿】怎地弹，【白鹤子】怎地讴""【江儿里水】唱得生，【小姑儿】听记得熟"。而王大学士【仙吕·点绛唇】"丰稔年华"散套描写的是村间顽童唱曲的场景，试引其中的几支：

　　【油葫芦】刚见一百个儿童刀刀厥厥的耍，更那堪景

────────────

① 谢伯阳《全明散曲》，第 3461 页。
② 谢伯阳《全明散曲》，第 1534 页。

物佳。一个将【尧民歌】乱唱的令儿差，一个匹颩扑冬冬擂鼓无高下，一个支周知挣羌管吹难收煞。一个水盆里击着料瓜，一个拖床上拍着布瓦，一个一张锨舞得了千斤乍，一个学舞【斗虾蟆】。

【金盏儿】一个叫丫丫，一个笑呷呷。一个棘斜混倒上树千般耍，一个山声野调学唱【搅筝琶】。一个斗巨子抢了嘴问，一个竖直立的磕了门牙。一个无人处寻豆角，一个背地里咽生瓜。

【村里迓鼓】一个放顽撒泼，一个唱歌厮骂。一个村村捧捧牛撒概乔画，一个狗打肝腌臜相欠欠答答。一个弹的挤，一个舞的虾，一个唱的哑，一个水底浑如纳瓜。

【元和令】一个舞《乔捉蛇》《呆木答》，一个舞屎裹蛆的法刀把，一个跳百索背儿仰刺叉。一个一个儿窝的眼又瞎，一个将纸鸦儿放起盼的人眼睛花，一个递撒牛的没乱杀。

【上马娇】一个村，一个又沙，一个丑嘴脸特胡沙。一个将【花桑树】纽捏搬调话，一个打和的差，一个不刺着簸箕拨琵琶。[1]

这里提到的【尧民歌】、【搅筝琶】、【斗虾蟆】均为元曲曲牌。这些曲牌在村童口中"乱唱的令儿差"、"唱得哑"、"纽捏搬调话"、"打和的差"，是"山声野调"，这些民间唱曲活动以自娱自乐为目的，对于唱词、音律的差池并不以为意。与《青楼集》记载的角妓名优所唱的字正腔圆、合乎格范的元曲不可同日而语。角妓名伶无疑代表了元代曲唱的最高水平，而这些民间唱曲虽然粗鄙，但却在集体创造中常变常新，有无穷的活力。

---

[1] 隋树森编《全元散曲》，第 1960—1961 页。

正是在这些民间俗唱中,同一曲牌可衍生出诸多变种,如【山坡羊】至明清就有【数落山坡羊】、【沉水调山坡羊】、【奋调山坡羊】、【咭调山坡羊】等不同变种①,【寄生草】则有《怯音寄生草》、《便音寄生草》、《垛字寄生草》等名目。民间曲的自由与开放使它具有无与伦比的创造力。

以上,我们对元曲曲牌在民间一脉的流转情况进行了系统勾勒。在本书中,"民间"是反复出现的关键词,也是笔者关注元曲曲牌源流的重要视点。李昌集先生在《中国古代散曲史》的《重印后记》中曾说:

> 其前提,在于承认古代歌辞发展中的两个文化空间;其核心,在于确认古代歌辞形式发展史的根基和主体乃在民间,确认民间歌辞体的发展具有自身的历史连续性。传统的以文人歌辞为主导的学术立场和思维方式——以文人辞为审视的主导乃至为唯一的对象……无视民间歌辞具有自我满足的文化空间和自身发展轨迹等等——必须加以根本性的修正。②

笔者非常赞同李先生的观点。本书论及的嘌唱、金元道士俗词在词曲之变中的作用,本生曲牌的民间源流,南北音乐在"民间日用"阶段的牌调对流,民间用曲唱曲催生带过曲等观点,无不贯穿着这一思想。笔者以为,作为一种全社会流行的音乐样式,元曲的传播、发展、变化远非少数文人作家们所能左右,他们的评价、总结也远非元曲发展的全部真实。本书力图

---

① 参见杨栋《〈山坡羊〉曲调源流述考》,《文学遗产》2010 年第 2 期。

② 李昌集《中国古代散曲史》,第 772 页。

还原文人话语体系背后的历史实态,虽然由于资料的匮乏,这种还原是非常艰难的,文中的许多观点也只能限于推论,但我想这种尝试本身是有意义的。

第三节　元曲曲牌与宗教音乐

宗教音乐是由宗教信徒演奏、歌唱或为宗教信仰目的而演奏、歌唱的音乐,是中国传统音乐的重要组成部分。宗教音乐为方外音乐,自成体系;但宗教音乐又绝非天外来音,而与世俗音乐发生着千丝万缕的联系。

元朝地域广大,民族众多,信仰各自不同。元代又对宗教实行宽容优礼政策,萨满教、佛教、道教、伊斯兰教、基督教等都能和平相处。多种宗教音乐与宗教相伴而来,传入中土①。当然,进入元曲曲牌系统的主要还是佛、道两家音乐。

一、元曲曲牌与佛教音乐

1.【金字经】

全称应为【金字西番经】,见于《元史·礼乐志》记载:

> 说法队:……次七队,乐工十有六人,冠五福冠,服锦绣衣,龙笛六,觱栗六,杖鼓四,与前大乐合奏【金字西番经】之曲。②

---

① 如在传教士的书信中,就有在大元帝国唱基督教祷告词的记载,参见〔英〕道森编、吕浦译、周良霄注《出使蒙古记》,中国社会科学出版社,1983年版。
② (明)宋濂等《元史》,第1776页。

又名【西番经】,有张养浩、无名氏用例;又名【阅金经】,有鲜于必仁、徐再思用例;最常用的还是【金字经】。

明永乐十五年所编《诸佛世尊如来菩萨尊者名称歌曲》大量采用了南北曲曲调,其中北曲调名有222章。"除《华严海会之曲》、《金字经之曲》以外,其他曲目之下皆注有世俗曲调名称"①。《金字经之曲》依格律判断曲牌应为【金字经】,谢伯阳先生《全明散曲》收录时已补上了曲牌名,是222章中唯一内容与曲调一致的曲牌。据此推测,【金字经】应该直接来自诵经的梵呗之声。南戏《拜月亭》第3出使用了一首【金字经】,它用拟音的方式保留了梵呗声的原貌:

> 嘌都儿哪应咖哩,者么打么撒嘛呢,唻嘛打么呢,咭啰也赤吉哩,撒么呢撒哩,吉么赤南无应咖哩。②

杨景贤《西游记》第24出也有【金字经】的使用:

> 【金字经】众飞仙齐打手,合着【金字经】迎,引着个员顶方袍得道僧、僧。三更道已其身正,心如秋月明。
>
> 【幺】为鼠常留饭,怜蛾不点灯,救度众生发愿明。曾倾心演大乘,如来命,还元功行成。③

虽然不再是梵呗之声,但仍然是用来吟咏佛法,保持着曲调与内容的一致性。

该调在元杂剧中较早见于王实甫《丽春堂》第四折【双

---

① 刘观民《佛曲遇见记》,《文物》1987年第10期。
② 俞为民校注《宋元四大戏文读本》,江苏古籍出版社,1988年版,第278页。
③ 隋树森《元曲选外编》,第693—694页。

调·五供养】套。另外,王实甫《破窑记》第一折【仙吕·点绛唇】套由大净、二净轮唱了一支【金字经】。"大净"、"二净"的行当称谓和轮唱的形式,都与元杂剧体制不合,疑是后代演出、传刻中增入的曲子①,而非元曲原貌。将【金字经】较早用于小令的是卢挚、马致远,但已经用来写景抒情,内容完全世俗化了。【金字经】还被用于道情曲,如元代道士王玠有【南吕·金字经】五首,采用五更转的联章形式,写道家打坐修炼的过程。借鉴佛曲本就为道教音乐的重要来源,【金字经】即是一例。

2.【五供养】

"供养"为佛教用语,亦作"供施"、"供给"。"五供养"一般是指香、花、灯、水、果五种供养物(一说为涂香、供花、烧香、饭食、灯明)。由牌名看,元曲【五供养】应该也是来自佛教音乐。该调在今五台山佛教音乐中仍在使用,为亡僧(丧事)念经所用。② 后流入道教,武当山道教音乐中还完整保留着【五供养】的全套唱词、音乐。③

元代南、北曲中均有【五供养】。北曲【五供养】只用于剧套,今存4例,分别见于李直夫《虎头牌》第二折、王实甫《西厢记》第二本第四折、王实甫《丽春堂》第四折、贾仲明《萧淑兰情寄菩萨蛮》第三折,均为套数首曲。南曲【五供养】广泛用于《张协状元》、"荆、刘、拜、杀"四大南戏及《琵琶记》中。北曲定格为十一句:3,3,7,3,3,3,3,4,3,4,4。南曲定格为九句:4,8,5,5,4,7,5,3,7。二者的句格差距较大,应是共源于佛曲,南北分途。

---

① 《破窑记》今仅存脉望馆抄校本。
② 参见韩军《五台山佛教音乐》,上海音乐出版社,2004年版。
③ 参见史新民主编《武当道教音乐》,中国地图山版社,2006年版。

3.【游四门】

南戏《张协状元》中有【太子游四门】,钱南扬先生推测"其源盖也出自佛曲"。[①] 笔者以为北曲曲牌【游四门】,或为"太子游四门"省称,同样出自佛曲。

"太子游四门"应与"安伞旋城"的宗教活动有关。这种佛事活动大概起于释迦牟尼成佛前游四门,体会生老病死的故事。20世纪山西潞城发现的明代《迎神赛社礼节传簿四十曲宫调》中就有《习达太子游四门》[②]一剧。此项佛事早在中唐时就有记载,见于敦煌文献。"安伞是设立一项白伞盖,表示释迦顶上化现作轮王形、顶有重髻之尊体,以此象征佛之净德覆佑一切,以白净大慈悲遍覆法界。旋城者持白伞盖,僧俗群众绕城游行。""这时僧尼手执莲花,士俗则捧炉、持香,边行进边诵唱,鼓乐齐鸣。"[③]

元代于至元七年开始这项活动,又称"游皇城"。因为是举全国之力兴办此事,故规模更为浩大。

世祖至元七年,以帝师八思巴之言,于大明殿御座上置白伞盖一,顶用素段,泥金书梵字于其上,谓镇伏邪魔护安国刹。自后每岁二月十五日,于大[明]殿启建白伞盖佛事,用诸色仪仗社直,迎引伞盖,周游皇城内外,云与众生被除不祥,导迎福祉。岁正月十五日,宣政院同中书省奏,请先期中书奉旨移文枢密院,八卫拨伞鼓手一百二十人,殿后军甲马五百人,抬舁监坛汉关羽神轿军及杂用五百人。宣政院所辖官寺三百六十所,掌供应佛像、坛面、幢

---

① 钱南扬《永乐大典戏文三种校注》,第193页。
② "习达"为"悉达多"的另一拟音,"习达太子"即释迦牟尼佛。
③ 参见谭蝉雪《唐宋敦煌岁时佛俗——正月》,《敦煌研究》2000年第4期。

幡、宝盖、车鼓、头旗三百六十坛，每坛擎执抬舁二十六人，
钹鼓僧一十二人。大都路掌供各色金门大社一百二十队，
教坊司云和署掌大乐鼓、板杖鼓、笸篥、龙笛、琵琶、筝、篆
七色，凡四百人。兴和署掌妓女杂扮队戏一百五十人，祥
和署掌杂把戏男女一百五十人，仪凤司掌汉人、回回、河西
三色细乐，每色各三队，凡三百二十四人。凡执役者，皆官
给铠甲袍服器仗，俱以鲜丽整齐为尚，珠玉金绣，装束奇
巧，首尾排列三十馀里。都城士女，间阎聚观。礼部官点
视诸色队仗，刑部官巡绰喧闹，枢密院官分守城门，而中书
省官一员总督视之。先二日，于西镇国寺迎太子游四门，
舁高塑像，具仪仗入城。十四日，帝师率梵僧五百人，于大
明殿内建佛事。至十五日，恭请伞盖于御座，奉置宝舆，诸
仪卫队仗列于殿前，诸色社直暨诸坛面列于崇天门外，迎
引出宫。至庆寿寺，具素食，食罢起行，从西宫门外垣海子
南岸，入厚载红门，由东华门过延春门而西。帝及后妃公
主，于玉德殿门外，搭金脊五殿彩楼而观览焉。及诸队仗
社直送金伞还宫，复恭置御榻上。帝师僧众作佛事，至十
六日罢散。岁以为常，谓之游皇城。或有因事而辍，寻复
举行。夏六月中，上京亦如之。①

从这段记载中我们可以看到，游皇城的活动，上自皇帝、后
妃、公主、贵臣、近侍，下至富贾、倡优、黎庶，均参与其中；中书
省、枢密院、宣政院、教坊司（包括兴和署、祥和署）、仪凤司（包
括云和署）各有职司；参与仪式演出的人员近五千人，可见其
规模浩大。它是一项佛事活动，同时又是“继承了汉代以后百

---

① （明）宋濂等《元史》，第1920—1927页。

戏杂陈的传统,以及宋代宫中、民间舞队的形式"①的全民大狂
欢。此后"游皇城"成为定制在元朝延续下来。元代熊自得
《析津志·岁纪》也有对于"游皇城"盛况的记载。元代诗人的
吟咏之作,史籍中臣工因其靡费甚巨而上书谏止的记载绵延
不绝。

　　在上面的大段引文中,需要引起我们注意的是"先二日,
于西镇国寺迎太子游四门,舁高塑像,具仪仗入城"一句。有
众多乐工艺人参与的游皇城活动,"太子游四门"时也会有相
应的音乐是毋庸置疑的。所以我们推测南曲【太子游四门】、
北曲【游四门】很可能即来源于此,或许就是仪式中的导引曲。

　　4.【华严赞】

　　《中原音韵》"乐府三百三十五章"中收录有【华严赞】,但
今存作品极少,仅见杨文奎小令1首。《九宫大成南北词宫
谱》注:"即《华严经》卷末尾赞,故以为名。"②在明清民间宝卷
卷前的香赞中,此调极为常见。元曲【华严赞】共六句二十九
字,其句格为:4,4,7,5。3,6。而目前仍在演唱的佛曲【华严
字母赞】也是六句二十九字,其句格为:4,4,7,5。4,5③。它们
的句数,字数都相同,只是最后两句句格略有变化,也证明了元
曲【华严赞】与佛教音乐的密切联系。

　　除以上曲牌外,大石调【好观音】、越调【秃厮儿】(又名
【小沙弥】)、仙吕【大安乐】可能都与佛教音乐有关,不再一一
展开论证。

　　元曲与佛教音乐之间是双向互流的关系,部分元曲曲牌又

---

①　王福利《元朝的两都巡幸、游皇城及其用乐》,《音乐艺术》2004年第2期。
②　(清)周祥钰《新定九宫大成南北词宫谱》,《善本戏曲丛刊》本,第5653页。
③　参见袁静芳主编《五台山佛教音乐总论》,宗教文化出版社,2012年版,第
　　272页。

成为佛曲取用的源泉。这在永乐年间御制《诸佛世尊如来菩萨尊者名称歌曲》中表现得最为突出。其中共用北曲曲牌222章，占了元曲曲牌的近三分之二。而最可注意的是《中原音韵》"乐府三百三十五章"未收，并且也没有元曲作品传世的曲牌，如【哈哈孩】、【锦鸡啼】、【花桑树】、【红叶儿】、【西江月】、【哈剌那阿孙】、【兀出千底里曼】、【亦木儿塔哈】、【纳木儿赛罕】、【也都苦巴里迷失】、【柏儿答亦剌思】、【兀沙格】等。因为去元代不远，这么多的曲调不可能全是明初产生的。尤其是众多音译牌名，一般认为是蒙语的音译，更证明了这批曲牌与蒙元的密切联系，可作为我们探寻元曲散佚牌调的重要参考。今存北京智化寺京音乐中还有【滚绣球】、【醉太平】、【菩萨蛮】、【挂金锁(索)】、【撼动山】、【垂丝钓】、【夜行船】、【豆叶黄】、【迎仙客】、【点绛唇】、【混江龙】、【那吒令】、【鹊踏枝】、【寄生草】等元曲曲牌的使用①。而在北方佛曲"十大韵"所用的十个牌调中就有《豆叶黄》、《菩萨蛮》、《金字经》、《挂金索》、《华严会》、《寄生草》、《望江南》（北曲名【归塞北】）七个牌调与元曲曲牌同名。元曲曲牌与佛教音乐的关系源远流长。

二、元曲曲牌与道教音乐

1.【青天歌】

该调仅见贾仲明《金童玉女》第四折八仙插唱，共八首，每章用律绝句法，蝉联而下。录前两首以概其余：

真仙聚会瑶池上，仙乐和鸣鸾凤降。鸾凤双飞下紫

---

① 参见袁静芳《中国佛教京音乐中堂曲研究》，载于《中国音乐学》1993年第1期。

霄,仙鹤共舞仙童唱。

　　仙童唱歌歌太平,尝得蟠桃寿万龄。瑞霭祥光满天地,群仙会里说长生。①

　　该调应该来自道教音乐。元代道士丘处机《磻溪集》卷三有《青天歌》,其开篇云:"青天莫起浮云障,云起青天遮万象。万象森罗镇百邪,光明不显邪魔王。"②此为《青天歌》的最早出处。除此之外,在元代还有不少道教徒唱【青天歌】的记载。如《青楼集》"连枝秀"条云:"姓孙氏。京师角妓也。逸人风高老点化之,遂为女道士,浪游湖海间。尝至松江,引一鬟髻,曰闽童,亦能歌舞。有招饮者,酒酣则自起舞,唱【青天歌】,女童亦舞而和之,真仙音也。"③无名氏《汉钟离度脱蓝采和》杂剧第三折有道白:"师父教我唱的是《青天歌》,舞的是《踏踏歌》"④,也提示出【青天歌】与道教音乐的密切关系。元末顾瑛《玉山璞稿》记载了至正九年冬一次文人聚会中,"客有岸巾起舞,唱【青天歌】,声如怒雷,于是众客乐甚,饮遂大醉。"⑤可见出此曲在元代后期的流行。

　　2.【白鹤子】

　　宋代政和年间成书的道乐词曲集《玉音法事》中收录有《白鹤》曲,宋太宗、宋真宗、宋徽宗均有御制《白鹤词》,为七言四句。《全金元词》中收录了全真道士马钰【白观音】《赠吴知

---

①　(明)臧晋叔《元曲选》,第1105页。

②　(元)丘处机著,赵卫东辑校《丘处机集》,齐鲁书社,2005年版,第37—38页。

③　(元)夏庭芝《青楼集》,《中国古典戏曲论著集成》(二),第28—29页。

④　隋树森《元曲选外编》,第977页。

⑤　(元)顾瑛《玉山璞稿》之《听雪斋以夜色飞花合春声度竹深分韵得声字》附西夏昂吉起文序。顾嗣立《元诗选》(初集),第2357页。

纲》二首,自注曰:"本名《白鹤子》。"①马钰词上下片各五言四句,曲牌【白鹤子】则取其一半,句格与马钰词同,也为5,5(韵),5,5(韵),但格律有异。曲牌【白鹤子】应该承自金词(参见本书第二章的相关辨析)。而宋代道乐《白鹤》七言四句体,与马钰五言四句道词之间到底有无关系,是如何转换的,我们均不得而知。

3.【太清歌】

太清与玉清、上清并称"三清",为道教神仙所居的最高仙境。宋代史浩《鄮峰真隐大曲》之《太清舞》有"后行吹《太清歌》"②、"后行吹《步虚子》"③的提示,又有竹竿子勾念:"洞天门阙锁烟萝,琼室瑶台瑞气多。欲识仙凡光景异,欢谣须听《太平歌》。"④由此可知,《太清歌》乃道调歌曲,即太清乐。太清乐为道乐中的重要曲调,《玉音法事》、《金箓斋三洞赞咏仪》等道教典籍均有收录。后由词入曲,入双调,又名【太平歌】,《辍耕录》"杂剧曲名"条即著录为【太平歌】。

【太清歌】在现存元曲中的用例不多,仅见于白朴《梧桐雨》第三折【双调·新水令】套、尚仲贤《凤凰坡越娘背灯》第四折佚曲⑤、马致远《青衫泪》第三折【双调·新水令】套、岳伯川《吕洞宾度铁拐李岳》第三折【双调·新水令】套,均用在套曲靠近结尾部分。定格九句:7,4,5,4,2,7,7,7,5。

4.【圣贤吉】

仅见于贾仲明《铁拐李度金童玉女》杂剧,该剧属于神仙

① 唐圭璋编《全金元词》,第372页。
② 唐圭璋编《全宋词》,第1254页。
③ 唐圭璋编《全宋词》,第1255页。
④ 唐圭璋编《全宋词》,第1254页。
⑤ 著录于《太和正音谱》。

道化剧,【贤圣吉】出现在此剧中并非偶然。明成祖朝修成的
《大明御制玄教乐章》作【圣贤记】,当是曲调的原意。

在元代,元曲曲牌并未进入道教科仪音乐中。编撰于元成
宗大德六年(1302)的道教仪式音乐文献《灵宝领教济度金书》
仍固守了道教雅乐的传统,没有元曲曲牌的杂入。元曲曲牌进
入道教音乐是到了明代。明代永乐朝的道教经韵《大明御制
玄教乐章》中除了原属道教音乐的【迎仙客】、【圣贤记】、【青
天歌】外,还有【天下乐】、【步步高】等俗乐曲调被引入。

在元代,元曲与道教音乐的密切联系主要体现于道情曲。
道情是道教民间化的产物,它将深奥、枯燥的道教义理转化为
浅显易懂的唱词,用民众喜闻乐见的曲调演唱,以教化世人。
为了迎合受众,元代道情音乐已逐渐用曲牌替换了宋代的词
牌,一些文人也加入了道情曲的写作队伍。现存作品如邓玉宾
【正宫·叨叨令】《道情》、刘时中【双调·殿前欢】《道情》、吴
仁卿【南吕宫·金字经】《道情》、张可久【中吕宫·齐天乐过红
衫儿】《道情》、宋方壶【中吕宫·山坡羊】《道情》、李致远【双
调·水仙子】《道情》、王仲元【中吕宫·粉蝶儿】《道情》散套、
朱庭玉【仙吕宫·袄神急】《道情》散套。无名氏《自然集》道
曲中的【正宫·端正好】散套、【仙吕宫·点绛唇】散套、【南吕
宫·一枝花】散套、【双调·新水令】散套等。在上述道情曲
中,散曲的小令、带过曲、套数诸种体式俱全,所使用的大都是
元曲中的热门曲牌和高频联套方式。另外,在杂剧中也有道情
的插入。如《吕洞宾三醉岳阳楼》中吕洞宾就是唱着道情出
场的。范康《竹叶舟》第四折前插唱列御寇所唱【村里迓
鼓】、【元和令】、【上马娇】、【胜葫芦】四首道情曲。无名氏
《瘸李岳诗酒玩江亭》本为旦本戏,第二折【南吕·一枝花】
套中,由修道的牛员外插唱了【十二月】、【尧民歌】、【锦上

花】、【清江引】,也为道情曲。其中值得注意的是【清江引】三首,引列于下:

  【清江引】落花满园春又早归,满耳笙歌沸。马足车尘中,蚁阵蜂衙内,呆汉喙,你寻一坨儿稳便处闲坐的。
  【又】江里海里都是水,无一答儿闲田地。你也无柴担,我把渔船系,呆汉喙,寻一坨儿稳便处闲坐的。
  【又】金刚本是泥塑的,塑的来偌高的。存又存不的,走又走不的,呆汉喙,寻一坨儿稳便处闲坐的。①

  首支"落花满园春又早归"又见于关汉卿【双调·乔牌儿】散套,字句稍有不同。

  【清江引】落花满院春又归,晚景成何济!车尘马足中,蚁穴蜂衙内,寻取个稳便处闲坐地。②

  除了这首【清江引】外,该剧中的【锦上花】及其幺篇也来自关汉卿【双调·乔牌儿】散套。《瘸李岳诗酒玩江亭》今仅存明脉望馆抄校本,插唱曲又多随时而变,笔者以为这支【清江引】为关汉卿散套首作,引入杂剧的可能性较大。但此处插唱的【清江引】较之关作多出了两支【幺篇】。像这样宣扬道家清静无为思想,且结句为"寻……稳便处闲坐的"的【清江引】在元曲中还有很多。如马致远【清江引】《野兴》5 首(尾句"则不如寻个稳便处闲坐地")、王仲元【江儿水】(即【清江引】)9 首

①　隋树森《元曲选外编》,第 891 页。
②　隋树森编《全元散曲》,第 188 页。

（尾句"寻一个稳便处闲坐地"）、钟嗣成【清江引】10 首（尾句
"早寻个稳便处闲坐地"）等等。这些作品多为慨叹历史如梦，
万物成空，宣扬绝情去欲，与全真教思想近似。贯云石【双
调·清江引】小令云："闲来唱会【清江引】，解放愁和闷。富贵
在于天，生死由乎命，且开怀与知音谈笑饮。"对【清江引】道曲
可点醒名利场中人，消愁解闷的描述与上述作品的格调也是一
致的。据此笔者推测，【清江引】或曾作为全真教宣扬教义的
小调流行，以上所引诸家散曲均为仿作。乾隆年间天师府道士
娄近垣编纂的《清微黄箓科仪》中记载的道教音乐中，【清江
引】仍位列其中。而在京剧中【玉环清江引】（由【对玉环】、
【清江引】组成的带过曲）仍多用来表现神仙生活，可谓与上述
传统一脉相承。

　　上述这些道情曲在内容上多吟咏道家的逍遥无为，长生
久视思想。我们猜想，与此相适应，它们在音乐上应该也会
将俗曲不同程度的道乐化。芝庵《唱论》在"唱曲门户"条中
单列出了道情一类，也正是力图在唱法上将道情与其他类别
进行区分。明代朱权对道情的描述是："道家所唱者，飞驭天
表，游览太虚，俯视八纮，志在冲漠之上，寄傲宇宙之间，慨古
感今，有乐道徜徉之情，故曰'道情'。"①朱权笃信道学，深谙
音律，他的描述应该是基于道情演唱内容与音乐风格的综合
考量。

三、来自其他宗教音乐的元曲曲牌

　　除佛道曲外，还有少量元曲曲牌来自其他宗教音乐，如

---

① 　（明）朱权《太和正音谱》，《中国古典戏曲论著集成》（三），第 49 页。

【祆神急】、【金娥神曲】。

1.【祆神急】

【祆神急】元曲中仅存2首：一为白贲【仙吕·祆神急】"绿阴笼小院"散套首曲，一为无名氏【双调·祆神急】小令。该调应来自祆教赛神曲。

祆教，即古代波斯琐罗亚斯德教。公元前六世纪，由波斯人琐罗亚斯德创建。因该教以火光代表至善之神崇拜，故名"拜火教"；又拜日月星辰，故又名"祆教"。大约在公元六世纪经西域传入中原。北魏、北齐、北周相继在鸿胪寺中设置祆教的祀宫，唐朝在东西两京都建立祆祠，以备胡商祭祀。唐武宗时期禁传佛教和其他外来宗教，祆教也受到排斥，许多祠庙被拆毁，以后经五代、两宋，犹有残存。陈垣《火祆教入中国考》云："元曲中既时演祆神，则祆神至元时，不独未曾消灭，且更形诸歌咏，播之管弦，想其意义已与中国旧俗之火神相混，非复如原日西来之火祆教矣。"[1]

陈垣先生所言"元曲中既时演祆神"大概是指李直夫《火烧祆庙》杂剧，《太和正音谱》著录，今不存。另外元散曲中也屡次提到祆庙。如汪元亨【正宫·醉太平】《警世》之一："祆神庙雷火皆轰烈，楚阳台砖瓦平崩卸，天台洞狼虎紧拦截。"[2]兰楚芳【南吕·四块玉】《风情》其一："斤两儿飘，家缘儿薄。积垒下些娘大小窝巢，苘麻秸盖下一座祆神庙。你烧时容易烧，我着时容易着，燎时容易燎。"[3]《中原音韵》"略举释疑字样"条："祆，音轩，胡神也。"[4]这些材料都可证明祆教在元代仍有

① 陈垣《火祆教入中国考》，初刊《国学季刊》第一卷第1号，1923年。校订稿收入《陈垣学术论文集》第一集，中华书局，1980年版，第327—328页。
② 隋树森编《全元散曲》，第1378页。
③ 隋树森编《全元散曲》，第1621页。
④ （元）周德清《中原音韵》，《中国古典戏曲论著集成》（一），第224页。

一定影响。

祆教祭祀时常伴歌舞。如唐张鷟《朝野佥载》卷三云："河南府立德坊及南市西坊皆有胡祆神庙，每岁商胡祈福，烹猪羊，琵琶鼓笛，酣歌醉舞。"①【祆神急】或即为祆教赛神之曲。

同样来自祆教音乐的还有【木斛沙】（又称【穆护沙】、【穆护煞】）一调。任半塘《唐声诗》云："《穆护》原是大曲，此取其彻声，故曰'煞'。《教坊记》见《穆护子》名，宜为此大曲之一遍。后世北曲仙吕【祆神急】，可能仍由此大曲之急遍中来。"②【穆护沙】并未进入元曲曲牌系统，但屡见于元代文献。如元好问《杜生绝艺》诗："杜生绝艺两弦弹，【穆护沙】词不等闲。莫怪曲终双泪落，数声全似古《阳关》。"③燕南芝庵《唱论》"凡唱曲有地所"条云"彰德唱【木斛沙】"④。由此可见祆教音乐在元代的传承，那么【祆神急】进入元曲曲牌系统也就不足为怪了。

2.【金娥神曲】

金娥，指神话传说的月中女神嫦娥，也借指月亮。【金娥神曲】当与月亮崇拜有关，或为与月亮相关的祭祀乐舞。唐教坊曲中已有《金娥子》的名目。元马臻《霞外诗集》卷九有组诗《西湖春日壮游即事》，共三十首。其中一首为：

> 紫染春罗窄袖裁，伶人楚楚自诙谐。部头教奏【金娥曲】，尽向船棚一字排。⑤

---

① （唐）张鷟《朝野佥载》，丛书集成初编本，中华书局，1985 年版，第 34 页。
② 任半塘《唐声诗》（下），第 119 页。
③ （清）顾嗣立《元诗选》（初集），第 91 页。
④ （元）燕南芝庵《唱论》，《中国古典戏曲论著集成》（一），第 161 页。
⑤ （元）马臻《霞外诗集》卷九，涵芬楼影印毛晋《元人十种诗》本。

　　马臻（1254—1318），字志道，号虚中，南宋钱塘人。出身于仕宦之家，元初隐于杭州西湖，潜心修道。该诗前有序曰："延祐戊午春，偶以钓槎之暇，因念西湖春日壮游，尚历历然眉睫间，光阴几何，余矍铄矣！遂成七言二韵诗三十首，以写幽怀。后我之生，或不我信，倘遗老览之，则将同一兴感焉。"①由此可知，这组诗作于延祐戊午（1318），回忆的是南宋遗事。【金娥曲】未见他处记载，或即【金娥神曲】。若果如此，【金娥神曲】在南宋时已在教坊流行可知矣。

　　元曲【金娥神曲】今仅见杜仁杰【双调·蝶恋花】"鸥鹭同盟曾自许"散套、曾瑞【双调·蝶恋花】《闺怨》散套、周文质【双调·蝶恋花】《悟迷》散套共 3 处用例，均为 4 曲连用。三套的曲牌联套方式也相同，均为【蝶恋花】—【乔牌儿】—【金娥神曲】—【离亭宴带歇指煞】②，应有共同的渊源。本书第一章已经辨析【金娥神曲】即【神曲缠】。从【神曲缠】的牌名推测，该调极有可能是经由缠令入曲。

　　以上我们分析了元曲曲牌与宗教音乐的交流。这些流入元曲曲牌系统的宗教音乐除【游四门】、【迎仙客】、【金字经】等少数曲牌外，一般用例很少，只不过是少数作家的尝试而已。

　　这些宗教音乐，尤其是佛道曲与元曲曲牌之间的交流与二者之间音乐人员的交流有一定关系。在《青楼集》中就有乐妓出家为尼姑、道士的记载：

　　　　"连枝秀"条："姓孙氏。京师角妓也。逸人风高老点

① （元）马臻《霞外诗集》卷九。
② 周文质散套《全元散曲》题为【离亭宴尾】，有误。郑骞《北曲套式汇录详解》引此套式，已改题为【离亭宴带歇指煞】。

化之,遂为女道士,浪游湖海间。尝至松江,引一鬖髻,曰闰童,亦能歌舞。有招饮者,酒酣则自起舞,唱《青天歌》,女童亦舞而和之,真仙音也……孙于是飘然入吴,遇医人李恕斋,乃欲卜旧好,遂从俗嫁之,后不知所终。"①

"汪怜怜"条:"湖州角妓。美姿容,善杂剧。涅古伯经历甚属意焉……数年涅没,汪髡发为尼,公卿士夫多访之。汪毁其形,以绝众之狂念,而终身焉。"②

"李真童"条:"张奔儿之女也。十余岁,即名动江浙……达天山检校浙省,一见遂属意焉。周旋三岁,达秩满赴都,且约以明年相会,李遂为女道士,杜门谢客,日以焚诵为事。至期,达授诸暨州同知,而来备礼取之。后达没,复为女道士,节行愈厉云。"③

这些歌妓或看破红尘,或因无路可走,或为守节全身,遁入佛道门中。有的又因为种种原因,重新回到世俗世界。歌妓的特殊身份,使她们在一出一入之间成为宗教音乐与世俗音乐交流的载体。

另外,宗教音乐与世俗音乐的交流也和元代将僧、俗乐人统一管理的方式有关。在关汉卿杂剧《谢天香》的道白中就透露了这样的细节:

《谢天香》第一折:(净张千上云)小人张千,在这开封府做着个乐探执事。我管的是那僧尼道俗乐人,迎新送

① (元)夏庭芝《青楼集》,《中国古典戏曲论著集成》(二),第28—29页。
② (元)夏庭芝《青楼集》,《中国古典戏曲论著集成》(二),第34页。
③ (元)夏庭芝《青楼集》,《中国古典戏曲论著集成》(二),第35页。

旧,都是小人该管……①

　　上面这处引文明确交代"僧尼道俗乐人",都归乐探该管,可以统一调遣。在某些仪式中,需要僧俗乐人共同合作演出。如前引"游皇城"佛事就是由钹鼓僧、梵僧、妓女、乐工共同参与的盛大活动。这无疑也为俗乐与宗教音乐互相学习吸纳提供了机会。

第四节　元曲曲牌中的文人自度曲

　　单就创制新牌调而言,元代文人的贡献很小。就笔者所见,元曲曲牌中有文献记载的文人自度曲只有3章。即便是这3章,是否为自度曲尚有讨论的必要。

一、【骤雨打新荷】

　　此调仅见元好问1首。元陶宗仪《辍耕录》卷九"万柳堂"载:

　　　京师城外万柳堂,亦一宴游处也。野云廉公,一日于中置酒,招疏斋卢公、松雪赵公同饮。时歌儿刘氏名解语花者,左手折荷花,右手执杯,歌《小圣乐》云:"绿叶阴浓,遍池亭水阁,偏趁凉多。海榴初绽,朵朵蹙红罗。乳燕雏莺弄语,对高柳鸣蝉相和。骤雨过,似琼珠

————————
① (明)臧晋叔《元曲选》,第141页。

乱撒,打遍新荷。　　人生百年有几?念良辰美景,休放虚过。富贵前定,何用苦张罗。命友邀宾宴赏,饮芳醑,浅斟低歌。且酩酊,从教二轮,来往如梭。"既而行酒,赵公喜,即席赋诗曰:"万柳堂前数亩池,平铺云锦盖涟漪。主人自有沧洲趣,游女仍歌白雪词。手把荷花来劝酒,步随芳草去寻诗。谁知只尺京城外,便有无穷万里思。"此诗集中无。《小圣乐》乃小石调曲,元遗山先生(好问)所制,而名姬多歌之,俗以为《骤雨打新荷》者是也。①

从上述记载可知,此调为元好问所制,原名【小圣乐】,俗称【骤雨打新荷】,为小石调曲。至周德清时代,此调已改入双调,并且仍在传唱,有张可久【越调·寨儿令】《鉴湖即事》可证:

枕绿莎,盼庭柯,门外鉴湖春始波。白发禅和,墨本东坡,相伴住山阿。问太平风景如何,叹贞元朝士无多。追陪新令尹,邂逅老宫娥。歌,【骤雨打新荷】。②

宋代又有【大圣乐】,初为《宋史·乐志》所载四十六大曲之一。南宋始作词牌,见仲并、刘辰翁、陆游、周密、张炎、蒋捷等人作。南宋官本杂剧有《柳毅大圣乐》等3种。又见于诸宫调、南曲。【骤雨打新荷】既名【小圣乐】,显然是与【大圣乐】相对称。此调或为元好问改造《大圣乐》词调而来,并非完全

① (元)陶宗仪《辍耕录》,第110页。
② 隋树森编《全元散曲》,第782页。

自出机杼。

　　元好问作为第一代曲家，以作词法作曲，有些作品处在亦词亦曲的中间状态，【骤雨打新荷】就是这样。元夏庭芝《青楼集》"解语花"条云："姓刘氏。尤长于慢词。廉野云招卢疏斋、赵松雪饮于京城外之万柳堂。刘左手持荷花，右手举杯，歌【骤雨打新荷】曲。"①在此，这首【骤雨打新荷】是用来作为刘氏长于慢词的例证，即【骤雨打新荷】是词而非曲。但元好问词集《遗山乐府》未收，元代曲选《太平乐府》却收之。可见，对于这首作品属词还是属曲，元人的态度也是有分歧的。吴梅《南北词简谱》虽然依旧谱按曲收入，但又说"此实是诗余，故从无入套数者"②，并补足么篇换头，以见其双片词面目。《北曲新谱》也认为"体制在词曲之间"③。本书依照《太平乐府》归为曲。

二、【干荷叶】

　　杨慎《词品》"干荷叶"条：

　　　　元太保刘秉忠【干荷叶】曲云："干荷叶，色苍苍。老柄风摇荡。减了清香，越添黄。都因昨夜一场霜。寂寞秋江上。"此秉忠自度曲，曲名【干荷叶】，即咏干荷叶，犹是唐词之意也。又一首吊宋云："南高峰。北高峰。惨淡烟霞洞。宋高宗，一场空。吴山依旧酒旗风。两度江南梦。"此借腔别咏，后世词例也。然其曲凄恻感慨，千古之

①　（元）夏庭芝《青楼集》,《中国古典戏曲论著集成》(二),第18页。
②　吴梅《南北词简谱》,第171页。
③　郑骞《北曲新谱》,第382页。

寡和也。或云非秉忠作。秉忠助元凶宋，惟恐不早，而复为吊惜之辞，其俗所谓斧子斫了手摩挲之类也。①

　　杨慎在这里明说【干荷叶】一调为刘秉忠自度曲，但对"南高峰"一首的著作权提出质疑。李昌集《中国古代散曲史》认为更加可疑的倒是以下4首：

　　　　干荷叶，水上浮，渐渐浮将去。跟将你去，随将去。你问当家中有媳妇？问着不言语。
　　　　根摧折，柄欹斜，翠减清香谢。恁时节，万丝绝。红鸳白鹭不能遮，憔悴损干荷叶。
　　　　脚儿尖，手儿纤，云鬓梳儿露半边。脸儿甜，话儿粘。更宜烦恼更宜恢，直恁风流倩。
　　　　夜来个，醉如酡，不记花前过。醒来呵，二更过。春衫惹定茨藬科，绊倒花抓破。②

　　李先生认为："一、二两首'始辞'性质极明，有可能就是当时流传的民谣俚歌，至多为刘秉忠所录而已。三、四两首之市井气与秉忠人格大相径庭，刘秉忠17岁即出家，入世祖潜邸直至拜官前，一直以僧人身份侍问左右，恐不会有如此之作。"③笔者赞同李先生的意见。那么，曲牌【干荷叶】应是起自民间的小调，刘秉忠只是仿作而非"自度"。【干荷叶】在元代用例并不多，但在明代小曲浪潮中又再次惹人注意，并且与文人所作格调、格律都已大不相同，也证明了【干荷叶】民间一脉

---

① （明）杨慎《词品》，上海古籍出版社，2009年版，第19页。
② 李昌集《中国古代散曲史》，第479页。
③ 李昌集《中国古代散曲史》，第481页。

的存在(详见本章第二节的相关论述)。

三、【醉高歌】

《词谱》卷八【醉高歌】收姚燧"十年燕月歌声"一曲,注云:"元姚燧自度曲。"①赵义山《王国维元曲考源补正》一文采信之:

> 又,遍检唐宋人现存全部词作,亦无此调。《词谱》"元姚燧自度曲"一说大致可信。②

而实际上,在姚燧之前,【醉高歌】第一代曲家商道早已有作,见于其【正宫·月照庭】《问花》散套,只不过牌名题为【最高楼】,所以被赵先生漏掉了。我们将商道【最高楼】与姚燧【醉高歌】比对如下:

> 【最高楼】发生各自随时,艳冶非人所使。铅华满树添妆次,远胜梨园弟子。③
> 【醉高歌】十年燕月歌声,几点吴霜鬓影。西风吹起鲈鱼兴,已在桑榆暮景。④

两首格律全同,为一调无疑。【醉高歌】又名【最高楼】,《北词广正谱》已注明。而【最高楼】在词调中已有,陈亮、毛

---

① (清)陈廷敬辑《词谱》卷八,清康熙五十四年刻本。
② 载于《文学遗产》1999 年第 5 期。
③ 隋树森编《全元散曲》,第 17 页。
④ 隋树森编《全元散曲》,第 209 页。

滂、辛弃疾、刘辰翁、刘克庄等人都有作。龙榆生《唐宋词格律》云："南宋后作者较多……体势轻松流美,渐开元人散曲先河。"①既然《最高楼》在元曲之前已有宋词开先河;单言曲,姚燧之前已有商道作,所谓"元姚燧自度曲"云云无疑是站不住脚的。

经过以上考辨,3章之中确属文人创调的只有元好问【骤雨打新荷】一章,但也很可能由词调【大圣乐】改装而来。

---

① 龙榆生《唐宋词格律》,上海古籍出版社,1978年版,第184页。

第五章
曲牌在元曲内部传播

以上三章我们分别探讨了元曲曲牌与词乐的纵向流变、在不同地域的横向传播以及对不同文化空间音乐资源的吸纳，本章则要探讨曲牌在元曲体系内的传播变化。

第一节　元曲曲牌在宫调间传播

宫调是曲学研究中的难题。早在明代，王骥德就曾慨叹："宫调之说，盖微眇矣，周德清习矣而不察，词隐语焉而不详。"①今日学界对于元曲宫调的指义有"声情说"、"调高说"、"音域说"、"用韵说"等不同提法。笔者并无意介入宫调本体的讨论，而是从元代文献中勾稽材料，对元曲曲牌的宫调归属情况作一客观的调查分析，为我们认识元曲宫调的性质提供一

---

① （明）王骥德《曲律》，《中国古典戏曲论著集成》（四），第 99 页。

些新的参考。

元曲曲牌在宫调间的传播可以分为三种情况，分别是宫调合并、宫调出入、转宫创调。前两种为同一曲牌在不同宫调间的使用情况，第三种即《中原音韵》所言"名同音律不同者"，这些同名牌调或为曲牌在宫调出入中发生变异、分化而成，已为两调，为元曲曲牌自我衍生的路径之一，这里暂不论，留待下文《元曲曲牌的自我衍生》一节再展开论述。

宫调合并包括两种不同阶段的现象。一是原本在宋词、诸宫调中存在的宫调在元曲中已经消失，其下属曲牌遗留合并入其他某些元曲宫调中。如双调【歇指煞】、【离亭宴带歇指煞】即为歇指调的遗存。对此清代凌廷堪已有论及，"金元以来，歇指调皆不用。考元北曲，双调中有【歇指杀】，又有【离亭宴带歇指煞】，则此调在元时已并入双调矣。"①现存《刘知远诸宫调》虽只剩三分之一的内容，而四度用歇指调，曲牌有【枕屏儿】、【耍三台】、【永遇乐】3章，说明当时歇指调仍被广泛应用。而在《西厢记诸宫调》中已经不见了歇指调，元曲十二宫调中也不见歇指调，其下属曲牌【耍三台】进入越调，【歇指煞】、【离亭宴带歇指煞】进入双调，【枕屏儿】、【永遇乐】则消失不见。另有商调【高平煞】，乃是"用高平调【尾】两句冠于【高过浪来里】之首而成"②，可谓在元曲中业已消失的高平调的遗存。

另一种宫调合并现象在元曲宫调系统内部展开，主要是指小石调向大石调，商角调向商调，般涉调向中吕宫合并的趋势。小石调下属曲牌中，【青杏儿】今仅存金赵秉文"风雨替花愁"小令1处用例，《全元散曲》《全金元词》两收，是词是曲尚有争

_____

① （清）凌廷堪《燕乐考源》，商务印书馆，1937年版，第107页。
② 郑骞《北曲新谱》，第242页。

议;【恼煞人】、【伊州遍】、【尾声】均仅见白朴【小石调·恼煞人】"又是红轮西坠"散套1处用例;【天上谣】未见用例,只在姚燧【双调·新水令】《冬怨》散套中有"歌停【天上谣】,曲罢《江南弄》"之句。可见,在元代前期就已出现小石调消亡的趋向。虽在现存元曲中未见上述曲牌在大石调的用例,但在《中原音韵》"乐府三百三十五章"【青杏子】小注中已云"亦入大石调",在《元曲选》卷首"天台陶九成论曲"中【恼煞人】、【天上谣】、【伊州遍】两属于大石调、小石调。商角调今存用例很少,仅见庚吉甫、睢景臣散套,陶宗仪《辍耕录》"杂剧曲名"表径直将【黄莺儿】、【踏莎行】、【垂丝钓】、【盖天旗】归入商调。般涉调曲牌现存用例较多。散套独用,但在杂剧中则多归入中吕宫使用,这在第一代杂剧作家如关汉卿的剧作中已有用例,在《元刊杂剧三十种》中,中吕套后半部分使用般涉调【哨遍】、【耍孩儿】等曲牌极为普遍。据笔者粗略统计,大概有15种存在这种情况,占了《元刊杂剧三十种》中吕套的绝大部分。这一用法在元散套中同样广泛存在。据侯淑娟《〈全元散曲〉般涉调曲套程式析论》一文[1]统计:《全元散曲》中共有46套数与般涉调曲牌相关,其中般涉调曲牌单独组套者共有28套;与中吕或正宫相连成套者,共有18套。《辍耕录》的"杂剧曲名"表也已经将【哨遍】、【耍孩儿】、【收尾】三调归入了中吕宫。由此我们可以看到,从元散曲的十二宫调,再到元杂剧的九宫调,"宫调由多到少,并不都是一般地取消,同时包括了融合转化"[2]。

　　情况比较复杂、争议较多的是宫调出入情况。这涉及我们

---

①　载《东吴中文学报》第18期,东吴大学出版社,2009年。
②　季国平《元杂剧发展史》,河北教育出版社,2005年版,第66页。

如何理解元曲曲牌与宫调的关系问题，是本节讨论的重点。

元代对宫调曲牌率先进行系统整理的是周德清，他在《中原音韵》中将"乐府三百三十五章"分属于十二宫调之下。对周德清宫调体系学界存在两种不同的态度：一是笃信不疑，奉为圭臬，这代表了学界的主流观点。如今人《全元散曲》的编辑、《元刊杂剧三十种》的整理，就是以《中原音韵》为根据补注宫调的。另一种观点与此截然相反，认为周德清的宫调划分不足为据，曲牌并无确定的宫调归属，这以洛地先生为代表。关于宫调问题，洛先生曾先后发表《元曲及诸宫调所谓"宫调"疑探》①、《元曲及诸宫调所谓"宫调"再疑探》②、《诸宫调"'诸'宫调"疑议》③等文予以阐释，2013年又发表了《诸宫调、元曲之所谓"宫调"疑议》一文，对自己的观点进行重申和补充。在该文中，洛地先生旗帜鲜明地提出：

（金元"北曲"）曲牌与"宫调"并没有特定关系。某一特定"宫调"统领某一些特定曲牌；某一些特定曲牌从属于某一特定"宫调"，与事实严重不符！④

以上两种意见，到底孰是孰非呢？

一、不标注宫调——元代曲籍中的常见现象

笃信周德清宫调划分的学者们，往往有一种先在的思维定

---

① 载浙江艺术研究所编《艺术研究》第11辑。
② 载浙江艺术研究所编《艺术研究》第13辑。
③ 载《九州学林》（香港）2005年夏季号。
④ 洛地《诸宫调、元曲之所谓"宫调"疑议》，载《江苏师范大学学报》2013年第5期。

势：在元人那儿，每一首元曲都有固定的宫调。而实际情况到底如何呢？

首先要说明的是，今人所编元代曲集曲选，大多是参照周德清《中原音韵》宫调系统进行整理的，以此来印证周德清的宫调归属问题，无疑会陷入循环论证的泥淖。元曲使用宫调的实况应以元代文献为准。现存可靠的元曲刊本主要是：《元刊杂剧三十种》和元人散曲四选（《阳春白雪》、《太平乐府》、《乐府新声》、《乐府群玉》）。它们标注宫调的情况如下：《元刊杂剧三十种》共 100 余套，只有 6 套前面标注了宫调：《尉迟恭三夺槊》第四折标"正宫"；《地藏王证东窗事犯》第三折标"越调"；《辅成王周公摄政》第三折标"越调"；《公孙汗衫记》第二折标"【越调·斗鹌鹑】"，《死生交范张鸡黍》第四折标"【中吕·粉蝶儿】"；《岳孔目借铁拐李还魂》第三折标"【双调·新水令】"。杨氏二选《阳春白雪》、《太平乐府》无论散套、小令都标宫调，但也有例外，如《阳春白雪》后集卷一的【干荷叶】、【金字经】就没有标明宫调①。《乐府新声》只有套数标宫调②，小令都不标宫调。《乐府群玉》专收小令，以作家为单位编排，均不标宫调。

在其他元代文献中，曲牌前不标明宫调的情况也存在。如《青楼集》：

　　"梁园秀"条：所制乐府，如【小梁州】、【青歌儿】、【红衫儿】、【抟砖儿】、【寨儿令】等，世所共唱之。③
　　"张怡云"条：又尝佐贵人樽俎，姚阎二公在焉。姚偶言"暮秋时"三字，阎曰："怡云续而歌之。"张应声作【小妇

孩儿】，且歌且续曰："暮秋时，菊残犹有傲霜枝，西风了却
黄花事。"贵人曰："且止。"遂不成章。①

　　"李芝仪"条：维扬名妓也，工小唱，犹善慢词。王继
学中丞甚爱之，赠以诗序……又有【塞鸿秋】四阕，至今歌
馆尤传之。②

　　"金莺儿"条：贾伯坚任山东佥宪，一见属意焉，与之
甚昵。后除西台御史，不能忘情，作【醉高歌红绣鞋】曲以
寄之曰（词略）③

　　以上条目涉及作曲、唱曲等不同场合，作曲之人既有文人
士大夫，也有歌妓艺人，但均未提及所用宫调。

　　元曲不标宫调的现象，还可以得到出土文献的支持。杨栋
师近年来致力于古磁州窑及磁州窑系出土文物上的金元词曲
的收集和研究，共得词作 34 首，词牌 27 个；散曲 29 首，曲牌
19 个。在这些作品中存在一个有意思的现象就是：词大多标
宫调，如《散水调·倾杯》《商调·高阳台》《中吕调·满庭芳》
《中吕宫·点绛唇》《中吕宫·七娘子》《双调·行香子》《高平
调·木兰花》《大石调·风流子》等等，而所有散曲没有一首标
明宫调④。磁州窑为民窑系，多生产百姓日用器皿，所以刻画
在上面的作品最能展现词曲在金元民间传播的原生态。

　　综上，我们首先要澄清的一个事实是：在元代，曲牌不标宫
调的情况广泛存在，一些作品的宫调是后人依《中原音韵》补充
的。当然，不标注宫调至少有两种可能性：一是没有固定宫调，

①　（元）夏庭芝《青楼集》，《中国古典戏曲论著集成》（二），第18页。
②　（元）夏庭芝《青楼集》，《中国古典戏曲论著集成》（二），第35页。
③　（元）夏庭芝《青楼集》，《中国古典戏曲论著集成》（二），第36页。
④　参见杨栋《出土金元散曲图文辑考》《出土宋元词图文辑考》，分别发表于《文
　　学遗产》（网络版）2010年第2期、第3期。

无从标注；二是该曲牌有固定宫调，人所尽知，不必标明。但比照《南词叙录》所载初起阶段的南戏"本无宫调，亦罕节奏"，依照事物由粗鄙到成熟的发展逻辑推论，北曲也应该有这样的一个"本无宫调"的阶段。另外，更重要的是，曲牌在宫调间的出入情况在元代广泛存在，每个曲牌都有"固定宫调"并不符合实际。

二、曲牌在宫调间出入

除标注宫调的随意性外，在元代文献中，曲牌出入多宫调的现象，同样广泛地存在着。即使在周德清的理论框架中，也没有排除曲牌在宫调间出入的情况。在《中原音韵》中，周德清标注了可出入两宫调的曲牌 6 章。

正　宫：【货郎儿】（原注：亦入南吕，转调）；【啄木儿煞】（原注：亦入中吕）

小石调：【青杏儿】（原注：即【青杏子】，又入大石调）

仙吕宫：【三番玉楼人】（原注：亦入越调）

南吕宫：【翠盘秋】（原注：亦入中吕，即【干荷叶】）

商　调：【玉抱肚】（原注：亦入双调）

除此之外，不大被人注意的，还有"乐府三百三十五章"与"定格四十首"标注不一致的 2 章。

中吕宫：【山坡羊】（"定格四十首"标注为商调）

中吕宫：【卖花声】（"定格四十首"标注为双调）

周德清的这种"自相矛盾"，也证明了"乐府三百三十五章"对曲牌的宫调归属并非金科玉律，元代曲坛的实际运用情况并非如此整齐划一。

陶宗仪《辍耕录》卷二七"杂剧曲名"表共著录有宫调出入的曲牌 14 章，校《中原音韵》为多：

【白鹤子】【快活三】（中吕、正宫两收，分别注明："中吕出入"、"正宫出入"）

【双鸳鸯】【十二月】【尧民歌】【朝天子】【剔银灯】（正宫、中吕两收）

【柳叶儿】（仙吕、商调两收，在商调【柳叶儿】下注明"仙吕出入"）

【青哥儿】【后庭花】（仙吕、商调两收）

【镇江回】【风流体】（中吕、双调两收，在双调【镇江回】【风流体】下注明"中吕出入"）

【鸳鸯儿煞】（中吕、双调两收）

【水仙子】（黄钟、双调两收）

除两书内部的宫调出入外，两书之间宫调归属的分歧则更为突出。此外元代曲选的分类，元代曲论著作的零星记载与之也往往存在差别。为了醒目，我们将不同元代文献记载中存在宫调出入的曲牌进行汇总，列表如下：

表5.1　元曲曲牌宫调出入情况调查表①

曲牌名	《中原音韵》	《辍耕录》	其他元代文献
节节高	黄钟	黄钟	卢挚《题洞庭鹿角庙壁》小令，《太平乐府》入仙吕类。

---

① 洛地先生《诸宫调、元曲之所谓"宫调"疑议》文中也有宫调出入曲牌的统计表，但在统计项中杂入了诸宫调及"天台陶九成论曲"等明代文献。而笔者以为，诸宫调在宫调、曲牌系统上与元曲存在差别，二者混在一起不便说明各自的问题。"天台陶九成论曲"等后代文献是否已阑入明人的改动尚需谨慎对待，所以笔者的统计限定在元代文献范围之内，与洛先生的统计多有不同。

这里的"出入"，实际上包括两种情况：一是指共时性存在，如见于周德清记载的宫调两属情况；二是指历时性变迁，即元代不同时期文献标注宫调的不同。这两种情况都是对"曲牌有固定宫调"观念的反动，有时也难以确实，所以开列在一起并观。

（续表）

曲牌名	《中原音韵》	《辍耕录》	其他元代文献
女冠子	黄钟		《唱论》归入"一曲入数调"。
以上黄钟2章。			
滚绣球	正宫	正宫	元刊本《魔合罗》第四折入【中吕·粉蝶儿】套。①
倘秀才	正宫	正宫	元刊本《魔合罗》第四折入【中吕·粉蝶儿】套。
月照庭	正宫	正宫	《太平乐府》入侯正卿【中吕宫·菩萨蛮】《客中寄情》散套。
醉太平	正宫	正宫	查德卿小令《太平乐府》入南吕类。
白鹤子	正宫	正宫、中吕	关汉卿【白鹤子】小令《太平乐府》入双调类。元刊本《魔合罗》第四折入【中吕·粉蝶儿】套。
双鸳鸯	正宫	正宫、中吕	
货郎儿	正宫（原注：入南吕，转调）		
蛮姑儿	正宫	正宫	元刊本《魔合罗》第四折入【中吕·粉蝶儿】套。

① 虽然如前所论,《元刊杂剧三十种》标明宫调的极少。但基于套数首曲与宫调之间的固定关系,还是可以断定整套的宫调归属。以下元刊本中的宫调出入情况均按此标准判明。

（续表）

曲牌名	《中原音韵》	《辍耕录》	其他元代文献
穷河西	正宫	中吕	元刊本《魔合罗》第四折入【中吕·粉蝶儿】套。
菩萨蛮	正宫	中吕	《太平乐府》入侯正卿【中吕宫·菩萨蛮】《客中寄情》散套。
啄木儿（煞）	正宫（原注：亦入中吕）		
以上正宫11章。			
六幺序	仙吕	仙吕	《乐府新声》入邓玉宾【中吕·粉蝶儿】散套。
醉中天	仙吕	仙吕	《乐府新声》入王修甫【越调·斗鹌鹑】散套。
一半儿	仙吕	仙吕	关汉卿、胡祗遹、查德卿小令《太平乐府》入黄钟宫。
村里迓鼓	仙吕	仙吕	元刊本《魔合罗》第二折入【黄钟·醉花阴】套。
后庭花（煞）	仙吕	商调	《乐府新声》入邓玉宾【中吕·粉蝶儿】套。
醉扶归	仙吕	仙吕	九卷本《阳春白雪》入【越调·斗鹌鹑】"玉笛愁闻"散套。
青哥儿	仙吕	仙吕、商调	
三番玉楼人	仙吕（原注：亦入越调）		
以上仙吕宫8章。			

（续表）

曲牌名	《中原音韵》	《辍耕录》	其他元代文献
喜春来	中吕	中吕	《太平乐府》入商道【正宫·月照庭】《问花》散套。
醉高歌	中吕	中吕	《太平乐府》入商道【正宫·月照庭】《问花》散套(题【最高楼】)。
十二月	中吕	中吕、正宫	元刊本《竹叶舟》第四折入【正宫·端正好】套。《阳春白雪》入刘时中【正宫·端正好】《上高监司》散套。
尧民歌	中吕	中吕、正宫	元刊本《竹叶舟》第四折入【正宫·端正好】套。《阳春白雪》入刘时中【正宫·端正好】《上高监司》散套。
快活三	中吕	中吕、正宫	元刊本《三夺槊》第四折入【正宫·端正好】套。
鲍老儿	中吕	中吕	元刊本《三夺槊》第四折入【正宫·端正好】套。
剔银灯	中吕	中吕	元刊本《汉高祖濯足气英布》第三折入【正宫·端正好】套。
蔓菁菜	中吕	中吕	元刊本《汉高祖濯足气英布》第三折入【正宫·端正好】套。
柳青娘	中吕	正宫	元刊本《汉高祖濯足气英布》第三折入【正宫·端正好】套。

（续表）

曲牌名	《中原音韵》	《辍耕录》	其他元代文献
道和	中吕	正宫	元刊本《汉高祖濯足气英布》第三折入【正宫·端正好】套。
朝天子	中吕	中吕、正宫	
山坡羊	中吕（"定格四十首"标注为商调）		《太平乐府》张可久小令入中吕。
卖花声	中吕（"定格四十首"标注为双调）	中吕	《太平乐府》乔吉等小令入双调。
四换头	中吕	正宫	

以上中吕宫14章。

梧桐树	南吕	双调	
干荷叶	南吕（原注：亦入中吕）	中吕	元刊本《李太白贬夜郎》第三折入【中吕·粉蝶儿】套。

以上南吕2章。

镇江回	双调	双调、中吕	
牡丹春	双调		《太平乐府》入侯正卿【中吕宫·菩萨蛮】《客中寄情》散套。
高过金盏儿	双调		《太平乐府》入侯正卿【中吕宫·菩萨蛮】《客中寄情》散套。

（续表）

曲牌名	《中原音韵》	《辍耕录》	其他元代文献
风流体	双调	双调、中吕	
骤雨打新荷	双调	小石调①	《太平乐府》入双调。
得胜乐	双调	仙吕	
以上双调 6 章。			
络丝娘	越调		元刊本《薛仁贵衣锦还乡》第四折入【双调·新水令】套。
越调 1 章。			
挂金索	商调	黄钟	元刊本《魔合罗》第二折入【黄钟·醉花阴】套。
玉抱肚	商调（原注：亦入双调）		
以上商调 2 章。			

　　以上元代文献中存在宫调出入的曲牌共计 46 章②。它们的存在表明曲牌的宫调归属并非一成不变、必须死守的规矩，在实际使用中有相当的灵活性，并且随时代而变动。在上表中，还有一个现象值得关注，即在理论家那儿宫调归属一致的曲牌，在实际用例中却出入其他宫调。如【一半儿】周德清、陶

---

① （元）陶宗仪《南村辍耕录》卷九"万柳堂"条："【小圣乐】乃小石调曲，元遗山先生（好问）所制，而名姬多歌之，俗以为【骤雨打新荷】者是也。"
② 如果加上"天台陶九成论曲"及明刊本元曲中的宫调出入用例，数量将更为庞大，读者诸君可参见洛地先生《诸宫调、元曲之所谓"宫调"疑议》一文的相关统计。

宗仪均归入仙吕宫,但在《太平乐府》中许多小令【一半儿】却归入黄钟宫类。当然也有相反的情况,即曲论家记载宫调有出入的曲牌,在现存用例中却固定的从属于某个宫调。如【玉抱肚】《中原音韵》入商调,原注"亦入双调",但今仅见商调用例;【梧桐树】《中原音韵》入南吕宫,《辍耕录》记载入双调,但今仅见南吕用例,应是在淘洗中,用例遗失的缘故。由此可以推知,当时存在宫调出入的元曲曲牌远多于今日所见。

宫调存在出入的情况在小令、散套、剧套中都存在。小令如《中原音韵》"定格四十首"所收张可久【山坡羊】《春睡》注明为"商调",杨朝英《太平乐府》也收入了这首曲子,文字稍有出入,题名《闺思》,却归入中吕类。【卖花声】周德清《中原音韵》"乐府三百三十五章"归入中吕宫,但"定格四十首"却将乔吉的小令【卖花声】《香茶》归入双调。《太平乐府》所收乔吉、张可久、徐再思小令【卖花声】也全部归入双调。

散套中多宫调曲牌混用的情况可以《太平乐府》所收侯正卿【菩萨蛮】《客中寄情》为例。其联套方式如下(括号中注明的是《中原音韵》对曲牌的宫调归属):

【菩萨蛮】(正宫)—【月照庭】(正宫)—【喜春来】(中吕宫)—【高过金盏儿】(双调)—【牡丹春】(双调)—【醉高歌】(中吕宫)—【尾】

其中杂用正宫、中吕宫、双调曲牌。如以首曲为准,依《中原音韵》该套应入正宫,《全元散曲》也正是如此标注的。但该套的最早出处《太平乐府》却将其归入中吕类。这并非杨朝英的个人之"误",因为陶宗仪《辍耕录》"杂剧曲名"表中【菩萨蛮】也是归入中吕宫。元散套中宫调与曲牌的复杂情况由此可见一斑。

宫调出入在剧套中表现得最为突出。在一些剧套中,这些"客串"的他宫曲牌甚至是"喧宾夺主"。如元刊本《范张鸡黍》杂剧第三折【商调·集贤宾】套的联套方式为:

> 【集贤宾】—【逍遥乐】—【金菊香】—【梧叶儿】—【挂金索】—【村里迓鼓】—【元和令】—【上马娇】—【游四门】—【胜葫芦】—【后庭花】—【青歌儿】—【醋葫芦】—【么篇】—【么篇】—【高平煞】①

按照周德清的宫调系统,前半部分的【集贤宾】、【逍遥乐】、【金菊香】、【梧叶儿】、【挂金索】5 调为商调曲牌,中间插入的【村里迓鼓】、【元和令】、【上马娇】、【游四门】、【胜葫芦】、【后庭花】、【青歌儿】7 调为仙吕宫曲牌,自【醋葫芦】才又转回商调曲牌。

这种不同宫调曲牌混用的情况,在吴昌龄《张天师断风花雪月》第三折【正宫·端正好】套中表现得更为突出:

> 【端正好】—【滚绣球】—【倘秀才】—【叫声】—【上小楼】—【石榴花】—【斗鹌鹑】—【满庭芳】—【红绣鞋】—【快活三】—【鲍老儿】—【煞尾】

除【端正好】、【滚绣球】、【倘秀才】和【煞尾】4 调外,其余 8 调均为中吕曲牌,占据了这一剧套的主体。这种极端的例子并非"借宫"所能解释。所谓"借"应该是以己方为主体,以异

---

① 元刊本部分曲牌题写有误,现据徐沁君《新校元刊杂剧三十种》改正。

己来调剂才对。所以元曲曲牌出入各宫调的情况与其说是"借宫",不如说在元曲音乐艺人的创作实践中,有些曲牌在若干宫调间原本就没有严格界限,是可以根据需要任意驱遣的(当然也要遵循一定的音乐逻辑)。将曲牌所属的宫调凝固下来是"周德清"们的事。这样做的好处是在曲牌宫调纷繁多变的迷局中,让人能抓住主流,在创作中有章可循;但实际上"法无定法",忽略这一点,太过拘泥于文人的"事后总结",则往往背离了历史的真实。所谓"借宫"的说法正是因为先有了曲牌对宫调有固定归属的定见。而实际上,"这里无'主''客'之分,没有'本''借'之别。所谓'借宫',只是明人对某些曲牌'通用'、'出入'性质不恰当的概念转换"[1]。

综上,我们得出的结论是:对于周德清的宫调划分我们不能过分迷信,所有曲牌都固定从属于某宫调,是后人的极大误解,实际情况要远为复杂和灵活。元代宫调系统的建构是一个过程,周德清"乐府三百三十五章"系统只是"一家之言"。

三、元代宫调曲牌系统的建构

元代首先提到曲牌宫调问题的是芝庵《唱论》,十七宫调及其声情的记载被辗转相引。但更为集中的讨论出现在元代后期,曲论、曲作中都有所涉及。

钟嗣成《录鬼簿》"睢景臣"条:又有【南吕·一枝花】《题情》云:"人间燕子楼,被冷鸳鸯锦。酒空鹦鹉盏,钗折

---

① 李昌集《中国古代散曲史》,第201页。

凤凰金。"①

　　"苏彦文"条：彦文有"地冷天寒"越调，及诸乐府。②（按：《雍熙乐府》卷一三所收【越调·斗鹌鹑】《冬景》开篇即为"地冷天寒"四字，原不注撰人，《全元散曲》据《录鬼簿》属苏彦文作。）

　　夏庭芝《青楼集》"周人爱"条：其儿妇玉叶儿，元文苑尝赠以【南吕·一枝花】曲。③

　　张可久【双调·水仙子】《清明小集》：红香缭绕柳围花，翠袖殷勤酒当茶，游春三月清明假。香尘随去马，小帘栊绿水人家。弹仙吕【六幺遍】，笑女童双髻丫，纤手琵琶。④（按：仙吕【六幺遍】，关汉卿【仙吕·翠裙腰】《闺怨》套即有用例，可见张可久所言非虚。）

　　贾仲明《吊李时中》：元贞书会李时中、马致远、花李郎、红字公，四高贤合捻《黄粱梦》。东篱翁，头折冤。第二折，商调相从。第三折，大石调。第四折，是正宫。都一般愁雾悲风。⑤

　　上述来自不同方向的文献记载及其在宫调归属上的一致性表明：至少在元代后期，宫调已经成为曲坛客观存在并且日益为人关注的问题。除这些不经意的零星记载外，在元人的宫调曲牌体系建构中，最值得关注的是杨氏二选以及周德清《中原音韵》、陶宗仪《辍耕录》。

---

①　（元）钟嗣成《录鬼簿》，《中国古典戏曲论著集成》（二），第127页。
②　（元）钟嗣成《录鬼簿》，《中国古典戏曲论著集成》（二），第130页。
③　（元）夏庭芝《青楼集》，《中国古典戏曲论著集成》（二），第22页。
④　隋树森编《全元散曲》，第832页。
⑤　（元）钟嗣成等《录鬼簿外四种》，古典文学出版社，1957年版，第23—24页。

　　首先是以宫调为序编排的杨氏二选①。《阳春白雪》小令部分每个曲牌前都标明宫调,同一宫调的曲作集中排列,宫调排序依次是双调、越调、中吕、仙吕、正宫。套数则依仙吕、正宫、越调、双调、黄钟排序。《太平乐府》以宫调为序的意识更为自觉,宫调成为小令、套数之外的二级类目。元人邓子晋为杨朝英《太平乐府》所作序文亦称:"淡斋杨君有选集《阳春白雪》流行久矣,兹又新选《太平乐府》一编,分宫类调,皆当代朝野名笔而不复出诸编之所载者。"②《阳春白雪》的编刻在《中原音韵》之前,《太平乐府》则在《中原音韵》之后,二者在宫调问题上有无相互启发和借鉴我们不得而知。

　　率先对元曲宫调曲牌进行了系统整理的是周德清,他在《中原音韵》中将"乐府三百三十五章"分属于十二宫调之下。其后陶宗仪《辍耕录》卷二十七"杂剧曲名"条对杂剧所用宫调曲牌进行了专门整理。《辍耕录》的曲名表虽然较为随意、粗糙,但对《中原音韵》仍有重要的补充价值。二者在曲牌宫调归属上的分歧(参见上表),表明了元代学者在建构曲牌宫调系统上的不同观点;二者在宫调归属上的"大同""小异",又说明了诸家意见逐渐统一的总趋势。

　　仔细审视周德清《中原音韵》"乐府三百三十五章"的排列顺序我们可以发现,周德清对"三百三十五章"的划分和排序与套数有密切联系。试举黄钟宫曲牌如下:

　　　　醉花阴　　喜迁莺　　出队子　　刮地风　　四门子　　水仙
子　　寨儿令　　神仗儿　　节节高　　者剌骨　　愿成双　　贺圣

①　元代另外两部曲选,《乐府群珠》专收小令,以作家为单位编排;《乐府新声》散套标注宫调,小令不注宫调。两书排序比较随意,均无按宫调排列的意识。
②　隋树森校订《朝野新声太平乐府》,中华书局,1958年版,第3页。

朝　红锦袍　昼夜乐　人月圆　彩楼春　侍香金童　降
黄龙衮　双凤翘(女冠子)　倾杯序　文如锦　九条龙
兴隆引　尾声

　　据郑骞先生《北曲套式汇录详解》的统计,"【醉花阴】、
【喜迁莺】、【出队子】、【刮地风】、【四门子】、【古水仙子】:此
六曲照例连用,其后缀以【尾声】,七曲成套,是为黄钟宫联套
之通用基本形式。其有稍加变化者,皆是于【古水仙子】与【尾
声】之间加用【古寨儿令】、【神仗儿】等牌调……"①而《中原音
韵》"乐府三百三十五章"曲牌排序与此正相合。其他各宫调
也大体如此:以首曲开始②,以尾声终;中间先列常见套式用
曲,再列使用频率较少的曲牌(如【彩楼春】、【倾杯序】、【兴隆
引】,在现存元曲中未见用例)和小令用曲(如【贺圣朝】、【红
锦袍】、【昼夜乐】)。

　　不仅如此,基本套式之外的曲牌周德清也尽可能按照曲牌
的组合规律排列,如正宫【脱布衫】、【小梁州】;仙吕宫【后庭
花】、【柳叶儿】、【青哥儿】;南吕宫【骂玉郎】、【感皇恩】、【采茶
歌】;中吕宫【十二月】、【尧民歌】;双调【川拨棹】、【七兄弟】、
【梅花酒】、【收江南】等,均是套数中常见的曲牌组合,"乐府三
百三十五章"均为连续排列。

　　陶宗仪"杂剧曲名表"虽然不如"乐府三百三十五章"细致
精审,但也能看到类似的现象,甚至有些宫调曲牌的排序很可
能是直接照抄了当时某一作品的套式。如正宫首先列出的是:

---

① 郑骞《北曲套式汇录详解》,台湾艺文印书馆,1973 年版,第 4 页。
② 十二宫调中只有仙吕宫例外,在首曲牌调【赏花时】、【八声甘州】、【点绛唇】之
　前为【端正好】。周德清在【端正好】后注明"楔儿"二字,标明了此牌调的特殊
　性,同时也是例外的原因所在。

　　端正好　衮绣球　倘秀才　脱布衫　小梁州　朝天
子　四换头　十二月　尧民歌　收尾……

　　其中【朝天子】、【四换头】、【十二月】、【尧民歌】在《中原
音韵》中均归入中吕宫。但在元代套曲中将正宫、中吕宫曲牌
组合使用的情况极为常见。据此我们推测,在元曲宫调曲牌系
统的建构中,曲牌的宫调划分是以"组团"的方式进行的,在这
之中套数首曲应该起着重要的统领作用。套数首曲宫调确定,
与之联套的曲牌的宫调随之而定。这是我们审视"乐府三百
三十五章"曲牌排序所引起的联想。对此,洛地、李昌集二位
先生有如下的论述:

　　　　洛地《宫调与换韵》:"对于诸宫调的缠令、元曲的套
　　数,'宫调'的意义,只在首曲。"
　　　　李昌集《中国古代散曲史》:"换言之,不是有了先行
　　存在的'宫调',然后才有了曲牌的'宫调'之属,而是先有
　　曲牌和由相对固定的曲牌所构成的套类、套式,当宫调成
　　为套类的代号时,才产生了若干曲牌分属不同'宫调'的
　　划类。"①

　　这对于我们理解周德清、陶宗仪等人建构宫调曲牌系统的
"工作流程"有很大启发。在一定意义上说,元曲宫调即是对
不同套类、套式及其所用曲牌的分类,归根结底是对套数首曲
的分类。新产生的牌调在不断的联套实验中,找到宫调的归
属。当然,将同一曲牌(或曲组)联入不同套式的尝试也一直

①　李昌集《中国古代散曲史》,第201页。

在进行。这些具有更大适应性的曲牌则有出入多个宫调的可能性。曲牌宫调归属的这种灵活性在元代如此,在明清时期,也依然存在,但《中原音韵》宫调曲牌系统在接受中渐居主导却是发展的主线。

四、《中原音韵》宫调曲牌系统在后代的接受

在明代出现了另一个题为陶宗仪所作的曲牌名目表——明臧晋叔《元曲选》附录"天台陶九成论曲"。它与《辍耕录》所载出入甚大,共收录 12 宫调,516 个曲牌,是《辍耕录》"杂剧曲名"表曲牌总数的两倍还多。这一数目上的差距,除了曲牌重收、误收南曲等情况外,主要是将出入不同宫调的曲牌重复计算。虽然宫调不同就简单地归为两调计数是不妥当的,但它所提供的元曲曲牌出入各宫调的信息还是非常有价值的。这些宫调出入,大部分都有现存用例支持,这说明"天台陶九成论曲"中这一庞大的牌名表并非向壁虚构,而是元曲创作、演唱实际的总结,除去其明显的错误外是基本可信的。它对曲牌在不同宫调间的重收,看似杂乱无章,却传达出一个清晰的理念:有些曲牌并无固定的宫调,而是可以出入几个宫调,而且这些宫调之间是一种平等的并列关系。

与《天台陶九成论曲》不同,朱权《太和正音谱》作为最早的北曲谱,完全照搬了《中原音韵》的宫调曲牌系统。在对例曲进行处理时,如果前代文献在宫调归属上存在分歧,则仍然选择依从《中原音韵》的归类。如上文所引侯正卿【菩萨蛮】散套,《太平乐府》入中吕类,《辍耕录》也将【菩萨蛮】曲牌入中吕,只有《中原音韵》入正宫。在《太和正音谱》中,侯正卿此曲成了正宫【菩萨蛮】的例曲。同样该套中的【牡丹春】、【高过金

盏儿】则成为双调例曲。在《辍耕录》中注明为小石调的元好问【骤雨打新菏】，也被用作双调例曲。以上与《中原音韵》的归类均高度一致。其后《太和正音谱》的裔派如程明善《啸馀谱》北曲谱、范文若《博山堂北曲谱》等均与《中原音韵》一脉相承。

清代《北词广正谱》是《太和正音谱》之后的又一重要北曲谱。在宫调曲牌系统的建构上，《北词广正谱》可谓对此前相关成果的全面接受和综合改造，正如著者自己所言："诸宫调牌名本《元人百种》所载'陶九成论曲'（与《辍耕录》少不同），参以《中原音韵》与《正音谱》。"① 除此之外，它还继承了《唱论》十七宫调的体系，比《中原音韵》、《太和正音谱》等多出道宫、高平调、歇指调、宫调、角调。其中道宫、高平调下各曲牌元曲中并无用例，均以董解元《西厢记诸宫调》为例曲，而歇指调、宫调、角调下并无曲牌，俱注"缺"。

"天台陶九成论曲"对宫调出入现象的关注被《北词广正谱》所继承，尤其是正宫、中吕、双调出入他宫曲牌都极多。以正宫为例：基本曲牌凡 37 章，但借宫曲牌则有 35 章。其中借自中吕宫有【快活三】等 24 章；借自双调有【太平令】等 5 章；借自般涉调有【墙头花】等 4 章；借自仙吕宫有【高过金盏儿】1 章；借自正宫有【三转小梁州】1 章。这些曲牌的宫调出入情况，每一宫调的"套数分题"大都提供了证据支持，的确是北曲实际创作情况的总结。从中我们也能看到，周德清的《中原音韵》对曲牌宫调的规定并未能在创作实践中得到完全贯彻，曲牌在宫调间的出入呈愈演愈烈之势。

虽然同样关注宫调出入情况，但《广正谱》与"天台陶九成

---

① 《北词广正谱》，《善本戏曲丛刊》第六辑，第 22 页。

论曲"有很大不同：将曲牌出入的各宫调由并列关系变为"本宫"、"借宫"之别；将曲牌重收，变为"缺在内借不在内"的处理方式。除少量新增曲牌外，《北词广正谱》的曲牌宫调归属与《中原音韵》完全一致。只是在宫调有出入曲牌下注明"亦入某宫"；在本宫调曲牌之后，列"借宫"曲牌。"入"，指本宫调曲牌进入他宫情况；"借"，指本宫调接受其他宫调曲牌情况，一为"出"、一为"入"，方向不同，但性质并无区别。我们可以比对出入最频繁的正宫、中吕，中吕曲牌中标明"亦入正宫"者与正宫类题"借中吕"曲牌正好相合（唯一不能对应的是【醉高歌】一调，很可能是标注中的遗漏）。

《北词广正谱》这种处理方法背后的核心观念是：即便是有宫调出入的曲牌，在宫调使用上也有主从、本借之别。将周德清所归属宫调视作"本宫"，其他为"借宫"。如此，客观上给人造成的印象是：每个曲牌原本是有固定宫调从属的，"借宫"只是例外与偶然。前文所言早期文献和实际用例中存在的曲牌宫调归属上的分歧遂被掩盖、忽略。

"借宫"的观念为后来者继承和发展。如吴梅在《南北词简谱·例言十则》中说："借宫之法，不过取管色相同之曲，互相连套而已，今既注管色于各宫调下，故从省。"[1]对于宫调出入情况采取忽略不计的态度，只偶尔在某些曲牌的解说中提及，如在【塞鸿秋】后说："此曲亦入仙吕、中吕套内。"[2]郑骞《北曲新谱》虽然在北曲曲牌的增删方面多有心得，但在宫调系统的建立方面也完全依从《中原音韵》。在曲谱家那里，周德清《中原音韵》宫调曲牌系统已被视作不可移易的标准。

① 吴梅《南北词简谱》,《例言十则》。
② 吴梅《南北词简谱》,第 23 页。

在对周德清宫调曲牌系统的接受中,起推波助澜作用的还有曲选家们。李开先编选的《改定元贤传奇》,是《元刊杂剧三十种》之后现存最早的元杂剧选集,收录元杂剧 16 种,今南京图书馆藏本残存 6 种,每折俱标宫调,所标宫调与《中原音韵》相合。其后重要的元明杂剧刊本如赵琦美辑校《脉望馆钞校本古今杂剧》、万历坊刻本《古名家杂剧》、顾曲斋刊本《古杂剧》、继志斋刊本《元明杂剧》、臧懋循《元曲选》、孟称舜《古今名剧合选》等均已标注宫调。较早的明人杂剧刊本如宣德刊本《娇红记》(明初刘东升撰)、明永乐、宣德、正统年间藩府原刻本《诚斋杂剧》(明初朱有燉撰)均标明宫调,且与《中原音韵》的宫调归属完全一致。李开先辑《乔梦符小令》、嘉靖三年刻《沪东乐府》中小令也已经按宫调分类排序。至今人,《全元散曲》的编辑、《元刊杂剧三十种》的整理以及各家杂剧、散曲别集的校注,在宫调标注上均以《中原音韵》为据。

至此,曲谱家与作品整理者对周德清宫调系统的接受和强化,达成了高度一致。理论与作品用例高度“吻合”,互相印证,这种“循环论证”渐造成今人的一种思维定势:即每个曲牌的宫调归属是不可移易的。而实际上,即使在明代,不标宫调(尤其是小令)的情况仍然广泛存在:如明代最有影响的几种曲选《盛世新声》、《词林摘艳》、《雍熙乐府》北曲散套都按宫调排列,小令则不标宫调;今存版本较早的元曲别集,如明成化本《云庄张文忠休居自适小乐府》也不标宫调;明人散曲别集如陈铎《滑稽余韵》、金銮《萧爽斋乐府》、冯惟敏《海浮山堂词稿》、薛论道《林石逸兴》等小令均不标宫调;《盛明杂剧》标注宫调和不标注宫调的作品混杂在一起,显得极为随意。显然曲家对宫调的实际运用并非《中原音韵》所能苑囿。

五、结　语

通过以上论述,我们可以得出以下结论:

1. 元曲曲牌在宫调归属上的历史实态远较周德清的总结复杂多样。

对"乐府三百三十五章"的宫调划分只是周德清的一家之言,而远非元代曲坛宫调使用情况的全部真实。陶宗仪"杂剧曲名表"、杨氏二选及其他元代文献在曲牌宫调归属上的不同意见证明了这一点。即使有了周德清的总结,曲牌在宫调间的流动也从未止息,其后,"天台陶九成论曲"、《北词广正谱》所记载大量有宫调出入曲牌就是明证。

明了这一点,可以纠正时人的一些不当做法。如在整理元代文献时,以周德清的"一家之言"去改正原始文献的宫调归属。如关汉卿、胡祗遹、查德卿的小令【一半儿】在《太平乐府》中入黄钟类,而《全元散曲》中依《中原音韵》改入仙吕宫;卢挚【节节高】《题洞庭鹿角庙壁》在《太平乐府》中入仙吕类,《全元散曲》改入黄钟宫。这正是对元代宫调归属多样性认识不足,过分迷信周德清的缘故。另如原典中未标宫调的小令,按《中原音韵》的宫调归属进行补注是否妥当也值得斟酌。笔者以为,"不知宫调"的存疑态度更有利于保留文献的原貌。

2. 元曲宫调系统的建立有一个过程。

笔者推测,很可能北曲在民间阶段亦如南曲,为"本无宫调,亦罕节奏"的"随心令"。磁州窑百姓日用瓷器上的散曲没有一首标明宫调也说明了这一点。具有参照意义的还有明代沈德符关于小曲的那段有名的记载。在列举一系列小曲牌调后,沈德符说:

　　自两淮以至江南,渐与词曲相远,不过写淫媒情态,略
具抑扬而已。比年以来,又有【打枣竿】、【挂枝儿】二曲,
其腔调约略相似,则不问南、北,不问男、女,不问老、幼、
良、贱,人人习之,亦人人喜听之,以至刊布成帙,举世传
诵,沁人心腑——其谱不知从何来——真可骇叹![①]

　　虽然这则材料年代较晚,但极具启示性,在某种程度上可
以说是元曲在民间阶段发展实况的"重演"。这些"略具抑
扬","其谱不知从何而来"的民间曲唱根本谈不上宫调的
讲求。

　　元曲宫调曲牌系统的建构是集中在元代后期展开的。周
德清《中原音韵》"乐府三百三十五章"是其中最重要的成果。
此后讨论一直在继续,《辍耕录》"杂剧曲名表"、"天台陶九成
论曲"、《北词广正谱》等都是不同学者在不同时段所做的总
结。最终以周德清宫调曲牌系统的经典化,奠定独尊地位而告
终。而与这一过程相伴随的是,北曲在舞台上的凋零,并最终
成为广陵散。活态北曲宫调使用的混杂与案头化北曲宫调标
注的整饬构成鲜明的对比,意味深长。这对于我们反思北曲
"宫调"的指义有重要的启示意义。

　　3. 在元曲宫调体系的建构中套数尤其是首曲有着重要
意义。

　　宫调是应套数形式而产生的。这在古代曲选曲集的宫调
标注习惯中也可以得到印证,即套数标宫调,小令不标宫调。
对曲牌的宫调划定与联套实践紧密相关,并以"团组"为单位
来进行,在这之中首曲的统领作用尤其值得关注。首曲宫调

---

① 　（明）沈德符《顾曲杂言》,《中国古典戏曲论著集成》(四),第213页。

定,与之联套曲牌宫调随之而定。而套数的首曲是有限的,越到后来越集中于少数定式,诸如正宫【端正好】套、仙吕【点绛唇】套、南吕【一枝花】套、中吕【粉蝶儿】套、越调【斗鹌鹑】套、双调【新水令】套等。正是因为宫调与套数首曲的固定联系以及套数首曲的统领作用,所以元人往往用"宫调+首曲"来标注套曲,甚至有时首曲也被省略,而以宫调代替。如前文所说元刊杂剧中首曲直接标明"正宫",省略【端正好】;标明"越调",省略【斗鹌鹑】,都是这样的用例。在此,宫调已成为套式的标签。

本节力图打破我们对《中原音韵》每一曲牌都有固定宫调的迷信,还原元曲曲牌与宫调关系的复杂态势和动态建构过程。但在这种"复杂多变"中,我们仍然可以看到某些规律性的东西,即曲牌在宫调间出入往往具有"定向性",其中正宫和中吕宫之间的关系尤其紧密。宫调间的音乐逻辑关系仍然不容否认。吴梅、孙玄龄、洪惟助等多位学者先后曾就南北曲宫调与笛色之间的关系进行过还原,虽然他们的结论受到复杂实例的挑战,后来者也颇多质疑,但笔者认为就此否定元曲宫调的音乐旨义仍然是不妥当的,只是其旨义不像我们原来想象的那么简单罢了。

第二节　元曲曲牌在体式间传播

元曲有剧套、散套、小令不同体式,而其所用曲牌也有所不同,前人研究中对此已多有涉及。如《北词广正谱》在每一宫调下都有"套数分题"、"小令"两项,是对小令、套数所用曲牌的简单分类。吴梅《南北词简谱》、郑骞《北词新谱》等律谱著作也多注明曲牌的功用,其中以《北曲新谱》最为详尽全面。而率先对散曲各体式的用调情况进行统计的是任二北先生。他在《散曲之研究》"用调第五"一节中,列出散曲"小令专用者"共50调,"小令套曲兼用者"共69调,"带过曲调式"共34调。因为《散曲之研究》为通史论著,所以数据中包含一些明清后起的曲牌,如【扫晴娘】即为明代朱有燉所制新调。还有一些牌调的计入需要商榷,如高平调在元曲中已消亡,任先生延续《北词广正谱》的说法,将该宫调下的【木兰花】、【于飞乐】也计入。

孙玄龄《元散曲的音乐》把时限划定在元代,统计出散曲专用于小令者62种(包括39个曲牌和23支带过曲),另有58个小令和套曲合用的曲牌。但由于讨论的范围为散曲,对剧套曲牌的使用情况照顾不够,所以产生了一些新的错漏。如【金字经】,任二北先生已然对《广正谱》作出修正,"有时借入双调之套曲中",故不再列入小令曲牌中,今存王实甫《丽春堂》、《破窑记》中的用例可为证。但《元散曲的音乐》却仍将它列入小令专用曲调,同样情况的还有【山坡羊】、【干荷叶】、【醉太平】等。

任先生、孙先生的统计主要限于散曲,目前对北曲各体裁的用调情况统计最为详尽的是李昌集《中国古代散曲史》。李先生开列了"小令、套数均使用者"、"剧套、散套均使用者"、"剧套专用者"、"散套专用者"、"小令专用者"五类情况,对前人的错漏多有纠正。但其统计的基础是郑骞《北曲新谱》,所以有些地方也延续了《北曲新谱》的错误,如将【普天乐】归入散套、剧套专用类。而实际上该调同时也是小令曲牌。关汉卿有名的《崔张十六事》组曲就由十六首【普天乐】重头小令组成。

　　本书在吸纳前辈成果的基础上，以现存元曲为范围，对元曲各体式的用调情况进行了重新统计①。

一、元曲各体式用调统计

　　我们把曲牌的使用情况分为：小令、剧套、散套兼用曲牌；小令、散套兼用曲牌；小令、剧套兼用曲牌；散套、剧套兼用曲牌；剧套专用曲牌；散套专用曲牌；小令专用曲牌七种。本书将带过曲看作小令的特殊形式（详论参见后文），统计时以单个曲牌为单位，而整个带过曲曲牌不另计。

　　1. 小令、剧套、散套兼用曲牌 58 章

　　黄钟宫：【出队子】、【刮地风】、【节节高】

　　正　宫：【脱布衫】、【叨叨令】、【塞鸿秋】、【小梁州】、【醉太平】、【双鸳鸯】

　　南吕宫：【骂玉郎】、【感皇恩】、【采茶歌】、【玉交枝】

　　仙吕宫：【醉中天】、【后庭花】、【寄生草】、【游四门】、【青哥儿】、【那吒令】、【鹊踏枝】

　　中吕宫：【醉高歌】、【迎仙客】、【红绣鞋】、【快活三】、【十二月】、【尧民歌】、【普天乐】、【喜春来】、【上小楼】、【满庭芳】

　　双　调：【驻马听】、【步步娇】、【沉醉东风】、【水仙子】、【庆宣和】、【庆东原】、【拨不断】、【落梅风】、【风入松】、【折桂令】、【雁儿落】、【得胜令】、【殿前欢】、【清江引】、【甜水令】、【胡十八】、【一锭银】、【碧玉箫】、【阿纳忽】、【沽美酒】、【太平令】

　　越　调：【天净沙】、【小桃红】、【寨儿令】、【黄蔷薇】、【庆

---

① 尾声曲牌是与套数体制相关的特殊曲牌，对研究曲牌在各体式间传播的问题意义不大，故不纳入统计范围。李昌集先生《中国古代散曲史》亦未纳入。

元贞】

商　调：【梧叶儿】、【挂金索】

以上共计 58 章。其中【脱布衫】、【那吒令】、【鹊踏枝】、【骂玉郎】、【感皇恩】、【采茶歌】、【快活三】、【十二月】、【尧民歌】、【黄蔷薇】、【庆元贞】、【沽美酒】、【太平令】、【一锭银】、【雁儿落】在小令中只用于带过曲。

2. 小令、散套兼用曲牌 1 章

商　调：【玉抱肚】

3. 小令、剧套兼用曲牌 23 章

正　宫：【白鹤子】

南吕宫：【干荷叶】、【金字经】、【四块玉】

仙吕宫：【醉扶归】、【一半儿】

中吕宫：【乔捉蛇】、【朝天子】、【四边静】、【山坡羊】、【齐天乐】、【红衫儿】

双　调：【捣练子】、【大德歌】、【得胜乐】、【殿前喜】、【四季花】、【鱼游春水】、【春闺怨】

越　调：【凭栏人】、【酒旗儿】

商　调：【凉亭乐】、【望远行】

其中【齐天乐】、【红衫儿】、【四边静】、【殿前喜】4 章小令用例仅见于带过曲。

4. 散套、剧套兼用曲牌 105 章

黄钟宫：【醉花阴】、【喜迁莺】、【四门子】、【古水仙子】、【者刺古】、【寨儿令】、【神仗儿】

正　宫：【端正好】、【滚绣球】、【呆骨朵】、【倘秀才】、【伴读书】、【笑和尚】、【六幺遍】、【货郎儿】

南吕宫：【一枝花】、【梁州第七】、【隔尾】、【牧羊关】、【菩萨梁州】、【哭皇天】、【乌夜啼】、【贺新郎】、【梧桐树】、【斗虾

蟆】、【鹌鹑儿】

大石调：【六国朝】、【归塞北】、【初问口】、【怨别离】、【雁过南楼】、【喜秋风】、【擂鼓体】、【净瓶儿】、【好观音】

仙吕宫：【赏花时】、【八声甘州】、【点绛唇】、【混江龙】、【油葫芦】、【天下乐】、【村里迓鼓】、【元和令】、【上马娇】、【胜葫芦】、【柳叶儿】、【六幺序】、【金盏儿】、【穿窗月】、【上京马】

中吕宫：【粉蝶儿】、【醉春风】、【石榴花】、【斗鹌鹑】、【鲍老儿】、【剔银灯】、【蔓菁菜】、【柳青娘】、【道和】

双　调：【新水令】、【乔牌儿】、【锦上花】、【搅筝琶】、【乔木查】、【夜行船】、【挂玉钩】、【川拨棹】、【七兄弟】、【梅花酒】、【收江南】、【乱柳叶】、【豆叶黄】、【早乡词】、【石竹子】、【山石榴】、【醉娘子】、【相公爱】、【小拜门】、【大拜门】、【也不罗】、【风流体】、【忽都白】、【唐兀歹】、【小喜人心】、【月上海棠】、【牡丹春】

越　调：【斗鹌鹑】、【紫花儿序】、【金蕉叶】、【调笑令】、【秃厮儿】、【圣药王】、【麻郎儿】、【络丝娘】、【绵搭絮】、【鬼三台】、【梅花引】

商　调：【集贤宾】、【逍遥乐】、【金菊香】、【醋葫芦】、【双雁儿】、【凤鸾吟】

般涉调：【哨遍】、【耍孩儿】

5. 剧套专用曲牌35章

正　宫：【蛮姑儿】、【穷河西】、【芙蓉花】

仙吕宫：【端正好】、【忆王孙】、【雁儿】、【玉花秋】

中吕宫：【鬼三台】、【播海令】、【古竹马】、【叫声】、【古鲍老】、【红芍药】

双　调.【小将军】、【楚江秋】、【镇江回】、【五供养】、【庚

丰年】、【秋莲曲】、【太清歌】、【测砖儿】、【竹枝歌】、【东原乐】

越　调：【拙鲁速】、【雪里梅】、【青山口】、【耍三台】、【眉儿弯】、【古竹马】、【小络丝娘】

南吕宫：【红芍药】

商　调：【送远行】、【浪里来】

大石调：【憨货郎】、【月儿弯】

以上剧套专用曲牌35章。这些曲牌现存用例均极少，只有【红芍药】（25例）、【端正好】（仙吕）（20例）、【东原乐】（12例）、【拙鲁速】（12例）、【叫声】（10例）5章用例稍多，其他各章用例均不足10例，有不少仅存1例。

6. 散套专用曲牌47章

黄钟宫：【侍香金童】、【降黄龙衮】、【六幺序】、【九条龙】、【文如锦】、【女冠子】、【愿成双】

正　宫：【菩萨蛮】、【月照庭】

大石调：【青杏子】、【憨郭郎】、【催拍子】、【荼蘼香】、【蓦山溪】、【还京乐】、【女冠子】

小石调：【恼杀人】、【伊州遍】

仙吕宫：【六幺遍】、【六幺令】、【大安乐】、【翠裙腰】、【袄神急】、【绿窗愁】

中吕宫：【鲍老三台滚】、【酥枣儿】

双　调：【驻马听近】、【挂玉钩序】、【行香子】、【天仙令】、【蝶恋花】、【金娥神曲】、【醉春风】、【减字木兰花】、【间金四块玉】、【小阳关】

商　调：【定风波】、【水仙子】、【南乡子】

商角调：【黄莺儿】、【踏莎行】、【盖天旗】、【垂丝钓】、【应天长】

般涉调：【麻婆子】、【墙头花】、【急曲子】

以上散套专用曲牌共 47 章。除大石调【青杏子】、仙吕【六幺遍】外今存用例均在 10 例以下，其中 28 章仅存 1 例。多为杂剧不用的般涉调、商角调、小石调下属曲牌。这些曲牌多来自大曲、词乐、唱赚，元曲本生曲牌极少。在用例上，以前期作品为多。这说明散套较之剧套与旧体音乐样式之间的联系更为紧密。这也是北曲散套早于剧套的证据之一。

7. 小令专用曲牌 26 章

黄钟宫：【红锦袍】、【昼夜乐】、【贺圣朝】

正　宫：【黑漆弩】、【甘草子】、【汉东山】

大石调：【初生月儿】

仙吕宫：【三番玉楼人】、【锦橙梅】

中吕宫：【四换头】、【卖花声】、【摊破喜春来】

双　调：【快活年】、【骤雨打新荷】、【新时令】、【山丹花】、【十棒鼓】、【青玉案】、【秋江送】、【枳郎儿】、【河西六娘子】、【皂旗儿】、【袄神急】、【华严赞】、【对玉环】、【楚天遥】

以上小令专用共 26 章，其中【摊破喜春来】、【楚天遥】仅见带过曲用例。除【黑漆弩】、【卖花声】外，现存用例均在 10 首以下，仅见 1 首者就有 16 章。另有仅见于无名氏者 12 章。

我们可以把上面开列的七种情况分为两组：前四种为一组，其学术意义在于探讨小令、剧套、散套在曲牌运用上的相关性；后三种为一组，体现了三种体式在用曲上的相对独立性。其中兼用者共计 187 章，专用者 108 章，可见各体式在曲牌上的相关性大于独立性。这一点还表现在，前四种情况的曲牌占了元曲现存用例的绝大部分，各体式专用的曲牌今存用例都很少，一般均在 10 首以下，超过半数曲牌今仅存 1 首。在各体式间的通用性是曲牌流行的标志之一，换句话说，没有哪一个热门曲牌专用于一种体式。

第一组四类情况是我们研究的重点，借此我们可以透视曲牌在不同体式间的传播情况。

二、曲牌在体式间传播的多样态

首先，从第一组四类情况的统计结果中我们可以看到，各体式在曲牌运用上的相关程度有所不同。按相关性递减排列，依次是：剧套与散套—剧套与小令—散套与小令。

散套、小令仅有1种共用曲牌。仅存的这1种还不排除剧套用例遗失的可能。也就是说，今日所谓散曲（散套、小令）在曲牌体系上的独立性几乎可以忽略不计。散套与小令在曲牌运用上的直接相关性甚至远不如剧套与小令。而剧套、小令兼用曲牌的出现则说明，剧套可以直接摘调进入小令，或将小令曲牌纳入剧套，并不一定需要散套的中介作用。

"剧套、散套兼用"类占比最多（105章），占了纳入统计曲牌总数的三分之一以上。如果加上第一类"散套、剧套、小令兼用"的58章，散套、剧套共用的曲牌合计共有163章，占据了元曲曲牌总数的近二分之一。这表明：第一，作为元曲区别于词乐的特殊体式，套数具有极强的曲牌吸纳能力。第二，散套、剧套在曲牌运用上有极强的联动性，套数音乐是自成体系的，这与散套、小令通用的曲牌极少形成鲜明对比。从用调上看，散套与剧套的相似性远大于散套与小令。而今日杂剧、散曲研究的两分，恰恰遮蔽了这一点，不利于我们更深刻地理解元曲。

此前学界对于元曲曲牌功用的研究大多止于此种静态分析。我们要在前人的基础上有所推进，就要加入时间维度，以展现曲牌在各体式间传播的实态。方法是统计同一曲牌不同体式的首见者。下面以最具代表性的"小令、散套、剧套兼用者"58章为例做一统计,列表如下:

表5.2 小令、散套、剧套兼用曲牌首作者调查表

说明:

(1) 表格中的作家是同一代群中的代表,原则上取年代最早者;作家后标注的数字表示该作家所属代群。元曲作家代群的具体划分情况参见本书表1.1《主要元曲作家代群划分一览表》。

(2) 本表依宫调排序。

曲牌名	杂剧首见者	散套首见者	小令首见者
出队子	关汉卿(2)	关汉卿(2)	汤式(5)
刮地风	关汉卿(2)	侯正卿(2)	赵显宏(4)
节节高	关汉卿(2)	宋方壶(5)	卢挚(2)
叨叨令	关汉卿(2)	曾瑞(4)	邓玉宾(3)
塞鸿秋	关汉卿(2)	刘时中(4)	张可久(4)
脱布衫	关汉卿(2)	盍西村(1)	张鸣善【脱布衫过小梁州】(5)
小梁州	关汉卿(2)	曾瑞(3)	张可久(4)
醉太平	关汉卿(2)	吴昌龄(3)	阿里耀卿(3)
双鸳鸯	白朴(2)	荆干臣(2)	王恽(2)
那吒令	关汉卿(2)	于伯渊(3)	无名氏带过曲【那吒令过鹊踏枝寄生草】
鹊踏枝	关汉卿(2)	于伯渊(3)	无名氏带过曲【那吒令过鹊踏枝寄生草】
寄生草	关汉卿(2)	关汉卿(2)	白朴(2)
醉中天	关汉卿(2)	王和卿(2)	王修甫(1)

（续表）

曲牌名	杂剧首见者	散套首见者	小 令 首 见 者
游四门	关汉卿(2)	不忽木(3)	无名氏
后庭花	关汉卿(2)	于伯渊(3)	元好问(1)
青哥儿	关汉卿(2)	王实甫(3)	马致远(3)
迎仙客	关汉卿(2)	马致远(3)	曾瑞(3)
红绣鞋	关汉卿(2)	冯子振(3)	卢挚(2)
普天乐	关汉卿(2)	曾瑞(3)	关汉卿(2)
醉高歌	关汉卿(2)	侯正卿(2)	姚燧(2)
喜春来	马致远(3)	商道(1)	元好问(1)
上小楼	关汉卿(2)	姚守中(2)	吴仁卿(3)
满庭芳	关汉卿(2)	马致远(3)	姚燧(2)
十二月	关汉卿(2)	王廷秀(2)	王实甫【十二月过尧民歌】(3)
尧民歌	关汉卿(2)	王廷秀(2)	王实甫【十二月过尧民歌】(3)
快活三	关汉卿(2)	邓玉宾(3)	胡祗遹【快活三过朝天子】(2)
骂玉郎	关汉卿(2)	乔吉(4)	曾瑞【骂玉郎过感皇恩采茶歌】(3)
感皇恩	关汉卿(2)	乔吉(4)	曾瑞【骂玉郎过感皇恩采茶歌】(3)
采茶歌	关汉卿(2)	乔吉(4)	曾瑞【骂玉郎过感皇恩采茶歌】(3)
玉交枝	杨景贤(5)	朱庭玉(4)	乔吉(4)
驻马听	关汉卿(2)	关汉卿(2)	白朴(2)

（续表）

曲牌名	杂剧首见者	散套首见者	小令首见者
沉醉东风	关汉卿(2)	关汉卿(2)	白朴(2)
步步娇	关汉卿(2)	关汉卿(2)	商挺(1)
庆宣和	李直夫(2)	关汉卿(2)	无名氏①
庆东原	关汉卿(2)	关汉卿(2)	白朴(2)
拨不断	白朴(2)	高文秀(3)	王和卿(2)
落梅风	关汉卿(2)	关汉卿(2)	严忠济(1)
风入松	白朴(2)	商道(1)	赵天锡(2)
雁儿落	关汉卿(2)	商道(1)	杜仁杰带过曲(1)
得胜令	关汉卿(2)	姚燧(2)	杜仁杰（带过曲）(1)、张养浩（小令）(5)
水仙子（双调）	关汉卿(2)	姚燧(2)	马致远(3)
殿前欢	关汉卿(2)	无名氏《自然集》	张弘范(2)
甜水令	关汉卿(2)	关汉卿(2)	无名氏（道曲）
折桂令	关汉卿(2)	姚燧(2)	刘秉忠(1)
清江引	关汉卿(2)	关汉卿(2)	马致远(3)
沽美酒	关汉卿(2)	姚燧(2)	张养浩【沽美酒兼太平乐】(4)
太平令	关汉卿(2)	商道(1)	张养浩【沽美酒兼太平乐】(4)
胡十八	关汉卿(2)	关汉卿(2)	张养浩(4)

① 参见本书附录《宋金元瓷器考古收藏原始报告中的词曲》。

（续表）

曲牌名	杂剧首见者	散套首见者	小 令 首 见 者
一锭银	王实甫（3）	关汉卿（2）	无名氏【一锭银过大德乐】
阿纳忽	李直夫（2）	商道（1）	无名氏
碧玉箫	王实甫（3）	关汉卿（2）	关汉卿（2）
小桃红	关汉卿（2）	关汉卿（2）	杨果（1）
天净沙	关汉卿（2）	关汉卿（2）	商道（1）
寨儿令	关汉卿（2）	曾瑞（3）	张养浩（4）
黄蔷薇	无名氏《盆儿鬼》	吴仁卿（3）	顾德润、高克礼带过曲（4）
庆元贞	无名氏《盆儿鬼》	吴仁卿（3）	顾德润、高克礼带过曲（4）
梧叶儿	郑廷玉（2）	王实甫（3）	王和卿（2）
挂金索	王实甫（3）	侯正卿（2）	王玠（5）

　　由上表我们可以看出，曲牌在各体式间的传播情况是非常复杂的。有些曲牌同时出现在小令、剧套、散套中。如【寄生草】同时出现于第二代曲家关汉卿的杂剧、散套和白朴小令中。但更多的曲牌在剧套、散套、小令使用上有先后。三种体式都有最先使用的情况。先用于小令的如【后庭花】、【喜春来】、【步步娇】、【落梅风】、【折桂令】、【小桃红】、【天净沙】等。这些曲牌第一代曲家已有小令创作，但到第二代曲家才进入散套、剧套中。剧套率先使用的如【出队子】、【刮地风】、【小梁州】、【塞鸿秋】、【寨儿令】等。它们在第二代作家笔下已经进入杂剧创作中，而到了第四代、第五代作家才用于小令。先用于散套的如【太平令】，首见于第一代曲家商道的散套中，第

二代曲家带入剧套,用于小令(带过曲)则迟至第四代曲家张养浩。

　　这些曲牌在具体的传播路线上更是各不相同:有散套、剧套先用后流入小令的,如【刮地风】;有小令、散套先用,后流入剧套的,如【喜春来】;也有剧套、小令先用后流入散套的,如【节节高】。曲牌在体式间的实际传播情况是多点对多点的自由传播,而非有固定起点和终点的单向度传播,更不会按某一理论逻辑来进行。小令曲牌入套与摘调成小令,是双向的两个过程,因牌调而异。我们不能执一端而不计其余,而是应具体曲牌具体分析。

　　最后需要特别强调的是:在此我们讨论的是各体式的用调情况,这与小令、剧套、散套三种体式孰早孰晚,谁为本源谁为派生并不是同一层面的问题。前者着眼曲牌,后者着眼体制;前者为传播问题,后者为发生学问题。

三、曲牌在体式间传播与格律变异

　　大多数曲牌在不同体式之间传播,句法格律没有变化,但也有部分曲牌有程度不同的变异。其中以曲牌在小令、套数之间的变异最为常见。差别比较大的如商调【玉抱肚】。此调在散套中的定格为十四句:4,7,6,6,7,6,3,3,3,3,4,4,4,4,4。而小令【玉抱肚】只有五句:4,7,5,7,6。应是截取了散套体的前五句并稍有变异。双调【甜水令】主要用于散套、剧套,定格八句:4,4,4,5,4,4,4,7。小令仅见《鸣鹤余音》中的4首,每首只有四句:7,5,7,4,较之套数一体句法变异较大。

　　还有一些曲牌在小令和套曲中的格律变化是细微的,主要是用韵、平仄和是否增句、是否有幺篇等方面的差异。如:

仙吕宫【后庭花】："小令套数作法不同,其别有三。一:小令第一句必协韵,套数可不协;第六句反是。二:凡平上通用处,小令均用平声,套数可通用。三:小令不能增句,套数可增句。"①

仙吕宫【青哥儿】："小令仅见马(致远)作十二首,句法与套数体相同,平仄小异。套数体必须增句,小令反是;套数首两句叠字,小令不叠。"②

双调【拨不断】："增句仅见杂剧及诸宫调用之,小令散套未见用者。"③

中吕宫【上小楼】："作小令不用么篇;作散套杂剧宜用么篇,不用者居少数。"④

同一曲牌在散套、剧套之间传播有时也有这样的差别:

仙吕宫【元和令】："入剧套须每句协韵,散套可隔句协韵。"⑤

般涉调【哨遍】："(【幺篇换头】)散套用否均可,剧套不用。"⑥

虽然有上述情况存在,但曲牌在各体式间传播时格律保持凝定不变仍是主流。这表现了元曲曲牌一曲多用的特性。正如清初周亮工所言:"其曲分视之则小令,合视之则大套,插入

---

① 郑骞《北曲新谱》,第90—91页。
② 郑骞《北曲新谱》,第94页。
③ 郑骞《北曲新谱》,第320页。
④ 郑骞《北曲新谱》,第148页。
⑤ 郑骞《北曲新谱》,第87页。
⑥ 郑骞《北曲新谱》,第202页。

宾白则成剧,离宾白亦成雅曲。"①曲牌在散套、剧套、小令三种体式之间是体同用殊的关系。

四、曲牌在体式间的传播方式:
摘调、化用与插唱

通过以上探讨,我们知道了曲牌在各体式间传播的复杂情况。那接下来的疑问是:这种传播是如何实现的呢?

我们可以想见,曲牌在体式间的传播最开始应是以具体曲子的传播为先导的。比如某一套曲中的支曲因为格外优美动听,在传播中被摘出来单独传播,后来人们干脆就把它当作小令曲牌来模拟创作,于是具体曲目的传播现象就演化成了曲牌在体式间的传播现象。反言之,由小令到套数应该也是如此。套数摘调成小令,小令插唱入剧套是两个同时进行的过程,在现存作品中都有实例可证。

我们先说摘调。元曲中的摘调实际与大曲摘遍成词调是同一性质的现象。《中原音韵》"定格四十首"中的【金盏儿】即摘自杂剧《岳阳楼》,【迎仙客】摘自杂剧《王粲登楼》,【四边静】摘自杂剧《西厢记》,在【雁儿落得胜令】下也有"指甲摘"的字样。在谈到叶儿、套数、乐府之别时周德清又说:"套数中可摘为乐府者能几?"②这些都证明了摘调现象在元代现实演唱中的存在。

除《中原音韵》外,元人曲选中也不乏这样的例证。《乐府新声》上卷马致远【双调·新水令】《题西湖》散套中有【庆东

---

① (清)周亮工《书影》,上海古籍出版社,1981年版,第22页。
② (元)周德清《中原音韵》,《中国古典戏曲论著集成》(一),第234页。

原】曲：

> 暖日宜乘轿，春风堪试马，恰寒食有二百处秋千架。向人娇杏花，扑人衣柳花，迎人笑桃花。来往画船游，招飐青旗挂。①

而在元人曲选《阳春白雪》前集卷三中，这首曲子又见于白朴名下，为只曲小令，字句微有不同：

> 暖日宜乘轿，春风宜试马，恰寒食有二百处秋千架，对人娇杏花，扑人飞柳花，迎人笑桃花。来往画船边，招飐青旗挂。②

马致远同套中另有一首【一锭银】：

> 欲赋终焉力不加，囊箧更俱乏。自赛了儿婚女嫁，却归来林下。③

这首曲子重见于《乐府新声》卷下，著录为无名氏双调【一锭银】小令：

> 欲卜终焉力不加，囊箧俱乏。等赛了儿婚女嫁，却归来林下。④

---

① 《历代散曲汇纂》，第 74 页。
② 《历代散曲汇纂》，第 7 页。
③ 《历代散曲汇纂》，第 74 页。
④ 《历代散曲汇纂》，第 82 页。

两处引文只在个别字句上稍有出入,曲牌同为【一锭银】,属同一曲无疑。套数需要一韵到底,还要有文脉上有起承转合的统一安排,杂凑已有小令(文意相关还必须是同韵)成套的可能性不大。所以这两处重出,应是小令摘自马致远的散套。因为脍炙人口,被单独传唱,后来竟不知其"娘家"在哪里,故讹题他人。

同一首曲子,小令、散套两收的还有下面一例:

无名氏【双调·新水令】"玉堂春色一更初"散套:

【步步娇】宝髻高盘堆云雾,钗插荆山玉。离洛浦,天赐仙姿出尘俗。更通疏,无半点儿包弹处。① (《乐府新声》上)

商挺【双调·潘妃曲】小令:

宝髻高盘堆云雾,钗插荆山玉。离洛浦,天仙美貌出尘俗。更通疏,没半点儿包弹处。② (《阳春白雪》前集四)

当然,小令与套数之间的曲牌交流还有相反的方向,即小令化入套数。如元刊本《汗衫记》第二折【越调·斗鹌鹑】套有一支【天净沙】:

兀良疏林落日昏鸦,兀的淡烟老树残霞。咱趁着古道西风瘦马,映着夕阳西下,子向那野桥流水人家。③

---

① 《历代散曲汇纂》,第72页。
② 《历代散曲汇纂》,第10页。
③ 徐沁君《新校元刊杂剧三十种》,第307页。

很明显,该曲化用了马致远的小令【天净沙】《秋思》,只不过杂剧曲词加入了更多的口语化衬字,如"兀良"、"兀的"、"咱趁着"、"子向那"等,削弱了原曲类词化的风格,以便能更好地融入通俗的剧曲中。

同样的例子还见于《老庄周一枕蝴蝶梦》第一折:

> (生云)我又醉了。(睡科)(胡蝶仙子上)(舞一折,下)(生醒科,云)适梦中见胡蝶变化,好一个大胡蝶也。(末云)十分胡蝶大,我有个胡蝶词。(生云)你唱。(末唱)
>
> 【醉中天】撑破庄周梦,两翅驾东风,五百处名园一扫一个空。难道风流种,唬杀寻芳蜜蜂。轻轻飞动,把一个卖花人,扇过桥东。①

【仙吕·醉中天】《咏大蝴蝶》是王和卿小令中的名篇,为当时的流行歌曲,史九敬先将其化入《老庄周一枕蝴蝶梦》剧中,既合乎剧情,又能以新潮歌曲吸引观众。

以上两例均属杂剧化用小令的情况,引入的两首小令属剧套中的正曲,与其他曲牌同协一韵。杂剧中还有一类现象是插唱,即由净、杂等次要人物插唱只曲小调,以调剂剧场气氛。与化用不同,这些插唱曲并不在正套之内,标志是另韵。按插唱曲子的性质可以分为:插唱北曲单只小令、插唱南曲、插唱民歌和街市小令、插唱道情等,以插唱北曲单只小令最为常见。如杨显之《临江驿潇湘夜雨》第二折、第四折试官、试官之女分别插唱【醉太平】;刘唐卿《降桑椹蔡顺奉母》第一折白厮赖插

---

① 隋树森《元曲选外编》,第382页。

唱【清江引】,无名氏《张公艺九世同居》第二折净插唱【清江引】,无名氏《小尉迟将斗将认父归朝》第二折李道宗插唱【清江引】;无名氏《朱砂担滴水浮沤记》第一折正末插唱【喜秋风】;郑光祖《钟离春智勇定齐》第二折茶旦插唱【撼动山】;无名氏《刘玄德醉走黄鹤楼》第二折禾旦插唱【楚天遥】等等。因为这些插唱曲极为随意,往往吸收的是当时最为流行的新曲以招徕观众,所以插唱也成为这些新曲调进入杂剧的最初试验,从而成为沟通小令、剧套用曲的桥梁。

曲牌在各体式之间的传播在明清时期仍在进行。如【绵搭絮】元代主要用于剧套中,散套只见于周德清【越调·斗鹌鹑】《双陆》,明代则出现了小令用法,如韩邦奇【北越调·绵搭絮】《边城春到迟》《边城秋来早》《咸阳怀古》等。黄钟【出队子】原只用于剧套、散套,至汤式《笔花集》有酒、色、财、气四首小令。至于《杂剧三集》所收明茅维所作《金门戟》、《醉新丰》、《闹门神》等剧,每折将某宫调的曲牌尽数联入(于每折下注明宫调),包括许多小令专用曲牌,并不顾及各曲牌约定俗成的功用,已完全是文人的案头游戏,与舞台的实际使用关系不大。

第三节　元曲曲牌的自我衍生

杨荫浏先生曾说:"同一曲调,在节奏的改变上,在旋律的细致处理上,可以千变万化……我们有好些深刻动人的歌曲、戏曲和器乐曲,的确是这样从某些已有曲牌的基础上产生出来的。"[1]在元曲曲牌系统中,除了来自旧曲、来自不同地域、不同

---

[1] 杨荫浏《中国古代音乐史稿》,第197页。

文化空间的牌调外,还有一些是曲牌在传播中自我衍生的牌调,即同一曲牌的不同变体。其派生方法大致有以下数种。

一、增 减 字 句

有些曲牌是在原有牌调的基础上,通过增减字句来另创新调。

1. 摊破

"从音乐的角度来讲,在原有曲调的基础上对乐句节奏等稍做增添和调整,称之为'添声'、'摊声';从词体的角度来看,在原有词体的基础上对句数字数略加增添和调整,称之为'摊破'、'添字'。"①摊破在词中已经广泛使用,诸如《摊破浣溪沙》、《摊破木兰花》、《摊破丑奴儿》、《摊破南乡子》等。

元曲中用摊破创制新调的如【摊破喜春来】。元曲已有【喜春来】,为本调,【摊破喜春来】将其第三句摊破为三个三字句,每句上再加三字。陶宗仪《辍耕录》卷二十七"杂剧曲名"表和《元曲选》所录"天台陶九成论曲"曲牌表中还有【摊破采茶歌】、【摊破满庭芳】等,应该也是同类例证。只是在现存元曲中并未见用例,应该是使用并不广泛,在淘洗中渐渐遗失的牌调。

还有一些曲牌为增加衬字后另立新名。如【折桂令】加衬字至百字者为【百字折桂令】;【知秋令】(【梧桐叶】)加衬字至百字则为【百字知秋令】;【塞鸿秋】加衬字至百字者为【百字塞鸿秋】即是。此种情况为临时个例,剔除掉衬字后与常调无异,与摊破不同,故不宜作另一调看待。

---

① 王兆鹏、刘尊明主编《宋词大辞典》,凤凰出版社,2003年版,第41页。

2. 减句

词中已有偷声、减字,与上文添声、摊破,相反相成,"指通过对原有词调词体的乐句、韵律及句式进行减损和调整而形成的一种新的词调词体。"①在元曲曲牌中,也有通过减句创制的新调。如《九宫大成南北词宫谱》、《北曲新谱》均认为,双调【庆丰年】即【庆东原】之减句体,"仅减去四字一语而已"②。【节节高】即为仙吕【村里迓鼓】之减句体。而【小络丝娘】则为【络丝娘】的前两句,其他减去,故云"小"。

3. 特殊定格

还有一些曲牌之间的衍生,虽然也是增加字句,但增加的句式有特殊规定,从而形成本牌调的标志性句格。如【忆王孙】与【一半儿】、【叨叨令】与【塞鸿秋】。

【叨叨令】:第六句必叠第五句。"也么哥"是格,亦作"也末哥",或"也波哥"。③

【塞鸿秋】:此章与【叨叨令】全同,仅第五、六两句彼有定格,此为寻常五字句。④

【一半儿】:此即【忆王孙】,末句嵌入两个"一半儿",故名,曲中多用此体,用【忆王孙】者甚少。⑤

【忆王孙】:此与【一半儿】实是一曲。盖末句添二"儿"字……名曰【一半儿】。末句不用"一半"云云,且将两"儿"字省去者,名曰【忆王孙】。⑥

① 王兆鹏、刘尊明主编《宋词大辞典》,第40页。
② 吴梅《南北词简谱》,第143页。
③ 郑骞《北曲新谱》,第27页。
④ 郑骞《北曲新谱》,第27页。
⑤ 郑骞《北曲新谱》,第104页。
⑥ 吴梅《南北词简谱》,第75页。

　　这种定格的变化想必也会带来整个曲风的变化。比较而言,【一半儿】【叨叨令】更口语化、更有曲味。【一半儿】、【忆王孙】均为第二代曲家白朴、关汉卿等人即有用例。但【一半儿】广泛用于杂剧、小令,而【忆王孙】仅见于杂剧中①,且用例不多。【叨叨令】在关汉卿等人杂剧、邓玉宾等人散曲中广泛使用。【塞鸿秋】主要用于散曲,小令尤多。杂剧只有两处用例,分别为关汉卿《裴度还带》、高文秀《渑池会》,不过《裴度还带》是否为关汉卿作尚存在争议。散曲用例始于郑光祖时代。就现有用例看,【塞鸿秋】的使用晚于【叨叨令】,或为【叨叨令】雅化之形式。

二、集　　曲

　　集曲为用旧曲衍生新曲的方法,即"取一宫中数牌,各截数句而别立一新名是也"②,南曲中多用。其实,集曲也是北曲衍生新调的方法之一。最典型的是【转调货郎儿】,至有九转之数。除一转为本调外,其他转调分别与【卖花声】、【斗鹌鹑】、【山坡羊】、【迎仙客】、【红绣鞋】、【叨叨令】等相犯。

　　除此之外,属于集曲性质的还有【菩萨梁州】。《南北词简谱》:"此曲首五句为【鹌鹑儿】,'风云'二句为【菩萨蛮】,末三句为【梁州第七】,故云【菩萨梁州】。"③【菩萨梁州】在关汉卿、杨显之一代作家作品中即有用例,主要用于剧套。可见北曲中的集曲并非南下受南戏影响的产物,而很可能来源于词调的犯

①　《全元散曲》所收赵庆善【仙吕·忆王孙】《寻梅》《述忆》结尾分别为"一半衔春一半开""一半苍苍一半儿白",实为【一半儿】之误题。
②　吴梅《顾曲麈谈　中国戏曲概论》,上海古籍出版社,2000年版,第17页。
③　吴梅《南北词简谱》,第113页。

调之法。

各宫调内用作尾声的曲牌,也多用集曲之法。如:

【上马娇煞】:【上马娇】一至四句,【煞】末两句。

【后庭花煞】:【后庭花】一至六句,【煞】末句。

【卖花声煞】:【随煞】全支,【卖花声】后三句。

【催拍子带赚煞】:【赚煞】首两句,【催拍子】十六至十八句,【赚煞】后四句。

【雁过南楼煞】:【雁过南楼】首至五句(又一体为首二句),【随煞】全。

【好观音煞】:【好观音】首两句,【正宫煞尾】增句,正宫【尾声】末句。

【眉儿弯煞】:【眉儿弯】首四句,后接【尾声】末一句。

【天净沙煞】:【天净沙】首六句,后接【尾声】末一句。

【神仗儿煞】:【神仗儿】首六句,后接【尾声】末两句。

【黄钟尾】:【隔尾】首两句,中间三字句多少不拘,黄钟【尾声】末两句做结。①

元曲中还有“【金盏儿】系列”曲牌。“乐府三百三十五章”有仙吕宫【金盏儿】、双调【慢金盏】、【高过金盏儿】,《北词广正谱》又增出【低过金盏儿】。依吴梅《南北词简谱》辨析,其区别为:

按【金盏儿】有三格。一为正格,见第二卷仙吕宫内(录王伯成《天宝遗事》内“信难通恨无穷”一支)。一为高过格,即此曲式,盖用【金盏儿】本调四句,而以黄钟【六幺实催】作收,黄钟较双调为高,故云“高过”。一为低过

---

① 参见郑骞《北曲新谱》相关部分。

格,盖用本调【金盏儿】六句,而以般涉【煞】作收,般涉较
双调低,故云"低过"……尚有平过一体,为各谱所未分,
《大成谱》即附在高过格下,盖用【金盏儿】本调四句,接
【混江龙】别体收也……仙吕与双调,同是工调,故可云
"平过"。[①]

由此可见,【金盏儿】各调之别与所犯调不同有关,为集曲
法诞生新曲的又一例证。

元末明初汤式、杨景贤等曲家作品中又有一些新的集曲使
用,如汤式"银甲挑灯"散套中的【刮地风犯】,为【挂金索】首
至四句,【刮地风】四至末句集合而成。杨景贤《西游记》杂剧
第13出中的【三犯后庭花】,则为【元和令】【青哥儿】与【后庭
花】相犯而成。此后受南曲影响,北曲中的集曲也日渐增多,
至《北词广正谱》中已收录【刮地风犯】、【神仗儿犯】、【节节高
犯】、【春闺犯】、【蒙童儿犯】、【二犯白苎歌】、【胡十八犯】、【豆
叶黄犯】等。

三、名同音律不同者

《中原音韵》中开列了"名同音律不同者十六章",这与前
文所论宫调的出入有别,故《中原音韵》对这两种情况采取了
不同的处理方式。宫调出入者并无格律变化,只是"一曲之
用",故只在曲牌后注明,在"三百三十五章"中不重出;而"名
同音律不同者十六章"宫调不同音律有变,故为两调,在"乐府
三百三十五章"中重复计数。这十六章分别是:

---

① 吴梅《南北词简谱》,第181—182页。

黄钟【水仙子】　　　双调【水仙子】

黄钟【塞儿令】　　　越调【塞儿令】

仙吕【端正好】　　　正宫【端正好】

仙吕【祅神急】　　　双调【祅神急】

仙吕【上京马】　　　商调【上京马】

中吕【斗鹌鹑】　　　越调【斗鹌鹑】

中吕【红芍药】　　　南吕【红芍药】

中吕【醉春风】　　　双调【醉春风】

　　周德清"名同音律不同者一十六章"中除【醉春风】以外十四章今有乐谱传世，孙玄龄《元散曲的音乐》对其进行了比较，得出的结论是"它们的确具有着音律不同的特点"①。由此可见，转调也是元曲派生新曲的重要方式之一。

　　因为音律不同，这些曲牌在句法、格律、用法上也有所变异，差异大小不一。有的格律基本全同，如仙吕【端正好】与正宫【端正好】，区别仅在于仙吕【端正好】只入楔子使用，正宫【端正好】则为套数首曲；正宫【端正好】不能增句，仙吕宫【端正好】可增句②。双调【醉春风】与中吕【醉春风】"所异者只少一叠字耳"③。有的摊破句法，稍有变异，如中吕宫【斗鹌鹑】八句，越调【斗鹌鹑】十句，"中吕第五句七字，此破为两个四字，中吕第六句六乙或四字或三字或一字，此则变为两个三字"④。有的除了句数、句法的不同，还有用韵和平仄的差别，并进而影响板式。如双调【祅神急】与仙吕【祅神急】：

---

① 孙玄龄《元散曲的音乐》，文化艺术出版社，1988 年版，第 200 页。
② 参见郑骞《北曲新谱》，第 75 页。
③ 郑骞《北曲新谱》，第 357 页。
① 郑骞《北曲新谱》，第 249 页。

　　双调与仙吕不同处有三。其一,第二句仙吕协平声韵,双调协去声韵。其二,第三句仙吕十仄平平,双调平平仄仄。其三,"雕鞍去"、"眉黛愁"两句,仙吕系一个七字句,双调破为两个三字句;《广正》于此一个七字句及两个三字句,所点板式不同。①（笔者按:《北曲新谱》中的"十"表示可平可仄。）

　　有的在句法、平仄、韵位上的差距均较大,甚至几乎看不出渊源关系。如黄钟宫【水仙子】与双调【水仙子】,仙吕宫【上京马】与商调【上京马】,中吕宫【红芍药】与南吕宫【红芍药】。

　　这些"名同音律不同者"之间的衍生关系有些已经不能寻绎,如仙吕宫【端正好】与正宫【端正好】同时进入白朴、关汉卿等第一代杂剧作家作品中,孰早孰晚,谁派生谁,已不得而知。有些仍然可以考见,如黄钟宫【水仙子】又名【古水仙子】,黄钟宫【寨儿令】又名【古寨儿令】,从称名看,似乎应该早于双调【水仙子】、越调【寨儿令】。中吕【醉春风】在现存元曲中用例甚多,在白朴、关汉卿等人的创作中已经使用,而双调【醉春风】今仅存贯云石【双调·醉春风】"羞画远山眉"散套1处用例,当为后起。

　　除上述之外,派生新曲的方式还有历时之变,如上文已提到的【水仙子】与【古水仙子】、【寨儿令】与【古寨儿令】外,还有【鲍老儿】与【古鲍老】等,可能是同一曲调在不同时间的"取样";地域之变,如【水仙子】与【河西水仙子】、【后庭花】与【河西后庭花】、【锦上花】与【河西锦上花】等;来自大曲不同部分,其中最典型的是"六幺"系列曲牌,如【六幺遍】、【六幺序】、

---

① 郑骞《北曲新谱》,第374页。

【六幺令】。另有【小梁州】、【梁州第七】,当源出【梁州】大曲。另有一些单从牌名上看就可断定有密切联系的如【大拜门】与【小拜门】、【小喜人心】与【大喜人心】、【驻马听】与【驻马听近】、【四块玉】与【间金四块玉】等。只是因为材料的缺乏,无法还原它们变化的路径。还有一些曲牌虽然名目不同,但格律极为近似,如双调【枳郎儿】与商调【浪里来】;正宫【脱布衫】与南吕宫【金蕉叶】;双调【对玉环】与【碧玉箫】、【小将军】与【小阳关】;商调【上京马】与南吕【金菊香】;中吕【四边静】与【四换头】等①,这种近似可能为“不谋而合”,但更大可能是存在密切的衍生关系,只是另立名目后,联系已然渺无可寻。由此可见,元曲曲牌的自我衍生现象比我们想象的还要广泛。除广取博收外,因旧曲作新声,也是元曲曲牌系统不断扩容,蔚为大观的重要路径。

第四节　套数曲牌研究

　　从元曲曲牌功能的统计中我们可以看出,套数(包括散套、剧套)用曲占了元曲曲牌的绝大多数,散套、剧套曲牌具有通用性,联套方式具有同构性。本节即对套数内部用曲情况进行剖析。

　　元曲套数可谓是以曲组和少量支曲为单位的“榫卯式”结构:既有一定程式,又拆装自由。每宫调之下有为数不多的首曲,首曲之后是曲组与单曲组成的不同的套式类型,最后一般有尾声。元曲套数即在这样的框架下变化演进。不断有新的

---

① 　参见吴梅《南北词简谱》、郑骞《北曲新谱》相关牌调的辨析。

曲牌加入到套数中,各曲牌内部的组合和位置的排定也有一个演变的过程,大体趋势是由短到长,滚雪球式的丰富过程。但另一方面,在长套产生之后,一些短套仍在使用,如南吕【一枝花】—【梁州】—【尾声】;仙吕【赏花时】—【么篇】—【赚煞】的套式就很常见,从而形成一种丛林生态——各级物种立体共生的状态。

一、套数首曲曲牌

首曲是套数的核心,它是一套曲子音乐逻辑的起点。检视现存元曲,可以用作首曲的曲牌主要有:

黄钟宫:【醉花阴】、【愿成双】、【侍香金童】、【文如锦】、【女冠子】

正　宫:【端正好】、【月照庭】、【菩萨蛮】

南吕宫:【一枝花】、【梁州第七】

大石调:【六国朝】、【青杏子】、【蓦山溪】、【念奴娇】

小石调:【恼杀人】

仙吕宫:【点绛唇】、【八声甘州】、【赏花时】、【村里迓鼓】、【翠裙腰】、【袄神急】、【六幺令】

中吕宫:【粉蝶儿】、【醉春风】、【石榴花】

双　调:【新水令】、【五供养】、【夜行船】、【乔牌儿】、【行香子】、【风入松】、【蝶恋花】、【驻马听近】、【锦上花】、【乔木查】、【醉春风】

越　调:【斗鹌鹑】、【梅花引】、【南乡子】

商　调:【集贤宾】、【定风波】、【玉抱肚】

商角调:【黄莺儿】

般涉调:【哨遍】、【耍孩儿】

　　以上共计 45 章。仔细分析这些曲牌我们就会发现：

　　第一，散套所用首曲数量远远多于剧套。45 章之中，剧套、散套兼用者 11 章，剧套专用者 2 章（【念奴娇】、【五供养】），其余 32 章为散套专用。即散套首曲共有 43 章，而剧套使用的首曲只有 13 章。由此可见，在联套方式上散套为剧套的先导，具有更多的试验性质。不少仅有一人一作的套数首曲，均见于元代前期作家，也佐证了这一点。剧套则日渐集中于少量热门首曲及其联套方式。

　　第二，各套数首曲使用频率不同，高频使用的首曲不过十几章。各宫调使用频率最高的首曲曲牌依次是：黄钟【醉花阴】、正宫【端正好】、仙吕【点绛唇】、中吕【粉蝶儿】、南吕【一枝花】、双调【新水令】、越调【斗鹌鹑】、商调【集贤宾】、般涉调【哨遍】、商角调【黄莺儿】、大石调【青杏子】、小石调【恼煞人】。而 45 章之中，有 20 章仅见 1 例，多为元初作家所作。如商道【正宫·月照庭】散套、王和卿【大石调·蓦山溪】散套、关汉卿【黄钟宫·侍香金童】散套等。由此可见，各宫调首曲有一个在歌唱试验中，不断淘洗选择的过程，最为经典美听的首曲及其联套方式渐渐占据主流地位，其他首曲则渐渐退出历史舞台。

　　第三，首曲大多来源于旧曲，而元曲本生曲牌只占少数（参见表 5.3《元曲套数首曲来源调查表》）。45 章之中，见于词或与词相关者 29 章；来自诸宫调者 7 章；见于宋杂剧金院本及其他者 2 章；不见前代记载，可能为元曲本生曲牌者仅 6 章，分别是【月照庭】、【恼杀人】、【祆神急】、【翠裙腰】、【五供养】、【锦上花】。而这 6 章都是较少使用的套数首曲，现存用例均在 5 例以下，主要用于散套。各宫调使用频率最高的首曲曲牌，除【斗鹌鹑】外，均见于词调，其中【醉花阴】、【点绛唇】、【八声甘州】、【夜行船】、【行杏子】同时也是词中的热门牌调。

不仅如此,这些来自旧曲的首曲曲牌格律大都与旧曲的格律相同或相近,与诸宫调的关系尤其密切。从中我们可以看到由词唱到曲唱是一个渐变过程,而非突然"改换门庭"。元曲套数是在旧曲的基础上,吸收新声,逐渐加长,滚雪球式的渐进发展,最终形成首曲有限,而联套方式多变的格局。

第四,套数首曲曲牌一般不作小令曲牌。这是因为套数首曲与第二支曲具有超稳定衔接关系,难以独立成曲;另外,也因为套数首曲的"引子"性质①,在音乐上具有不完足性。在45章套数首曲曲牌中只有双调【风入松】可作小令,是唯一例外。这可能是因为【风入松】在散套中不但用作首曲,而且也可联入套中,有一定自由度的缘故。【风入松】作首曲仅见散套,用例极少。

表5.3　元曲套数首曲来源调查表

元曲首曲	唐宋词	金词	诸宫调	宋杂剧、金院本及其他
醉花阴	有	有		宋杂剧有《醉花阴爨》。
愿成双			有	《事林广记》载《愿成双》唱赚谱。
侍香金童	有	有	有	
文如锦			有	
女冠子	有	有	有	
端正好	有			
菩萨蛮	有	有		

---

① 吴梅《南北词简谱》正宫【端正好】注:"北曲凡套数首数曲,皆为散板,即为南曲引子之意。"吴梅《南北词简谱》,第20页。

（续表）

元曲首曲	唐宋词	金词	诸宫调	宋杂剧、金院本及其他
一枝花	有	有	有	
梁州第七	有（梁州令）		有（梁州令、梁州三台等）	大曲有《梁州》。
六国朝				据《独醒杂志》卷五记载,宣和年间流行。
青杏子		有		
蓦山溪	有	有	有	
念奴娇	有	有		
鹧鸪天	有	有		
点绛唇	有	有	有	有
八声甘州	有	有		
赏花时			有	
村里迓鼓				金院本之"诸杂院爨"中有《河转迓鼓》。
六幺令	有	有	有	大曲有《六腰》,宋杂剧、金院本用《六幺》者不在少数。
粉蝶儿	有	有	有	
醉春风	有			
古调石榴花				有
新水令	有			大曲中有《新水》,宋杂剧、金院本中均有《烧花新水》等名目。

（续表）

元曲首曲	唐宋词	金词	诸宫调	宋杂剧、金院本及其他
夜行船	有	有		
乔牌儿			有	
行香子	有	有		
风入松	有	有		
蝶恋花	有	有		
驻马听近	有（驻马听）			
乔木查	有		有（木笪绥）	
醉春风	有			
斗鹌鹑			有	金院本之"诸杂大小院本"中有《斗鹌鹑》，是否曲调名不可确认。
梅花引	有	有		
南乡子	有	有		
集贤宾	有	有		金院本之"诸杂院爨"中有《集贤宾打三教》。
定风波	有	有	有	
玉抱肚	有		有	
黄莺儿	有	有	有	宋杂剧有《三姐黄莺儿》、《卖花黄莺儿》。
哨遍	有		有	
耍孩儿			有	
月照庭				

（续表）

元曲首曲	唐宋词	金词	诸宫调	宋杂剧、金院本及其他
恼杀人				
翠裙腰				
袄神急				
五供养				
锦上花				

二、带幺篇曲牌

在套数首曲之后、尾声之前使用的曲牌相当于南曲的过曲曲牌。其中的基本构件有单曲、曲组、一曲带幺篇。单曲位置自由，机动灵活，可以随意增减，我们暂且不谈。关于曲组，李昌集先生《中国古代散曲史》已有详细论述，不再赘言。在此略谈一下套曲中的带幺篇曲牌。

幺篇有多种表示方式。最常见的是写作【幺篇】，或简省为【幺】；也有标为【二】【三】【四】等数目，如汤式【商调·集贤宾】《友人爱姬为权豪所夺复有跨海征进之行故作此以书其怀》；或标为【又】；或直接重复书写同一牌名。笔者依现存元曲用例统计，共有 87 个曲牌可带幺篇。

黄钟宫：【出队子】、【神仗儿】、【降黄龙衮】、【侍香金童】、【愿成双】、【文如锦】、【女冠子】、【昼夜乐】(8)

正　宫：【端正好】、【小梁州】、【白鹤子】、【月照庭】、【六幺遍】、【黑漆弩】、【滚绣球】(7)

仙吕宫：【端正好】、【赏花时】、【八声甘州】、【胜葫芦】、

【六幺序】、【六幺遍】、【六幺令】、【点绛唇】、【寄生草】、【后庭花】、【金盏儿】、【鹊踏枝】、【上马娇】(13)

南吕宫:【梁州第七】、【隔尾】、【牧羊关】、【乌夜啼】、【玉交枝】、【金字经】(6)

中吕宫:【醉春风】、【上小楼】、【古鲍老】(3)

大石调:【归塞北】、【好观音】、【青杏子】、【催拍子】、【荼蘼香】、【蓦山溪】(6)

小石调:【青杏子】、【恼杀人】、【伊州遍】(3)

般涉调:【哨遍】、【麻婆子】、【墙头花】、【耍孩儿】(4)

商角调:【黄莺儿】(1)

商　调:【集贤宾】、【玉抱肚】、【水仙子】、【醋葫芦】、【金菊香】、【河西后庭花】(6)

越　调:【紫花儿序】、【麻郎儿】、【络丝娘】、【绵搭絮】、【拙鲁速】、【耍三台】、【雪里梅】、【古竹马】、【寨儿令】、【金蕉叶】、【调笑令】、【小桃红】、【圣药王】(13)

双　调:【新水令】、【驻马听】、【驻马听近】、【锦上花】、【乔木查】、【夜行船】、【挂搭沽序】、【山石榴】、【月上海棠】、【行香子】、【骤雨打新荷】、【神曲缠】、【乔牌儿】、【风入松】、【雁儿落】、【山石榴】、【沉醉东风】(17)

其中除【小梁州】、【黑漆弩】、【骤雨打新荷】等少数曲牌为小令带幺篇外,其他都只用于套数(包括剧套和散套)。

如果仔细观察,我们会发现,这些带幺篇曲牌实际上有两种截然不同的情况,两种幺篇的性质也全然不同。

一类带幺篇曲牌为与词调、诸宫调同名曲牌,这占了带幺篇曲牌的绝大多数。这些曲牌只用一支幺篇,从无例外,其性质应是词乐双片结构的遗留。白朴词作《水龙吟》"彩云箫史台空"前有小注云:"幺前三字用仄者,见田不伐《浮沤集》,《水龙吟》二首皆如此。"①这里的"幺"即指词的下片,"幺前"也就是上片的结句三字。由此可见,元人的【幺篇】观念与词之上下片观念是一脉相承的。

联套是曲体较之词体的重要发展。为了全套的整一性,就要削弱每个牌调的独立性,故有词调双片结构向曲牌单片体制的过渡,以使曲牌间的联接更为紧密。不同牌调处于这一转变的不同阶段,对幺篇的使用要求也各不相同。有的要求严格,必须使用幺篇,没有例外,如【愿成双】、【小梁州】、【六幺令】、【月上海棠】等;有的比较随意,可用可不用,如【出队子】、【神仗儿】、【八声甘州】、【醉春风】、【夜行船】等;有的虽有幺篇,但极少使用,如【端正好】、【新水令】、【驻马听】等。还有大量从词牌而来但没有幺篇的曲牌,它们已不再带有词调的双叠烙印,而转变成彻底的单片体制。从套数的发展看,越古老的联套方式保留的幺篇越多,如《阳春白雪》后集卷五收录关汉卿【黄钟宫·侍香金童】"春闺院宇"散套,其联套方式为:【侍香金童】—【幺】—【降黄龙衮】—【幺】—【出队子】—【幺】—【神仗儿煞】。随着套数中元曲本生曲牌曲组的增加和广泛使用,单片曲牌的异调衔接越来越多。

第二类带幺篇的曲牌是形制比较短小的元曲本生曲牌,如【醋葫芦】、【白鹤子】、【牧羊关】等。这些牌调在实际应用中后带【幺篇】数目多少不等,以一支最为常见,但也有连用两支或两支以上的,甚至多至九支。如史九散人《老庄周一枕蝴蝶梦》第二折【牧羊关】连用三支【幺篇】;白朴【双调·乔木查】《对景》散套中【挂搭沽序】连用三支【幺篇】;杨景贤《西游记》

<hr>

① 唐圭璋编《全金元词》,第629页。

第十八出【玉交枝】连用三支【幺篇】；孟汉卿《魔合罗》第四折【白鹤子】连用五支【幺篇】；马致远等《黄粱梦》第二折【醋葫芦】连用九支【幺篇】等等。这实际上也是一种特殊的"曲组"结构，只不过是同曲连接罢了。这些曲牌带幺篇与词调的双片体制影响无关，我们不妨把它们看作套内的重头小令。这些在套曲中连用多个【幺篇】的曲牌，往往能够自成一个音乐段落，用来渲染某种场景或抒发某种复杂情绪，这典型地体现在以下两例中。

王实甫【商调·集贤宾】《退隐》散套：

【醋葫芦】到春来日迟迟庭馆春，暖溶溶红绿稠，闹春光莺燕语啾啾。自焚香下帘清坐久，闲把那丝桐一奏，涤尘襟消尽了古今愁。

【幺】到夏来锁松阴竹坞亭，载荷香柳岸舟。有鲜鱼鲜藕客堪留，放白鹤远邀云外叟。展楸枰消磨长昼，较亏成一笑两查收。

【幺】到秋来醉丹霞树饱霜，绽金钱篱菊秋，半山残照挂城头，老菱香蟹肥堪佐酒。正值着登高时候，染霜毫乘醉赋归休。

【幺】到冬来搅清酣鸡语繁，漾茅檐日影稠，压梅梢晴雪带花留。倚蒲团唤童重烫酒，看万里冰绡染就，有王维妙手总难酬。①

吕止庵【商调·集贤宾】《叹世》散套：

---

① 隋树森编《全元散曲》，第292—293页。

【醋葫芦】到春来听黄莺枝上鸣,闻杜鹃花下啼。声声叫道不如归,囊中钱劝君休爱惜。拚了个醉而醒醒而复醉,席前花影坐间移。

【幺】到夏来看湖光潋滟生,香风处处微。披襟散发绿杨堤,得一日过一日无了一日。争何名利,想人生自古七十稀。

【幺】到秋来看东篱菊绽金,玩长天月似水。正江涵秋景雁初飞,乐吾心笑谈饮数杯。酒逢知契,把黄花乱插满头归。

【幺】到冬来落琼花阵阵飘,剪鹅毛片片飞。横窗梅影映疏篱,草堂中满斟酒数杯。醉时节盹睡,一任教红尘滚滚往来飞。①

引文中的【醋葫芦】及其【幺篇】分咏春、夏、秋、冬四季之景,摘出来看,与一组重头小令无异。因为这些曲牌大都形制短小,故以同调反复的形式,强化音乐的整一性。同曲的反复与变奏,给人以酣畅之感。如无名氏《狄青复夺衣袄车》第三折探子连唱六支【醋葫芦】,以渲染狄青超强绝伦的武艺。白朴《梧桐雨》第四折连用四支【白鹤子】,写唐明皇变乱后回到大内,游园睹物思人的复杂心绪。《西厢记》第五本第二折连用五支【白鹤子】②,分别以"这琴"、"这玉簪"、"这斑管"、"这裹肚"、"这鞋袜儿"起句,由张生——咏唱莺莺所赠信物的深切寓意,以寄托剧中人物的两地相思。

---

① 隋树森编《全元散曲》,第 1131 页。
② 这里【白鹤子】后标注的不是【幺篇】,而是【二煞】、【三煞】、【四煞】、【五煞】。但该套后尚有【快活三】、【朝天子】、【贺圣朝】、【耍孩儿】、【二煞】、【三煞】、【四煞】、【尾】等牌调。很显然,第一处出现的【二煞】、【三煞】、【四煞】、【五煞】所指确为【白鹤子】幺篇。

孙玄龄《元散曲的音乐》云："大量使用幺篇的套曲，无论剧曲或是散曲，都是以在商调中最为突出，而且是以【醋葫芦】一个曲牌的大量重复最引人注目。另外，南吕宫的【清江引】、【玉交枝】，越调的【圣药王】等曲牌也有使用较多幺篇的现象，但不如商调【醋葫芦】使用幺篇那样普遍和明显。"①由上面的统计结果看，孙先生的论断稍有误差，幺篇的使用并非以商调最为突出，双调、越调、仙吕宫、黄钟宫等使用幺篇的曲牌都要比商调多。但孙先生指出的商调【醋葫芦】确实是非常有特色。前文提到马致远等《黄粱梦》第二折【醋葫芦】连用九支【幺篇】，也就是连用了十支【醋葫芦】。而在《清平山堂话本》中有《刎颈鸳鸯会》一篇，叶德均《宋元明讲唱文学》认为是宋代民间的鼓子词，唱的部分正是十首《商调·醋葫芦》。看来这些曲牌多支连用往往是有前代渊源的。这种使用习惯在后代也仍有延续，如明代陈铎就用十首【醋葫芦】写了《青楼十咏》、《美人十咏》等组曲。还有一些曲牌幺篇使用的渊源我们无从知晓，如双调【金娥神曲】固定的四支连用体例从何而来？既为"神曲"，四支连用是不是与宗教祭祀的程式有关呢？

从现存用例看，某些曲牌【幺篇】的使用情况，在不同时期是有所变化的。总体上看，是使用越来越普遍、随意。不少曲牌在早期原本没有幺篇连用的情形，而到元末明初作家作品中开始出现。如仙吕宫【上马娇】、南吕宫【乌夜啼】、【玉交枝】、【金字经】等使用幺篇仅见杨景贤《西游记》中用例，越调【圣药王】使用幺篇首见于周德清《越调·圣药王》《双陆》散套，双调【山石榴】使用幺篇首见于贾仲明《金童玉女》第四折等等，均为后起现象。至明代散曲、杂剧，这种现象就更为突出。如前

---

① 孙玄龄《元散曲的音乐》，第68页。

面孙玄龄先生引文中提到的【清江引】(按:孙先生此处恐有笔误,【清江引】当属【双调】而非南吕宫)在元代并无幺篇用例,而明杂剧徐渭《雌木兰》第二出,却连用七支【前腔】(北曲【幺篇】在南曲称为【前腔】,明杂剧中已混用),《画堂春》楔子中【清江引】连用四支【幺篇】。

　　另外,多煞带尾形式中的多支煞曲,实际上也是重复使用的幺篇,我们放到尾声曲牌来谈。

三、尾 声 曲 牌

　　燕南芝庵《唱论》曰"有尾声名套数",把尾声作为套数的标志性部分。《九宫大成南北词宫谱》也说"北调煞尾,最为紧要,所以收拾一套之音节,结束一篇之文情"①,可见尾声的重要性。

　　在尾声曲牌的讨论中首先要回答的一个问题是:尾声是不是曲牌?

　　曲之尾声始自缠令。宋灌圃耐得翁《都城纪胜·瓦舍众伎》云:"有引子、尾声为缠令。"②后为唱赚吸收,又以唱赚为中介进入诸宫调。宋代的缠令、赚曲和早期诸宫调的尾声一般是三句,各句拍数不同,共计十二拍。宋陈元靓《事林广记》辛集卷上"遏云要诀"云:"尾声总十二拍。第一句四拍,第二句五拍,第三句三拍煞。此一定不逾之法。"③《事林广记》续集卷七【黄钟宫·愿成双】唱赚谱(有谱无词)其尾声就叫【三句儿】。与这种单一形式相联系的是尾声的依附性。所以有学者据此

① 《九宫大成南北词宫谱·凡例》。
② (宋)孟元老等《东京梦华录(外四种)》,第96页。
③ (宋)陈元靓《事林广记》,中华书局,1999年版。

认为一曲带尾并非套曲,尾声并非曲牌①。

　　但我们不能忽视的是,北曲尾声在此基础上已有了长足发展,与三句儿尾声形式已不可同日而语。早在《董解元西厢记》中就出现了【三煞】、【错煞】、【绪煞】的形式,至元曲,尾声的名目更为繁多。《中原音韵》"乐府三百三十五章"、《辍耕录》"杂剧曲名"表已将各色尾声与其他曲牌并列,此后《太和正音谱》、《北词广正谱》等北曲曲谱延续了这一传统。本书也认为元曲尾声可以当作独立的曲牌看待。

　　当然,尾声曲牌又有其特殊性。正如任二北所言"顾尾声非可单独摘出以供演唱者,选家虽欲割而取之,实不可能"②。它依存于套数整体的音乐逻辑,只有在套数中才能体现它含不尽之意的独特美感和收束全篇的价值。正是由于尾声的这种特殊性,所以在前文的一些专题讨论中并未将它纳入范围之内,而集中在本节论述之。

　　(一)元曲尾声曲牌统计

　　周德清《中原音韵》作为北曲曲牌的第一次全面记录清理,其所记载的尾声共计二十八章:

　　黄钟宫:【尾声】、【神仗儿煞】

　　正　宫:【煞尾】、【啄木儿煞】

　　大石调:【玉翼蝉煞】、【随煞】、【好观音煞】

　　小石调:【尾声】

　　仙吕宫:【后庭花煞】、【赚煞尾】

　　中吕宫:【煞尾】、【卖花声煞】

---

① 　参见翁敏华《试论诸宫调的音乐体制》,《文学遗产》1982年第4期;洛地《诸宫调的"尾"——向翁敏华同志请教》,《文学遗产》1984年第1期。

② 　任讷《散曲概论》,第17页。

南吕宫：【煞】、【黄钟尾】

双　调：【本调煞】、【鸳鸯煞】、【离亭宴带歇指煞】、【收尾】、【离亭宴煞】、【尾声】

越　调：【煞】、【尾声】

商　调：【高平煞】、【尾声】、【浪里来煞】

商角调：【尾声】

般涉调：【煞】、【尾声】

比照现存元曲作品，还有以下尾声名目可补充《中原音韵》。

1. 正宫【煞】

用于散套、杂剧，与般涉调、南吕宫、越调【煞】不同。共十一句。第七、八、九三句可省。一般接在【尾声】之前，可连用若干支。

2. 正宫【错煞】

也叫【错尾】，仅用于散套。其句格为六句：7,7,4,7,7,4。元曲中仅见薛昂夫【正宫·端正好】《闺怨》散套一例。其套式为【端正好】—【幺篇】—【倘秀才】—【滚绣球】—【三错煞】—【二错煞】—【煞尾】。

3. 正宫【尾声】

用于散套、剧套。定格四句：5,5,7,7。吴梅先生认为"此为正宫尾之正格"①。但实际用例中，多见于中吕宫，正宫反而用例不多。

4. 仙吕宫【尾】

用于散套，句格为：3,3,7,4,7。元曲中仅有鲜于枢【仙吕·八声甘州】"江天暮雪"、"芳菲过眼"散套2处用例。《北

---

① 吴梅《南北词简谱》，第41页。

曲新谱》认为"此章与南曲尾声相近,是南北曲未全分时体制,且仅适用于短套,故诸宫调中常用之,而北曲仅此两首"①。

5. 仙吕宫【上马娇煞】

仅见白朴【仙吕·点绛唇】"金凤钗分"散套。为【上马娇】一至四句后连【煞】末两句。六句四韵,其中第二句韵脚字"多"为"歌戈"韵,与"家麻"韵通押,《北曲新谱》云:"'歌麻'通押,词及南曲较为常见,北曲甚少。"②白朴在南北一统后南游,后卜居建康,故其曲调中难免有南方语言影响的痕迹。

6. 南吕宫【随煞】

与黄钟、大石、越调【随煞】不同。

7. 南吕宫【赚煞】

与仙吕【赚煞尾】不同。用于散套,仅见商政叔散套2例。

8. 中吕宫【随煞】

仅见于马致远《青衫泪》第四折【中吕·粉蝶儿】套。

9. 大石调【赚煞】

仅用于散套。

10. 大石调【催拍子带赚煞】

仅用于散套,用例极少。即【赚煞】首两句,接【催拍子】十六至十八句,再接【赚煞】尾四句。

11. 大石调【雁过南楼煞】

即【雁过南楼】首五句后接【随煞】全篇。仅见于王和卿【大石调·蓦山溪】散套。

12. 商角调【随调煞】

13. 越调【小络丝娘】

① 郑骞《北曲新谱》,第116—117页。
② 郑骞《北曲新谱》,第117页。

即【络丝娘】首二句,在尾声后,王实甫《西厢记》前四本每本最后一折各用一支。《雍熙乐府》题为【络丝娘煞尾】,不确,因为之前已有尾声。

14. 越调【天净沙煞】

将【天净沙】最后一句改为【尾声】七字句。

15. 越调【眉儿弯煞】

将【眉儿弯】最后一句改为【尾声】七字句。

16. 双调【随煞】

《北词广正谱》认为即黄钟【尾声】,实有异。

17. 双调【煞】

仅见商政叔"风里杨花"散套。

18. 双调【歇指煞】

以上共补入18章,与《中原音韵》所著录者合计46章。新补充的尾声曲牌在元曲中用例极少,甚至仅见一例。各宫调最常用的尾声为:

黄钟宫:【尾声】

正　宫:【收尾】

仙吕宫:【赚煞】

南吕宫:【黄钟尾】

中吕宫:【尾声】

大石调:【随煞】

小石调:【尾声】

般涉调:【尾声】

商角调:【尾声】

商　调:剧套多用【浪里来煞】,散套多用【尾声】

越　调:【收尾】

双　调:【鸳鸯煞】

可见,传统的【尾声】及其变体仍是各宫调的主流结尾方式,尤其是剧套各宫调尾声趋同。一些特殊的结尾方式主要用于散套中,具有求新求奇的实验性质。

（二）特殊的尾声曲牌

1.多【煞】加【尾声】的形式

主要是存在于正宫、南吕、中吕、双调、般涉调套数中,由若干煞曲与尾声共同组成尾声部分。用得最多的是般涉调【耍孩儿】后带煞的形式,这一形式除用于般涉调外,还广泛出入于正宫、中吕、南吕、双调套曲中。除【耍孩儿】外,南吕宫【梁州第七】、【菩萨梁州】、【采茶歌】、【乌夜啼】、【红芍药】、【牧羊关】,正宫【叨叨令】、【滚绣球】、【醉太平】、【倘秀才】、【呆骨朵】、【塞鸿秋】等曲牌后都有连接煞曲的用例。煞曲可使用若干,甚至多至十几支,多为逆数命名。

2.【隔尾】、【小络丝娘】

对于【隔尾】,杨荫浏有如下的论述:

> 《隔尾》在形式上,是和用作全套尾声的《收尾》并无两样……非但在歌词形式上相同,就是在所配的音调上,也大体相同……其区别主要是在用法上——《收尾》常用于结束全套。《隔尾》则常用于一个套数的中间。套数中间用到《隔尾》的所在,常是前后剧情有着显明转变之所在;所以,可以说,《隔尾》是配合了故事内容转变的要求,而起出转折作用来的一种曲式因素。①

虽然在现存作品中【隔尾】也有作尾声的用例。如字罗御史

---

① 杨荫浏《中国古代音乐史稿》,第560页。

【南吕·一枝花】《辞官》散套、吕天用【南吕·一枝花】《秋蝶》散套均是以【隔尾】结束全曲,而中吕宫、黄钟宫出现的【隔尾】用例更是均作尾声用。但【隔尾】的特殊之处或者说主要的用途是用于南吕套中。"南吕套本格只【一枝花】、【梁州第七】、【尾声】等三曲;如【梁州】之后,【尾声】之前尚有它调,多将此章联入,故名【隔尾】。"①用在套中的隔尾,往往起到小结的作用。

　　与【隔尾】一样,在音乐上起到承上启下作用的还有【小络丝娘】,只不过它是用在折与折之间。如王实甫《西厢记》第一至第四本的最后一支曲子都是【小络丝娘】,在它之前有【尾声】。曲文的用韵除第一本与主套相同外,其余三本均不同,所以可肯定【络丝娘】并不是联套中的曲尾。对于它的性质,明人凌濛初、近人孙楷第认为是伶人"打散"之曲,董每戡、胡忌二位先生认为非。因为打散意在作结,而【小络丝娘】重在启下。

　　(三)可代尾声曲牌

　　有些套数结尾不用专门的尾声曲牌,而以普通曲牌自然收束,我们把这些曲牌称为"可代尾声曲牌"。这种现象主要出现在剧套的末折,《元曲选》与《元曲选外编》两书共收162种杂剧,其中最后一折不用尾声的共有84种,占据了一半以上。《元刊杂剧三十种》也有17种杂剧第四折不用尾声。散套不用尾声的情况比较少见,《全元散曲》中仅见王元鼎【商调·河西后庭花】散套、无名氏【仙吕·村里迓鼓】《四季乐情》散套、贯石屏【仙吕·村里迓鼓】《隐逸》散套、乔吉【南吕·一枝花】《杂情》散套,共计4套。其中除乔吉一套,见于《太平乐府》以外,其他三套著录晚出,均不见元人著录。

---

①　郑骞《北曲新谱》,第122页。

而且从全篇来看,有意犹未尽之感,不排除在流传中套数后半部分遗失的可能,或者本是从剧套中摘出的片段。如无名氏【仙吕·村里迓鼓】《四季乐情》一套就见于无名氏《海门张仲村乐堂》杂剧第一折【仙吕·点绛唇】套,只在字句上稍有出入。《村乐堂》中的这一片段正是由张仲演唱村乐堂春、夏、秋、冬四季美景,正与无名氏散套《四季乐情》的题目相合。无名氏散套应是从剧套中析出的。至明代,散套不用尾声的情况渐渐增多,如常伦【北双调·新水令】"厂云楼凭暖玉阑干"散套以【太平令】收束,金銮【北双调·新水令】《汤沂东海上凯歌》散套用【收江南】收束等。

以上不用尾声的套数绝大多数是【双调·新水令】套,另有【正宫·端正好】套4例、【中吕·粉蝶儿】套1例、【南吕·一枝花】套1例。可见无尾声现象是剧套末折的问题,而不是双调套数问题。只不过元杂剧第四折以双调套曲使用频率最高,所以双调【新水令】套无尾声占了多数。

这些可代尾声曲牌可以分为两种情况,一是以固定曲组收束,涉及【川拨棹】、【七兄弟】、【梅花酒】、【收江南】;【雁儿落】、【得胜令】;【十二月】、【尧民歌】;【快活三】、【鲍老儿】;【沽美酒】、【太平令】;【快活三】、【朝天子】、【四边静】;【脱布衫】、【小梁州】共7种。这些曲组有不少同时又是带过曲曲牌,在音乐上具有完足的特性,故能代替尾声。另一种情况是以单个曲牌收束,这主要涉及【水仙子】、【落梅风】、【殿前欢】、【折桂令】、【清江引】、【挂玉钩】、【絮蝦蟆】(即【斗虾蟆】),共7种。除【挂玉钩】、【絮蝦蟆】(都只有1处用例)以外,其他5种都是小令中的热门曲牌。

这些没有尾声的套数是对芝庵"有尾声名套数"的反证,应是在杂剧传播过程中后起的一种特殊现象。

第五节　带过曲曲牌研究

　　带过曲一般是由两支或三支不同曲调所构成的一种小型组曲,是小令的一种特殊体式。它与重头小令相较,更强调整一性,首尾一韵到底,文意一脉贯通;但与套数相比,曲牌之间的联系则较为松散,在传世曲选和出土文献中都可看到一首带过曲的两支曲牌拆分开来或只取一半的传播现象。这种特殊的地位决定了带过曲研究的学术价值,值得深入探讨。

一、元代带过曲曲牌代群分布

　　率先对带过曲曲牌进行统计的是任二北先生。他在《散曲之研究》中开列了带过曲曲牌共计 34 种,但其中包括了元代以后的散曲作品及部分南曲作品。我们首先以《全元散曲》为范围对元代带过曲的存留情况进行统计,列表如下:

表 5.4　元代带过曲作家代群分布统计表

作家所属代群	作　家	带过曲曲牌(今存首数)
第一代作家 (1 种 1 首)	杜仁杰	【雁儿落带得胜令】(1)
第二代作家 (2 种 6 首)	胡祗遹	【快活三过朝天子】(1)
	庚天锡	【雁儿落带得胜令】(5)

（续表）

作家所属代群	作家	带过曲曲牌（今存首数）
第三代作家 （7 种 25 首）	王实甫	【十二月过尧民歌】(1)
	赵　岩	【喜春来过普天乐】(1)
	邓玉宾	【雁儿落带得胜令】(3)
	曾　瑞 （3 种 17 首）	【骂玉郎过感皇恩采茶歌】(9)
		【快活三过朝天子】(6)
		【山坡羊过青哥儿】(2)
	薛昂夫	【楚天遥过清江引】(3)
第四代作家 （16 种 86 首）	张可久 （3 种 10 首）	【齐天乐过红衫儿】(5)
		【快活三过朝天子】(2)
		【骂玉郎过感皇恩采茶歌】(3)
	张养浩 （5 种 14 首）	【沽美酒兼太平令】(1)
		【醉高歌兼喜春来】(2)
		【雁儿落兼清江引】(1)
		【雁儿落兼得胜令】(6)
		【十二月兼尧民歌】(4)
	钟嗣成	【骂玉郎过感皇恩采茶歌】(20)
	赵禹圭	【雁儿落过清江引碧玉箫】(2)
	乔　吉	【玉交枝过四块玉】(4)
		【雁儿落带得胜令】(4)
	刘时中	【雁儿落带得胜令】(3)
	吴西逸	【雁儿落带得胜令】(4)
	赵善庆	【雁儿落带得胜令】(1)

（续表）

作家所属代群	作 家	带过曲曲牌（今存首数）
第四代作家 （16 种 86 首）	马谦斋	【快活三过朝天子四边静】（4）
	贯云石	【醉高歌过红绣鞋】（1）
		【醉高歌过喜春来】（1）
	孙周卿	【骂玉郎过感皇恩采茶歌】（2）
	顾德润 （5 种 8 首）	【醉高歌过红绣鞋】（1）
		【醉高歌过喜春来】（1）
		【醉高歌过摊破喜春来】（1）
		【黄蔷薇过庆元贞】（2）
		【骂玉郎过感皇恩采茶歌】（3）
	高克礼	【黄蔷薇过庆元贞】（2）
		【雁儿落带得胜令】（2）
	贾 固	【醉高歌过红绣鞋】（1）
	杨朝英	【雁儿落带得胜令】（1）
	刘庭信	【雁儿落带得胜令】（2）
第五代作家 （6 种 45 首）	张鸣善	【脱布衫过小梁州】（1）
	宋方壶	【雁儿落带得胜令】（1）
	汪元亨	【雁儿落带得胜令】（20）
	汤 式 （5 种 21 首）	【湘妃游月宫】（即【水仙子过折桂令】）（5）
		【对玉环带清江引】（8）
		【脱布衫带小梁州】（4）
		【醉高歌带红绣鞋】（3）

（续表）

作家所属代群	作　家	带过曲曲牌（今存首数）
第五代作家 （6种45首）	汤　式 （5种21首）	【雁儿落带得胜令】（1）
	兰楚芳	【雁儿落带得胜令】（1）
		【骂玉郎过感皇恩采茶歌】（1）
	无名氏 （15种59首）	【叨叨令过折桂令】（1）
		【沽美酒过快活年】（2）
		【骂玉郎过感皇恩采茶歌】（10）
		【快活三过朝天子四换头】（3）
		【哪吒令过鹊踏枝寄生草】（1）
		【一锭银过大德乐】（3）
		【水仙子过折桂令】（4）
		【雁儿落过得胜令】（14）
		【脱布衫过小梁州】（1）
		【快活三过朝天子】（4）
		【十二月过尧民歌】（3）
		【齐天乐过红衫儿】（6）
		【玉交枝过四块玉】（1）
		【沽美酒过太平令】（5）
		【殿前喜过播海令大喜人心】（1）

以上共列 29 位有名姓作家和无名氏所作带过曲 26 种①

---

① 另有【伴读书过笑和尚】仅见方伯成南北合套【端正好】套，《盛世新声》、《词林摘艳》、《雍熙乐府》著录，但只有原刊本徽藩本《词林摘艳》题元人方伯成作。著录晚出，且诸书有歧异，是否元人所作殊可疑。李昌集先生《中国古代散曲史》在统计元代带过曲种类时未计入数，笔者也持此说。

222 首,为现存元代带过曲的全部。这与《全元散曲》收曲总量(小令 3 853 首,套数 457 套)相比,只占了很小的比例。在 25 种带过曲曲牌中,有 5 种仅存 1 首;存作在 5 首以上的只有 10 个曲牌;存作在 10 首以上的只有【雁儿落过得胜令】、【骂玉郎过感皇恩采茶歌】、【快活三过朝天子】、【齐天乐过红衫儿】4 种牌调;不少牌调如【对玉环过清江引】、【楚天遥过清江引】、【山坡羊过青哥儿】、【雁儿落过清江引】、【喜春来过普天乐】等只有一人有作,似乎只是个别作家的试做,并无后继者。由此可见,带过曲确实只是元曲创作中的局部现象,若单论数量,带过曲无法与小令、套数鼎足而三(套数虽然也只有 457 套,但其篇幅长,与短小的带过曲不可同日而语)。元明清三代并未产生"带过曲"的概念,各曲选大多将其放在小令著录大概也是因为这种实际。

由上表可以看出带过曲的兴起很早,在第一代作家杜仁杰的创作中即已出现。但第一代、第二代曲家创作的带过曲数量和种类都极少,第三代作家渐次增加,至第四代作家达到高峰,第五代作家带过曲创作尚有余波。第四代作家共作 16 种 86 首,占了元代全部带过曲的近五分之二。其中张养浩用 5 种牌调作带过曲 14 首;张可久用 3 种牌调作 11 首;顾德润用 5 种牌调作 8 首,是其现存小令作品的全部;钟嗣成用 1 种牌调作 20 首。如果除去仅见于无名氏的【叨叨令过折桂令】、【哪吒令过鹊踏枝寄生草】、【快活三过朝天子四换头】、【沽美酒过快活年】、【一锭银过大德乐】5 种,其他时代作家有作而不见于本代的只有【喜春来过普天乐】(第二代作家赵岩有作)、【水仙子过折桂令】、【对玉环带清江引】(第五代作家汤式有作)3 调。

曾有学者提出带过曲为"较缠达、缠令更为'原始'的异调衔接'方式在北曲中的遗留"①。带过曲产生在套数成立之前,"从'一曲带尾'到异曲'带过',由异曲带过生发、扩大为缠达、缠令之'赚',再进一步完善为北套——这一过程便构成了一部套数从孕育、发生到形成的完整历史。"②而带过曲创作在时间上的分布态势,对这种说法构成威胁。既然带过曲是在套数产生之前的"遗留",该是时间越早留下的证据越多,此后渐次消亡,而我们看到的实际却正好相反。

二、元代带过曲曲牌与套数曲组

在带过曲的来源诸说中还有一种影响更大的"摘调"说,认为带过曲是将套数中具有固定衔接关系的曲组摘取出来而成。为辨析带过曲曲牌与套数(包括剧套和散套)曲组之间的关系,我们做了如下统计:

表5.5　元代带过曲曲牌组成情况表

第一类 曲牌及顺序与 套数曲组全同的 带过曲曲牌	第二类 为套数曲牌 但从不连用的 带过曲曲牌	第三类 含有套数未用曲牌 (有下划线者)的 带过曲曲牌
A类(套数中的常见组合) 1.【雁儿落过得胜令】 2.【快活三过朝天子】 3.【快活三过朝天子四边静】 4.【十二月过尧民歌】 5.【沽美酒过太平令】	1.【叨叨令过折桂令】 2.【山坡羊过青哥儿】 3.【雁儿落过清江引】 4.【雁儿落过清江引碧玉箫】(【清江引】、【碧玉箫】常连用) 5.【玉交枝过四块玉】	1.【楚天遥过清江引】 2.【醉高歌过摊破喜春来】 3.【快活三过朝天子四换头】 4.【沽美酒过快活年】 5.【一锭银过大德乐】

① 李昌集《中国古代散曲史》,第58页。
② 李昌集《中国古代散曲史》,第61页。

(续表)

第一类 曲牌及顺序与 套数曲组全同的 带过曲曲牌	第二类 为套数曲牌 但从不连用的 带过曲曲牌	第三类 含有套数未用曲牌 （有下划线者）的 带过曲曲牌
6.【骂玉郎过感皇恩采 茶歌】 7.【脱布衫过小梁州】 8.【哪吒令过鹊踏枝寄 生草】 B类（套数中的不常见 组合） 1.【喜春来过普天乐】 2.【醉高歌过红绣鞋】 3.【醉高歌过喜春来】 4.【水仙子过折桂令】 5.【齐天乐过红衫儿】 6.【黄蔷薇过庆元贞】		6.【对玉环过清江引】 7.【殿前喜过播海令大 喜人心】

本表第一大类 A 小类（8 种）无疑是“摘调说”的核心证据。但此类只占元代带过曲种类（共 26 种）的三分之一不足，即使加上“摘调说”勉强能解释的第一大类中的 B 小类（6 种），也只占带过曲种类的一半多。并且单就第一类而言，也只能证明带过曲曲牌与套数曲组具有同构性，对此我们可以有两种解释：带过曲摘自套数中的固定组合；带过曲入套成固定组合。双方的概率各为百分之五十，径自解释为摘调证据不足。

与证据不足相对，“摘调说”需要面对的难题却很多：

第一，上表中的第二类（5 种），尤其是第三类（7 种）该如何解释？即那些不见于套数组合的带过曲曲牌从何而来？它们进行组合的试验场又在哪里！

　　第二，既然成为带过曲的关键是具有稳定的衔接关系，那么为何具有超稳定衔接关系的套数首曲与第二支曲，如正宫【端正好】【滚绣球】、南吕【一枝花】【梁州第七】、双调【新水令】【驻马听】等却未进入带过曲的行列？在套数中，某一曲牌既然有许多不同的连接可能，为什么只选择了一种作为带过曲使用呢？我们可以【快活三带过朝天子】为例做一个统计。在现存使用【快活三】的53种元杂剧中，【快活三】后连【鲍老儿】共23例，与【朝天子】相连的共24例，其他6例。【快活三】与【鲍老儿】，【快活三】与【朝天子】相衔接的概率不相上下。【快活三过朝天子】最早见于胡祗遹所作，《太平乐府》著录。而在胡祗遹同时代的杂剧作家，如白朴《梧桐雨》、关汉卿《单刀会》、《窦娥冤》等均为【快活三】后联【鲍老儿】，只有少数作品，如郑廷玉《包待制智勘后庭花》【快活三】后为【朝天子】。那胡祗遹为何偏偏选择【快活三过朝天子】作带过曲，而不是取同时代更流行的【快活三】【鲍老儿】的连结方式呢？

　　第三，现存最早的一首带过曲是杜仁杰的【雁儿落带得胜令】《美色》。此曲见于元人曲选《太平乐府》，应该十分可靠。杜仁杰为元曲的第一代作家，关汉卿、白朴的父师辈。在杜仁杰之前【雁儿落】有商道【双调·新水令】"彩云声断紫鸾箫"散套用例，但其后连接的曲牌是【挂玉钩】而非【得胜令】。剧套和散套中【雁儿落】—【得胜令】的连接方式首见于第二代曲家关汉卿杂剧和姚燧散套，远晚于杜仁杰带过曲。对此，"摘调说"又该作何解呢？

　　以上这些疑问归结到一点就是：带过曲曲牌来源并非"摘调说"所能解释。

　　那么，带过曲真正的成因何在呢？我们的基本观点是：带过曲的本质为小令联唱，是小令之应用，而与套数无关。其性质与联章体相同,只是换同调为异调而已。元人曲选无一例外地把带过曲归为"小令"类,也可证明当时人对这一问题的看法。从发生学的意义上说,套是套,带过曲是带过曲,二者并不是一种线性相继的关系,而是各有其发生的进程。其次,这种"异调衔接"尝试,并不只是"遗留",也不只出现在套数成立之前。即便在套数诞生之后,新牌调的组合尝试和旧牌调的重新组合试验一直在进行中。在今日所见文人带过曲、套数曲牌组合背后有一个民间用曲唱曲的广大试验场,这才是带过曲诞生的源头所在。带过曲不是在文人创作中而是在曲子的传播过程中形成的。只曲在民间传播的过程中自由连接,逐渐有一些美听的衔接方式(甚至连带新生曲牌)进入文人散套、剧套,或直接作带过曲。

如此说来,套数曲组与带过曲之间便不存在"摘调说"所谓的渊源关系,而是以民间曲唱试验为共源。二者的外延是一种相交关系:即成为套数曲组的异调衔接未必进入带过曲创作,同时带过曲中也有套数从未使用过的牌调,或从未有过的组合方式。如此,前表中的第二、三类,就可以得到解释了。

也正因为在唱曲活动中有种种曲牌连接的尝试,所以才会出现同一曲牌有多种带过组合方式的现象。其中最活跃的是【清江引】,共有4种组合方式:【雁儿落过清江引】、【雁儿落过清江引碧玉箫】、【楚天遥过清江引】、【对玉环过清江引】。其他如【喜春来】、【醉高歌】、【雁儿落】各有3种带过曲组合,【折桂令】、【沽美酒】各2种。随着元曲曲牌的丰富和曲牌组合尝试的多元,带过曲曲牌的种类和创作数量呈逐渐上升的趋势就不难理解了。

在元代带过曲中,还有两种异宫带过曲牌值得关注,它们是【叨叨令过折桂令】(正宫过双调)、【山坡羊过青哥儿】(中吕宫过仙吕宫)。对此,孙玄龄先生认为:"这两种带过曲打破了小令严守宫调的原则,运用套曲中借宫的方法将两个宫调的曲牌组合在一起了……有力地证明了这种带过曲与套曲之间的密切连系,同时也可看出它与套曲中曲牌固定组合有着相似的特点以及其来自套曲的痕迹。"[1]

我们对这一观点并不赞同。首先,笔者经详细查证,发现在现存元代套曲(包括剧套、散套)中,【叨叨令】—【折桂令】和【山坡羊】—【青哥儿】这两种曲牌组合方式竟连一处用例都没有。在套曲中高频率使用的是【甜水令】—【折桂令】,【后庭花】—【青哥儿】的组合方式,占到了现存用例的95%以上。但这两种套曲中超稳定的曲牌组合方式恰恰并未成为带过曲曲牌。两相对照,何言"有力地证明了这种带过曲与套曲之间的密切联系"?而且,在套曲中"'通用'曲牌往往自构曲组,而较少与非'通用'曲牌联结成组"[2],即"借入"他宫的曲牌仍然遵循同宫组合的原则,所以异宫组合来自套曲的说法难以成立。其次,孙先生"小令严守宫调"的提法也值得商榷。如前文所论,有宫调出入的元代小令曲牌并非鲜例,不标宫调的现象也广泛存在。徐渭《南词叙录》认为初起阶段的南戏是"本无宫调,亦罕节奏"的"随心令",依照事物由粗鄙到成熟的发展逻辑推论,北曲也应该有这样的一个阶段。而带过曲中的异宫带过,正是曲牌在民间曲唱中尚未纳入固定宫调、自由连接的遗存,再次印证了我们提出的带过曲来自民间小令联唱的论断。

因为不存在渊源关系,所以就时间而言,也并非所有的带过曲都产生在套数组合之后,二者之间的关系是错综复杂的,

---

[1]　孙玄龄《元散曲的音乐》,第58页。
[2]　李昌集《中国古代散曲史》,第197页。这里李先生所言"通用"曲牌即指孙玄龄先生所谓"借宫"现象。

不同牌调情况不同,或你先我后,或我先你后,或同时。那么前文提到的杜仁杰【雁儿落带得胜令】的问题就可以得到解答。单就【雁儿落】与【得胜令】的组合而言,就是带过曲在先,套数曲组在后了。当然也不排除,民间曲唱的成功组合先被拿到套数中做曲组,为人熟识喜爱,又被摘出转为带过曲的可能。只有在这个意义上"摘调说"才是正确的。套数摘调是汇入带过曲的"流",而非"源"。如【骂玉郎】—【感皇恩】—【采茶歌】在关汉卿的杂剧中就已是非常固定的组合,但现存最早的【骂玉郎过感皇恩采茶歌】带过曲却是曾瑞所作,远在关汉卿之后。同样情况的还有【沽美酒过太平令】,最早见于张养浩作,【脱布衫过小梁州】迟至第五代曲家张鸣善、汤式等人才有带过曲创作,而早在第一代杂剧作家那里它们就已经为剧套中的固定组合。

三、民间曲唱中的异调衔接

那么新的疑问是:在民间曲唱中这种异调衔接的传统是否存在呢? 还是仅仅为我们的猜想和假设? 虽然材料匮乏,我们还是找到了一些蛛丝马迹。

现存最早南戏——《张协状元》中的带过曲体式。《张协状元》第43出有一支【锦缠道过绿襕踢】,原文曲牌分书为【锦缠道】【过绿襕踢】。钱南扬先生《永乐大典戏文三种校注》在【过绿襕踢】下注曰:"在戏曲中有一种所谓带过曲,如【三字令过十二娇】,即两曲合成一曲。这里应是【锦缠道过绿襕踢】,然原文仍两曲分列,此'过'字便成衍文。"①正是这一"过"字,

---

① 钱南扬《永乐大典戏文三种校注》,第186页。

给我们提供了宝贵的信息——在《张协状元》的时代已有了带过曲！正可作为杜仁杰带过曲的有力旁证。

在元代，有一些特殊的联套方式提示了民间曲唱中异调衔接尝试的存在。如李致远【双调·新水令】《离别》套，其联套方式如下：【新水令】—【雁儿落】—【德胜令】—【雁儿落】—【水仙子】—【雁儿落】—【挂玉钩】—尾。这与其他的双调【新水令】套完全不同，可谓是【雁儿落】多种连接方式的汇集，或者说是以【雁儿落】为中心的带过曲联唱。同样的情况我们还可以在杨梓《承明殿霍光鬼谏》第四折（【雁儿落】—【得胜令】—【雁儿落】—【挂玉钩】）、朱凯《昊天塔孟良盗骨》第四折（【雁儿落】—【水仙子】—【雁儿落】—【得胜令】）中看到。

而王晔、朱凯《题双渐小卿问答》的体式则更典型。它用17支小令联唱，讲述双渐苏卿故事。其所用曲牌和题目如下：

双调【庆东原】《黄肇退状》—【折桂令】《问苏卿》《答》—【殿前欢】《再问》《答》—【水仙子】《驳》《招》—【折桂令】《问冯魁》—【水仙子】《答》—【折桂令】《问双渐》—【水仙子】《答》—【折桂令】《问黄肇》—【水仙子】《答》—【折桂令】《问苏妈妈》—【水仙子】《答》《议拟》

我们把这17首小令进行分组，约略可以看到小令的三种体式。开头的双调【庆东原】为单只小令，【折桂令】《问苏卿》《答》；【殿前欢】《再问》《答》；【水仙子】《驳》《招》则为重头小令，即同曲调的联唱。最可注意的是【折桂令】《问冯魁》—【水仙子】《答》—【折桂令】《问双渐》—【水仙子】《答》—【折桂令】《问黄肇》—【水仙子】《答》—【折桂令】《问苏妈妈》—【水仙子】《答》，实质上就是【折桂令】【水仙子】两个曲牌的反复联唱，即"异调衔接"。在套曲中，【甜水令】与【折桂令】是非常稳定的组合,占到了【折桂令】用例的95%以上,【水仙子】与【折桂令】相连的用例只有《东墙记》一处,带过曲【水仙子过折桂令】显然并非来自套数组曲,而极有可能来自这种小令联唱试验。

这种带过曲体式,我们在元代教坊艺人的宫廷演出中,也可以见到少许例证。《元史·礼乐志》中就提到【山荆子带袄神急】曲,用于天寿节的寿星队表演中。其中【袄神急】为元曲小令专用曲牌,用例极少;【山荆子】一曲,南北曲中均不见用例,也不见于历代曲谱记载,就笔者所见,只在今北京智化寺京音乐的中堂曲中还保存着这一牌调。

至明代,俗曲选本如《风月锦囊》、《大明天下春》等以及民间教派宝卷插唱曲中,我们可以见到异调衔接更为自由的尝试。如【干荷叶侉调山坡羊】(见《风月锦囊》),【金字经带过浪淘沙】(见《皇极金丹九莲还乡宝卷》),【山坡羊捎带挂金索】(《销释开心结果宝卷》),【山坡羊代(带)过清江引】(《销释悟性还源宝卷》),【上小楼代(带)过走云鸡】(《普静如来钥匙通天宝卷》)。他如:【挂枝儿带过清江引】、【山坡羊带过四换头】、【皂罗袍带浪淘沙】、【金字经后带一轮月】、【金字经后带梧桐叶】、【五更禅后带梧桐叶】、【一封书后带青天歌】、【一封书后带寄生草】、【柳摇金后带金字经】、【绵搭絮带挂真儿】等等[1],真是五花八门,让人不由感叹民间极大的创造力。在这里,北曲与南曲、北曲与小曲、南曲与小曲,小曲与小曲之间打破疆界,自由连接,而【走云鸡】、【一轮月】等牌调更是闻所未闻,应是民间新兴的俚歌,后未进入南北曲系列。各曲种之间的界限或许只有文人才会去斤斤计较,在民间曲唱中,它们

是你中有我、我中有你,时时交流的浑融体。曲牌间的连接方式岂是"摘调说"所言的套数组合所能拘囿?虽然这些材料年代较晚,与元代带过曲的形成期在时空上已跃百年,不可将二者简单等同,但这些资料极具启示性,在某种程度上可以说是元曲在民间阶段发展实况的"重演"。它提醒我们在文人创作背后,有一个远为丰富多元的民间传统不容忽视,文人创作只是定格在文献中的冰山一角。忽略民间一脉,只在文人作品序列中寻找解释,往往会南辕北辙。带过曲曲牌的来源问题也是如此。

四、元人带过曲观念及带过曲归类

元人并无"带过曲"的称谓,这一概念首先由任二北先生提出。但从元人曲论、曲选对带过曲的评点、著录中,我们还是能看出当时人的带过曲观念及其变迁。

元人首先论及带过曲的是周德清,《中原音韵》"定格四十首"中共著录3首带过曲,分别是:

【十二月尧民歌】《别情》

自别后遥山隐隐,更那堪远水粼粼?见杨柳飞绵衮衮,对桃花醉脸醺醺。透内阁香风阵阵,掩重门暮雨纷纷。怕黄昏忽地又黄昏,不消魂怎地不消魂?新啼痕压旧啼痕,断肠人忆断肠人!今春,香肌瘦几分?搂带宽三寸。

评曰:对偶、音律、平仄、语句皆妙。务头在后词起句。①

---

① (元) 周德清《中原音韵》,中国古典戏曲论著集成(一),第244页。

【骂玉郎感皇恩采茶歌】《得书》

长江有尽思无尽,空目断楚天云。人来得纸真实信,亲手开,在意读,从头认。

织锦回文,带草连真。意诚实,心想念,话殷勤。佳期未准,愁黛长颦。怨青春,捱白昼,怕黄昏。

叙寒温,问缘因,断肠人忆断肠人。锦字香粘新泪粉,彩笺红渍旧啼痕。

评曰:音律、对偶、平仄俱好,妙在"长"字属阳,"纸"字上声起音,务头在上,及【感皇恩】起句至"断肠"句上。①

【雁儿落得胜令】《指甲摘》

宜将斗草寻,宜把花枝浸。宜将绣线寻,宜把金针纫。

宜操七弦琴,宜结两同心。宜托腮边玉,宜圈鞋上金。难禁,得一掐通身沁;知音,治相思十个针。

评曰:俊词也。平仄、对偶、音律,皆妙。务头在【得胜令】起句——头字要属阳——即在中一对后——必要扇面对方好。②

【骂玉郎感皇恩采茶歌】《得书》一篇,《太平乐府》卷五收入,题【骂玉郎带过感皇恩采茶歌】《寄别》,钟继先(嗣成)作,文字稍有出入。其他两篇又见于明代蒋一葵《尧山堂外纪》卷六八。在以上引文中,值得注意的有以下两点:

① (元)周德清《中原音韵》,《中国古典戏曲论著集成》(一),第245—246页。
② (元)周德清《中原音韵》,《中国古典戏曲论著集成》(一),第250页。

　　第一,各曲牌间并不用"带"、"过"、"兼"等字眼。"定格四十首"实际选入三十六首作品①,若将上述三首带过曲小牌分别计数,则正合"四十首"之数。可见,对上引三首作品,周德清的着眼点在组成带过曲的单个曲牌而非带过曲整体。所谓"定格四十首"正是着眼于曲牌计数的。这种将带过曲拆分开来,分别作曲牌例曲的做法在朱权《太和正音谱》中仍在延续。另外,带过曲不标"带"、"过"字眼的现象并非只见于《中原音韵》。如《青楼集》"金莺儿"条:"贾伯坚任山东金宪,一见属意焉,与之甚昵。后除西台御史,不能忘情,作【醉高歌红绣鞋】曲以寄之曰(词略)"②这里的【醉高歌红绣鞋】同样也无"带"、"过"等字眼。近年在冀南发现的磁州窑古器物上的曲子也给我们提供了这样的例证。河北磁县观台窑出土的一只白地黑花长方形枕上有"元至正十一年"题款,因提供了确切年代信息,弥足珍贵。此枕三面书写曲文,一面书【快活三朝天子】"肉肥甘,酒韵美"一支,为曾瑞所作带过曲,《乐府群珠》收录,题名《自误》。值得注意的是,瓷枕原文中两曲牌之间也并无"带"、"过"、"兼"等字样。另一面也为一首【快活三过朝天子】,瓷枕原文将"快活三"、"朝天子"分书于曲文首尾。此曲《全元散曲》未收,应为佚曲。牌调的分书可见出曲牌间关系的松散。更具典型意义的是此枕第三面所书"老孤,面糊"一曲,原文无牌调,实为曾瑞带过曲【快活三过朝天子】《警世》之一的【朝天子】部分,一首带过曲竟然可以拆分开来传播,从中我们可以看到带过曲各牌调之间的松散状态。

---

① 【双调·夜行船】《秋思》散套是否计入"定格四十首"存在歧义。笔者认为二者是并列关系,【双调·夜行船】《秋思》散套并不包括在四十首之内。理由是:来自《秋思》散套中的【拨不断】(利名竭)一首在"定格四十首"中已有出现,如"套数"属"定格四十首",则完全无重出的必要。

② (元)夏庭芝《青楼集》,《中国古典戏曲论著集成》(二),第36页。

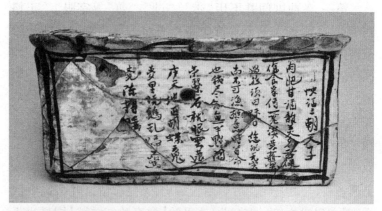

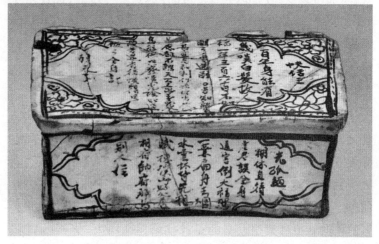

图四、图五　　　元白地黑花长方形枕①

年代：元至正十一年七月廿三日　　　产地：河北磁县观台窑　　　收藏：私人

　　第二，在周德清的评语中我们又可以看到，带过曲各曲牌的连接处往往是整首作品的务头所在。如【十二月尧民歌】

_____

《别情》"务头在后词起句";【骂玉郎感皇恩采茶歌】《得书》"'纸'字上声起音,务头在上,及【感皇恩】起句至'断肠'句上";【雁儿落得胜令】"务头在【得胜令】起句——头字要属阳——即在中一对后——必要扇面对方好"。由此可见,周德清虽不用"兼"、"带"、"过"等字眼,但仍然强调各曲牌间的有机联系。这些带过曲的独特美感,或许正在于:当听众觉得演唱要结束时,忽然音乐又翻高潮,引人入胜。后一调的起句则是带过曲演唱中的关键。这有类词中的过片,具有承上启下及过渡转折的作用,只不过词为同调内部的转换,带过曲为异调衔接。

元人四大散曲选集《阳春白雪》、《太平乐府》、《乐府新声》、《乐府群玉》都有带过曲收入,且均标明"带"、"过"或"带过"字眼(其中《阳春白雪》、《太平乐府》多用"带过",《乐府新声》、《乐府群玉》多用"过"①),表明了元代曲选家对带过曲现象的自觉确认。值得注意的是,四部曲选无一例外地将带过曲作品归入"小令"类著录②,这是对带过曲曲牌整一性的强调。但在元代曲选中还有另一种现象,即带过曲分标小牌名,如:无名氏【仙吕·那吒令过鹊踏枝寄生草】,《乐府新声》卷下将它混排在【寄生草】小令之前,并且分别标注【那吒令】、【鹊踏枝】、【寄生草】牌名。《太平乐府》收录的赵天锡【雁儿落带过清江引碧玉箫】《美河南王》也分别标注了【清江引】、【碧玉箫】牌名。这些标注方式又透露出带过曲曲牌间的松散关系,各牌之间有相对独立性。这两种现象相反相成,与前文分析的周德清的带过曲观念是一致的。

在探讨元人的带过曲观念时,值得关注的还有元末孔齐

① 依据《历代散曲汇纂》中收录的版本。
② 《乐府群玉》别名《元人小令七百首》,专收小令,带过曲的收入就已经标明了编选者将其视为小令的观念。其他三家散曲选都明确归入小令类。

《至正直记》中的这则记载：

> 《至正直记》"赵岩乐府"条：尝又于北门李氏园亭小饮，时有粉蝶十二枚，戏舞亭前，座客请赋今乐府，赵岩即席成【普天乐】前联【喜春来】四句云："琉璃殿暖香浮细，翡翠帘深卷燕迟，夕阳芳草小亭西。问细履见十二个粉蝶儿飞。（犹曲引子也） 一个恋花心，一个挽春意。一个翩翩粉翅，一个乱点罗衣。一个掠草飞，一个穿帘戏。一个赶过杨花西园里睡，一个与游人步步相随。一个拍散晚烟，一个贪欢嫩蕊，那一个与祝英台梦里为期。"[1]

这则记载值得注意的有以下两点：一是此处并未用【喜春来带过普天乐】的命名方式，而是用"【普天乐】前联【喜春来】"的称谓。类似的称谓我们在明代俗曲选本以及一些民间教派宝卷插唱曲中还可以看到。如在《风月锦囊》中有【新增楚江秋后联唱清江引】、【新增对玉环后联清江引】，每两曲相连谓之"一合"，也不用"兼"、"带"、"过"等字眼。在民间宝卷中则有【山坡羊捎带挂金索】、【金字经后带梧桐叶】、【一封书后带青天歌】等名目[2]。这些称谓透露了元明人对带过曲实质的认识：带过曲即小令联唱。

二是"犹曲引子也"的小注。这里的"曲"当指南曲。北曲曲牌并无引子与正曲之别，而南曲曲牌则按在套数中用法和部位不同分为引子、过曲、尾声三类。在此我们可以看到孔齐的南曲本位思想，以及以连套方式解读带过曲的倾向。从这一记

---

[1] （元）孔齐《至正直记》，中华书局，1991年版，第14页。
[2] 参见车锡伦《明清民间教派宝卷中的小曲》，载于《汉学研究》第20卷第1期。

载中我们可以看到,组成带过曲的曲牌之间有时并非完全对等的关系,而是有主次之别。具体在【喜春来带过普天乐】中,【普天乐】是主体,是核心乐章,而开头的【喜春来】则处附属地位,起发调的作用,即孔齐所注"犹曲引子也"。当然也有一些曲牌在带过曲中多处于后面的位置,如【雁儿落过清江引】、【楚天遥过清江引】、【对玉环过清江引】中的【清江引】。大概因为这一曲牌具有较强的收束感,可以起到类似尾声的作用[1],从而使整个作品更为完足。

至此,我们可以对元人的带过曲观念做一总结:元人的带过曲观念非常随意,甚至自相矛盾:有时将它看作一个整体,演唱时强调各曲牌间的衔接;有时又随意拆分,作单曲看待。但元代曲选无一例外地将带过曲归入小令,表明二者相较,整一性仍然占据上风。

关于带过曲的归类学界主要有两种意见:一是归入小令。最先提出"带过曲"概念的任二北《散曲之研究》就持这一观点。李昌集《中国古代散曲史》也把带过曲放到了小令下论述,但同时又说:"带过曲是介于小令与套数之间的一种形式。独立成篇的带过曲,从篇制到内容,都与一首较长篇幅的小令相当;但从异调衔接这一点上看,它与套数的本质相接近。"[2]正是着眼于带过曲分类的两难,汪志勇《元散曲中的带过曲研究》一文[3]和赵义山《元散曲通论》都主张把它单列一类,是为第二种意见。袁行霈本《中国文学史》也采纳了这种小令、套数、带过曲三分的观点。

---

① 在杂剧中,【清江引】有时也可代替【尾声】,如关汉卿《望江亭》、无名氏《玉清庵错送鸳鸯被》、《谢金吾诈拆清风府》等剧的第四折均以【清江引】收束全篇。
② 李昌集《中国古代散曲史》,第156页。
③ 载于《河北师院学报》1991年第4期。

　　我们在对带过曲进行归类时,除了考虑学理层面的逻辑明晰外,当时人的带过曲观念也应是重要的参照。正是着眼于此,本文倾向于将带过曲归入小令。理由有四:第一,元明曲选都归入小令;第二,带过曲曲牌在传播中可分可合,在异调衔接的稳固性上与套数曲组无法相提并论,其实质是小令联唱,前文提及的"【普天乐】前联【喜春来】"等命名方式也证明了这一点;第三,至明代,带过曲入套现象日益普遍,带过曲观念与集曲观念逐渐合流,成为创制新调的方式之一。带过曲曲牌与单个曲牌的界限逐渐模糊,带过曲与小令的差别日益缩小;第四,元明清三代参与带过曲创作的只是少数作家,带过曲作品与散曲存世总量相比也只占很少的比例。在文人创作中,带过曲只是局部现象而并未流传开来。这大概也是元、明、清三代并未产生"带过曲"概念的原因所在。在当时人看来,小令、散套之外,并无再立"带过曲"名目的必要,而只将其看作小令的一种特殊形式。

参考文献

一、专 著 类

（一）史籍类

（宋）曾敏行《独醒杂志》，上海古籍出版社，1986 年

（宋）赵彦卫《云麓漫钞》，古典文学出版社，1957 年

（宋）吴曾《能改斋漫录》，上海古籍出版社，1979 年

（宋）胡仔纂集、廖德明校点《苕溪渔隐丛话》，人民文学出版社，1962 年

（宋）孟元老等《东京梦华录（外四种）》，古典文学出版社，1956 年

（宋）周密《癸辛杂识》，中华书局，1988 年

（宋）范成大《揽辔录》，中华书局，1985 年

（宋）徐梦莘《三朝北盟汇编》，上海古籍出版社，1987 年

（宋）程大昌《演繁露》，涵芬楼《说郛》本

（宋）洪迈《容斋随笔》，上海古籍出版社，1978 年

（宋）陈元靓《事林广记》，中华书局，1999 年

（金）刘祁撰、崔文印校点《归潜志》，中华书局，1983 年

（元）脱脱等《宋史》，中华书局，1977 年

（元）脱脱等《辽史》，中华书局，1974 年

（元）脱脱等《金史》，中华书局，1975 年

（元）宇文懋昭撰、崔文印校证《大金国志校证》，中华书局，
1986 年

（元）《元典章》，中国书店，1990 年

（元）姚桐寿《乐郊私语》，《丛书集成初编》本，中华书局，
1991 年

（元）陶宗仪《南村辍耕录》，中华书局，1959 年

（元）孔齐《至正直记》，中华书局，1991 年

（明）宋濂等《元史》，中华书局，1976 年

（明）叶子奇《草木子》，中华书局，1959 年

（明）沈德符《万历野获编》，中华书局，1959 年

（清）张廷玉等《明史》，中华书局，1974 年

（二）作品原典类

曾昭岷等编《全唐五代词》，中华书局，1999 年

唐圭璋编《全宋词》，中华书局，1965 年

唐圭璋编《全金元词》，中华书局，1979 年

李修生主编《全元文》，江苏古籍出版社，1998—2004 年

（清）顾嗣立编《元诗选》（初集、二集、三集），中华书局，
1987 年

（清）顾嗣立、席世臣编，吴申扬校点《元诗选》（癸集），中华书
局，2001 年

（清）钱熙彦编《元诗选》（补遗），中华书局，2002 年

（明）臧晋叔编《元曲选》，中华书局，1950 年

隋树森编《元曲选外编》,中华书局,1959 年

古本戏曲丛刊编委会《古本戏曲丛刊·四集》,商务印书馆,
　　1958 年

徐沁君校点《新校元刊杂剧三十种》,中华书局,1980 年

宁希元校点《元刊杂剧三十种新校》,兰州大学出版社,1988 年

王季烈《孤本元明杂剧》,中国戏剧出版社,1958 年

赵景深《元人杂剧钩沉》,古典文学出版社,1957 年

隋树森编《全元散曲》,中华书局,1964 年

谢伯阳编《全明散曲》,齐鲁书社,1994 年

《历代散曲汇纂》,浙江古籍出版社,1998 年

钱南扬校注《永乐大典戏文三种校注》,中华书局,1979 年

(元)高明撰、钱南扬校注《元本琵琶记校注》,上海古籍出版
　　社,1980 年

俞为民《宋元四大戏文读本》,江苏古籍出版社,1988 年

(明)臧贤辑《盛世新声》,文学古籍刊行社,1956 年

(明)张禄辑《词林摘艳》,文学古籍刊行社,1955 年

王秋桂主编《善本戏曲丛刊》,台湾学生书局,1984 年(1—3
　　辑),1987 年(4—6 辑)

侯岱麟校订《西厢记诸宫调》,文学古籍刊行社,1955 年

廖珣英校注《刘知远诸宫调校注》,中华书局,1993 年

蓝立蓂校注《刘知远诸宫调校注》,巴蜀书社,1989 年

朱禧辑《天宝遗事诸宫调》,天津古籍出版社,1986 年

(三) 曲论类

(唐)崔令钦《教坊记》,《中国古典戏曲论著集成》(一),中国
　　戏剧出版社,1959 年

(唐)段安节《乐府杂录》,《中国古典戏曲论著集成》(一),中

国戏剧出版社,1959 年

（宋）王灼《碧鸡漫志》,《中国古典戏曲论著集成》（一）,中国戏剧出版社,1959 年

（元）芝庵《唱论》,《中国古典戏曲论著集成》（一）,中国戏剧出版社,1959 年

（元）周德清《中原音韵》,《中国古典戏曲论著集成》（一）,中国戏剧出版社,1959 年

（元）钟嗣成《录鬼簿》,《中国古典戏曲论著集成》（二）,中国戏剧出版社,1959 年

（元）钟嗣成著、王钢校订《校订录鬼簿三种》,中州古籍出版社,1991 年

（元）夏庭芝《青楼集》,《中国古典戏曲论著集成》（二）,中国戏剧出版社,1959 年

（明）朱权《太和正音谱》,《中国古典戏曲论著集成》（三）,中国戏剧出版社,1959 年

（明）徐渭《南词叙录》,《中国古典戏曲论著集成》（三）,中国戏剧出版社,1959 年

（明）王世贞《曲藻》,《中国古典戏曲论著集成》（四）,中国戏剧出版社,1959 年

（明）王骥德《曲律》,《中国古典戏曲论著集成》（四）,中国戏剧出版社,1959 年

（明）魏良辅《曲律》,《中国古典戏曲论著集成》（五）,中国戏剧出版社,1959 年

（明）沈宠绥《弦索辨讹》,《中国古典戏曲论著集成》（五）,中国戏剧出版社,1959 年

（明）沈宠绥《度曲须知》,《中国古典戏曲论著集成》（五）,中国戏剧出版社,1959 年

周贻白《戏曲演唱论著辑释》,中国戏剧出版社,1962 年

（四）曲谱类

（明）蒋孝《旧编南九宫谱》,《善本戏曲丛刊》本

（明）沈璟《增定南九宫曲谱》,《善本戏曲丛刊》本

（清）沈自晋《南词新谱》,中国书店,1985 年

（清）钮少雅、徐于室《汇纂元谱南曲九宫正始》,《善本戏曲丛刊》本

（清）李玉《北词广正谱》,《善本戏曲丛刊》本

（清）周祥钰《新定九宫大成南北词宫谱》,《善本戏曲丛刊》本

吴梅《南北词简谱》,《吴梅全集》本,河北教育出版社,2002 年

郑骞《北曲新谱》,台湾艺文印书馆,1973 年

郑骞《北曲套式汇录详解》,台湾艺文印书馆,1973 年

王守泰《昆曲格律》,江苏人民出版社,1982 年

王力《汉语诗律学》,上海教育出版社,1979 年

唐圭璋《元人小令格律》,上海古籍出版社,1981 年

徐沁君《元北曲谱简编》,见蒋星煜主编《元曲鉴赏辞典》附录,上海辞书出版社,1990 年

徐沁君《北曲曲牌》,见齐森华、陈多、叶长海主编《中国曲学大辞典》,浙江教育出版社,1997 年

周维培《曲谱研究》,江苏古籍出版社,1997 年

刘崇德《元杂剧乐谱研究与辑译》,河北教育出版社,2003 年

吕薇芬《北曲文字谱举要》,社会科学文献出版社,2012 年

（五）曲史、曲学史类

王国维《宋元戏曲史》,上海古籍出版社,1998 年

吴梅《顾曲麈谈　中国戏曲概论》,上海古籍出版社,2000 年

任讷《散曲概论》,《散曲丛刊》本,中华书局,1931 年

冯沅君《古剧说汇》,作家出版社,1956 年

〔日〕青木正儿《元人杂剧序说》,香港建文书局,1959 年

徐扶明《元代杂剧艺术》,上海文艺出版社,1981 年

钱南扬《戏文概论》,上海古籍出版社,1981 年

孙楷第《元曲家考略》,上海古籍出版社,1981 年

庄一拂《古典戏曲存目汇考》,上海古籍出版社,1982 年

王文才《元曲纪事》,人民文学出版社,1985 年

袁世硕主编《元曲百科辞典》,山东教育出版社,1989 年

李昌集《中国古代散曲史》,华东师范大学出版社,1991 年

洛地《戏曲与浙江》,浙江人民出版社,1991 年

杨廉等《元曲家薛昂夫》,新疆人民出版社,1992 年

金宁芬《南戏研究变迁》,天津教育出版社,1992 年

李昌集《中国古代曲学史》,华东师范大学出版社,1997 年

齐森华、陈多、叶长海主编《中国曲学大辞典》,浙江教育出版
　　社,1997 年

杨栋《中国散曲学史研究》,高等教育出版社,1998 年

杨栋《中国散曲学史研究》(续篇),山东大学出版社,1998 年

张月中主编《元曲通融》,山西古籍出版社,1999 年

赵义山《20 世纪元散曲研究综论》,上海古籍出版社,2002 年

王小盾、杨栋主编《词曲研究》,湖北教育出版社,2003 年

赵义山《元散曲通论》(修订本),上海古籍出版社,2004 年

季国平《元杂剧发展史》,河北教育出版社,2005 年

俞为民《曲体研究》,中华书局,2005 年

胡雪冈《温州南戏论稿》,(台北)"国家"出版社,2006 年

张影《历代教坊与演剧》,齐鲁书社,2007 年

胡忌《宋金杂剧考》(订补本),中华书局,2008 年

胡忌《菊花新曲破》,中华书局,2008年

宁希元《金元戏曲小说考论》,香港文星图书有限公司,2008年

孙楷第《沧州集》,《孙楷第文集》本,中华书局,2009年

杨栋《元曲起源考古研究》,中国社会科学出版社,2014年

(六)词学类

(宋)张炎、沈义父著,夏承焘校注、沈嵩云笺释《词源注　乐府指迷笺释》,人民文学出版社,1963年

(清)陈廷敬辑《词谱》,清康熙五十四年刻本

夏敬观《词调溯源》,台湾商务印书馆,1972年

龙榆生《唐宋词格律》,上海古籍出版社,1978年

洛地《词乐曲唱》,人民音乐出版社,1995年

赵维江《金元词论稿》,中国社会科学出版社,2000年

诸葛忆兵《徽宗词坛研究》,北京出版社,2001年

陶然《金元词通论》,上海古籍出版社,2001年

丁放《金元词学研究》,中国社会科学出版社,2002年

[日]村上哲见著、杨铁婴等译《宋词研究》,上海古籍出版社,2012年

王兆鹏、刘尊明主编《宋词大辞典》,凤凰出版社,2003年

潘慎、秋枫主编《中华词律辞典》,吉林人民出版社,2005年

田玉琪《词调史研究》,人民出版社,2012年

谢桃坊《唐宋词谱校正》,上海古籍出版社,2012年

(七)音乐学类

杨荫浏《中国古代音乐史稿》,人民音乐出版社,1981年

孙玄龄《元散曲的音乐》,文化艺术出版社,1988年

项阳《山西乐户研究》,文物出版社,2001年

王昆吾、何剑平编《汉文佛经中的音乐史料》,巴蜀书社,
　　2002 年

袁静芳《中国汉传佛教音乐文化》,中央民族大学出版社,
　　2003 年

韩军《五台山佛教音乐》,上海音乐出版社,2004 年

史新民《道教音乐》,人民音乐出版社,2005 年

王福利《辽金元三史乐志研究》,上海音乐学院出版社,2005 年

王耀华《中国传统音乐乐谱学》,福建教育出版社,2006 年

乔建中《土地与歌——传统音乐文化及其地理历史背景研究》
　　(修订版),上海音乐学院出版社,2009 年

冯光钰《中国曲牌考》,安徽文艺出版社,2009 年

袁静芳主编《五台山佛教音乐总论》,宗教文化出版社,2012 年

(八) 其他

[美] 威尔伯·施拉姆、威廉·波特著,陈亮等译《传播学概
　　论》,新华出版社,1984 年

郭庆光《传播学教程》,人民大学出版社,1999 年

[美] 沃纳·塞弗林、小詹姆斯·坦卡特著,郭镇之等译《传播
　　理论: 起源、应用与方法》,华夏出版社,2000 年

张国良主编《20 世纪传播学经典文本》,复旦大学出版社,
　　2003 年

[美] 丹尼斯·麦奎尔、[瑞典] 斯文·温德尔著,祝建华译《大
　　众传播模式论》,上海译文出版社,2008 年

(元) 曹绍《安雅堂酒令》,《说郛》第 8 册,中国书店影印涵芬
　　楼本,1986 年

任半塘《敦煌曲初探》,上海文艺出版社,1955 年

叶德均《宋元明讲唱文学》,古典文学出版社,1957 年

任半塘《教坊记笺订》,中华书局,1962 年

郑骞《景午丛编》,台湾中华书局,1972 年

《冯沅君古典文学论文集》,山东人民出版社,1980 年

傅乐淑笺注《元宫词百章笺注》,书目文献出版社,1995 年

王昆吾《隋唐五代燕乐杂言歌辞研究》,中华书局,1996 年

郑振铎《中国文学研究》,人民文学出版社,2000 年

王兴《磁州窑诗词》,天津古籍出版社,2004 年

任半塘《唐声诗》,上海古籍出版社,2006 年

于天池《宋金说唱伎艺》,陕西人民教育出版社,2009 年

雷梦水等编《中华竹枝词》,北京古籍出版社,1997 年

二、论 文 类

李国俊《北曲曲牌研究》,台湾中国文化大学博士论文,1989 年

甄炜旎《元刊杂剧三十种研究——以元明版本比较为中心》,
　　复旦大学博士论文,2007 年

刘芳《宋元词曲递变》,南京大学博士论文,2013 年

魏洪州《明清格律谱研究》,黑龙江大学博士论文,2015 年

姜秀艳《词曲递变下的诸宫调与北曲关系论》,吉林大学硕士
　　论文,2005 年

陈素香《金元时期的词曲之变》,河北师范大学硕士论文,
　　2008 年

任二北《散曲之研究》,连载于《东方杂志》第二十三卷第七号、
　　第二十四卷第五号、第二十四卷第六号

杨栋《曲学基本术语考辨二则》,《中国韵文学刊》2001 年第
　　2 期

黄仁生《新发现杨维桢散曲二十八首》,《文献》1993 年第 1 期

李立成《〈全元散曲〉校议》,《古汉语研究》1994 年第 1 期

王钢《〈全元散曲〉续补——附〈元人杂剧钩沉〉补遗》,《河北师院学报》1995 年第 3 期

桂栖鹏《元人词曲辑遗》,《浙江师大学报》1999 年第 5 期

王季思、康保成《〈永乐大典戏文三种校注〉补正》,《文献》1991 年

熊笃《元散曲五十六首系年考略》,《重庆师院学报》1988 年第 4 期

冯沅君《王实甫生平的探索》,收入《冯沅君古典文学论文集》,山东人民出版社,1980 年

李修生《元代文学家卢疏斋》,《北京师范大学学报》1982 年第 6 期

宁希元《薛昂夫行年考略》,《西北第二民族学院学报》1990 年第 3 期

张大新《"关郑白马"之"郑"考》,《信阳师院学报》1990 年第 3 期

王季思《西厢记叙说》,收录于《王季思学术论著自选集》,北京师范学院出版社,1991 年

刘荫柏《李直夫及其戏剧初探》,《民族文学研究》1991 年第 1 期

宁希元《元曲五家杂考》,收录于《首届元曲国际研讨会论文集》,河北教育出版社,1994 年

丰家骅《胡祗遹卒年和王恽生年考》,《文学遗产》1995 年第 2 期

杨镰《张可久行年汇考》,《文学遗产》1995 年第 4 期

[荷兰] 伊维德撰、宋耕译《我们读到的是"元"杂剧吗——杂剧在明代宫廷的嬗变》,《文艺研究》2001 年第 3 期

蔡美彪《杜仁杰生平考略》,《文学遗产》2002 年第 1 期

洛地《〈录鬼簿〉的分组、排列及元曲作家的"分期"》,《戏剧艺术》2004 年第 3 期

乔建中《音地关系探微——从民间音乐的分布作音乐地理学的一般探讨》,收录于乔建中主编《中国音乐学经典文献导读·中国传统音乐》,上海音乐学院出版社,2009 年

蔡际洲《"辽金北鄙"遗音与南北音乐之渊源——兼论"蕃曲"在戏曲声腔史中的地位》,《黄钟》1993 年第 1 期

蔡际洲《南北曲形成的文化生活》,《中国音乐学》1993 年第 1 期

蔡际洲《蕃曲传播的逆向考察》,《中央音乐学院学报》1994 年第 1 期

王小盾《中国韵文的传播方式及其体制变迁》,《中国社会科学》1996 年第 1 期

钟涛《宋元市井中的俗曲传播》,《青海师范大学学报》2003 年第 3 期

康保成《酒令与元曲的传播》,《文艺研究》2005 年第 8 期

冯光钰《音乐传播视野中的曲牌考释研究(上)》,《中国音乐》2007 年第 4 期

冯光钰《音乐传播视野中的曲牌考释研究(下)》,《中国音乐》2008 年第 1 期

黄明兰《一对金代北曲三彩枕》,《中原文物》1987 年第 1 期

周笃文《略论新发现的四首宋代散曲》,《中国韵文学刊》1988 年第 2—3 期

孙兴群《西夏汉文本〈杂字〉"音乐部"之剖析》,《音乐研究》1991 年第 4 期

何德修《沙海遗书——论新发现的〈董西厢〉残叶》,收录于马

大正、杨镰主编《西域考察与研究续编》,新疆人民出版社,1998 年

马小青《一方磁州窑白地黑花民谣枕》,《文物春秋》2000 年第1 期

沈天鹰《金代瓷枕诗词文辑录》,《文献》2001 年第 1 期

杨栋《散曲文献学的新视域》,《中国文学研究》2004 年第 1 期

杨栋《冀南出土磁窑器物上的金元词曲》,《文艺研究》2004 年第 1 期

宁希元《早期诸宫调歌词的重大发现》,《中华戏曲》2004 年第2 期

马小青《宋元磁州窑文字枕概述及断代(上、下篇)》,《收藏界》2006 年第 4、5 期

山西上党戏剧院《迎神赛社礼节传簿四十曲宫调》,《中华戏曲》第 4 辑

寒声等《〈迎神赛社礼节传簿四十曲宫调〉注释》,《中华戏曲》第 4 辑

寒声等《〈迎神赛社礼节传簿四十曲宫调〉初探》,《中华戏曲》第 4 辑

杨及耘、高青山《侯马二水 M4 发现墨笔题书的墓志和三篇诸宫调词曲》,《中华戏曲》第 29 辑

延保全《侯马二水 M4 三支金代墨书残曲释疑》,《中华戏曲》第 29 辑

车锡伦《明清民间教派宝卷中的小曲》,《汉学研究》第 20 卷第 1 期

汤珺《西夏全真教佚词十一首考释》,《宗教学研究》2007 年第 2 期

仟二北《南宋词之音谱拍眼考》,原载《东方杂志》1927 年第

24 卷 12 号,收录于王小盾、杨栋主编《词曲研究》,湖北教育出版社,2004 年

龙榆生《两宋词风转变论》,原载《词学季刊》第 2 卷第 1 号,收录于王小盾、杨栋主编《词曲研究》,湖北教育出版社,2004 年

隋树森《北曲小令与词的分野》,收录于《元人散曲论丛》,齐鲁书社,1986 年

王昆吾《词的起源及其他》,《中国韵文学刊》总第 1 期

周玉魁《金元词调考》,《词学》第 8 辑,华东师范大学,1990 年

赵山林《从词到曲——论金词的过渡型特征及道教词人的贡献》,《山东师大学报》1992 年第 3 期

谢桃坊《〈高丽史·乐志〉所存宋词考辨》,《文学遗产》1993 年第 2 期

王昊《论金词创作的形态和群体特征》,《文学遗产》1998 年第 4 期

赵义山《王国维元曲考源补正》,《文学遗产》1999 年第 5 期

赵山林《金元词曲演变与音乐的关系》,《社会科学战线》2002 年第 5 期

赵维江《略论金元词的类曲化倾向》,《齐鲁学刊》2003 年第 3 期

陶然《论元代之词曲互动》,《浙江社会科学》2003 年第 5 期

王昊《明清人词曲递变说检讨》,收入赵义山主编《新世纪曲学研究文存两种》,上海古籍出版社,2003 年

张鸣《宋金"十大曲(乐)"笺说》,《文学遗产》2004 年第 1 期

于天池《宋元说唱伎艺脞说》,《北京师范大学学报》1998 年第 2 期

赵义山《"嘌唱"考论》,《文学遗产》2004 年第 4 期

车锡伦、刘晓静《"小唱"考》,《中华戏曲》2007 年第 1 期

赵义山《宋元"小唱"名实辨》,《文艺研究》2008 年第 1 期

李昌集《词之起源:一个千年学案的当代反思》,《文学评论》
　　2006 年第 3 期

王昊《"词曲递变"初探——兼析"唐曲暗线说"和"唐宋词乐
　　主体说"》,《中国韵文学刊》2009 年第 2 期

胡元翎《词之曲化辨》,《文学遗产》2009 年第 2 期

谢桃坊《〈词谱〉误收之元曲考辨》,《东南大学学报》2009 年第
　　4 期

左洪涛《论王重阳道教词对宋代俗词的继承》,《中国韵文学
　　刊》2009 年第 4 期

田玉琪《论金词的用调》,《江苏大学学报》2009 年第 6 期

田玉琪《三声通协与词曲之辨》,《上饶师范学院学报》2011 年
　　第 1 期

李昌集《关于"词曲递变"研究的几个问题》,《吉林大学社会科
　　学学报》2012 年第 6 期

解玉峰《"曲"变为"词"——长短句韵文之演进》,《文艺理论
　　研究》2014 年第 2 期

赵景深《元代南戏剧目和佚曲的新发现》,收入《戏曲笔谈》,上
　　海古籍出版社,1980 年

廖奔《南戏〈宦门子弟错立身〉时代考辨》,《中州学刊》1983 年
　　第 4 期

赵景深《元明南戏的新资料》,收入《元明南戏考略》,人民文学
　　出版社,1990 年

[韩] 梁会锡《〈张协状元〉写定于元代中期以后》,《艺术百
　　家》2000 年第 1 期

俞为民《南戏〈错立身〉〈小孙屠〉的来源及产生年代考述》,

《求是学刊》2002 年第 5 期

俞为民《宋元南戏曲调探源》,《中华戏曲》2002 年第 6 期

欧阳江琳《试论明代南曲北调与北曲南腔》,《中国韵文学刊》
 2002 年第 1 期

胡雪冈《对〈张协状元写定于元代中期以后〉一文的商榷》,《艺
 术百家》2003 年第 1 期

许建中《〈张协状元〉所用曲牌的曲律学考察》,《中华戏曲》第
 34 辑

俞为民《元代南北戏曲的交流与融合》(上、下),《山西师大学
 报》2003 年第 1 期、第 4 期

李修生《元代杂剧南移寻踪》,《浙江艺术职业学院学报》
 2004 年第 1 期

许建中《〈错立身〉、〈小孙屠〉所用曲牌的曲律学考察》,《文学
 遗产》2007 年第 6 期

许建中《〈全元散曲〉辑录的南套、南北合套考辨》,《西北师大
 学报》2008 年第 3 期

林佳仪《南北曲交化下曲牌变迁之考察》,《戏曲学报》2008 年
 第 4 期

杨栋《〈张协状元〉编剧时代新证》,《文艺研究》2010 年第 8 期

徐宏图《中国戏曲成熟标志是南戏而不是元杂剧——对〈张协
 状元编剧时代新证〉一文的商榷》,《戏曲艺术》2012 年
 第 1 期

解玉峰《"曲牌"本不分"南"、"北"》,《南京大学学报》2012 年
 第 6 期

马骕《曲牌研究的舛误及歧途——杨栋〈张协状元编剧时代新
 证〉之异议》,《戏曲研究》第 87 辑

杨栋《学理、方法与事实真相——对〈张协状元编剧时代新证〉

质疑者的答辩》,《戏曲艺术》2013 年第 4 期

胡雪冈《南戏〈张协状元〉编剧时代——对〈张协状元编剧时代新证〉的商榷》,《温州大学学报》2013 年第 4 期

杨栋《反思：南戏先熟论的逻辑思维方式——答胡雪冈教授》,《河北师范大学学报》,2015 年第 1 期

陈垣《火祆教入中国考》,初刊《国学季刊》第 1 卷第 1 号,1923 年。校订稿收入《陈垣学术论文集》第一集,中华书局,1980 年

刘观民《佛曲遇见记》,《文物》1987 年第 10 期

孔繁洲《源远流长的古老剧种——"耍孩儿"索源》,《山西大学学报》1987 年第 4 期

蒲亨强《道教音乐与中国传统戏曲音乐》,《华中师范大学学报》1988 年第 8 期

袁静芳《中国佛教京音乐中堂曲研究》,《中国音乐学》1993 年第 1 期

乌兰杰《元代达达乐曲考》,《音乐研究》1997 年第 1 期

谭蝉雪《唐宋敦煌岁时佛俗——正月》,《敦煌研究》2000 年第 4 期

王福利《陶宗仪〈南村辍耕录〉所收元达达曲名考》,《语言科学》2003 年第 2 期

杨惠玲《"货郎儿"推考》,《艺术百家》2003 年第 3 期

王福利《元朝的两都巡幸、游皇城及其用乐》,《音乐艺术》2004 年第 2 期

孙福轩《"道情"考释》,《中国道教》2005 年第 2 期

张泽洪《论道教的唱道情》,《世界宗教研究》2006 年第 3 期

[日] 稻畑耕一郎《〈采茶山歌〉的流传和分布》,《中国典籍与文化》2006 年第 4 期

蒲亨强《〈玉音法事〉所载音乐史料研究》,《乐府新声》2007 年第 3 期

蒲亨强《明代御制斋醮音乐史料研究》,《中国音乐》2008 年第 2 期

洛地《跳竹马,唱采茶》,《浙江艺术职业学院学报》2008 年第 1 期

郑骞《论元杂剧的散场》,收录于郑骞《景午丛编》,台湾中华书局,1972 年

翁敏华《试论诸宫调的音乐体制》,《文学遗产》1982 年第 4 期

孙玄龄《带过曲辨析》,《中国音乐学》1986 年第 4 期

徐沁君《〈全元散曲〉曲牌订补》,《河北师范学院学报》1989 年第 1 期

宋克夫《诸宫调体制源流考辨》,《文学遗产》1989 年第 6 期

汪志勇《元散曲中的带过曲研究》,《河北师院学报》1991 年第 4 期

洛地《元曲及诸宫调之所谓"宫调"疑探》,《艺术研究》第 11 辑

洛地《元曲及诸宫调之所谓"宫调"再疑探》,《艺术研究》第 13 辑

李昌集《关于"套数"与"带过"的几个问题——兼及当代曲体学建设的若干思考》,《扬州学院学报》1996 年第 4 期

吴敢《宋元尾声论稿》,《戏曲研究》第 77 辑

韩军《尾声论》,《中华戏曲》第 25 辑

杨东甫《论尾声》,《广西师范学院学报》2003 年第 4 期

吕薇芬《杂剧的成熟以及与散曲的关系》,《文学遗产》2006 年第 1 期

刘崇德《宋金曲之曲体及曲调》,《合肥师范学院学报》2009 年第 5 期

杨栋《【山坡羊】曲调源流述考》,《文学遗产》2010 年第 2 期

洛地《诸宫调、元曲之所谓"宫调"疑议》,《江苏师范大学学报》2013 年第 5 期

谢伯阳《"带过曲"新论》,《西华师范大学学报》2015 年第 1 期

附录：宋金元磁器考古收藏原始报告中的词曲

　　说明：该表出自杨栋师《元曲起源考古研究》一书（中国社会科学出版社，2014年出版），原题《考古收藏原始报告》。因本书多处引用这些考古材料，为方便读者核查，特附于此。

收藏信息	考古报告原文	报告出处
1969年洛阳市东郊出土、金代北曲三彩银锭形枕 25×14×14（三个数据分别指长、宽、高，单位厘米，下同。）	四面各有暗褐色行书北曲小令一首： 1. 寒山(拾)得那两个，风风磨磨，拍着手，当街上笑呵呵，倒大来快活。词(调)寄《庆宣和》。 2. 一曲延(筵)前奏玉箫。五色祥云朱顶鹤，长生不老永逍遥。词(调)寄《赏花时》。 3. 人成百岁七十多，受用了由它。撚指数，光明急如梭，每日个快活。词(调)寄《庆宣和》。	黄明兰：《一对金代北曲三彩枕》，《中原文物》1987年第1期。

（续表）

收藏信息	考古报告原文	报告出处
	4. 生辰日,酒满杯。只吃得玉栖(楼)沈醉。落梅风,将来权当礼,每一字满寿千岁。词(调)寄《落梅风》。	
日本松冈美术馆藏金代北曲三彩枕 26.5×14×14	1. 梨花雨,杨柳烟,寂寞了小庭深院。桃花掩(嫣)然三月天,不见了去年人面。词(调)寄《落梅风》。 2. 寒山石(拾)得那两个,风风磨磨,拍着手,当街上笑呵呵,倒大来快活。词(调)寄《庆宣和》。 3. 无羊酒,无表里,手把火也难准备。落梅风,委实成重意,绣袋儿一羞免一发。词(调)寄《落梅风》。 4. 人能克己身无恙,事不欺人睡自安。损人益己有何难。悔复晚,天理有轮还。词(调)寄《喜春来》。	黄明兰:《一对金代北曲三彩枕》,《中原文物》1987年第1期。
响堂山文化馆所藏元白地黑花四系瓶	墨书: 晨鸡初报,昏鸦争噪,那一个不红尘里闹? 路遥遥,水迢迢,利名人都上长安道。今日少年明日老,山依好,人不见了。词寄山坡里羊。	叶喆民:《磁州窑新得》,《中国陶瓷》1987 年第4期。
磁县城南加油站元墓出土白地黑花"山坡里羊"小令长方枕 28.5×16×(前高 10,后高14)	1. 向内用如意头开光,中间书《山坡里羊》词一首: 风波实怕,唇舌休卦(挂),鹤长鹤(凫)短天生下。劝鱼(渔)家,共樵家,从今莫说(讲)贤鱼(愚)话,得道助多失道寡。渔(愚)也在他;贤,也在他。山坡里羊。	张子英:《磁州窑烧造的文字枕》,《文物春秋》1993年第4期。

（续表）

收 藏 信 息	考古报告原文	报 告 出 处
	2. 后立面书：春将暮，风又雨，满园落花飞絮。梦回枕边云渡（雨），一声声道不如归去。	
河南濮阳市博物馆藏白地黑花长方八角形诗文枕宋/元 33.4×16×12.8	开光内墨书：醉中天　相见如亲爱，的（得）意笑颜开，善与人交君子哉。温（昆）仲别无外，弟兄皆因四海，久而间相大，有朋自远方来。	《磁州窑〈醉中天〉词文枕》，《中国文物报》1999 年 3 月 31 日；吴凌云：《磁州窑苏轼词文枕》，《中国文物报》1999 年 6 月 6 日。
磁县东艾口出土、磁州窑白地黑花书"渔樵"民谣长方枕 43×17×（前高 10.5，后高 14）	开光内行楷书"渔樵"民谣一首：渔得鱼，渔兴阑，得鱼满笼收轮竿；樵得樵，樵心喜，得樵盈檐（担）斤斧已。樵夫渔父多悠悠，相见溪边山岸头；绿杨影里说闲话，闲话相投不知罢。渔忘鱼，樵忘樵，绿杨影里空惆惕。画工画得渔樵似，难画渔樵腹中事。话终所以是如何，请君识问苏东坡。	马小青：《一方磁州窑白地黑花民谣枕》，《文物春秋》2000 年第 1 期。
故宫博物院藏诗文枕	小桃红　幸缝佳诞笑声喧，喜贺今辰宴。馥郁响香小庭院，画楼前，祥云冉冉分明现，南极老人手持诏，寿赐一千年。	詹嘉、齐曼：《古代瓷枕民俗文化探析》，《陶瓷研究》2000 年第 3 期。
磁县出土、磁县文物保管所藏、白地黑花"石庆东原"小令长方枕 30.8×15.9×14.2	枕面开光内楷书"石庆东原"小令一首：终归了汉，始灭了秦。子房公到底高如韩信，初年间进身，中年时事君，到老来全身。为甚不争名，曾共高人论。石庆东原。	马小青：《磁州窑白地黑花元曲枕》，《文物春秋》2001 年第 2 期。

收藏信息	考古报告原文	报告出处
河北省博物馆藏、磁县观台窑址出土，白地黑花书"喜春来"小令长方枕 27×13.8×11.5	枕面开光内楷书"喜春来"小令一首：牡丹才开安排谢，朋友才交准备别。人生一世半痴呆，如梦蝶，不觉日西斜。喜春来。	马小青：《磁州窑白地黑花元曲枕》，《文物春秋》2001年第2期。
河北磁县东武仕水库出土，磁县文物保管所藏、元白地黑花书"落梅风"小令长方枕 31×16.7×14.5	枕面楷书小令：愁如醉，闷似痴，闷和愁养成春睡。珠帘任谁休卷起，怕莺花笑人憔悴。落梅风。	马小青：《磁州窑白地黑花元曲枕》，《文物春秋》2001年第2期。
磁县都党出土、磁县文保所藏、元白地黑花书《朝天子》重头曲长方枕 41×17×14.5	枕面开光内楷书"朝天子"重头曲：得闲，且闲，已过终年限。宁交别人上高竿，却交别他人看。邯郸，长安，皆属虚患(幻)，论渔樵一话间。江山，自安，哪里也唐和汉。左难，右难，枉把功名干。烟波名利不如闲，倒大来无忧患。积玉堆金，无边无岸，限来时悔后晚。病患，过关，谁救的贪心汉。朝天子。漳滨逸人造。	马小青：《磁州窑白地黑花元曲枕》，《文物春秋》2001年第2期。
河北磁县观台出土，邯郸市博物馆藏、元白地黑花书"红绣鞋"小令长方枕 31.5×16×(前高11，后高13)	枕面开光内行楷书"红绣鞋"小令一首：韩信功劳十大，朱阁(诸葛)亮位治三台，百年都向土中埋。邵平瓜，盈亩种；渊明菊，夹篱开。闻安乐，归去来。红绣鞋。	马小青：《磁州窑白地黑花元曲枕》，《文物春秋》2001年第2期。

（续表）

收 藏 信 息	考古报告原文	报 告 出 处
邯郸峰峰矿区机修厂小学出土,峰峰文物保管所藏元白地黑花书"朝天子"小令长方枕29×16.5×(前高12,后高14)	枕面开光内楷书"朝天子"小令一首：左难,右难,枉把功名干。烟波名利不如闲,到大来无忧患。积玉堆金,无边无岸,限来时悔后晚。病患,过关,谁救得贪心汉。朝天子。	马小青：《磁州窑白地黑花元曲枕》,《文物春秋》2001年第2期。
首都博物馆藏、金代三彩划花亚腰形枕	1. 词寄《庆宣和》：人成百岁七十多,受用了由它。捻指数,光明急如梭,每日个快活。 2. 词寄《落梅风》：生辰日,酒满怀(杯)。只吃得玉楼沈醉。落梅风,将来权当礼,每一字满寿千岁。 3. 词寄《庆宣和》：寒山石(拾)得那两个,风风磨磨,拍着手,当街上笑哈哈,倒大来快活。 4. 词寄《庆宣和》：荣华富贵我不知,来□□提。每日醉醒□□沈,口不谈岁非。	王兴编著：《磁州窑诗词》,天津古籍出版社,2004年版,第81页。
刘立忠藏、元白地黑花《山坡里羊》元曲长方形枕28.5×15.5×13	枕面开光内墨书《山坡里羊》：有金有玉,无忧无虑,赏心乐事,休辜负百年身。七旬初饶(晓)君,更比石崇富,合眼一朝天数足。金,也换主;银,也换主。山坡里羊。	邯郸市博物馆、磁县博物馆合编：《磁州窑古瓷》,陕西人民美术出版社,2004年版,第90页。
私人收藏、河北磁县观台窑产、元代白底黑花长方形枕此枕底面有墨书"元至正十一年七月廿三日"字样	1.《朝天子》：老孤面糊,休直待虚名,误全身,远害倒大福,驾一叶扁舟去。烟水云林处,皆无租赋,拣溪山好处居,相府帅府,那为别人住。 2.《快活三》：百年身,能有几;叹	王兴编著：《磁州窑诗词》,天津古籍出版社,2004年版,第99—100页。

（续表）

收藏信息	考古报告原文	报告出处
	白发,故人稀。一年三百六十日,不如醉了重还醉。若知就里,争甚么名和利。你乖你劣,落甚么都不解天公意,玉兔金乌般移。兴废叹,光阴过隙,若还省得悟得且做了全身计。 3.《快活三》:肉肥甘,酒韵美,多舌便伤食。家传一笼淡黄荠,吃过后须回味。你的无实尚不可,渔樵意时首命也,我尽知,无半点闲,荣击石秋眠云遮庐天地正蝴蝶,魂梦里晓鸡乱啼,惊觉陈抟睡。	
安徽省中国徽州文化博物馆(原黄山市博物馆)藏三彩枕	再不想荣华贵,将相才,入山林倒大无灾害。将君王舞道扬尘拜。取下这纱缕头,放下这象牙笏,脱下领紫罗袍,纳了条黄金带。词寄【寄生草】	黄山学院张孝进先生拍照。
	诗寄沉醉东浇。云里开三春,异花火中炼。九转丹砂休跨进,火功谨守修行法。怎难得祖师一化。这莫草履麻,绦巾纳甲,且则羁管,省心猿意马。	政协磁县九届委员会编:《中国磁州窑典籍》(中国文史出版社,2006年版)所载《刘志国先生集录磁州窑诗词曲选》。
	《天净沙·秋思》枯藤老树昏鸦,小桥流水人家,古道西风瘦马。夕阳西下,断肠人在天涯。	政协磁县九届委员会编:《中国磁州窑典籍》(中国文史出版社2006年

（续表）

收 藏 信 息	考古报告原文	报 告 出 处
		版)所载《刘志国先生集录磁州窑诗词曲选》。
河南洛阳公安局查获宋白釉刻花八角形诗文枕 30.5×19×11	枕面中间刻：蔷薇水贱仙裳,信体自生香。清郎酒所,雪儿鬓畔,样风光色。香合出冰肌下韵,高处却冠群芳。蕊芳富有,辟寒金在,岂向冰雪。雪岩老人虫葛梅　极相思。	张剑：《洛阳近几年来搜集的珍贵历史文物》,《中原文物》1984 年第 3 期。
江苏南京市江宁县江宁公社侨老生产队出土,南京市文物保管委员会藏 44×12.7×9	一面墨书行草：薄薄纱厨望似空,簟纹如水浸芙蓉,起来娇眼味(未)惺忪。强整罗衣抬皓腕,故(更)将纨扇掩酥胸,羞郎何事面微红。相思引。（周邦彦《片玉词》中作《浣溪沙》） 另一面书：新篁摇动翠葆,曲径通深窈。夏果收新脆,金丸惊(落),惊(落)飞鸟。浓霭迷岸草,蛙声闹,骤雨鸣池沼。水亭小,浮萍破处,簷(簾)花簾(簷)影颠倒。纶巾羽扇,困卧北窗清晓。屏里关山梦自到。惊觉,依然(前)身在江表。隔浦莲。	李蔚然：《南京出土吉州窑瓷枕》,《文物》1977 年第 1 期。
天津市文物管理处藏 31×19.8×(前高 8,后高 10.3)	枕面用双线随枕形划出边框,内用直线分隔。顶部饰牡丹一朵,右书"林和靖",左书"咏草"。中央部位题《点绛唇》词一首：金谷年年,乱生春色谁为主? 余花落处,满地和烟雨。又是离歌,一阕长亭暮。王孙去,萋萋无数,南北东西路。	田凤岭：《天津新发现一批宋金时期瓷陶枕》,《文物》1985 年第 1 期。

（续表）

收藏信息	考古报告原文	报告出处
日本白鹤美术馆藏三彩划花诗文折尺形（磬形）枕	上片：月明满院晴如昼,浇(浇)池塘,四面垂杨柳。泪湿衣襟,离情感旧,人人记得同携手。从来早是不廊溜,闷酒儿,渲得人来瘦。睡里相逢,连忙就走。只和梦里厮混逗。中吕宫·七娘子。 下片：常记共伊初相见,对枕前,说了深深愿。到得而今,烦恼无限,情人觑着如天远。当初留意非情浅,奈好事,间阻离愁怨。似捎得一口珠,珍珠米饸,嚼了却交另人嗹。中吕宫·七娘子。	宋伯胤：《磁州窑的画与诗》,《考古与文物》1987年第3期。
中国历史博物馆藏、金代赭地剔刻白花词曲长方枕 45.5×13.6×19.3	草书：小院帘莫(幕)风轻,夜来高雨乍晴。堤外谁家少年郎,正走马探春离城。疏枝红杏艳粉,青苔嫩绿草似缨。海燕喜,轻寒微暖处,渐闻啼莺。红粉墙内佳人笑,雨(语)声娇嫩乍闻,秋千蹴起映花梢,引游客住(注)目动情。早是年少,捲(倦)春天气,似醉人未醒。垂泪问桃花,甚(怎)不见去年故人。深知辜负平生,谏阻隔芳(方)用信音,不念人瘦似东阳,望[关]山怎断寻云。欲将愁绪[付与]三分酒,一分泪痕,何日再[相逢],自别来为伊瘦损。□调/折花三基。	刘家琳：《金明瓷枕两例》,《文物》1987年第9期。
河南省洛宁县文管会收藏 洛宁县马店乡上墺村出土、宋白地褐书诗	褐色行书：平地山尖,风光尽他为主。弄轻盈,竹粘落絮。细腰肢(姿),人道是,楚王宫女。放衙时,看春朝,又生南浦。　　　香	李献奇、王兴起：《洛宁发现一件宋代瓷枕》,《中原文物》1988年第2期。

（续表）

收 藏 信 息	考 古 报 告 原 文	报 告 出 处
文枕 28×18×(前高 8.5,后高 12)	腜未满，终朝为谁辛苦。最撩乱，晓窗明处。念纪多情，曾愿作，芳时游侣。一团儿，相随入，寻走深处。粉蝶儿。	
湖南省博物馆藏白釉刻花长方诗文枕	开光两端分别写有"中吕调满庭芳"，开光内墨书：绿水澄清，轻云微暮，败叶零乱，空阶画堂人静。明月夜徘徊，又是重阳近也。闻几处砧杵声，催西窗外风摇翠竹，疑是故人来。临高空伫立，新愁未尽，往事难猜，问槛边金菊，还为谁开。漫到愁来滞酒，酒未尽，愁已先回。凭栏久，金波渐远，白露点青苔。	丁送来：《磁州窑白地黑花诗词枕》，《中国文物报》1992 年 3 月 15 日。
广州南越王墓博物馆藏宋白地墨书八角形诗文枕 20.8×26.9×10.1	楷书七行词：中吕宫　莺踏花飞，乱红铺地无人扫，杜鹃来了，叶底青梅小。倦拨琵琶，总是相思调，凭谁表，暗伤情怀，门掩青春老。点绛唇。	《杨永德伉俪捐赠藏枕》，广州西汉南越王幕博物馆、宝法德企业有限公司，1993 年初版。
广州南越王墓博物馆藏宋白地墨书八角形诗文枕	开光内墨书：落花闲院春衫薄，迟日恨依依，梦回莺舌弄，尤便问人羞。回文菩萨蛮。释文：落花闲院春衫薄，薄衫春院闲花落。迟日恨依依，依依恨日迟。梦回莺舌弄，弄舌莺回梦。尤便问人羞，羞人问便尤。	《杨永德伉俪捐赠藏枕》，广州西汉南越王幕博物馆、宝法德企业有限公司，1993 年初版。
广州西汉南越王墓博物馆藏绿釉划花扇形枕	《寄摊破浣溪沙》：帘卷夕阳曲槛明，东风桃李满画城。回首十年浑似梦，几飘零。花落渐随流水	《杨永德伉俪捐赠藏枕》，广州西汉南越王幕博物馆、

（续表）

收 藏 信 息	考古报告原文	报 告 出 处
	远,莺慵已许送春归。惟有西山还似旧,笑天青。	宝法德企业有限公司,1993 年初版。
广州南越王墓博物馆藏白地黑花长方形诗文枕	篆书:独倚危楼,向春来观赏,山市晴岚,青红挥绿,见樵人相呼,独木桥边。渡口渔村落照,乍雨过,西山畔轩,远浦帆归岸,羌笛数声,幽韵孤峰伴。　摇(遥)指酒旗高悬,望滩头隐隐,平沙落雁。潇湘夜雨,打枕霜惊,山僧归禅。洞庭秋月圆,听烟寺,晚钟声渐远,暮雪江天,景堪图画,入屏仗眉。词寄月中仙。	《杨永德伉俪捐赠藏枕》,广州西汉南越王幕博物馆、宝法德企业有限公司,1993 年初版。
河北磁县时村营乡牛尾岗村出土,磁县文物保管所藏白釉黑花《人月圆》词文字枕 32×15.5×(前高 10.7,后高 12.5)	开光内楷、篆混书:南朝千古伤心事,犹唱后庭花,旧时王谢,堂前燕子,飞向谁家? 恍然如(一)梦,仙肌胜雪,云(宫)髻堆鸦,江州司马,青衫泪湿,同是天涯。　人月圆。	张子英:《磁州窑烧造的文字枕》,《文物春秋》1993 年第 4 期。
河北漳滨冶子村出土金白地黑花诗文枕 34×21×(前高 8.5,后高 13)	为向东波(坡)传语,人在玉堂深处,别后寄来。雪压小桥无路,归去,归去,江(上)一犁春雨。	张子英:《磁州窑烧造的文字枕》,《文物春秋》1993 年第 4 期。
广州南越王墓博物馆藏南宋晚期吉州窑褐彩束腰枕	枕面诗文:散水调倾杯　雾落霜州,(雁)横烟渚,分明画出秋色。暮雨乍歇,小楫夜泊,宿苇村山驿。何人月下临风处,起一声羌笛。离愁万绪,闻岸草,切切蛩吟如织。为忆芳容别后,水远山遥,	应浩:《两件珍罕的吉州窑枕》,《中国文物报》1994 年 10 月 30 日。

（续表）

收 藏 信 息	考 古 报 告 原 文	报 告 出 处
	何计凭鳞翼！想绣阁深沉，争知憔悴损，天涯行客。楚峡云归，高阳人散，寂寞狂纵迹。望京国，空目断，原峰凝碧。 枕背诗文：商调阳台路　楚天晚，坠冷风败叶，疏红零乱，冒征尘匹马区区，愁见水遥山远。追念(少)年时，正惬凤闱倚香偎暖。嬉游惯，又岂知，前欢云雨分散。此际空劳回首，望帝里，难收泪眼。暮烟衰草，算暗锁路歧无限。今宵又依前寄宿，甚处苇村山馆，残灯畔，夜厌厌，凭何消遣。	
河南襄城县文化馆藏宋行草词文虎形枕 36×16.7×8.5	为院葵指开遍，深浅绿红相间，贴水小荷圆似浮钱。枕罩纱幮堪睡，长与玉人相缚，频把扇儿拈要人搧。昭君怨。	姚军英：《河南襄城发现一件宋代瓷枕》，《考古》1995 年第 5 期。
河南禹州市文管所藏、禹州市区出土、金代白釉黑花如意头形诗文枕 27.4×17.3×(前高8.7,后高12.3)	词文用单线间隔，右为"大石调"，左为"风流子"，全文如下：洛阳西楼忱，足耒林外，翠霭碧烟浮。想三千娇媛，到今何在？凤楼空锁，寒雨深秋。因追念，自古兴与废，怎不遣人愁，繁华巷陌，绮罗台榭；半来禾黍，半是荒丘。　潇索西风里，凭栏久空恁，遣我凝眸。堪叹旧游满目，一梦愁愁。又早是对景，伤怀那更，岁花踪迹，荏苒淹留。欲问恨情多少，洛水东流。	河南省文物考古研究所等：《介绍几件陶瓷精品》，《华夏考古》1996 年第 3 期。

（续表）

收藏信息	考古报告原文	报告出处
河南焦作矿山窑出土宋代绿釉枕	天香慢　世情冷暖，人意见逐高低。自古常言，相随百步，上(尚)有徘徊之意。进人迤逦，退人也须迤逦。好笑伊家做得，有头无尾。　终须待共整理，又思量我甚情意。万悔千懊，必(毕)竟做得何济。自恨如何弃得，要弃得除非离眼底，日久月长消除去里。	杨贵金：《当阳峪窑新探》，《文物春秋》1997 年增刊。
河南南阳市桐柏县江河镇北宋墓出土，南阳市文物考古研究所藏	枕面粗细边框内行书《点降唇》词：苦热炎天，迤逦飘荡火云散。榴花绽，池里荷花放。公子王孙，避暑摇纨扇。捕凉簟，满斟酒甚，好把金樽劝。	王歌莺：《桐柏江河出土宋代〈点降唇〉瓷枕》，《中原文物》2001 年第 5 期。
河北邯郸峰峰矿区文保所藏金白地黑绘书"如梦令"椭圆形枕	双线边框内书行楷六行：如梦令　曾醉桃花西宴，花落水晶宫殿。一枕梦初惊，人世光阴如电，双燕，双燕，不见当年人面。	马忠理：《磁州窑独特装饰艺术(下)》，《邯郸师专学报》2001 年第 1 期。
河北黄骅市海丰镇金代商贸遗址出土宋代绿釉刻划花文字腰圆形枕	内刻：沉吟坐久思尘世，韶光如电。玉兔金乌，东出西坠。一向争名利，官高禄假，使封侯百子何济？无常独自归。　争名竞利，漫萦牵系。朝朝大□家缘，往往催逼。把□□(贪心)退，休愚痴，只此一身有似南柯梦，及修由太迟。　仙吕调六幺实催	《河北黄骅金代海丰镇遗址》，国家文物局《2000 年中国重要考古发现》，文物出版社，2001 年版。据刘桂茂《对瓷枕上一首曲子词的粗浅解读》一文(《黄骅报·新渤海周刊》2014 年 9 月 18 日)校改。

（续表）

收藏信息	考古报告原文	报告出处
日本静嘉堂文库美术馆藏、磁州窑系山西窑产、金代白地黑绘八角形枕	《诉衷情·初春》：金盆水冷再重煨，不肯傍妆台。从他（教）鬐鬟耸乱（松慢），只凭下香炉（斜弹卷云钗）。　莲步稳，黛眉开，后园回。手携（授）柳带，鬓（斜）插梅梢，探得春来。	王兴编著：《磁州窑诗词》，天津古籍出版社，2004年版，第29页。
邯郸市文保所藏、河北磁县观台窑产、金代白地黑花八角形枕	《乌夜啼》：天涯苦，苦迟留，去无由，过了伤春时序又悲秋。红日晚，碧云乱，思悠悠，怕到黄昏前后五更头。	王兴编著：《磁州窑诗词》，天津古籍出版社，2004年版，第52页。
私人收藏、河北磁县观台窑产、金代白地黑花椭圆形枕	《蝶恋花》：千古余情香几分，绿竹东风犹向西怜顺，台下嫣红深一寸，鸳鸯缺破苔成晕。事往人非无处问，只有青山看得繁华尽，欲问青山山远近，青山不管兴亡恨。子端作。	王兴编著：《磁州窑诗词》，天津古籍出版社，2004年版，第65页。
故宫博物院藏、磁州窑系河南窑产、元代白地黑花云头形枕	《双调·行香子》：寒暑催迁，名利萦牵，得闲时平地神仙，忙中光影，醉里长年。也由人，也由地，也由天。　春风红杏，秋水香莲。小池塘杨柳轻台，一筇床畔，千卷窗前，有时行，有时坐，有时眠。	王兴编著：《磁州窑诗词》，天津古籍出版社，2004年版，第72页。
故宫博物院藏、河南当阳峪窑产、北宋绿釉划花豆形枕	《高平调·木兰花》：过邯郸故国，遣行客、感伤多。见旧日楼台，昔时禁苑，狐兔为窠。英雄到今何在，漫遗留旧迹葬高坡。空有折碑坏冢，岁深雨渍文讹。　蹉跎。暗想荣枯今古事，类南柯，（被）似箭光。论贤愚贵贱，迤逶消磨。百年有如电闪，任蝇头利禄且休呵。假使功名富贵，问君终久（究）如何。	王兴编著：《磁州窑诗词》，天津古籍出版社，2004年版，第76页。

（续表）

收 藏 信 息	考古报告原文	报 告 出 处
日本大阪万野美术馆藏、磁州窑系河南窑产、金代白釉剔花黑绘梅瓶	《点绛唇》：红杏菖蒲，万家装点都门外。曲源何在，香粽年年赛。捧砚佳人，玉腕缠新彩。多娇态，御荷争戴，斜插香枝艾。	王兴编著：《磁州窑诗词》，天津古籍出版社，2004 年版，第 87 页。
安阳市博物馆藏、磁州窑系河南窑产、元代白地黑花长方形枕	《浣溪沙》：万烛(竹)风(中)一草堂，芦叶当盖竹为梁，门前数朵野梅香。残雪渐分沽酒路，斜阳偏照负暄墙，锦屏山下望宜阳。右浣溪沙。	王兴编著：《磁州窑诗词》，天津古籍出版社，2004 年版，第 98 页。
河北省博物馆藏、河北峰峰彭城窑产、元代白地黑花如意形枕	《词寄西江月》：窗外日光弹纸(指)，帘前花影频移。金乌玉兔往来催。积玉金话济□。昼夜各分壹半，陆拾明昧三十。其中更有十年痴，都事(市)荣话(华)有几。	王兴编著：《磁州窑诗词》，天津古籍出版社，2004 年版，第 101 页。
河南鹤壁鹤煤博物馆藏、磁州窑系河南窑产、元代白釉划花长方形枕	《朝天子》：是笑胜如哭，但闲散胜如拘束。无荣无辱，知足常足，三间茅草屋，矮者明窗高种竹。乐向卜只，此人间真福。	王兴编著：《磁州窑诗词》，天津古籍出版社，2004 年版，第 115 页。
私人藏、河北峰峰彭城窑产、元代白地黑花圆形枕	《西江月》：自从轩辕之后，百灵立下磁窑。于民开国最清高。用尽博士机巧。宽池拆澄尘细，诸般器盒能烧。四方客人尽来掏，件件儿变作经钞。	王兴编著：《磁州窑诗词》，天津古籍出版社，2004 年版，第 117 页。
磁县峰峰矿区文保所藏、峰峰矿区羊角铺出土、元白地黑花书《满庭芳》词长方枕 44.4×16.6×14.5	枕面开光内篆书苏轼《佳人》词一首：香霭雕盘，寒生冰注(筋)，画堂别是风光。主人情重，开宴出红妆，腻(凝)玉元搓素胫，藕丝楸(嫩)新织仙裳。双歌罢，虚檐转月，余韵	邯郸市博物馆、磁县博物馆：《磁州窑古瓷》，陕西人民美术出版社，2004 年版，第 95 页。

（续表）

收 藏 信 息	考古报告原文	报 告 出 处
	上幽阳(尚悠扬)。人间何处有，司公惯见(司空见惯)，应为寻常。坐中有狂客，恼乱愁肠。报道金钗坠也，十指路(露)春笋纤长。亲曾见，全胜宋玉，想象赴(赋)高堂(唐)。词寄满庭芳。	
私人收藏 31×14.5×9	十年前是樽前客，月白风清，优宦(忧患)凋零，老去光阴速可惊。鬓华须(虽)改心无改，试把金觥，旧曲重听，犹是(似)当年梦里声。	《中国经济文化网·河南频道》刊登《宋代磁州窑诗文枕》新闻(更新时间 2006 - 11 - 13)。

后　记

　　这篇后记的构思远在论文写作之前。因为一路走来,有太多的关爱和无私的帮助相伴。每每感动之余,我都在想:什么时候能在自己耕耘的田地里,表达我感恩的心情,把自己微不足道的收获呈献给那些帮助过我的人。

　　本书是在博士论文《元曲曲牌源流研究》的基础上扩充修订而成。由衷感谢我的导师杨栋先生。如果从 2000 年跟随先生攻读硕士学位算起,在先生身边已经十八年了。十八年来,我的每一次进步,都耗费了先生大量的精力和心血。从博士论文选题到思路的提炼,再到论文的撰写、打磨,每一步都离不开先生的鞭策和指点。先生还将自己多年收集的珍贵资料,多年思考的心得,倾囊相授。书稿改定的过程中,先生不仅在百忙中通读全稿,提出了非常详细的修改意见,对学生进行最后的"极限"训练,而且慨然赠序,颇多鼓励之词。师恩如海,无以为报。在此向先生深鞠一躬,道一声:"能做您的学生是我的福分!"

　　作为河北师范大学的"老学生",我对自己的母校怀有深厚的感情，也得到了老师们更多的关爱和帮助。胡宝珍、张祖彬两位先生多年来一直关注我的成长，对引领我走上学术道路的两位长者我永远心存感激。王长华、郑振峰、阎福玲、霍现俊、张连武、李延年、杨寄林等先生都是我的授业恩师，是他们的言传身教让我懂得了为人为学之道。博士论文外审专家吴新雷、张燕瑾、杜桂萍、许建中、赵维江等先生，答辩组专家刘跃进、詹福瑞、张国星、傅承洲、李金善等先生对后学给予了热情鼓励，提出了许多建设性意见，在此向诸位先生致以最诚挚的谢意！

为了弥补知识结构中的"短板"，2013年我曾到南京大学访学一年，有幸聆听了解玉峰、苗怀明、傅瑾、武秀成、金程宇、许莉莉等老师的课程，书稿中不少观点的修正就得益于那段难忘的求学生活。我的导师解玉峰先生不慕荣利，超然物外的胸襟，学术追求上的高远境界和对好学之士谆谆教诲的热忱，令人感佩。直至今日，每遇困惑和难题，也总免不了请先生指点迷津。这一珍贵的师生缘分，是上天的恩赐。

本书得到了国家社科基金项目和河北省社会科学重要学术著作出版项目的资助，阶段性成果先后在《求是学刊》、《中国音乐学》、《黄钟》、《戏曲研究》、《戏剧艺术》、《民族文学研究》、《河北师范大学学报》等学术刊物发表。在此，要向那些给予我无私帮助的评审老师和编辑老师们真诚地道一声"谢谢"！

我所就职的河北师范大学文学院是一个温暖的集体。本书的部分章节首先提交古代文学教研室"问道"学术沙龙讨论，大家的坦诚交流和守望相助给了我前行的动力，能够与这样的同道相伴而行是我的荣幸。书稿的出版得到了胡景敏院长、曾智安副院长的大力支持，我的同事王京州先生为书稿的顺利出版统筹联络,颇费心力。本书由史良昭先生担任责任编辑。史先生是上海古籍出版社已经荣休的资深编辑,由这样为人敬重的前辈为本书把关,何其有幸!史先生提出的审稿意见,切中肯綮,我已尽力遵照先生意见进行了修订,但有些问题限于学力和时间,只能留待他日弥补缺憾了。书稿的具体出版流程由杜东嫣、黄亚卓二位老师接力完成,她们的体贴、专业和鼎力相助,我一一铭记在心。

最后要感谢我的家人。求学过程中不足为外人道的种种艰辛,他们陪我一同走过。他们的勠力支持,常令我心存愧疚。

学术征途漫漫,唯有用更大的收获来回报我的师长和亲朋!

2018 年 6 月 1 日于河北师范大学元曲所